Por Bem ou Por Mal

Do autor:

Dinheiro Sujo

O Último Tiro

Destino: Inferno

Alerta Final

Caçada às Cegas

Miragem em Chamas

Serviço Secreto

Sem Retorno

Acerto de Contas

O Inimigo

Por Bem ou Por Mal

LEE CHILD

Por Bem ou Por Mal

Tradução
Marcelo Hauck

1ª edição

//
Rio de Janeiro | 2019

Copyright © Lee Child 2006

Título original: *The Hard Way*

Capa: Raul Fernandes
Imagem de capa: Andy Wilson / Trevillion Images

Texto revisado segundo o novo
Acordo Ortográfico da Língua Portuguesa

2019
Impresso no Brasil
Printed in Brazil

CIP-BRASIL. CATALOGAÇÃO NA PUBLICAÇÃO
SINDICATO NACIONAL DOS EDITORES DE LIVROS, RJ

C464p   Child, Lee, 1954-
      Por bem ou por mal / Lee Child; tradução Marcelo Hauck. –
1ª ed. – Rio de Janeiro: Bertrand Brasil, 2019.
      420 p.; 23 cm.

      Tradução de: The hard way
      ISBN 978-85-286-2420-5

      1. Ficção inglesa. I. Hauck, Marcelo. II. Título.

                            CDD: 823
19-57032   CDU: 82-3(410.1)

Vanessa Mafra Xavier Salgado – Bibliotecária – CRB-7/6644

Todos os direitos reservados. Não é permitida a reprodução total ou parcial desta obra, por quaisquer meios, sem a prévia autorização por escrito da Editora.

Direitos exclusivos de publicação em língua portuguesa somente para o Brasil adquiridos pela:
EDITORA BERTRAND BRASIL LTDA.
Rua Argentina, 171 – 3º andar – São Cristóvão
20921-380 – Rio de Janeiro – RJ
Tel.: (21) 2585-2000 – Fax: (21) 2585-2084

Atendimento e venda direta ao leitor:
sac@record.com.br

Para Katie e Jess:
duas queridas irmãs

1

Jack Reacher pediu um expresso, duplo, sem casca de limão, sem açúcar, copo de isopor — nada de xícara —, e, antes de a bebida chegar à mesa, ele viu a vida de um homem mudar para sempre. Não que o garçom fosse lento. O movimento sim era ágil. Tão ágil que Reacher não tinha a menor ideia do que observava. Não passava de uma cena urbana, que se repetia no mundo todo um bilhão de vezes por dia: um cara destrancou o carro, entrou e arrancou. Só isso.

Mas era o suficiente.

O expresso estava quase perfeito, então Reacher voltou à mesma cafeteria exatamente 24 horas depois. Duas noites no mesmo lugar era algo incomum para ele, mas decidiu que um ótimo café valia a mudança na rotina. A cafeteria ficava na região oeste da Sexta Avenida, em Nova York. No meio da quadra entre a Bleecker e a Houston. Era no térreo de um indistinguível prédio de quatro andares. Os andares de cima pareciam anônimos apartamentos de aluguel. A própria cafeteria parecia transplantada de uma ruazinha em Roma. No interior dela, as luzes eram baixas e as paredes de madeira estavam repletas de marcas. Além de um balcão, havia uma máquina de café cromada cheia de amassados e tão quente e comprida quanto uma locomotiva. Do lado de fora, estendia-se uma única fileira de mesas de metal na calçada atrás de uma tela de lona baixa. Reacher foi até a mesa da ponta, a mesma que usara na noite anterior, e escolheu a mesma cadeira. Espreguiçou, acomodou-se e tombou a cadeira, apoiando-a em dois pés. Isso deixou suas costas escoradas na parede externa da cafeteria e seu corpo de frente para o outro lado da calçada e para toda a extensão da avenida. Gostava de sentar do lado de fora quando na cidade de Nova York no verão. Especialmente à noite. Gostava da escuridão elétrica, do ar quente e empoeirado, das explosões de barulho e trânsito, dos uivos maníacos das sirenes e da multidão. Aquilo ajudava um homem solitário a sentir-se conectado e isolado ao mesmo tempo.

Foi atendido pelo mesmo garçom da noite anterior, e pediu a mesma bebida, expresso duplo em copo de isopor, sem açúcar, sem casca de limão. Pagou assim que o café chegou e deixou o troco na mesa. Dessa forma, poderia ir embora exatamente quando quisesse sem insultar o garçom, nem dar o cano no dono, nem roubar a xícara. Reacher sempre organizava os menores detalhes em sua vida de modo que pudesse desaparecer em uma fração de segundo. Era um hábito obsessivo. Não possuía nada e não carregava nada. Fisicamente, era um homem grande, porém sua sombra era pequena e quase não deixava rastro.

Tomava seu café lentamente e sentia o calor da noite subir da calçada. Observava os carros e as pessoas. Observava táxis escoarem para o norte e caminhões de lixo pararem brevemente junto ao meio-fio. Via grupos de jovens estranhos indo para as boates. Observava garotas que já tinham sido garotos cambalearem no sentido sul. Viu um sedã alemão azul estacionar na quadra. Observou um homem atarracado de terno cinza sair e caminhar no sentido norte. Observou-o ziguezaguear entre duas mesas na calçada, entrar na cafeteria e seguir para os fundos onde os funcionários estavam agrupados. Observou-o fazer perguntas.

O cara tinha altura mediana, nem jovem nem velho, forte demais para ser chamado de magrelo, fino demais para ser chamado de gordo. Seu cabelo, curto e arrumado, era grisalho nas laterais. Mantinha-se equilibrado na parte da frente dos pés. Não movia muito a boca para falar. Mas os olhos, sim. Eles chicoteavam para a esquerda e para a direita incansavelmente. O cara tinha por volta de quarenta anos, supôs Reacher. Mais do que isso: ele supôs que o cara devia realmente ter cerca de quarenta anos porque mantinha uma atenção implacável a tudo que acontecia ao seu redor. Reacher vira o mesmo olhar em veteranos da elite da infantaria que sobreviveram a longas campanhas na selva.

O garçom de Reacher virou-se de repente e apontou direto para ele. O homem atarracado de terno cinza o encarou. Reacher encarou de volta, por cima do ombro, através da vidraça. O contato visual estava feito. Sem quebrá-lo, o homem de terno agradeceu ao garçom e começou a sair pelo caminho por onde entrara. Passou pela porta, virou para a direita por dentro da tela de lona baixa e percorreu aos ziguezagues o caminho até a mesa de Reacher, que o deixou de pé mudo por um momento enquanto tomava sua decisão. Então disse a ele "Sim", como uma resposta, não uma pergunta.

— Sim o quê? — questionou o cara.

— Sim qualquer coisa — respondeu Reacher. — Sim, minha noite está agradável, sim, você pode se sentar, sim, pode perguntar qualquer coisa que queira.

O cara arrastou uma cadeira e sentou-se, de costas para o tráfego, bloqueando a vista de Reacher.

— Na verdade, tenho mesmo uma pergunta — disse ele.

— Eu sei — revelou Reacher. — Sobre ontem à noite.

— Como sabe disso? — o cara falava com a voz baixa e tranquila e seu sotaque era monótono, entrecortado e britânico.

— O garçom apontou pra mim — falou Reacher. — E a única coisa que me distingue dos demais fregueses é que eu estava aqui ontem à noite e eles, não.

— Você tem certeza disso?

— Vire a cabeça para lá — pediu Reacher. — Olhe para os carros.

O cara virou a cabeça. Olhou para os carros.

— Agora diga o que estou usando — falou Reacher.

— Camisa verde — respondeu o britânico. — De algodão, larga, vagabunda, não parece nova, manga dobrada até o cotovelo, por cima de uma camiseta de malha verde, também vagabunda e que também não é nova, um pouco apertada, para fora da calça, que é uma chino cáqui de frente lisa, sem meia, sapato inglês, de couro áspero, marrom, não é novo, mas não é muito velho também, provavelmente custou caro. Cadarço puído, como se você os puxasse com muita força quando amarra. Um possível indicador de obsessão por autodisciplina.

— Ok — disse Reacher.

— Ok o quê?

— Você é observador. E eu sou observador. Somos da mesma laia. Farinha do mesmo saco. Sou o único freguês que estava aqui ontem à noite. Tenho certeza. E foi isso que você perguntou aos funcionários. Só pode ser. É o único motivo para o garçom ter apontado para mim.

O cara se virou novamente.

— Você viu um carro ontem à noite? — perguntou ele.

— Vi um monte de carros ontem à noite — respondeu Reacher. — Estamos na Sexta Avenida.

— Um Mercedes-Benz. Estacionado logo ali — o cara virou-se novamente e apontou para uma direção levemente diagonal, um espaço vazio em um meio-fio diante de um hidrante no outro lado da rua.

Reacher detalhou:

— Sedã prata, quatro portas, um S-420, placa personalizada de Nova York, início CSO, bem rodado. Lataria suja, pneus gastos, rodas encardidas, amassados e arranhões nos dois para-choques.

O cara virou-se novamente e afirmou:

— Você o viu.

— Ele estava bem ali. É óbvio que vi.

— Você o viu sair?

Reacher confirmou com um gesto de cabeça e completou:

— Pouco antes das onze e quarenta e cinco, um cara entrou e arrancou.

— Você não está usando relógio.

— Sempre sei que horas são.

— Deve ter sido mais perto da meia-noite.

— Talvez — comentou Reacher. — Tanto faz.

— Você viu o motorista?

— Já disse, vi o cara entrar e arrancar.

O sujeito levantou.

— Preciso que venha comigo — disse ele. Em seguida enfiou a mão no bolso. — Vou pagar o seu café.

— Já paguei.

— Então vamos.

— Aonde?

— Encontrar o meu chefe.

— Quem é o seu chefe?

— Um cara chamado Lane.

— Você não é policial — disse Reacher. — Esse é o meu palpite. Com base em observação.

— De quê?

— Seu sotaque. Você não é americano. É britânico. O Departamento de Polícia de Nova York não está tão desesperado assim.

— A maior parte do nosso pessoal é americano — comentou o cara britânico. — Mas você tem razão, não somos policiais. Somos civis.

— De que tipo?

— Do tipo que vai te recompensar bem se der uma descrição do indivíduo que saiu com o carro.

— Recompensar como?

— Financeiramente — respondeu o cara. — Existe algum outro jeito?

— Muitos outros jeitos — disse Reacher. — Acho que vou ficar aqui.

— Isso é muito sério.

— Como?

O cara de terno sentou-se novamente.

— Não posso te contar.

— Adeus — despediu-se Reacher.

— Não tenho essa opção — descartou o cara. — O sr. Lane estabeleceu que absolutamente ninguém soubesse de nada. Por motivos muito bons.

Reacher inclinou o copo e conferiu o conteúdo. Estava quase no fim.

— Você tem nome? — perguntou ele.

— Você tem?

— Você primeiro.

Em resposta, o cara enfiou um polegar no bolso interno do *blazer* e tirou um porta-cartão de couro preto. Abriu-o e usou o mesmo polegar para pegar um. Arrastou-o sobre a mesa. Era um belo cartão. Material de muita qualidade, letras em alto-relevo, tinta que aparentava ainda estar fresca. Na parte superior lia-se: *Consultoria em Segurança Operacional.*

— CSO — disse Reacher. — Igual à placa do carro.

O cara britânico ficou calado.

Reacher sorriu e comentou:

— Vocês são consultores de segurança e deixaram seu carro ser roubado? Isso sim é constrangedor.

— Não é com o carro que estamos preocupados — retrucou o cara.

Um pouco mais embaixo no cartão de visitas havia um nome: *John Gregory*. Debaixo do nome estava escrito: *Exército Britânico, Reformado.* Em seguida o cargo: *Vice-Presidente Executivo.*

— Há quanto tempo está fora? — perguntou Reacher.

— Do exército britânico? — questionou Gregory. — Sete anos.

— Unidade?

— Serviço Aéreo Especial.

— Você ainda tem o visual.

— Você também — disse Gregory. — Há quanto tempo está fora?

— Sete anos — respondeu Reacher.

— Unidade.

— Comando de Investigação Criminal do Exército dos Estados Unidos, na maior parte do tempo.

Gregory levantou o rosto e perguntou:

— Investigador?

— Na maior parte do tempo.

— Patente?

— Não lembro — respondeu Reacher. — Já sou civil há sete anos.

— Não seja tímido — disse Gregory. — Provavelmente era pelo menos tenente-coronel.

— Major — corrigiu Reacher. — Foi a patente mais alta que tive.

— Problemas na carreira?

— Tive a minha cota.

— Tem nome?

— A maioria das pessoas tem.

— Qual?

— Reacher.

— O que está fazendo agora?

— Tentando tomar um café em paz.

— Precisa de trabalho?

— Não — respondeu Reacher. — Não preciso.

— Eu era sargento — revelou Gregory.

Reacher assentiu.

— Imaginei. Os caras do Serviço Aéreo Especial britânico geralmente são. E você tem o visual.

— Então, me acompanha para conversar com o sr. Lane?

— Já te contei o que vi. Passe a informação à frente.

— O sr. Lane vai querer ouvir isso em primeira mão.

Reacher deu uma nova conferida no copo.

— Onde ele está?

— Não está longe. Dez minutos daqui.

— Não sei — ponderou Reacher. — Estou saboreando meu expresso.

— Leve o café. Está no copo de isopor.

— Prefiro paz e tranquilidade.

— Só preciso de dez minutos.

— Está me parecendo um alvoroço grande demais por causa de um carro roubado, mesmo sendo um Mercedes-Benz.

— Não tem nada a ver com o carro.

— Então tem a ver com quê?

— Vida e morte — respondeu Gregory. — Neste momento, mais morte do que vida.

Reacher conferiu o copo mais uma vez. Havia menos de meio centímetro de seu conteúdo morno, grosso, espumoso e com borra de expresso. Era o que restava. Ele largou o copo e falou:

— Ok. Vamos nessa.

2

O SEDÃ ALEMÃO AZUL FOI SUBSTITUÍDO POR UM BMW Série 7, cuja placa personalizada começava com CSO. Gregory o destrancou a três metros de distância com o alarme da chave e Reacher sentou-se de lado no banco do passageiro, antes de encontrar a alavanca para afastar o banco para trás e ganhar espaço para as pernas. Gregory pegou um pequeno telefone prateado e digitou um número.

— A caminho com uma testemunha — informou, entrecortado e britânico. Em seguida, fechou o telefone, ligou o carro e entrou no trânsito da meia-noite.

Os dez minutos transformaram-se em vinte. Gregory seguiu na direção norte pela Sexta Avenida, atravessou o Midtown até a Rua 57, depois percorreu duas quadras a oeste. Seguiu no sentido norte pela Oitava, pegou a Columbus Circle, entrou na Central Park West e pegou a Rua 72. Parou em frente ao Edifício Dakota.

— Barraco legal — comentou Reacher.

— Para o sr. Lane, somente o melhor — comentou Gregory, sem transparecer nada na voz.

Desceram juntos, ficaram parados na calçada e outro homem atarracado de terno cinza saiu das sombras, entrou no carro e arrancou. Gregory levou Reacher para dentro do edifício e pegaram o elevador. O saguão e os corredores eram tão escuros e aristocráticos quanto o exterior.

— Você já viu a Yoko? — perguntou Reacher.

— Não — respondeu Gregory.

Saíram no quinto andar, com Gregory liderando o caminho, viraram em um corredor e alguém abriu a porta de um apartamento para eles. O pessoal da recepção devia ter avisado. A porta era de carvalho maciço da cor de mel — mesma cor da cordial luz despejada lá de dentro no corredor. O apartamento era alto e homogêneo. Uma pequena antessala quadrada abria-se em uma grande sala no mesmo formato. Ela era arejada, tinha paredes amarelas, abajures de mesa baixos e poltronas e sofás confortáveis, todos cobertos com tecido estampado. Seis homens a ocupavam. Nenhum deles estava sentado. Todos de pé, em silêncio. Três de terno cinza similares ao de Gregory e três de calça jeans preta e jaqueta esportiva de nylon. Reacher soube imediatamente que eram todos ex-militares. Assim como Gregory, possuíam o visual. O próprio apartamento tinha a tranquilidade desesperada do *bunker* do comando distante de um local em que uma batalha começava a dar errado.

Todos os seis homens se viraram e olharam para Reacher quando ele entrou. Nenhum falou. Porém, cinco olharam em seguida para o sexto, que Reacher identificou por suposição ser o sr. Lane. O chefe. Ele era mais velho do que seus homens. Vestia terno cinza. O cabelo grisalho era raspado rente ao couro cabeludo. Possuía aproximadamente três centímetros a mais do que a altura média e era esguio. Seu rosto estava pálido de preocupação. Encontrava-se de pé com o corpo absolutamente aprumado, atormentado pela tensão, com as pontas dos dedos esticados encostadas no tampo de uma mesa em que havia um telefone antigo e a foto emoldurada de uma bela mulher.

— Esta é a testemunha — informou Gregory.

Nenhuma resposta.

— Ele viu o motorista — continuou.

O homem à mesa baixou os olhos para o telefone antes de mover-se na direção de Reacher, olhando-o de cima a baixo, analisando, avaliando. Parou a um metro e estendeu a mão.

— Edward Lane. É um grande prazer conhecê-lo, senhor — apresentou-se com um sotaque americano, originário de algum lugar miserável longe do Upper West Side, Manhattan. Arkansas, talvez, ou interior do Tennessee, de um jeito ou de outro, encoberto por uma longa exposição aos tons neutros dos militares. Reacher disse seu nome e apertou a mão de Lane. Estava seca, nem quente nem fria.

— Conte o que você viu — disse Lane.

— Vi um cara entrando num carro — respondeu Reacher — Arrancou e foi embora.

— Preciso de detalhes.

— Reacher é ex-militar do Comando de Investigação Criminal do Exército dos Estados Unidos — informou Gregory. — Ele descreveu o Mercedes-Benz com perfeição.

— Agora descreva o motorista — disse Lane.

— Vi mais o carro do que o motorista — falou Reacher.

— Onde você estava?

— Em uma cafeteria. O carro estava um pouco ao nordeste em relação a mim. No outro lado da Sexta Avenida. A um ângulo de uns vinte graus e a uns trinta metros de distância.

— Por que você estava olhando para ele?

— Estava mal estacionado. Parecia fora do lugar. Acho que em frente a um hidrante.

— Estava mesmo — disse Lane. — E então?

— Então um cara atravessou a rua na direção dele. Fora da faixa. Pelas brechas no trânsito, obliquamente. Uma diagonal mais ou menos na minha linha de visão, uns vinte graus em relação a ela. Por isso, boa parte do que vi foram as costas dele, durante todo o percurso.

— E aí?

— Ele enfiou a chave na porta, entrou e arrancou com o carro.

— Foi para o norte, é óbvio, estava na Sexta Avenida. Ele virou?

— Não que eu tenha visto.

— Consegue descrevê-lo?

— Calça jeans e camiseta azul, boné de beisebol azul, tênis branco. A roupa era velha e confortável. O cara tinha altura e peso medianos.

— Idade?

— Não vi o rosto. Praticamente só vi as costas dele. Mas não se movia como um garoto. Está no mínimo na faixa dos trinta anos. Talvez uns quarenta.

— Como exatamente ele se movia?

— Estava concentrado. Foi direto para o carro. Sem pressa, mas sem dúvida de para onde estava indo. Pela posição em que mantinha a cabeça, acho que olhou diretamente para o carro durante todo o percurso. Tinha um destino definido. Um alvo. E, pela forma como mantinha o ombro, acho que devia estar com a chave na mão diante de si, na horizontal. Como uma lança minúscula. Concentrado, atento. E determinado. Era assim que ele se movia.

— De onde ele veio?

— De trás do meu ombro, mais ou menos. Podia estar caminhando na direção norte, depois desceu da calçada logo antes do café e atravessou o trânsito no sentido nordeste.

— Você o reconheceria se o visse de novo?

— Talvez — respondeu Reacher. — Mas só pelas roupas, pelo jeito de andar e pela postura. Nada que convencesse alguém.

— Se ele estava indo no sentido norte, deve ter olhado para o sul para ver o que estava vindo na direção dele. Pelo menos uma vez. Então você deve ter visto o lado direito do rosto. Depois, ao volante, você deve ter visto o lado esquerdo.

— Ângulos fechados — argumentou Reacher. — E a luz não estava muito boa.

— Devia ter luzes de farol em cima dele.

— Ele era branco — disse Reacher. — Não tinha barba. Foi tudo o que vi.

— Homem branco — disse Lane. — Entre 35 e 45. Acho que isso elimina aproximadamente oitenta por cento da população, talvez mais, só que não é o suficiente.

— Você não tinha seguro? — perguntou Reacher.

— Isso não tem a ver com o carro — disse Lane.

— Estava vazio — afirmou Reacher.

— Não estava vazio — discordou Lane.

— Então o que tinha nele?

— Obrigado, sr. Reacher — agradeceu Lane. — Ajudou muito.

Ele virou-se e voltou para o local em que estava no início, ao lado da mesa com o telefone e a fotografia. Ficou em pé ao lado dela, esticou os dedos novamente e colocou as pontas de leve na madeira lustrada, bem ao lado do telefone, como se o tato pudesse detectar uma ligação antes que o impulso eletrônico fizesse o aparelho tocar.

— Você precisa de ajuda — disse Reacher. — Não precisa?

— Por que você se importaria com isso? — perguntou Lane.

— Hábito — respondeu Reacher. — Reflexo. Curiosidade profissional.

— Já tenho ajuda — afirmou Lane. Ele gesticulou a mão livre ao redor da sala. — Forças Especiais da Marinha, Força Delta, Força de Reconhecimento dos Fuzileiros Navais, Boinas Verdes, Serviço Aéreo Especial do Reino Unido. Os melhores do mundo.

— Você precisa de um tipo diferente de ajuda. Esses camaradas podem começar uma guerra contra o cara que pegou o seu carro, com certeza, mas primeiro você precisa encontrá-lo.

Nenhuma resposta.

— O que tinha no carro? — perguntou Reacher.

— Conte-me sobre a sua carreira — pediu Lane.

— Ela já acabou há muito tempo. Essa é sua principal característica.

— Última patente?

— Major.

— Departamento de Investigação Criminal do Exército?

— Treze anos.

— Investigador?

— Basicamente.

— Dos bons?

— Bom o bastante.

— 110ª Unidade Especial?

— Durante um tempo. Você?

— Rangers e Delta. Comecei no Vietnã, terminei no Golfo, na primeira investida. Comecei como segundo tenente, terminei como coronel.

— O que tinha no carro?

Lane desviou o olhar. Manteve-se imóvel e em silêncio durante muito, muito tempo. Depois voltou a olhar para Reacher, como se tivesse tomado uma decisão.

— Você tem que me dar sua palavra sobre uma coisa — disse ele.

— Sobre o quê?

— Sem polícia. Esta será a sua primeira recomendação, procure a polícia. Mas eu me recusarei a fazer isso, e preciso da sua palavra de que não a procurará pelas minhas costas.

Reacher deu de ombros e concordou:

— Ok.

— Fale.

— Sem polícia.

— Fale novamente.

— Sem polícia — repetiu Reacher.

— Você tem um problema ético quanto a isso?

— Não — respondeu Reacher.

— Sem FBI, sem ninguém — expandiu Lane. — Nós mesmos lidamos com isso. Entendido? Se quebrar sua palavra, arranco seus olhos. Deixo você cego.

— Você tem um jeito engraçado de fazer amigos.

— Estou em busca de ajuda, não de amigos.

— Cumpro minha palavra — afirmou Reacher.

— Diga que entendeu o que farei se você quebrá-la.

Reacher olhou ao redor da sala. Fez uma avaliação completa. Uma atmosfera bem desesperada e seis veteranos das Forças Especiais, todos repletos de ameaça contida, todos firmes como rocha, todos o encarando, todos possuídos por uma lealdade à unidade e uma suspeita hostil em relação ao forasteiro.

— Você vai me deixar cego — falou Reacher.

— É bom acreditar nisso — ameaçou Lane.

— O que tinha no carro?

Lane afastou a mão do telefone. Pegou a fotografia emoldurada. Segurou-a com as duas mãos junto ao peito, bem no alto, de modo que Reacher sentisse que havia duas pessoas o encarando. Em cima, o rosto pálido de preocupação de Lane. Embaixo, sob o vidro, uma mulher cuja beleza clássica era de tirar o fôlego. Cabelo escuro, olhos verdes, maçãs do rosto altas, a boca era um botão de flor. Tinha sido fotografada com paixão e habilidade e impressa por um mestre.

— Esta é a minha mulher — disse Lane.

Reacher ouviu. Permaneceu calado.

— O nome dela é Kate — continuou Lane.

Ninguém falou.

— Kate desapareceu no final da manhã de ontem — revelou Lane. — Recebi um telefonema à tarde. Dos sequestradores. Eles querem dinheiro. Era isso que tinha no carro. Você viu um dos sequestradores da minha mulher recolher o resgate.

Silêncio.

— Eles prometeram soltá-la — disse Lane. — Já faz 24 horas. E não ligaram de volta.

3

EDWARD LANE ESTENDEU A FOTOGRAFIA EMOLDURADA como uma oferenda, e Reacher aproximou-se para pegá-la. Inclinou-a para capturar a luz. Kate Lane era bonita, não havia dúvida quanto a isso. Era hipnotizante. Aproximadamente vinte anos mais jovem do que o marido, portanto estava com trinta e poucos. Velha o bastante para ser uma mulher completa, jovem o suficiente para estar impecável. Na foto, olhava para algo além da borda da impressão. Seus olhos flamejavam de amor. A boca parecia pronta para explodir em um largo sorriso. O fotógrafo havia paralisado o primeiríssimo indício dele para que a pose ficasse dinâmica. Era uma imagem estática, mas parecia prestes a entrar em movimento. O foco, a granulação e o detalhe estavam imaculados. Reacher não sabia muita coisa sobre fotografia, mas tinha certeza de que segurava um produto de primeira. Só a moldura devia ter custado o que ele costumava ganhar em um mês no Exército.

— Minha Mona Lisa — disse Lane. — É o que acho dessa foto.

Reacher devolveu-a.

— É recente?

Lane colocou-a de pé novamente ao lado do telefone.

— Tem menos de um ano — respondeu ele.

— Por que não procurar a polícia?

— Há motivos.

— Em circunstâncias como essa, eles geralmente fazem um bom trabalho.

— Sem polícia — afirmou Lane.

Ninguém falou.

— Você era policial, pode fazer o mesmo que eles.

— Não posso — discordou Reacher.

— Você era policial do Exército. Se for tudo a mesma coisa, você pode fazer um serviço melhor que o deles.

— Não é tudo a mesma coisa. Não tenho os recursos deles.

— Você pode dar o primeiro passo.

A sala ficou muito silenciosa. Reacher olhou para o telefone e a fotografia antes de perguntar:

— Quanto eles pediram?

— Um milhão de dólares em dinheiro — respondeu Lane.

— E essa grana estava no carro?

— No porta-malas. Numa bolsa de couro.

— Ok — disse Reacher. — Vamos todos nos sentar.

— Não estou com vontade de sentar.

— Relaxe — disse Reacher. — Eles vão ligar de volta. Provavelmente muito em breve. Garanto isso.

— Como?

— Sente-se. Comece pelo início. Conte-me sobre o dia de ontem.

Lane sentou-se na poltrona ao lado da mesa e começou a falar sobre o dia anterior. Reacher sentou em uma ponta do sofá. Gregory sentou ao lado dele. Os outros cinco caras distribuíram-se pela sala, dois sentados, dois acocorados em poltronas, um apoiado em uma parede.

— Kate saiu às dez da manhã — disse Lane. — Estava indo à Bloomingdale's, eu acho.

— Você acha?

— Permito que Kate tenha alguma liberdade de ação. Ela não tem que me fornecer um itinerário detalhado. Não todo dia.

— Estava sozinha?

— A filha dela estava junto.

— Filha *dela*?

— Ela tem uma menina de oito anos do primeiro casamento. O nome dela é Jade.

— Ela mora com vocês aqui?

Lane confirmou com um gesto de cabeça.

— Onde ela está?

— Desaparecida, é óbvio — respondeu Lane.

— Então é um sequestro *duplo*? — questionou Reacher.

Lane confirmou novamente com a cabeça e acrescentou:

— Triplo, de certa maneira. O motorista também não voltou.

— Você não pensou em mencionar isso antes?

— Faz diferença? Uma pessoa ou três?

— Quem era o motorista?

— Um cara chamado Taylor. Foi do Serviço Aéreo Especial britânico. Um bom homem. Um de nós.

— O que aconteceu com o carro?

— Está desaparecido.

— Kate vai à Bloomingdale's com frequência?

Lane negou com a cabeça e disse:

— Só de vez em quando. E nunca é uma rotina previsível. Nunca fazemos nada de forma regular nem previsível. Vario os motoristas dela, vario as rotas, às vezes ficamos todos fora da cidade juntos.

— Por quê? Você tem muitos inimigos?

— A quantidade que mereço. Minha linha de trabalho atrai inimigos.

— Você vai ter que me explicar a sua linha de trabalho. Vai ter que me contar quem são seus inimigos.

— Por que você tem certeza de que vão ligar?

— Vou chegar a isso — cortou Reacher. — Me conte a primeira conversa. Palavra por palavra.

— Ligaram às quatro da tarde. Foi bem do jeito que se pode esperar. Você sabe, "estamos com a sua mulher e filha".

— Voz?

— Alterada. Um daqueles aparelhos eletrônicos que modificam a voz. Muito metálica. Como um robô de filme. Alta e profunda, mas isso não quer dizer nada. Eles podem alterar o tom e o volume.

— O que você disse a eles?

— Perguntei o que queriam. Eles disseram um milhão de dólares. Pedi para falar com a Kate. Eles permitiram, depois de um pequeno intervalo — Lane fechou os olhos. — Ela gritou por socorro — abriu os olhos. — Depois o cara com a voz alterada voltou e concordei com o valor. Sem hesitar. Ele disse que ligaria em uma hora com as instruções.

— E ele ligou?

Lane assentiu e explicou:

— Às cinco horas. Disseram-me para esperar cinco horas, colocar o dinheiro no porta-malas do Mercedes que você viu, levá-lo ao Village e estacioná-lo naquele lugar às onze e quarenta em ponto. O motorista deveria trancá-lo, ir embora e colocar a chave na caixa de correio na porta de um prédio na esquina sudoeste da Spring Street com a West Broadway. Depois, ele tinha que ir embora e continuar andando na direção sul pela West Broadway. Alguém entraria no prédio atrás dele e pegaria as chaves. Se o meu motorista parasse, voltasse ou sequer olhasse para trás, Kate morreria. O mesmo aconteceria se houvesse um rastreador no carro.

— Foi isso, palavra por palavra?

Lane confirmou com um gesto de cabeça.

— Mais nada?

Lane sacudiu a cabeça.

— Quem levou o carro até lá? — perguntou Reacher.

— Gregory — respondeu Lane.

— Segui as instruções — disse Gregory. — Ao pé da letra. Não podia arriscar mais nada.

— Qual foi a distância dessa caminhada? — perguntou-lhe Reacher.

— Seis quadras.

— Qual era o prédio da caixa de correio?

— Um abandonado — respondeu Gregory. — Ou aguardando reforma. Uma coisa ou outra. Enfim, estava vazio. Voltei lá hoje à noite, antes de ir ao café. Nem sinal de que seja habitado.

— Esse tal de Taylor era bom mesmo? Você o conhecia no Reino Unido?

Gregory assentiu e acrescentou:

— O Serviço Aéreo Especial britânico é uma grande família. E Taylor era muito bom mesmo.

— Ok — disse Reacher.

— Ok o quê? — questionou Lane.

— Algumas conclusões iniciais são óbvias — respondeu Reacher.

4

REACHER DISSE:

— A primeira conclusão é que Taylor já está morto. É óbvio que esses caras conhecem você até certo ponto, e por isso devemos partir do princípio que sabiam quem e o que Taylor era. Portanto, não o manteriam vivo. Não haveria motivo para isso. Perigoso demais.

Lane perguntou:

— Por que você acha que eles me conhecem?

— Pediram um carro específico — respondeu Reacher. — E suspeitavam que você devesse ter um milhão de dólares em dinheiro à mão. Pediram o resgate quando os bancos já estavam fechados e disseram para entregar antes de os bancos reabrirem. Nem todo mundo poderia cumprir essas condições. Geralmente, mesmo as pessoas ricas precisam de um tempinho para juntar um milhão em dinheiro. Elas fazem empréstimos, transferências bancárias, usam ações, coisas desse tipo. Mas parece que esses caras sabiam que você conseguiria levantar a grana de imediato.

— Como eles me conhecem?

— Me diga você.

Todos permaneceram em silêncio.

— E são três — afirmou Reacher. — Um para tomar conta de Kate e Jade onde quer que as tenham levado. Um para vigiar Gregory enquanto ele percorria a West Broadway, no telefone com um terceiro que esperava para entrar e pegar as chaves assim que fosse seguro.

O silêncio perdurou.

— E a base deles fica a no mínimo trezentos quilômetros no sentido norte do estado — afirmou Reacher. — Suponhamos que a ação inicial tenha começado antes das onze horas da manhã de ontem. Mas eles demoraram mais de cinco horas para ligar. Porque estavam na estrada. Então, às dezessete horas, deram instruções para que a entrega do resgate fosse feita mais de seis horas depois. Porque precisavam das seis horas para que dois deles voltassem para cá de carro. Cinco, seis horas, isso dá uns trezentos e cinquenta, quatrocentos quilômetros, talvez até um pouco mais.

— Por que no norte do estado? — questionou Lane. — Eles podem estar em qualquer lugar.

— Não no sul nem no oeste — discordou Reacher. — Senão teriam pedido o carro do resgate no sul do Canal, para que pudessem ir direto para o Holland Tunnel. Não no leste em Long Island, senão teriam preferido ficar perto do Queens-Midtown Tunnel. Não, eles queriam no norte na Sexta Avenida. Isso significa que queriam seguir na direção da Ponte George Washington, ou da Henry Hudson e da Saw Mill, ou da Triborough e da Major Deegan. Acabaram pegando a Thruway, provavelmente. Podem estar nas Catskills ou em algum lugar assim. Numa fazenda, provavelmente. Com certeza em algum lugar com várias garagens ou um celeiro.

— Por quê?

— Eles acabaram de herdar o seu Mercedes-Benz. Logo depois de sequestrar o que quer que Taylor estivesse dirigindo para ir à Bloomingdale's ontem. Precisam de um lugar para escondê-los.

—Taylor dirigia um Jaguar.

— Viu só? O lugar em que estão deve estar parecendo um estacionamento de carros de luxo.

— Por que você tem tanta certeza de que vão ligar de volta?

— Por causa da natureza humana. Neste momento eles estão putos da vida. Estão arrancando os cabelos. Eles te conhecem, mas talvez não tão bem assim. Arriscaram pedir um milhão de dólares em dinheiro, e você empacotou a grana sem hesitar nem um momento. Não devia ter feito isso. Devia ter pechinchado e adiado. Porque agora eles estão falando "cacete, devíamos ter pedido mais". Devíamos ter forçado a barra. Por isso vão ligar de novo e meter a mão em você mais uma vez. Vão sondar exatamente quanto dinheiro você tem à mão. Vão sugar tudo o que você tiver.

— Para que esperar tanto?

— Porque é uma mudança de estratégia significativa — explicou Reacher. — Por isso estão discutindo. Ficaram discutindo o assunto o dia inteiro. Isso também faz parte da natureza humana. Três caras sempre discutem prós e contras, manter o plano ou improvisar, agir com cautela ou arriscar.

Silêncio novamente.

— Quanto você *tem* em dinheiro? — perguntou Reacher.

— Não vou te contar — falou Lane.

— Cinco milhões — afirmou Reacher. — Isso é o que eles vão pedir agora. O telefone vai tocar e eles vão pedir mais cinco milhões de dólares.

Sete pares de olhos viraram-se para o telefone. Ele não tocou.

— Em outro carro — disse Reacher. — Devem ter um celeiro grande.

— Kate está segura?

— Neste momento, mais segura impossível — respondeu Reacher. — Ela é o vale-refeição deles. E você fez a coisa certa ao pedir para ouvir a voz dela na primeira vez. Isso criou um bom padrão. Vão ter de repeti-lo. O problema vai ser depois que receberem o último pagamento. Essa é a parte mais difícil de qualquer sequestro. Entregar o dinheiro é fácil. Pegar a pessoa de volta que é difícil.

O telefone permanecia em silêncio.

— Então eu devo adiar? — perguntou Lane.

— Eu adiaria — disse Reacher. — Parcele. Deixe o negócio rolar. Ganhe tempo.

O telefone não tocou. Não havia som algum na sala, com exceção do chiado do ar-condicionado e de homens respirando lentamente. Reacher deu uma olhada ao redor. Todos aguardavam pacientemente. Soldados das Forças Especiais eram bons em esperar. Porque em toda ocasional ação espetacular de que participavam, passavam muito mais tempo aguardando, a postos, de prontidão. E nove em cada dez vezes, a ação era cancelada e batiam em retirada.

O telefone não tocou.

— Boas conclusões — elogiou Lane, através do silêncio, sem direcionar-se a alguém em particular. — Três caras, longe. No norte do estado. Em uma fazenda.

Mas Reacher estava redondamente enganado. A apenas seis quilômetros através da escuridão elétrica da cidade, bem ali na ilha de Manhattan, um homem sozinho abriu a porta de um quarto pequeno e quente. Em seguida, deu um passo para trás. Kate Lane e a filha Jade passaram diante do sujeito sem olhar para o rosto dele. Entraram no cômodo e viram suas camas. Eram estreitas e pareciam duras; o quarto, úmido e nunca usado. A janela tinha uma cortina de tecido preto. O tecido estava preso com silver tape às paredes nas partes de cima, de baixo e dos lados.

O homem, sozinho, fechou a porta e se foi.

5

O TELEFONE TOCOU EXATAMENTE A UMA DA MANHÃ. Lane o arrancou do gancho e disse:

— Sim?

Reacher ouviu uma voz fraca vinda do telefone, distorcida duas vezes, primeiro por uma máquina e depois por uma conexão ruim. Lane disse:

— O quê? — E responderam algo.

— Me deixe falar com a Kate. Você tem que fazer isso antes — disse Lane.

Então houve um breve silêncio, em seguida uma voz diferente. Uma voz de mulher, distorcida, em pânico, ofegante. Ela falou uma palavra apenas, possivelmente o nome de Lane, e em seguida explodiu em grito, que morreu e transformou-se em silêncio. Lane comprimiu os olhos com força, a voz robótica eletrônica voltou e ladrou oito pequenas sílabas.

Lane disse:

— Ok, Ok, Ok. — E Reacher ouviu a ligação morrer.

Lane ficou parado em silêncio, com os olhos bem cerrados, respirando rápida e irregularmente. Depois abriu os olhos, encarou todos os rostos e parou no de Reacher.

— Cinco milhões de dólares — revelou ele. — Você estava certo. Como sabia?

— Era obviamente o próximo passo — disse Reacher. — Um, cinco, dez, vinte. É assim que as pessoas pensam.

— Você tem bola de cristal. Consegue ver o futuro. Vou te colocar na folha de pagamento. Vinte e cinco mil dólares por mês, como todos os outros.

— Isso não vai durar um mês — argumentou Reacher. — Não pode. Vai acabar em alguns dias.

— Concordei com o valor — falou Lane. — Não consegui adiar. Estavam machucando a Kate.

Reacher ficou calado.

Gregory perguntou:

— Instruções mais tarde?

— Em uma hora — respondeu Lane.

A sala ficou em silêncio novamente. Mais espera. Todos os homens espalhados ali olharam seus relógios e recostaram-se imperceptivelmente. Lane pôs o silencioso telefone no gancho e ficou com o olhar perdido no espaço. Mas Reacher inclinou-se na direção dele e lhe deu um tapinha no joelho.

— Precisamos conversar — disse em voz baixa.

— Sobre o quê?

— Histórico. Temos que tentar descobrir quem são esses caras.

— Certo — concordou Lane, desanimado. — Vamos ao meu escritório.

Levantou devagar, saiu com Reacher da sala e atravessaram a cozinha até um quarto de empregada no fundo. Era pequeno, simples, quadrado e tinha sido arranjado como um escritório. Mesa, computador, fax, telefones, arquivos, prateleiras.

— Conte-me sobre a Consultoria de Segurança Operacional — disse Reacher.

Lane sentou-se na cadeira à mesa, virou-se e ficou de frente para a porta da sala.

— Não há muito o que dizer — começou ele. — Somos um bando de ex-militares tentando nos manter ocupados.

— Com o quê?

— Qualquer coisa que as pessoas precisem. Serviço de guarda-costas, em grande parte. Segurança corporativa. Esse tipo de coisa.

Havia duas fotografias emolduradas na mesa. Uma reimpressão da estonteante foto de Kate que ficava na sala. Uma foto treze por dezoito, e não trinta e cinco por vinte e oito, em uma similar moldura dourada e cara. E uma de outra mulher, com mais ou menos a mesma idade, loura, diferentemente de Kate, que tinha o cabelo escuro, olhos azuis, em vez de verdes. Porém tão bonita quanto ela e fotografada com a mesma maestria.

— Serviço de guarda-costas? — questionou Reacher.

— Em grande parte.

— Não está me convencendo, sr. Lane. Guarda-costas não ganham vinte e cinco mil por mês. Guarda-costas são sujeitos absolutamente desvalorizados que ganham um décimo disso, se tiverem sorte. E se você tem caras treinados para fazer segurança pessoal, teria mandado um deles com Kate e Jade ontem de manhã. Taylor dirigindo e Gregory de copiloto. Mas você não fez isso, o que sugere que o seu negócio não é de prestação de serviços de guarda-costas.

— O meu negócio é confidencial — disse Lane.

— Não é mais. Não se quiser a sua mulher e filha de volta.

Nenhuma resposta.

— Um Jaguar, uma Mercedes e um BMW — falou Reacher. — Além de outros guardados no lugar de onde esses vieram, tenho certeza. Mais um apartamento no Dakota, um monte de grana à mão, meia dúzia de caras ganhando vinte e cinco mil por mês. Tudo isso junto dá uma fortuna da pesada.

— Tudo legal.

— Só que você não quer envolver a polícia.

Involuntariamente, Lane olhou para a fotografia da mulher loura.

— Uma coisa não tem ligação com a outra — disse ele. — Não é esse o motivo.

Reacher acompanhou o olhar de Lane e perguntou:

— Quem é ela?

— Era — corrigiu Lane.

— Era o quê?

— Anne — respondeu Lane. — Foi a minha primeira esposa.

— E?

Um momento de silêncio.

— Olhe, já passei por isso — revelou Lane. — Cinco anos atrás. Tiraram Anne de mim. Do mesmo jeito. Mas naquela época eu segui o protocolo. Liguei para a polícia, ainda que os caras no telefone tivessem deixado muito claro que não era para eu fazer isso. A polícia chamou o FBI.

— E o que aconteceu?

— O FBI deu um jeito de foder tudo — respondeu Lane. — Eles devem ter visto os agentes na entrega do resgate. Anne morreu. Acharam o corpo dela um mês depois em Nova Jersey.

Reacher ficou calado.

— É por isso que não vai ter polícia desta vez.

6

REACHER E LANE FICARAM MUITO TEMPO SENTADOS EM silêncio. Então Reacher falou:

— Cinquenta e cinco minutos. Você tem que se preparar para a próxima ligação.

— Você não está usando relógio — disse Lane.

— Sempre sei que horas são.

Reacher o seguiu de volta até a sala. Lane ficou de pé à mesa novamente, com os dedos espalhados na superfície. Reacher imaginou que ele queria atender a ligação com todos os homens ao seu redor. Talvez precisasse de amparo. Ou de apoio.

O telefone tocou bem na hora, exatamente às duas da manhã. Lane o pegou e escutou. Reacher ouvia os indistintos grasnados robóticos ao fone. Lane disse:

— Ponha Kate na linha.

Mas esse pedido deve ter sido recusado, por que em seguida ele falou:

— Por favor, não a machuque.

Escutou durante mais um minuto e respondeu:

— Ok.

E desligou.

— Daqui a cinco horas — informou ele. — Às sete da manhã. Mesmo lugar, mesmo procedimento. O BMW azul. Uma pessoa só.

— Eu vou — ofereceu-se Gregory.

Os outros homens na sala agitaram-se frustrados.

— Todos deveríamos ir — sugeriu um deles. Um americano baixo e moreno com cara de contador, exceto os olhos, que eram vazios e mortos como os de um tubarão-martelo. — Dez minutos depois, vamos saber onde ela está. Te prometo isso.

— Um homem — decidiu Lane. — Essa foi a instrução.

— Estamos na cidade de Nova York — disse o cara com olhos de tubarão. — Tem gente por perto o tempo todo. Eles não estão achando que a rua vai estar deserta.

— Aparentemente, eles nos conhecem — argumentou Lane. — Reconheceriam vocês.

— Eu posso ir — disse Reacher. — Eles não vão me reconhecer.

— Você veio para cá com Gregory. Eles podem estar vigiando o prédio.

— Concebível — concordou Reacher. — Mas improvável.

Lane ficou calado.

— Você que manda — disse Reacher.

— Vou pensar nisso — falou Lane.

— Pense rápido. Melhor eu sair daqui com bastante antecedência.

— Decidirei em uma hora — estabeleceu Lane.

Ele afastou-se do telefone e seguiu na direção do escritório. *Foi contar o dinheiro,* pensou Reacher. Perguntou a si mesmo momentaneamente qual era a aparência de cinco milhões de dólares. *A mesma que a de um milhão,* concluiu. *Mas com notas de cem em vez de vinte.*

— Quanto dinheiro ele tem? — perguntou Reacher.

— Muito — respondeu Gregory.

— Ele desembolsou seis milhões em dois dias.

O cara com olhos de tubarão sorriu.

— Vamos recuperar esse dinheiro — afirmou ele. — Pode contar com isso. Assim que Kate estiver segura em casa, vamos partir para a ação. Então vamos ver quem desembolsou e quem embolsou. Alguém cutucou o vespeiro errado desta vez, pode ter certeza. E eles apagaram o Taylor. Ele era um de nós. Vão se arrepender de ter nascido.

34

Reacher observou os olhos vazios do homem e acreditou em cada palavra dita por ele. Depois, o cara estendeu a mão, abruptamente. E com um pouco de cautela.

— Carter Groom — apresentou-se. — É um prazer te conhecer. Eu acho. Na medida do possível, dadas às circunstâncias.

Os outros quatro homens se apresentaram, uma cascata sossegada de nomes e apertos de mão. Todos foram educados, nada além disso. Todos muito reservados diante de um estranho. Reacher tentou ligar os nomes aos rostos. Já conhecia Gregory. O cara com uma cicatriz grande acima do olho era Addison. O mais baixo de todos era um latino chamado Perez. O mais alto, Kowalski. Havia um cara negro chamado Burke.

— Lane me disse que vocês prestam serviços de guarda-costas e segurança corporativa.

Silêncio repentino. Nenhuma resposta.

— Não se preocupem — disse Reacher. — Ele não me convenceu. Meu palpite é de que são todos suboficiais operacionais. Combatentes. Acho que o sr. Lane está envolvido com uma coisa totalmente diferente.

— Tipo o quê? — perguntou Gregory.

— Acho que ele faz intermediação de mercenários — opinou Reacher.

O cara chamado Gordon sacudiu a cabeça e disse:

— Escolha errada de palavras, parceiro.

— Qual seria a escolha correta?

— Somos uma corporação militar privada — disse Groom. — Você tem algum problema com isso?

— Não tenho opinião a respeito.

— Bom, é melhor arranjar uma, e é melhor que seja boa. É um negócio legal. Trabalhamos para o Pentágono, como sempre fizemos, e como você trabalhava no passado.

— Privatização — disse Burke. — O Pentágono adora isso. É mais eficiente. A era do grande Estado acabou.

— Quantas pessoas vocês têm? — perguntou Reacher. — Só as que estão aqui?

Groom sacudiu a cabeça novamente:

— Somos o esquadrão classe A. Como oficiais subalternos de patentes mais altas. E temos um arquivo cheio de integrantes do esquadrão classe B. Mandamos cem caras para o Iraque.

— Era lá que vocês estavam? No Iraque?

— E na Colômbia, no Panamá, no Afeganistão... Vamos aonde o Tio Sam precisa da gente.

— E onde o Tio Sam não precisa de vocês?

Ninguém disse nada.

— Imagino que o Pentágono pague em cheque — disse Reacher. — Mas parece haver uma quantidade escabrosa de dinheiro aqui.

Nenhuma resposta.

— África? — indagou Reacher.

Nenhuma resposta.

— Tanto faz — disse Reacher. — Não é da minha conta onde vocês estiveram. Só preciso saber onde o sr. Lane esteve. Nas últimas duas semanas.

— Que diferença isso faz? — perguntou Kowalski.

— Fizeram vigilância — respondeu Reacher. — Vocês concordam? Não acho que os bandidos ficaram indo à Bloomingdale's todo dia esperando a oportunidade aparecer por acaso.

— O sr. Lane estava nos Hamptons — respondeu Gregory. — Com Jade, na maior parte do verão. Eles voltaram há três dias.

— Quem os trouxe de volta?

— O Taylor.

— E depois eles ficaram aqui?

— Positivo.

— Aconteceu alguma coisa nos Hamptons?

— Tipo o quê? — perguntou Gregory.

— Tipo qualquer coisa anormal — falou Reacher. — Algo fora do comum.

— Não — disse Groom.

— Uma mulher apareceu na casa um dia — revelou Gregory.

— Que tipo de mulher?

— Uma mulher qualquer. Ela era gorda.

— Gorda?

— Meio encorpada. Uns quarenta anos. Cabelo comprido, partido no meio. A sra. Lane a levou pra caminhar na praia. Depois, a mulher foi embora. Imaginei que era uma amiga que tinha ido fazer uma visita.

— Já tinha visto essa mulher?

Gregory sacudiu a cabeça e completou:

— Talvez fosse uma amiga antiga. Do passado.

— O que a sra. Lane e Jade fizeram depois que voltaram para a cidade?

— Acho que não tinham feito nada ainda.

— Não, ela saiu uma vez — corrigiu Groom. — A sra. Lane. Não a Jade. Sozinha. Para fazer compras. Eu a levei de carro.

— Aonde? — perguntou Reacher.

— Staples.

— A loja de material de escritório? — Reacher as via em todo lugar. Uma rede grande, com decoração vermelha e branca, lojas enormes cheias de bagulhos de que ele não precisava. — O que ela comprou?

— Nada — respondeu Groom. — Esperei vinte minutos parado ao lado do meio-fio e ela voltou sem nada.

— Talvez tenha pedido para entregar — opinou Gregory.

— Ela podia ter feito isso pela internet. Não precisava ter me arrastado de carro até lá.

— Então talvez ela estivesse só dando uma passeada — sugeriu Gregory.

— Lugar esquisito para passear — comentou Reacher. — Quem faz isso?

— As aulas vão começar em breve — opinou Groom. — Talvez Jade estivesse precisando de alguma coisa.

— Nesse caso ela teria ido junto — argumentou Reacher. — Vocês não acham? E ela teria comprado alguma coisa.

— Ela levou alguma coisa quando entrou? — perguntou Gregory.

— Podia estar devolvendo alguma coisa.

— Estava com a bolsa dela — informou Groom. — É possível — nesse momento ele levantou a cabeça e olhou além dos ombros de Reacher. Edward Lane estava de volta à sala. Carregava, sem jeito devido ao volume, uma grande bolsa de viagem de couro. *Cinco milhões de dólares*, pensou Reacher. *Então essa é a aparência.* Lane largou a bolsa no chão, na entrada da antessala. Ela emitiu um baque surdo ao atingir a madeira e ficou imóvel como a carcaça de um pequeno animal gordo.

— Preciso ver uma foto de Jade — disse Reacher.

— Por quê? — perguntou Lane.

— Porque você quer que eu finja ser um policial. E fotos são as primeiras coisas que os policiais querem ver.

— Quarto — disse Lane.

Reacher posicionou-se atrás dele e o seguiu até um quarto. Era outro espaço quadrado e alto, de um tom gelo, tão sereno quanto um monastério e silencioso como uma tumba. Havia uma cama king size de cerejeira com dossel e todo o resto combinava com ela: um criado-mudo de cada lado, um armário, onde devia ficar uma televisão, uma mesa com uma cadeira diante dela, e uma fotografia emoldurada em cima. A fotografia era uma vinte e cinco por vinte, retangular, na horizontal, uma orientação que os fotógrafos chamam de paisagem, não de retrato. Mas era um retrato. Com certeza. Era o retrato de duas pessoas. À direita, Kate Lane. A mesma foto que a impressa na sala. A mesma pose, os mesmos olhos, o mesmo sorriso em desenvolvimento. Porém a impressão na sala fora cortada para excluir o objeto de afeição dela, que era sua filha Jade. A garota estava à esquerda na foto do quarto. Sua pose espelhava a da mãe. Estavam prestes a olhar uma para a outra, com amor nos olhos e sorrisos prestes a irromper em seus rostos, como se compartilhassem uma piada interna. Na foto, Jade devia ter cerca de sete anos. Ela tinha cabelo comprido escuro, levemente ondulado, fino como seda. Olhos verdes e pele de porcelana. Uma criança linda. Uma foto linda.

— Posso? — perguntou Reacher.

Lane assentiu com um gesto de cabeça. Permaneceu calado. Reacher pegou a foto e olhou-a mais de perto. O fotógrafo capturara o laço entre mãe e filha com absoluta perfeição. Independentemente da similaridade na aparência, não havia dúvida quanto ao relacionamento delas. Nenhuma sequer. Eram mãe e filha. Mas também eram amigas. Davam a impressão de que compartilhavam muita coisa. Uma foto maravilhosa.

— Quem tirou esta foto? — perguntou Reacher.

— Soube de um cara lá no centro — respondeu Lane. — Bem famoso. Muito caro.

Quem quer que fosse aquele cara, valia o preço, na opinião de Reacher. Apesar de a qualidade da impressão não ser tão boa quanto a da cópia na sala. As cores eram um pouco menos sutis e os contornos dos rostos, levemente plásticos. Talvez fosse produto de uma impressora. Talvez o orçamento de Lane não se estendesse a uma impressão profissional que contemplasse sua enteada.

— Uma beleza — elogiou Reacher. Pôs a fotografia de volta na mesa, calmamente. O quarto estava em total silêncio. Certa vez, Reacher tinha ouvido falar que o edifício Dakota tinha o melhor isolamento acústico da cidade de Nova York. Fora construído na mesma época em que fizeram o paisagismo do Central Park. O empreiteiro tinha enfiado um metro da argila e da lama escavadas do Central Park entre os pisos e os tetos. As paredes também eram grossas. Toda aquela massa dava a sensação de que o edifício fora esculpido em rocha maciça. *O que deve ter sido uma coisa boa*, imaginou Reacher, *na época em que o John Lennon morava aqui.*

— Ok? — disse Lane. — Viu o suficiente?

— Você se importa se eu der uma olhada na mesa?

— Pra quê?

— É da Kate, não é?

— É, sim.

— Então, é o que a polícia faria.

Lane deu de ombros e Reacher começou pelas gavetas de baixo. A da esquerda tinha caixas de material de escritório, papel de carta e cartões em que estava escrito apenas *Kate Lane*. A gaveta da direita tinha pastas dependuradas e o conteúdo delas era relacionado exclusivamente à educação de Jade. Ela estudava em uma escola particular nove quadras ao norte do apartamento. Era uma escola cara, a julgar pelas contas e cheques pagos, que eram todos da conta pessoal de Kate Lane. As gavetas de cima continham canetas e lápis, envelopes, selos, adesivos com o endereço dela, um talão de cheques. E recibos de cartão de crédito. Mas nada muito significativo. Nada recente. Nada da Staples, por exemplo.

A gaveta do meio, na parte de cima, tinha apenas dois passaportes americanos, um de Kate, o outro de Jade.

— Quem é o pai da Jade? — perguntou Reacher.

— Isso tem importância?

— Pode ter. Se isso for um rapto simples, com certeza vamos ter que dar uma checada nele. Geralmente são os ex-maridos que raptam os filhos.

— Mas esse sequestro tem pedido de resgate. E estão se referindo à Kate. A Jade estava lá por acaso.

— Raptos podem ser um disfarce. E o pai dela teria de comprar roupas para a garota, alimentá-la. E mandá-la para a escola. Ele ia querer dinheiro.

— Ele está morto — revelou Lane. — Morreu de câncer no estômago quando Jade tinha três anos.

— Quem era ele?

— Tinha uma joalheria. Kate a administrou durante um ano, depois do que aconteceu. Não muito bem. Ela tinha sido modelo. Mas foi lá que a conheci. Na loja. Eu estava comprando um relógio.

— Algum outro parente? Tias, tios, avós possessivos?

— Ninguém que eu já tenha conhecido. Portanto, ninguém que tenha visto Jade nos últimos anos. Ninguém que pudesse realmente ser descrito como possessivo.

Reacher fechou a gaveta central. Ajeitou a fotografia e se virou.

— Closet? — perguntou.

Lane apontou para uma de duas portas brancas estreitas. Atrás dela havia um closet, grande para um apartamento da cidade de Nova York, pequeno para qualquer outro lugar. A luz era acessa por uma correntinha de puxar. Lá dentro estendiam-se racks de roupas e sapatos femininos. Uma fragrância inundava o ar. Havia uma jaqueta muito bem dobrada no chão. Pronta para ser lavada a seco, pensou Reacher. Ele a pegou. Estava com uma etiqueta da Bloomingdale's. Conferiu os bolsos. Nada.

— O que ela estava usando quando saiu? — perguntou ele.

— Não tenho certeza — respondeu Lane.

— Quem pode saber?

— Nós todos saímos antes dela — disse Lane. — Acho que não tinha ninguém aqui. Com exceção do Taylor.

Reacher fechou a porta do closet e aproximou-se do guarda-roupa. Tinha porta dupla no alto e gavetas embaixo. Uma das gavetas continha joias. A outra estava cheia de miudezas diversas como pacotes de papel com botões sobressalentes de roupas novas e dinheiro trocado. Uma, repleta de roupa íntima. Sutiãs e calcinhas, todos brancos ou pretos.

— Posso ver o quarto da Jade? — pediu Reacher.

Lane o levou por um pequeno corredor interior. O quarto de Jade era todo decorado em tom pastel e cheio de coisas de criança. Ursos de pelúcia, bonecas de porcelana, brinquedos, jogos. Uma cama baixa. Um pijama dobrado no travesseiro. Uma luz noturna ainda acessa. Uma mesa baixa coberta de desenhos feitos com giz de cera em papel pardo. Uma cadeira pequena encaixada com precisão debaixo dela.

Nada que significasse alguma coisa para um policial do exército.

— Acabei — disse Reacher. — Sinto muito por ter me intrometido.

Ele seguiu Lane de volta à sala. A bolsa de couro continuava no chão, perto da antessala. Gregory e os outros cinco soldados continuavam em seus lugares, ainda quietos e pensativos.

— Hora da decisão — disse Lane. — Partimos do pressuposto de que Reacher foi visto entrando no prédio hoje à noite? Ou não?

— Não vi ninguém — disse Gregory. — E acho muito improvável. Vigilância 24 horas demandaria mão de obra. Então eu diria que não.

— Concordo — disse Lane. — Acho que Reacher ainda é um zé--ninguém para eles. Então ele pode ir para a rua às sete horas. Sendo assim, vamos tentar uma vigilância nossa.

Não houve objeção. Reacher aprovou a decisão.

— Vou vigiar a frente do prédio na Spring Street — disse ele. — Assim vejo pelo menos um deles. Talvez dois.

— Não deixe que o vejam — alertou Lane. — Você compreende a minha preocupação, não compreende?

— Totalmente — disse Reacher. — Eles não vão me notar.

— Só vigilância. Absolutamente nenhuma intervenção.

— Não se preocupe.

— Eles vão chegar cedo — disse Lane. — Então esteja em posição mais cedo ainda.

— Não se preocupe — repetiu Reacher. — Vou sair agora mesmo.

— Não quer saber qual prédio tem que vigiar?

— Não preciso saber — respondeu Reacher. — Verei o Gregory deixando as chaves.

Em seguida, saiu do apartamento e desceu o elevador. Cumprimentou o porteiro com um gesto de cabeça e saiu. Foi para o metrô da Rua 72 com a Broadway.

A mulher que vigiava o prédio o observou sair. Vira-o chegar com Gregory e agora Reacher estava saindo sozinho. Ela olhou seu relógio e anotou a hora. Levantou a cabeça e acompanhou a movimentação dele no sentido oeste. Depois o perdeu de vista e retornou para as profundezas das sombras.

7

O PRIMEIRO TREM A CHEGAR FOI UM NOVE. REACHER usou o Metrocard que comprara no dia anterior e percorreu onze estações no sentido sul até a Houston Street. Saiu do subsolo e caminhou no sentido sul pela Varick. Passava das três da manhã e estava tudo muito tranquilo. De acordo com a experiência de Reacher, a cidade que nunca dormia às vezes pegava no sono, pelo menos durante uma ou duas horas, em algumas noites da semana. Ocasionalmente, havia um pequeno intervalo entre o horário em que as pessoas notívagas chegavam em casa e o que as pessoas matutinas despertavam. Nesse momento, a cidade ficava em silêncio, suspirava e a escuridão brilhante se apoderava das ruas. Essa era a hora de Reacher. Ele gostava de imaginar as pessoas dormindo empilhadas em doze, treze, quinze andares, geralmente a cabeça contra a de estranhos em lados opostos das paredes finas dos apartamentos, em sono profundo, alheios ao homem alto e silencioso que caminhava abaixo deles nas sombras.

Virou à esquerda na Charlton Street, atravessou a Sexta Avenida e a Charlton se transformou na Prince. Três quadras depois, ele estava na West

Broadway, no coração do SoHo, uma quadra ao norte da Spring Street, três horas e quarenta minutos antes do horário marcado. Caminhou na direção sul, com o passo vagaroso de um homem que tem um destino certo, mas não tem pressa alguma de chegar. A West Broadway era mais larga do que as ruas transversais, por isso, quando passou lentamente pela Spring, teve uma boa visão da esquina sudoeste. Havia um prédio estreito com fachada de ferro e uma porta vermelha fosca num patamar mais alto do que a rua. Três degraus até ela. A fachada do prédio era coberta de grafite até bem embaixo e entrelaçada por uma intrincada escada de emergência que se estendia até o alto. As janelas do último andar estavam imundas e tinham uma espécie de tecido escuro atrás delas. No térreo, havia uma única janela, abarrotada de desbotados cartazes com licenças para execução de obras. Havia uma caixa de correio na porta, um retângulo estreito com uma aba. Era possível que já tivesse sido de bronze brilhante, mas estava opaca, manchada e desgastada pela corrosão.

É aquele ali, pensou Reacher. *Só pode ser.*

Virou à direita uma quadra depois, na Broome, e retornou no sentido norte pela Greene Street, passou por venezianas fechadas de boutiques que vendiam suéteres mais caros do que passagens de avião de primeira classe e mobília mais cara do que automóveis. Virou à esquerda na Prince e completou o circuito dando a volta na quadra. Desceu a West Broadway novamente e encontrou a entrada de um imóvel na calçada leste. Ela tinha uma pequena escada de meio metro de altura. Reacher afastou o lixo com os pés e deitou de barriga para cima com a cabeça apoiada nos braços cruzados e tombada de lado como um bêbado sonolento, mas com os olhos entreabertos e fixados na porta vermelha fosca a vinte metros dali.

A orientação a Kate Lane era para não se mover nem fazer barulho algum, mas ela decidiu arriscar. Não conseguia dormir, obviamente. Nem Jade. Como alguém conseguiria dormir naquelas circunstâncias? Então Kate desceu da cama bem devagar, agarrou a ponta da grade e empurrou lentamente a cama para o lado.

— Mãe, não — sussurrou Jade. — Você está fazendo barulho.

Kate não respondeu. Foi bem devagar até a cabeceira da cama e a empurrou mais alguns centímetros para o lado. Após mais três cuidadosos movimentos para trás e para a frente, tinha encostado seu colchão ao de Jade. Em seguida, voltou para baixo do lençol e tomou a filha nos braços. Abraçou-a com força. Se tinham que ficar acordadas, que ao menos ficassem acordadas juntas.

O relógio na cabeça de Reacher arrastava-se por volta das seis da manhã. Ali embaixo, nos cânions de tijolo e ferro do SoHo, ainda estava escuro, mas o céu já clareava. A noite fora quente, Reacher não tinha ficado desconfortável. Já estivera em situações piores. Muitas vezes. Geralmente, durante muito mais tempo. Até então não vira nenhuma atividade à porta vermelha fosca. Mas as pessoas já estavam envolvidas em suas atividades matinais. Carros e vans moviam-se nas ruas. Gente caminhava nas duas calçadas. Ninguém olhava para ele. Não passava de um cara a uma porta.

Ele girou sobre as costas e examinou o lugar ao redor. A porta que estava bloqueando era de metal liso cinza. Não tinha maçaneta externa. Talvez fosse uma saída de emergência, uma entrada para carga e descarga. Com alguma sorte, não seria incomodado antes das sete. Rolou de lado e deu uma olhada para o sul e para o oeste novamente. Arqueou as costas como se estivesse aliviando uma cãibra e olhou para o norte. Concluiu que a pessoa não demoraria a assumir sua posição. Eles não eram bobos. Providenciariam um local de vigilância criterioso. Confeririam telhados, janelas, carros estacionados com policiais à espreita. Talvez conferissem entradas de imóveis também. Mas Reacher jamais fora confundido com um policial. Todo policial tinha alguma coisa que o entregava. Reacher era autêntico.

Policiais, pensou ele.

A palavra firmou-se em sua cabeça como um galho em uma correnteza que fica preso à margem do rio. Ele se agarra por um breve momento antes de se soltar e ir embora flutuando aos rodopios. Então ele viu um policial de verdade, em um carro, movimentando-se no sentido norte, devagar. Reacher contorceu-se até ficar sentado e encostou as costas na porta cinza. Apoiou a cabeça no metal frio e duro. Dormir horizontalmente em público parecia ser contra as leis da vadiagem da cidade. Já sentar-se era como um direito constitucional. Quando os policiais de Nova York viam um cara deitado na entrada de um imóvel ou em um banco, ligavam a sirene e berravam no megafone. Quando viam um cara sentado, encaravam-no com cara feia e seguiam em frente.

A viatura prosseguiu.

Reacher deitou-se novamente. Cruzou os braços atrás da cabeça e manteve os olhos entreabertos.

Seis quilômetros ao norte, Edward Lane e John Gregory desciam no elevador do Dakota. Lane carregava a protuberante bolsa de couro. Do lado de fora, sob a luz cinzenta da alvorada, o BMW azul aguardava junto ao meio-fio. O manobrista desceu do veículo e entregou as chaves para Gregory, que usou o controle para abrir o porta-malas. Lane jogou a bolsa lá dentro, olhou-a durante um segundo e bateu a tampa com força.

— Nada de heroísmo — ordenou ele. — Deixe o carro lá, deixe as chaves e vá embora.

— Positivo — respondeu Gregory. Ele contornou o capô e sentou-se no banco do motorista. Ligou o carro e seguiu no sentido oeste. Depois virou para o sul na Nona Avenida. Àquela hora da manhã, imaginou que o trânsito estaria tranquilo.

No mesmo instante, seis quilômetros ao sul, um homem saiu da Houston Street e seguiu pela West Broadway. Estava a pé. Era branco, tinha 42 anos, um metro e oitenta, oitenta e seis quilos. Estava com uma jaqueta jeans sobre um moletom com capuz. Atravessou para a calçada oeste e seguiu na direção da Prince. Mantinha os olhos em movimento. Esquerda, direita, perto, longe. *Reconhecimento*. Ele, com toda razão, tinha orgulho de sua técnica. Não deixava passar muita coisa. Nunca deixara passar muita coisa. Imaginava seu olhar como holofotes em movimento penetrando a escuridão e revelando tudo.

Revelando: 45 graus à frente e à esquerda, um homem esparramado à entrada de um imóvel. Um homem grande, porém inerte. Seus membros estavam relaxados pelo sono. Sua cabeça, apoiada nos braços e tombada de lado em um ângulo característico.

Bêbado? Apagado?

Quem era ele?

O homem de moletom com capuz parou na faixa de pedestre da Prince Street. Aguardou o sinal fechar, ainda que não houvesse trânsito. Usou esse tempo para terminar sua inspeção. As roupas do grandalhão eram um lixo, mas o sapato era bom. De couro, resistente, robusto, solados bem costurados. Provavelmente inglês. Provavelmente trezentos dólares o par. Trezentos e cinquenta, talvez. Cada pé daquele sapato custava duas vezes mais do que qualquer outra coisa que aquele homem estava usando.

Então quem era ele?

Um vagabundo que roubou um sapato chique? Ou não?

Não, pensou o homem de moletom com capuz.

Ele virou noventa graus e atravessou a West Broadway contra o semáforo. Foi direto para a entrada do imóvel.

Gregory passou com facilidade por um pequeno congestionamento na Rua 42 e pegou os sinais verdes até os fundos do correio na 31. Depois, os semáforos e sua sorte mudaram. Teve que parar o BMW atrás de um caminhão de lixo. Aguardou. Conferiu o relógio. Tinha muito tempo.

O homem de moletom com capuz parou silenciosamente a um passo da porta. Prendeu a respiração. O cara a seus pés continuava dormindo. Não fedia. A pele era boa. O cabelo estava limpo. Não era subnutrido.

Não é um vagabundo com sapatos roubados.

O homem de moletom com capuz sorriu para si mesmo. Aquele sujeito ali era um cuzão qualquer, dono de algum loft de um milhão de dólares no SoHo, que saiu para se divertir, abusou um pouco e não conseguiu chegar em casa.

Um alvo perfeito.

Ele deu um pequeno e arrastado passo para a frente. Expirou, inspirou. Direcionou os holofotes para os bolsos da calça chino. Examinou-os.

Lá estava.

No bolso esquerdo da frente. O familiar e delicioso volume. Com exatamente 6,5cm de largura, 1,3cm de espessura e 8,3cm de comprimento.

Dinheiro dobrado.

O homem de moletom com capuz tinha muita experiência. Sem ver, conseguia dizer o que havia ali. Um monte de notas novinhas de vinte dólares sacadas de um caixa eletrônico, algumas notas de cinco e dez velhas notas de um dólar amarrotadas do troco do táxi. Total:

Cento e setenta e três dólares. Esse era o prognóstico. E seus prognósticos eram geralmente muito bons. Duvidava que ficaria desapontado. Mas estava preparado para ter uma grata surpresa.

Curvou-se e estendeu o braço.

Usou os dedos para levantar a costura da parte de cima do bolso. Para fazer um pequeno túnel. Depois esticou a mão, com a palma virada para baixo, e deslizou os dedos indicador e do meio para dentro, de leve, como penas. Ele os cruzou, como uma tesoura, ou em uma promessa. O dedo indicador passou por baixo da grana até o primeiro nó. O dedo do meio passou por cima da dobra. Como uma pinça. Fez uma leve pressão. Usou a ponta do dedo do meio para pressionar o maço de notas contra a unha do dedo indicador. Deu uma curta e sutil puxada para quebrar o laço de fibra entre o dinheiro e o bolso. Começou a lenta e suave extração.

Então seu pulso quebrou.

Duas mãos gigantescas o agarraram e fraturaram como um graveto podre. Uma repentina e destruidora explosão de movimento. Um borrão. Primeiro, não houve dor. Depois ela irrompeu como um maremoto. Mas a essa altura já era tarde demais para gritar. Uma das duas mãos gigantescas estava pressionada em sua boca. Foi como ter sido golpeado com força por uma luva de beisebol.

— Tenho três perguntas — disse o grandalhão em voz baixa. — Diga a verdade e eu deixo você ir. Minta para mim e eu quebro o outro pulso. Está claro?

O grandalhão mal havia se mexido, apenas as mãos, uma, duas, três vezes, rápido, eficiente e letal. Nem ofegante ele estava. O homem de moletom com capuz não conseguia sequer respirar. Ele concordou com um gesto de cabeça desesperado.

— Ok, primeira pergunta: O que exatamente você está fazendo? — O grandalhão retirou a mão para permitir que o outro respondesse.

— Seu dinheiro — disse o homem com moletom de capuz. Sua voz não saía direito. Estava totalmente abafada pela dor e pelo pânico.

— Não é a sua primeira vez — disse o grandalhão. Seus olhos estavam entreabertos, azul-claros, sem expressão. Hipnóticos. O homem de moletom não podia mentir.

— Chamo isto de patrulha da alvorada — respondeu ele. — Às vezes tem uns dois ou três caras iguais a você.

— Não exatamente iguais a mim — discordou o grandalhão.

— Não.

— Má escolha.

— Desculpa.

— Segunda pergunta: você está sozinho?

— Estou.

— Terceira pergunta: você quer ir embora agora?

— Quero, sim.

— Então vá. Lenta e naturalmente. Vá para o norte. Vire à direita na Prince. Não corra. Não olhe para trás. Desapareça. Agora.

Gregory estava a uma quadra e meia do hidrante e aproximadamente oito minutos adiantado. Concluiu que estacionaria antes de ele chegar lá. Concluiu que devia calcular com mais precisão.

O ritmo cardíaco de Reacher tinha voltado ao normal depois de uns quinze segundos. Ele enfiou o dinheiro mais para o fundo do bolso e colocou os braços de novo atrás da cabeça. Tombou o rosto de lado com os olhos entreabertos. Não viu ninguém perto da porta vermelha. Ninguém sequer olhando para ela.

O homem de moletom com capuz chegou à Prince segurando o pulso quebrado. Ele abandonou o passo lento e natural e começou a correr para o leste o mais rápido que conseguia. Parou duas quadras depois e vomitou na sarjeta. Ficou ali um tempo, com o tronco inclinado para a frente, arquejando, a mão boa no joelho e a ruim enfiada no bolso do moletom, como se usasse uma tipoia.

Reacher não estava de relógio, mas calculou que tinha visto Gregory entre sete e oito, e sete e nove. Abaixo da Houston, as quadras no sentido norte-sul são compridas. Oito ou nove minutos era mais ou menos o tempo necessário para ir a pé do hidrante na Sexta Avenida até o local. Ou seja, Gregory chegou com pontualidade. Ele movimentava-se pela Spring vindo do oeste. Caminhava com rapidez. Estava com a mão dentro do bolso do blazer. Parou na calçada em frente à porta vermelha, virou com precisão militar e subiu os três curtos degraus, com leveza e facilidade, equilibrando-se na ponta dos pés. Tirou a mão do bolso e Reacher viu o brilho do metal e o plástico preto. Viu Gregory suspender a aba da caixa de correio com a mão esquerda e enfiar as chaves por ela com a direita. Viu-o soltar a aba, que voltou para o lugar, e ir embora caminhando. Viu-o virar à direita na West Broadway. Ele não olhou para trás. Simplesmente continuou caminhando, fazendo o seu papel, tentando manter Kate Lane viva.

Reacher manteve os olhos na porta. Aguardou. Três minutos, calculou ele. Cinco milhões de dólares eram muito dinheiro. Haveria certo grau de impaciência. Assim que o cara confirmasse que Gregory estava a uma distância segura, ele entraria pela porta. E ele chegaria à conclusão de que uma quadra comprida mais uma faixa de pedestres era uma distância segura. Portanto, assim que Gregory estivesse ao sul da Broome, o sujeito agiria.

Um minuto.

Dois Minutos.

Três minutos.

Nada aconteceu.

Reacher permaneceu deitado, relaxado, continuou casual. Não demonstrou sinal externo algum de interesse. Nem de preocupação.

Quatro minutos. Nada aconteceu.

Reacher mantinha os olhos entreabertos, mas encarava a porta com tanta concentração que seus detalhes entalhavam-se em sua memória. Cicatrizes, riscos, listras de sujeira e ferrugem, pichação. Ele sentia que dali a cinquenta anos conseguiria fazer um desenho dela com a precisão de uma polaroide.

Seis minutos. Oito. Nove.

Nada aconteceu.

A calçada tinha todo tipo de pessoa, mas nenhuma delas chegava nem perto da porta vermelha. Havia trânsito, vans descarregavam, bodegas e padarias funcionavam. Gente com jornais e copos de café tampados caminhava em direção ao metrô.

Ninguém subia até a porta vermelha.

Doze minutos. Quinze.

Reacher se perguntou: será que me viram? Ele se respondeu: é claro que viram. Muito provavelmente. O ladrão me viu. Com certeza. E aqueles caras eram mais espertos do que um ladrão qualquer. Eram do tipo que enxerga tudo. Caras bons o suficiente para derrubar um veterano do Serviço Aéreo Especial britânico em frente a uma loja de departamentos iriam conferir a rua com muito cuidado. Então Reacher se perguntou: mas eles estavam preocupados? E respondeu: não estavam, não. O ladrão viu uma oportunidade profissional. Foi só isso. Para esses caras, pessoas em entradas de imóveis eram como latas de lixo, ou caixas de correio, ou hidrantes, ou táxis em movimento. Mobiliário urbano. A pessoa os vê, a pessoa vê a cidade. E ele estava sozinho. A polícia ou o FBI teria comparecido em grupo. Em bando. Haveria um monte de pessoas espalhadas por ali sem explicação, com rostos evasivos e tentando fingir que os sacos marrons que seguravam meio sem jeito continham garrafas de bebida, e não seus walkie-talkies.

Ou seja, eles me viram, mas não ficaram com medo.

Então o que diabos estava acontecendo?

Dezoito minutos. *Hidrantes*, pensou Reacher.

O BMW estava estacionado em frente a um hidrante. A hora do rush se aproximava. Os reboques do Departamento de Polícia de Nova York estavam com os motores ligados e saíam das garagens para começar o dia. Todos eles tinham metas a cumprir. Quanto tempo uma pessoa em sã consciência deixa cinco milhões de dólares em um carro estacionado num lugar proibido de Nova York?

Dezenove minutos.

Reacher desistiu depois de vinte. Rolou para o lado e levantou-se. Espreguiçou uma vez e saiu andando com pressa no sentido norte, pegou a direção oeste na Prince até chegar à Sexta Avenida, depois seguiu para o norte de novo pela Houston, rua onde ficava o meio-fio com o hidrante.

Estava vazia. O BMW já era.

8

EACHER SEGUIU PARA O SUL NOVAMENTE E PERCORREU todo o caminho até a Spring Street. Seis quadras, movendo-se rapidamente, sete minutos. Encontrou Gregory na calçada em frente à porta vermelha.

— Então? — perguntou Gregory. Reacher abanou a cabeça e falou:

— Nada. Porcaria nenhuma. Ninguém apareceu. O esquema virou merda de rato. Não é assim que o pessoal do Serviço Aéreo Especial britânico fala?

— Quando estamos com vontade de ser educados — disse Gregory.

— O carro já era.

— Como isso é possível?

— Tem uma porta nos fundos — sugeriu Reacher. — Essa é a minha melhor suposição.

— Merda.

Reacher concordou com um gesto de cabeça e completou:

— Como eu disse, merda de rato.

— A gente devia dar uma conferida. O sr. Lane vai querer saber da história toda.

Encontraram uma entrada em um beco a dois prédios dali. Ela tinha um portão acorrentado. As correntes estavam presas com um cadeado do tamanho de uma frigideira. Inquebrável. Porém relativamente novo. Lubrificado e usado com frequência. Acima dos portões havia uma única tela de ferro cobrindo toda a largura do beco e estendendo-se seis metros para cima.

Não tem como entrar.

Reacher deu um passo para trás e olhou para a esquerda e para a direita. O vizinho à direita do prédio-alvo era uma *chocolatier*. Havia uma tela de segurança na vitrine, mas Reacher conseguiu enxergar doces do tamanho de recém-nascidos à mostra atrás dela. *Falsos*, supôs ele, Senão teriam derretido ou ficado brancos. Uma luz estava acessa nos fundos da loja. Ele pôs as mãos em concha no vidro e espiou lá dentro. Viu uma pequena silhueta sombreada se movendo de um lado para o outro. Bateu com força na porta, alto, com a palma da mão. A silhueta pequena parou de se mover e se virou. Apontou para algo na altura da cintura à direita de Reacher. Havia um cartão muito bem impresso colado no vidro da porta: *Horário de Funcionamento, 10h-22h*. Reacher abanou a cabeça e acenou para que a pequena figura se aproximasse. Ela encolheu os ombros demonstrando exasperação e começou a caminhar na direção dele. Era uma mulher. Baixa, morena, jovem, cansada. Ela virou numerosas trancas e abriu a porta segura por uma grossa corrente de aço.

— A loja está fechada — disse pela fresta estreita.

— Departamento de Saúde — disse Reacher.

— Você não tem cara de quem trabalha lá — contestou a mulher. E tinha razão. Reacher estava mais convincente como mendigo deitado na entrada do prédio. Não era convincente como um burocrata da cidade.

— Ele é quem trabalha na prefeitura — argumentou. — Estou com ele.

— Acabaram de fazer a inspeção aqui — reclamou a mulher.

— Queremos informações sobre o prédio vizinho — disse Reacher.

— O que tem ele?

Reacher deu uma olhada atrás dela. *Uma confeitaria cheia de produtos luxuosos de que ninguém realmente precisava. Ou seja, uma base de clientes frágil. Ou seja, um proprietário inseguro.*

— Ratos — falou ele. — Sou o dedetizador. Fizeram reclamações.

A mulher ficou em silêncio.

— Você tem a chave do portão do beco? — perguntou Gregory.

A mulher assentiu e completou:

— Mas vocês podem usar a porta dos fundos daqui. Vai ser mais rápido.

Ela soltou a corrente da porta. Deixou-os entrar e atravessar o salão com um intenso aroma de cacau. A decoração na parte da frente do estabelecimento era de uma loja de varejo, e havia uma cozinha profissional nos fundos. Fornos, começando a esquentar naquele momento. Dezenas de bandejas brilhantes. Leite, manteiga, açúcar. Tonéis de chocolate derretido. Bancadas de aço. Uma porta nos fundos, ao final de um curto corredor ladrilhado. A mulher os deixou sair por ela, e Reacher e Gregory chegaram a um beco de tijolos com a largura exata para carroças e carretinhas que existiam no início do século XX. O beco estendia-se ao longo da quadra e tinha uma única saída com portão na Thompson Street em uma ponta e, na outra, uma curva de noventa graus que dava no portão que haviam acabado de ver na Spring Street. Os fundos do prédio-alvo estavam tão destruídos quanto a fachada. Ou até mais. Menos pichação, mais deterioração. A alvenaria possuía danos causados pelo gelo e havia lodo espalhado ao fim das calhas.

Uma janela do térreo. E uma porta traseira.

Tinha a mesma cor fosca que a porta da frente, mas parecia ainda mais decrépita. Parecia uma porta de madeira revestida de aço e pintada pela última vez por um soldado em busca de trabalho depois da Coreia. Ou depois da Segunda Guerra Mundial, ou da Primeira Guerra Mundial. Mas possuía uma tranca moderna, apenas uma, boa e resistente. A maçaneta era uma bola de latão das antigas, preta e esburacada pelo tempo. Impossível descobrir se alguém tinha encostado nela na última hora. Reacher a agarrou e puxou. A porta abriu três milímetros e parou abruptamente segura pela lingueta de aço da tranca.

Não há como entrar.

Reacher se virou e seguiu na direção da cozinha da *chocolatier*. Ela apertava chocolate pastoso em um saco branco com um bico prateado e pontilhava uma assadeira com uma espremida a cada cinco centímetros.

— Quer lamber a colher? — perguntou ela, observando-o observá-la.

— Você já viu alguém aí no vizinho? — Foi a vez dele de perguntar.

— Ninguém.

— Nem entrando nem saindo?

— Nunca — respondeu ela. — O prédio está vazio.

— Você vem para cá todo dia?

— Desde as sete e meia da manhã. A primeira coisa que faço é acender os fornos, e os desligo às dez da noite. Depois limpo tudo e vou embora às onze e meia. Dias de dezesseis horas. Sou regular como um relógio.

— Sete dias por semana?

— Negócio pequeno. Nunca descansamos.

— Vida dura.

— A sua também.

— A minha?

— Com os ratos nesta cidade.

Reacher fez que sim.

— Quem é dono do imóvel vizinho?

— Você não sabe? — interrogou a mulher. — Está com o cara da prefeitura.

— Você pode me ajudar a ganhar tempo — disse Reacher. — A documentação está uma bagunça.

— Não tenho ideia — respondeu a mulher.

— Ok — disse Reacher. — Tenha um ótimo dia.

— Tente checar nas licenças de reforma na janela da frente. Tem um monte de telefones lá. Provavelmente tem o do dono também. Você não sabe o monte de merda que eu tive que listar pra conseguir botar este lugar pra funcionar.

— Obrigado — agradeceu Reacher.

— Quer chocolate?

— Não posso, estou de serviço — disse ele.

Ele seguiu Gregory e os dois saíram pela frente da loja, viraram para a direita e conferiram a janela da frente do prédio-alvo, tampada com cortinas escuras. Havia mais de dez licenças coladas no vidro. Ele estava imundo de fuligem e as licenças, ressecadas e enroladas. Todas já tinham expirado havia muito tempo. Mas ainda continham os números de telefone escritos à mão, um para cada participante do projeto abandonado. Arquiteto, empreiteiro, dono. Gregory não os anotou.

Pegou seu pequeno celular prata e tirou uma foto. Em seguida, usou-o novamente, dessa vez para fazer uma ligação para o Dakota.

— A caminho.

Ele e Reacher andaram até a Sexta Avenida, pegaram o trem C no sentido norte e pararam oito estações depois na Rua 72. Saíram e foram envolvidos pela luz do dia bem ao lado do Strawberry Fields. Entraram no *lobby* do Dakota exatamente às oito e meia.

A mulher que vigiava o edifício os viu entrar e anotou o horário.

9

A MÁ NOTÍCIA DEIXOU EDWARD LANE NO FIO DA navalha. Reacher o observava atenciosamente e percebeu sua luta para manter o controle. Ele andava de um lado para o outro na sala, estalava os dedos das mãos compulsivamente e arranhava as palmas com as unhas.

— Conclusões? — perguntou ele. Como uma exigência. Como um direito.

— Estou revisando minhas conclusões — disse Reacher. — Talvez não sejam três caras. Talvez sejam apenas dois. Um fica com Kate e Jade, o outro vem à cidade sozinho. Ele, na verdade, não precisa vigiar Gregory indo embora pela West Broadway porque, de qualquer maneira, seu plano é usar a porta dos fundos. Ele já está no beco, fora de vista.

— Arriscado. Mais seguro estar solto na rua.

Reacher discordou com um movimento de cabeça e explicou:

— Eles fizeram o dever de casa. A vizinha fica na loja dela das sete e meia da manhã às onze e meia da noite. O que explica os horários que eles escolheram. Sete da manhã hoje, antes de ela chegar. Onze e quarenta na primeira noite, depois de ela ir embora. Onze e quarenta é uma escolha de horário com uma precisão muito esquisita, você não acha? Tem de haver um motivo para isso.

Edward Lane ficou calado.

Reacher continuou:

— Ou talvez seja um cara. Sozinho. É possível. Se Kate e Jade estão seguras no norte do estado, ele pode ter vindo à cidade sozinho.

— Seguras?

— Trancadas em algum lugar. Amarradas e amordaçadas, talvez.

— Durante doze horas em cada uma das vezes? Para ir lá e voltar?

— Isso é um sequestro. Elas não estão em um spa.

— Um cara só?

— É possível — repetiu Reacher. — E talvez ele nem mesmo estivesse no beco. Talvez estivesse dentro do prédio, esperando, pronto. Talvez bem atrás da porta. Talvez Gregory tenha jogado as chaves bem na mão dele.

— Eles vão ligar de novo? — perguntou Lane. — Ele?

— Daqui a quatro horas toda aquela discussão vai começar de novo.

— E?

— O que você faria?

Lane não deu uma resposta direta:

— Se há apenas um cara, como ele pode discutir?

— Com ele mesmo — respondeu Reacher. — E esse é o pior tipo de discussão que se pode ter.

Lane começou a andar. Mas suas mãos pararam de se movimentar. Era como se tivesse sido golpeado por uma nova consideração. Reacher estava esperando por isso. *Aí vem*, pensou ele.

— Talvez você esteja certo — disse Lane. — Talvez não sejam três caras.

Reacher aguardou.

— Talvez sejam *quatro* caras — opinou Lane. — E talvez você seja o quarto cara. Talvez seja por isso que estava no café na primeira noite. Para dar cobertura pro seu parceiro. Certificar-se de que ele escaparia com tranquilidade.

Reacher ficou calado.

— Foi você que sugeriu que vigiássemos a porta hoje de manhã — prosseguiu Lane. — Porque sabia que não aconteceria nada ali. Devia ter ficado vigiando o carro. Devia ter ficado na Sexta Avenida, não na Spring Street. E você sabia que eles iam pedir mais cinco milhões. Você é um deles, não é?

Silêncio na sala.

— Duas perguntas — disse Reacher. — Por que eu teria voltado para o café na segunda noite? Não estava acontecendo nada na segunda noite. E se eu fosse bandido, por que eu diria ao Gregory que tinha visto alguma coisa?

— Porque você queria se infiltrar como um verme para nos direcionar para o caminho errado. Você sabia que eu ia mandar alguém procurar testemunhas. Isso é óbvio. E você estava lá, como uma aranha esperando um mosquito.

Lane deu uma olhada ao redor da sala. Reacher o acompanhou. Uma silenciosa atmosfera de desespero, ameaça subjugada, seis veteranos das Forças Especiais, todos o encarando. Todos preparados para o combate, todos cheios de hostilidade contra o estranho e todos soldados que carregam aquela enorme desconfiança em relação a um policial do Exército. Ele conferiu o rosto de cada um deles. Em seguida, olhou para a foto de Kate Lane.

— Que pena — disse ele. — Sua esposa é uma mulher bonita, sr. Lane. E a sua filha é uma graça. E se você quer as duas de volta, sou a única coisa que tem. Porque, como eu disse, esses caras aqui podem começar uma guerra, mas não são investigadores. Não conseguem encontrar o que está procurando. Conheço caras como esses, não conseguem achar o próprio cu nem se eu der a eles uma vareta com um espelho na ponta.

Todos calados.

— Você sabe onde eu moro? — perguntou Reacher.

— Posso descobrir — disse Lane.

— Não pode, não — discordou Reacher. — Porque eu não moro em lugar nenhum. Eu perambulo por aí. Aqui, ali, em tudo quanto é canto. Ou seja, se eu optar por ir embora daqui hoje, nunca mais vai me ver. Pode contar com isso.

Lane não respondeu.

— E, em consequência, Kate — completou Reacher. — Nunca mais vai vê-la também. Pode contar com isso.

— Você não sairia daqui vivo — afirmou Lane. — A não ser que eu permita.

Reacher discordou com a cabeça e disse:

— Não usaria armas de fogo aqui. Não dentro do Edifício Dakota. Tenho certeza de que isso violaria os termos do seu contrato com o condomínio. E não estou preocupado com um combate corpo a corpo. Não contra esses carinhas. Você se lembra de como era na época do serviço, não lembra? Quando o seu pessoal pisava na bola, pra quem vocês ligavam? Para a 110ª Unidade Especial, certeza. Gente da pesada precisa de policiais mais da pesada ainda. Eu era um daqueles policiais. E estou disposto a ser de novo. Contra todos vocês de uma vez.

Todos calados.

— Não estou aqui para induzi-lo ao erro — disse Reacher. — Se quisesse fazer isso, teria inventado a descrição de dois caras hoje de manhã. Baixo, alto, gordo, qualquer coisa. Esquimós com chapéu de pele. Africanos com trajes tribais. Faria você perseguir sombras por aí. Mas não fiz isso. Voltei para cá e disse que sinto muito por ainda não conseguir direcionar você a algum lugar. Porque realmente sinto muito por isso. De verdade. Sinto muito por essa merda toda.

Todos ficaram calados.

— Mas você tem que aguentar firme — disse Reacher. — Todos nós temos. Este tipo de coisa nunca é fácil.

A sala permaneceu em silêncio. Então Lane soltou o ar. Ele sacudiu a cabeça e disse:

— Peço desculpas. Desculpas sinceras. Por favor, me perdoe. É o estresse.

Reacher disse:

— Sem ressentimentos.

Lane ofereceu:

— Um milhão de dólares para achar a minha mulher.

— Para mim? — perguntou Reacher.

— Como gratificação.

— Isso que é aumento. Eram vinte e cinco mil algumas horas atrás.

— A situação é mais séria agora do que algumas horas atrás.

Reacher ficou calado.

— Você aceita? — perguntou Lane.

— Falamos de gratificação depois — respondeu Reacher. — Se eu for bem-sucedido.

— Se?

— Estou comendo poeira aqui. O sucesso depende de quanto tempo mais vamos conseguir manter esse negócio rolando.

— Eles vão ligar de novo?

— Sim, eu acho que vão.

— Por que você mencionou africanos?

— Quando?

— Agora há pouco. Você disse africanos com trajes tribais. Como exemplo de descrição inventada.

— Foi um exemplo. Como você disse.

— O que você sabe sobre a África?

— É um continente grande ao sul da Europa. Nunca fui lá.

— O que fazemos agora?

— Pensamos — respondeu Reacher.

Lane foi para o escritório e cinco dos homens saíram para tomar café da manhã. Reacher permaneceu na sala. Gregory ficou com ele. Sentaram-se um de frente para o outro em dois sofás baixos. Entre os sofás havia uma mesinha de centro. Ela tinha tampo de mogno com polimento francês. Os sofás eram cobertos com chita florida. Havia almofadas de veludo. Soava jocoso o exagero da decoração, do estilo e do requinte da sala, dados os problemas que tinham em mãos. E ela era totalmente dominada pelo retrato de Kate Lane. Seus olhos estavam em todos os lugares.

— Você consegue trazê-la de volta? — perguntou Gregory.

— Não sei — disse Reacher. — Geralmente esse tipo de coisa não tem final feliz. Sequestro é um negócio brutal. Com frequência é exatamente a mesma coisa que homicídio, só que um pouco mais demorado.

— Muito negativo.

— Não, é realista.

— Alguma chance?

— Alguma talvez, se estivermos só na metade dessa coisa toda. Provavelmente nenhuma, se estivermos próximos do fim. Não fiz nenhum progresso ainda. E em todo sequestro, o fim do jogo é sempre a parte mais difícil.

— Você acha mesmo que eles estavam no prédio quando deixei as chaves lá?

— É possível. E faria sentido. Por que esperar do lado de fora se podiam esperar lá dentro?

— Certo — disse Gregory. — Então que tal isto: a base deles é lá. É lá que eles *estão*. Não no norte do estado.

— Onde estão os carros?

— Em estacionamentos espalhados pela cidade.

— Por que os períodos de cinco horas?

— Para criar uma falsa impressão.

— Seria um blefe duplo do cacete — disse Reacher. — Eles nos levaram direto para lá. Nos deram o endereço.

— Mas é concebível.

Reacher deu de ombros.

— Não muito. Mas coisas estranhas acontecem, eu acho. Então vá ligar para aqueles números. Descubra tudo o que puder. Se possível, consiga alguém que nos encontre lá com a chave. Mas não lá no prédio. Na esquina com a Thompson. Fora de vista. Por precaução.

— Quando?

— Agora. Precisamos voltar para cá antes do próximo pedido de resgate.

Reacher deixou Gregory trabalhando com o celular no sofá e atravessou novamente a cozinha para ir ao escritório de Lane. Ele estava à mesa, mas não fazia nada de produtivo. Simplesmente balançava para trás e para a frente formando um arco minúsculo e olhando para as fotografias gêmeas diante de si. Suas duas esposas. Uma delas, morta. Talvez a outra também.

— O FBI achou os caras? — perguntou Reacher. — Na primeira vez, com a Anne?

Lane negou com a cabeça.

— Mas você sabia quem eles eram.

— Não na época — respondeu Lane.

— Mas descobriu depois.

— Descobri?

— Conte-me como.

— Tornou-se uma questão de fazer a pergunta decisiva — respondeu Lane. — Quem faria uma coisa dessas? No início eu não conseguia imaginar uma resposta. Mas era óbvio que alguém era responsável, então ampliei as possibilidades de resposta à pergunta determinante. Mas, então, todo mundo no planeta parecia uma possibilidade. Estava além da minha compreensão.

— Você me surpreende. Você transita por um mundo em que fazer reféns e raptar pessoas não são coisas assim tão incomuns.

— É mesmo?

— Conflitos internacionais — disse Reacher. — Forças irregulares.

— Mas aquilo foi local — contestou Lane. — Aquilo aconteceu bem aqui na cidade de Nova York. E foi com a minha esposa, não comigo nem com algum dos meus homens.

— Mas você achou os caras.

— Achei?

Reacher fez que sim e explicou:

— Você não me perguntou se eu acho que podem ser as mesmas pessoas. Não está especulando. É como se tivesse certeza de que não são.

Lane ficou calado.

— Como você os encontrou? — perguntou Reacher.

— Alguém que conhecia alguém escutou uma conversa. Traficantes de armas, em várias esferas da rede de contatos deles.

— E?

— Havia uma história sobre quatro caras que tinham ouvido falar de um negócio do qual eu tinha participado, e eles concluíram que eu tinha dinheiro.

— O que aconteceu com eles?

— O que você teria feito?

— Eu me certificaria de que não fizessem aquilo de novo.

— Digamos apenas que estou totalmente seguro de que não são as mesmas pessoas agindo de novo.

— Você ouviu alguma nova conversa? — perguntou Reacher.

— Nenhuma palavra.

— Rivais nos negócios?

— Não tenho rivais neste negócio. Tenho parceiros inferiores e iniciantes. E mesmo que tivesse rivais, eles não fariam algo assim. Seria suicídio. Saberiam que mais cedo ou mais tarde os nossos caminhos se cruzariam. Você arriscaria contrariar um bando de caras armados com os quais pode trombar, sem que ninguém esteja sabendo, no meio do nada?

Reacher não respondeu.

— Eles vão ligar de novo? — perguntou Lane.

— Acho que sim.

— O que vão pedir?

— Dez — respondeu Reacher. — Esse é o próximo passo. Um, cinco, dez, vinte.

Lane suspirou, distraído.

— São duas bolsas — disse ele. — Não dá para colocar dez milhões de dólares em uma só.

Ele não demonstrou nenhuma outra reação externa. Reacher pensou: *Um mais cinco já foram, mais um que ele me prometeu, mais dez. São dezessete milhões de dólares. Esse cara está tomando um prejuízo de dezessete milhões de dólares e nem sequer pestanejou até agora.*

— Quando vão ligar? — perguntou Lane.

— Dê-lhes tempo para dirigir e para argumentar — disse Reacher. — No final da tarde, início da noite. Não antes.

Lane continuou a balançar a cadeira fazendo o minúsculo arco. Entregou-se ao silêncio. Até que uma leve batida na porta ressoou e Gregory enfiou a cabeça na sala.

— Consegui aquilo de que precisamos — disse ele. Para Reacher, não para Lane. — O prédio na Spring Street? O dono é um empreiteiro falido. Um cara do escritório de advocacia dele vai se encontrar com a gente lá em uma hora. Falei que estávamos interessados em comprar o lugar.

— Bom trabalho — elogiou Reacher.

— Talvez você devesse repensar o que falou sobre a vareta com espelho.

— Talvez devesse. Talvez um dia eu repense.

— Vamos nessa.

Diante deles, ao meio-fio da Rua 72, parou outro BMW Série 7 sedã. Esse era preto. Dessa vez, o motorista ficou ao volante e Gregory e Reacher entraram atrás. A mulher que vigiava o prédio os viu sair e anotou o horário.

10

O CARA DO ESCRITÓRIO DE ADVOCACIA DO EMPREITEIRO falido era um assistente jurídico estridente de cerca de trinta anos. Os bolsos do terno dele estavam estufados por causa do monte de chaves que carregava. Obviamente, sua firma era especializada em propriedades em dificuldade financeira. Gregory deu a ele um cartão da CSO e apresentou Reacher como um empreiteiro cuja opinião ele valorizava.

— O prédio é habitável? — perguntou Gregory. — Do jeito que está agora?

— Está preocupado com a possibilidade de o prédio estar invadido? — O homem estridente devolveu a pergunta.

— Ou com ter inquilinos — disse Gregory. — Ou com não ter ninguém.

— Não tem ninguém aí dentro — respondeu o homem. — Te garanto isso. Não tem água, nem energia, nem gás, nem rede de esgoto. Além disso, se este é o prédio que estou imaginando, é bem improvável que esteja habitado por causa de uma outra característica dele.

Ele remexeu nas chaves e destrancou o portão do beco na Thompson Street. Os três homens caminharam para o leste juntos, atrás da loja de chocolate, na direção da porta vermelha nos fundo do prédio-alvo.

— Espera — disse Gregory. Ele virou-se para Reacher e sussurrou. — Se eles estiverem aí, precisamos pensar em como vamos agir. Podemos matar os dois aqui mesmo.

— Duvido que estejam aí dentro — alegou Reacher.

— Planeje-se para o pior — disse Gregory.

Reacher concordou. Deu um passo atrás, olhou para cima e conferiu as janelas. Estavam pretas de sujeira e tinham cortinas pretas empoeiradas bem fechadas atrás delas. O barulho da rua era alto, mesmo no beco. Portanto, a abordagem deles até o momento não havia sido detectada.

— Decisão? — perguntou Gregory. Reacher deu uma olhada ao redor, pensativo. Posicionou-se ao lado do representante do escritório de advocacia.

— O que faz você ter tanta certeza de que não tem ninguém aí dentro? — perguntou ele.

— Vou te mostrar — falou o homem. Ele enfiou a chave na porta e a abriu com um empurrão. Em seguida, levantou o braço para impedir que Gregory e Reacher se antecipassem a ele. Porque a característica que transformava a habitação atual do prédio improvável era o fato de que ele não tinha chão.

A porta dos fundos estava aberta sobre um poço escancarado de três metros. No fundo ficava o antigo porão, que continha uma quantidade de lixo que ia até o joelho. Acima dele não havia absolutamente nada. Apenas quinze metros de vazio escuro, que subia até a face inferior da laje do teto. O prédio era como uma caixa de sapato gigante vazia, posicionada na vertical. Tocos de vigas dos andares eram vagamente visíveis na escuridão. Tinham sido cortadas rente às paredes. O que restava dos cômodos individuais ainda estava claramente delineado por papéis de parede diferentes e cicatrizes verticais onde partições interiores haviam sido destruídas. Bizarramente, todas as janelas ainda possuíam cortinas.

— Viram? — o cara do escritório de advocacia falou. — Não é exatamente habitável, é?

Havia uma escada de mão ao lado da porta dos fundos. Era um negócio alto de madeira. Uma pessoa ágil poderia se agarrar ao marco da porta, se esticar para o lado, subir na escada e descer até o lixo no porão. Em seguida, essa pessoa poderia andar até a frente do prédio com uma lanterna, cavoucar o lixo e recolher qualquer coisa que tivesse caído pela fresta da caixa de correspondência quatro metros acima.

Ou uma pessoa ágil podia já estar esperando lá embaixo e pegar qualquer coisa que caísse da fresta como se fosse uma bola de beisebol mal rebatida.

— Essa escada sempre esteve aí? — perguntou Reacher.

— Não lembro — disse o cara.

— Quem mais tem a chave deste lugar?

— Deus e o mundo, provavelmente. Está vazio há vinte anos. Só o dono antigo tentou agilizar uma meia dúzia de esquemas diferentes. Isso significa uma meia dúzia de arquitetos, empreiteiros e sabe Deus quem mais. Antes disso, quem sabe o que aconteceu? A primeira coisa que vocês vão ter que fazer é trocar as fechaduras.

— Não estamos interessados — disse Gregory. — Estávamos procurando alguma coisa pronta para usar. Que precisasse apenas de uma pintura ou coisa parecida. Mas isto está fora de cogitação.

— A gente pode dar uma flexibilizada no preço — argumentou o cara.

— Um dólar — ofereceu Gregory. — Isso é o máximo que eu pagaria por uma pocilga igual a esta.

— Vocês estão me fazendo perder tempo — reclamou o cara.

Ele inclinou-se sobre o vazio escancarado e puxou a porta. Depois a trancou e saiu caminhando pelo corredor sem falar mais nenhuma palavra. Reacher e Gregory o seguiram até a Thompson Street. O cara trancou o portão e saiu caminhando na direção sul. Reacher e Gregory ficaram parados na calçada.

— Não é a base deles, então — concluiu Gregory, entrecortado e britânico.

— Vareta com espelho — disse Reacher.

— Só o local de entrega das chaves. Eles devem subir e descer aquela escada como macacos treinados.

— Devem mesmo.

— Então na próxima vez temos que vigiar o beco.

— Temos mesmo.

— Se tiver uma terceira vez.

— Vai ter — afirmou Reacher.

— Mas eles já têm seis milhões de dólares. Com certeza haverá um momento em que vão achar que já têm o suficiente.

Reacher lembrou-se da sensação da mão do ladrão em seu bolso

— Olhe para o sul — disse ele. — Aquilo lá é a Wall Street. Ou dê uma volta na Greene Street e passe os olhos nas vitrines das lojas. Não existe essa de já ter o suficiente.

— Existe para mim.

— Para mim também — falou Reacher.

— É isso que estou querendo dizer. Eles podem ser como a gente.

— Não exatamente como a gente. Nunca raptei ninguém. Você já?

Gregory não respondeu. Trinta e seis minutos depois, os dois homens estavam de volta ao Dakota e a mulher que observava o edifício inseriu mais uma informação em suas anotações.

11

J Á ERA QUASE TARDE QUANDO, SOZINHO NA COZINHA, Reacher tomou o café da manhã, que tinha sido entregue por uma delicatéssen e creditado à conta de Edward Lane. Em seguida, deitou-se em um sofá e pensou até sentir-se cansado demais para continuar acordado. Então, fechou os olhos, cochilou e aguardou o telefone tocar.

Kate e Jade também dormiam. Era uma imposição da natureza. Não conseguiram dormir à noite, então a exaustão se apossou delas na metade do dia. Estavam em suas camas estreitas, uma perto da outra, em sono profundo. O homem solitário abriu a porta silenciosamente e as viu. Ficou um momento parado, apenas observando. Em seguida saiu do quarto e as deixou sozinhas, *sem pressa*, pensou ele. De certa maneira, estava gostando dessa fase da operação em particular. Era viciado em risco. Sempre fora. Não tinha por que negar. Isso definia quem ele era.

Reacher acordou e se encontrou sozinho na sala, com exceção de Carter Groom. O cara dos olhos de tubarão estava sentado em uma poltrona, fazendo nada.

— Você está de guarda? — perguntou Reacher.

— Você não é exatamente um prisioneiro — respondeu Groom. — Está na fila para ganhar um milhão.

— Isso te incomoda?

— Na verdade, não. Se encontrar a Kate, será merecido. Digno é o trabalhador do seu salário. É o que diz na Bíblia.

— Você dirigia para ela com frequência?

— A parte que me cabia.

— Quando Jade estava com ela, para onde costumava levá-las de carro?

— A sra. Lane sempre ia na frente. Ela ficava constrangida com esse negócio de chofer. A criança atrás, obviamente.

— O que você era, antigamente?

— Fuzileiro Naval da Força de Reconhecimento — disse Groom. — Primeiro sargento.

— Como você faria a abordagem na Bloomingdale's?

— Bandido ou mocinho?

— Bandido — respondeu Reacher.

— Quantos comigo?

— Isso tem importância?

Groom pensou menos de um segundo e negou com a cabeça.

— O líder é o cara importante. O líder poderia ser o único cara.

— Qual seria o seu plano de ação?

— Só existe um jeito de passar despercebido — disse Groom. — Teria que manter toda a ação dentro do carro, antes mesmo de elas saírem. A loja fica no lado leste da Lexington Avenue. A Lex segue em direção ao centro. Então, Taylor diminuiria a velocidade à esquerda e pararia em frente à entrada principal. Em fila dupla, temporariamente. E então o cara abriria a porta de trás e entraria bem ao lado da menina. Ela está de cinto atrás da mãe. Ele põe a arma bem na cabeça da criança, agarra o cabelo dela com a mão livre e segura com força. Pronto, fim de jogo. Ninguém na rua dá importância. Para as pessoas, o carro está pegando alguém, não deixando. E Taylor faria tudo o que mandasse desse momento em diante. Que escolha ele tem? A sra. Lane está gritando no banco ao lado dele. E o que ele pode fazer? Não tem como soltar a trava e empurrar o encosto do seu banco para trás em cima do cara, porque o Jaguar tem banco elétrico. Não pode se virar e lutar, porque a arma está na cabeça da menina. Não pode fazer manobras violentas na direção porque está numa área de trânsito lento e o cara está segurando o cabelo da criança e não vai soltar de jeito nenhum. Pronto, fim de jogo.

— E depois?

— Depois o cara faz o Taylor dirigir até um lugar tranquilo. Talvez na própria cidade, mas mais provável que seja fora dela. Aí atira nele, um tiro através do banco, para não estourar o para-brisa. Manda a sra. Lane jogá-lo para fora. Depois a faz dirigir o restante do caminho. Ele prefere ficar com a criança no banco de trás.

— Enxergo do mesmo jeito — concordou Reacher.

— Difícil para o Taylor — disse Groom. — Aquele momento final, quando o sujeito pede pra ele estacionar em algum lugar, colocar em ponto morto e ficar quieto. Taylor saberia o que estava prestes a acontecer.

Reacher ficou calado.

— Não acharam o corpo dele ainda — disse Groom.

— Você está otimista?

Groom negou com a cabeça e completou:

— Não foi em um lugar movimentado, é só o que isso quer dizer. É uma questão de cautela. Você quer se livrar do cara o quanto antes, mas tem que mantê-lo vivo até chegar a um local seguro. É bem provável que ele esteja em algum lugar no interior, servindo de comida pros coiotes. É uma corrida contra o tempo tentar encontrá-lo antes dele ser devorado pelos animais.

— Há quanto tempo ele estava com vocês?

— Três anos.

— Você gostava dele?

— Ele era um cara legal.

— Ele era bom?

— Você já perguntou isso ao Gregory.

— Gregory pode ser tendencioso. Eles eram da mesma unidade. Dois britânicos juntos num país estrangeiro. O que você acha?

— Ele era bom — afirmou Groom. — O pessoal do Serviço Aéreo Especial britânico é safo. Mais do que os Deltas, talvez. Os britânicos costumam ser mais implacáveis. Está no sangue. Comandaram o mundo durante muito tempo, e não fizeram isso sendo legais. Um veterano do Serviço Aéreo Especial só perderia para um veterano da Força de Reconhecimento dos Fuzileiros Navais, essa é a minha opinião. Então, sim, Gregory estava certo. Taylor era bom.

— E como pessoa?

— Quando não estava de serviço, ele era legal. Era bom com a menina. Parecia que o sr. Lane gostava dele. Há dois tipos de pessoas aqui. As que estão dentro do círculo íntimo e as que estão fora dele. O Taylor pertencia ao círculo. Eu estou de fora. Só me interesso pelos negócios. Eu fico meio travado em situações sociais. Admito isso. Não sou nada longe da ação. Alguns dos outros caras conseguem ser as duas coisas.

— Você estava aqui cinco anos atrás?

— Na época da Anne? Não, cheguei logo depois. Mas não tem como uma coisa estar ligada à outra.

— Foi o que ouvi — disse Reacher.

O relógio na cabeça de Reacher marcava por volta de quatro e meia da tarde. Para Kate e Jade, o terceiro dia. Provavelmente 54 horas desde a captura. Cinquenta e quatro horas era um período incrivelmente longo para um sequestro sustentar-se. A maioria acaba em menos de 24, de um jeito ou de outro, seja o resultado bom ou ruim. A maioria das pessoas envolvidas na investigação desiste passadas 36 horas. Cada minuto a mais deixa o provável resultado final mais sinistro.

Por volta das quinze para a cinco da tarde, Lane voltou à sala e as pessoas deslocavam-se atrás dele. Gregory, Addison, Burke, Kowalski. Perez entrou. A vigília ao redor do telefone começou novamente, sem que isso tivesse sido verbalizado. Lane ficou ao lado da mesa. Os outros espalharam-se pela sala, todos olhando na mesma direção. Não havia dúvida quanto ao centro de sua atenção.

Porém o telefone não tocou.

— Esse negócio aí tem viva-voz.

— Não — respondeu Lane.

— E no escritório?

— Não posso fazer isso — falou Lane. — Seria uma mudança. Isso os deixaria inquietos.

O telefone não tocou.

— Aguente firme — disse Reacher.

Em seu apartamento do outro lado da rua, a mulher que vigiava o edifício pegou o telefone e discou.

12

A MULHER DO OUTRO LADO DA RUA CHAMAVA-SE Patricia Joseph, Patti para os poucos amigos que restavam, e estava ligando para um detetive do Departamento de Polícia de Nova York chamado Brewer. Tinha o número da casa dele. Ele atendeu no segundo toque.

— Tenho atividades a reportar — falou Patti.

Brewer não perguntou quem estava falando. Não precisava. Distinguia a voz de Patti tão bem quanto a de qualquer outra pessoa que conhecia.

— Prossiga — disse ele.

— Há um personagem novo em cena.

— Quem?

— Não tenho o nome dele ainda.

— Descrição?

— Muito alto, musculoso, um verdadeiro brigão. Tem entre trinta e muitos e quarenta e poucos anos. Cabelo louro curto, olhos azuis. Apareceu ontem tarde da noite.

— Um deles? — perguntou Brewer.

— Não se veste como eles. E é muito maior do que os outros. Mas age como eles.

— Age? O que você o viu fazer?

— O jeito como anda, como se movimenta e como se porta.

— Então você acha que também é ex-militar?

— Tenho quase certeza.

— Ok — disse Brewer. — Bom trabalho. Mais alguma coisa?

— Uma coisa — respondeu Patti Joseph. — Não vejo a esposa nem a filha há dois dias.

Dentro da sala no Dakota o telefone tocou ao que Reacher calculou serem exatamente cinco horas. Lane, apressado, tirou o telefone do gancho e o pregou na orelha. Reacher ouviu o zumbido e o grasnado do aparelho eletrônico, baixos e abafados. Lane disse:

— Deixe-me falar com a Kate — houve um silêncio longo, muito longo. Em seguida, uma mulher falou, em alto e bom som. Mas não parecia calma. Lane fechou os olhos. Então o grasnado eletrônico voltou. Lane reabriu os olhos. O grasnado zumbiu durante um minuto inteiro. Lane ficou escutando, mudando as expressões no rosto, movendo os olhos. Então finalizaram a ligação. Antes que Lane tivesse a chance de dizer mais alguma coisa.

Ele colocou o telefone de volta no gancho. Metade de seu rosto estava preenchido pela esperança, metade, pelo desespero.

— Eles querem mais dinheiro — disse ele. — Instruções em uma hora.

— Talvez eu deva ir lá agora — disse Reacher. — Eles podem tentar nos passar a perna, mudando o intervalo de tempo.

Mas Lane já estava abanando a cabeça:

— Eles já nos passaram a perna. Disseram que vão mudar todo o procedimento. Não vai ser como antes.

Silêncio na sala.

— A sra. Lane está bem? — perguntou Gregory.

Lane respondeu:

— Havia muito medo na voz dela.

— E a voz do cara? — perguntou Reacher. — Alguma coisa?

— Estava disfarçada. Como sempre.

— Mas além do som. Pense nesta ligação e em todas as outras. A escolha e ordem das palavras, cadência, ritmo, fluência. É americano ou estrangeiro?

— Por que seria estrangeiro?

— Na sua linha de trabalho, se tiver inimigos, alguns deles podem ser estrangeiros.

— É americano — afirmou Lane. — Eu acho. — Ele fechou os olhos novamente e concentrou-se. Seus lábios moviam-se como se reencenasse as conversas na cabeça. — É americano, sim. Com certeza um falante nativo. Nenhum tropeço. Não usou nenhuma palavra estranha nem incomum. Normal, como se escuta o tempo todo.

— O mesmo cara todas as vezes?

— Acho que sim.

— E desta vez? Alguma coisa diferente? Temperamento? Tensão? Ele ainda está sob controle ou está se desesperando?

— Ele parecia tranquilo — respondeu Lane. — Aliviado até. — Então ele fez um momento de silêncio. — Como se este negócio todo estivesse quase acabando. Como se este fosse o pagamento final.

— É cedo demais — discordou Reacher. — Não estamos nem perto disso.

— Eles estão dando as cartas — disse Lane.

Todos calados.

— Então o que fazemos agora? — perguntou Gregory.

— A gente espera — disse Reacher. — Cinquenta e seis minutos.

— Estou de saco cheio de esperar — reclamou Groom.

— É a única coisa que podemos fazer — disse Lane. — Esperarmos instruções e as seguirmos.

— Quanto dinheiro? — perguntou Reacher. — Dez?

Lane olhou diretamente para ele e falou:

— Tente novamente.

— Mais?

— Quatro e meio — revelou Lane. — É isso que eles querem. Quatro milhões e quinhentos mil dólares americanos. Em uma bolsa.

13

REACHER PASSOU OS 55 MINUTOS RESTANTES TENTANDO decifrar o motivo pelo qual pediram aquele valor. Era uma quantia bizarra. Uma progressão bizarra. Um, cinco, quatro e meio. No total, dez milhões e meio de dólares. Parecia o número de um endereço. Como o do fim de uma estrada. Mas era um total bizarro. Por que parar aí? Não fazia o menor sentido. Ou fazia?

— Eles te conhecem — disse ele a Lane. — Talvez não tão bem. Ao que parece, você tem como pagar mais, só que eles podem não ter consciência disso. Então, houve algum momento em que dez milhões e meio era todo o dinheiro que você tinha?

Mas a resposta de Lane foi um simples:

— Não.

— Alguém pode ter tido essa impressão?

— Não — repetiu Lane. — Já tive menos e já tive mais.

— Mas nunca teve exatamente dez e meio?

— Não — respondeu Lane pela terceira vez. — Não existe absolutamente nenhuma razão para alguém acreditar que esteja me limpando ao me arrancar dez milhões e meio.

Então Reacher desistiu e ficou esperando o telefone tocar.

Ele tocou bem na hora, às seis da tarde. Lane atendeu e escutou. Não falou. Não perguntou por Kate. Reacher concluiu que ele tinha aprendido que o privilégio de ouvir a voz da esposa estava reservado à primeira ligação de cada sequência. À ligação em que solicitavam o resgate. Não à ligação para passar instruções.

Essa ligação durou menos de dois minutos. Depois o grasnado eletrônico foi interrompido abruptamente e Lane pôs o telefone no gancho. Abriu um pequeno e amargo meio sorriso, como se admirasse com relutância as habilidades de um oponente odioso.

— Este é o pagamento final — informou. — Depois dele, acabou. Prometeram que a devolverão.

Cedo demais, pensou Reacher. *Não vai acontecer.*

Gregory perguntou:

— O que a gente faz?

— Em uma hora — começou Lane. — Um homem sai daqui sozinho com o dinheiro no BMW preto e vai a qualquer lugar que quiser. Ele estará com o meu celular e receberá uma ligação em algum instante entre um e vinte minutos depois de ter saído. Fornecerão um destino. A pessoa que estiver no carro terá de deixar o telefone ligado desse momento em diante para saberem que não está conversando com mais ninguém no carro, nem por outro telefone qualquer, nem por nenhum tipo de rádio. Ela seguirá até o local indicado. Encontrará o Jaguar estacionado na rua. O carro que Taylor usou para levar Kate na primeira manhã. Ele vai estar destrancado. A pessoa colocará o dinheiro no banco de trás, depois irá embora de carro sem olhar para trás. Se colocarmos algum carro para segui-los, passarmos coordenadas para qualquer outra pessoa, fizermos qualquer gracinha, Kate morre.

— Eles têm o número do seu celular? — questionou Reacher.

— Kate o terá dado a eles.

— Vou ser o motorista — ofereceu-se Gregory. — Se o senhor quiser.

— Não — disse Lane. — Quero você aqui.

— Eu vou — ofereceu-se Burke. O cara negro.

Lane assentiu:

— Obrigado.

— E depois? — perguntou Reacher. — Como a pegamos de volta?

Lane respondeu:

— Depois que contarem o dinheiro, farão outra ligação.

— Para o celular ou para cá?

— Para cá — respondeu Lane. — Vai levar um tempo. Contar somas grandes é um processo árduo. Não para mim aqui. O dinheiro já está embalado, separado e etiquetado. Mas eles não vão confiar nisso. Vão rasgar as cintas, examinar as notas e contá-las cuidadosamente.

Reacher concordou. Era um problema que ele jamais tinha levado em consideração. Se o dinheiro estivesse em notas de cem, eles teriam 45 mil notas. Se conseguissem contar cem notas a cada sessenta segundos, levariam quatrocentos e cinquenta minutos, o que dava sete horas e meia. Umas seis horas dirigindo e sete horas e meia de contagem. *A noite vai ser longa*, pensou ele. *Para eles e para nós.*

Lane perguntou:

— Por que estão usando o Jaguar?

— É uma provocação — disse Reacher. — É um lembrete para você.

Lane concordou com a cabeça.

— Escritório — disse ele. — Burke e Reacher.

No escritório, Lane tirou um pequeno Samsung prata de um carregador e o entregou a Burke. Depois desapareceu, em direção ao seu quarto, talvez.

— Foi pegar o dinheiro — disse Burke.

Reacher deu uma olhada nos retratos gêmeos sobre a mesa. Duas mulheres bonitas, ambas estonteantes, aproximadamente a mesma idade, mas sem nenhuma similaridade real. Anne Lane fora loura de olhos azuis, uma cria dos anos 1960, apesar de, provavelmente, ter nascido muito tempo depois do fim dessa década. Tinha cabelo liso comprido partido no meio, parecia uma cantora, modelo ou atriz. Tinha olhos sinceros e um sorriso inocente. Uma garota flower power, apesar do house, do hip hop ou do acid jazz estarem na moda quando comprou seu primeiro toca-discos. Já Kate Lane era uma garota dos anos 1980 ou 1990. Mais sutil, mais mundana, mais completa.

— Não teve filhos com Anne, certo? — disse Reacher.

— Não — respondeu Burke. — Graças a Deus.

Então talvez a maternidade fosse a responsável pela diferença. Havia um peso em Kate, uma gravidade, uma carga, não físicos, mas em algum lugar bem no fundo dela. Se uma pessoa tivesse que escolher com quem passar a noite, provavelmente escolheria Anne. Para passar a semana, provavelmente optaria por Kate.

Lane retornou carregando, meio sem jeito, uma bolsa de couro estufada. Largou-a no chão e sentou-se à mesa.

— Quanto tempo? — perguntou ele.

— Quarenta minutos — respondeu Reacher.

Burke conferiu o relógio.

— Isso mesmo — confirmou. — Quarenta minutos.

— Esperem na sala — disse Lane. — Me deixem sozinho.

Burke movimentou-se para apanhar a bolsa, mas Reacher a pegou primeiro. Era pesada e larga, um homem grande a carregaria com mais facilidade. Levou-a para a antessala e a largou perto da porta, onde a predecessora dela havia aguardado doze horas antes. Ao bater no chão, ficou prostrada e imóvel como a outra, parecendo um animal morto. Reacher sentou-se e começou a fazer a contagem regressiva dos minutos. Burke andava de um lado para outro. Carter Groom tamborilava os dedos no braço da poltrona, frustrado. O Fuzileiro Naval das Forças de Reconhecimento encalhado. *Só me interesso pelos negócios*, dissera ele. *Não sou nada longe da ação.* Ao lado dele, Gregory estava sentado quieto, a discrição britânica em pessoa. Ao lado dele estava Perez, o cara latino. Ao lado dele, Addison, com o rosto marcado por cicatrizes. *Uma faca, provavelmente,* pensou Reacher. Depois Kowalski, mais alto do que os outros, ainda assim pequeno ao lado de Reacher. Os caras das Forças Especiais eram, em geral, pequenos. Costumavam ser magros, rápidos e flexíveis. Treinados para ter resistência, persistência, muita inteligência e perspicácia. Como raposas, não como ursos.

Ninguém falava. Não havia nada sobre o que falar, com exceção de que o final de um sequestro era sempre o período de maior risco. O que faria os sequestradores manterem a palavra? Honra? Um senso de ética comercial? Por que arriscar a entrega quando uma cova rasa e uma bala na cabeça da vítima eram muito mais simples e seguros. Humanidade? Decência? Reacher deu uma olhada para a foto de Kate Lane ao lado do telefone e sentiu um frio correr sua espinha. Ela estava mais perto da morte agora do que em qualquer outro momento nos três últimos dias, e Reacher sabia disso. Ele supôs que todos sabiam.

— Está na hora — disse Burke. — Estou indo.

— Carrego a bolsa para você — ofereceu Reacher — até o carro lá embaixo.

Eles pegaram o elevador. No *lobby* do térreo uma morena baixinha com um casaco comprido preto passou rodeada por homens altos de terno, pareciam *staff*, ou assistentes, ou guarda-costas.

— Era a Yoko? — perguntou Reacher.

Mas Burke não respondeu. Simplesmente passou pelo porteiro e parou na calçada. O BMW preto o guardava ali. Burke abriu a porta de trás.

— Jogue a bolsa no banco — disse ele. — É mais fácil para mim assim, fazer a transferência de banco para banco.

— Vou com você — disse Reacher.

— Isso é burrice, cara.

— Vou ficar abaixado. Em segurança.

— Com que objetivo?

— Temos que fazer alguma coisa. Você sabe tão bem quanto eu que esta história não vai ter nenhuma cena bonitinha como no Checkpoint Charlie. Kate não vai surgir correndo em nossa direção através da neblina e da bruma, com um sorriso corajoso, segurando a mão de Jade. Isso não vai acontecer. Ou seja, teremos de ser proativos em algum momento.

— O que você está planejando fazer?

— Depois que você entregar a bolsa, desço na esquina seguinte. Retorno e tento ver alguma coisa.

— Quem disse que vai conseguir ver alguma coisa?

— Eles estarão com quatro milhões e meio no banco de trás de um carro destrancado. Meu palpite é de que não vão deixá-lo muito tempo lá. Por isso vou tentar ver alguma coisa.

— Isso vai nos ajudar?

— Vai ajudar muito mais do que ficar sentado lá em cima sem fazer nada.

— Lane vai me matar.

— Ele não precisa saber. Vou voltar bem depois de você. Você dirá que não faz ideia do que aconteceu comigo. Vou falar que saí pra dar uma caminhada.

— Se você foder o esquema, Lane vai te matar.

— Eu mesmo me mato se foder o esquema.

— Estou falando sério. Ele vai te matar.

— Assumo o risco.

— O risco da Kate.

— Você ainda está acreditando na cena do Checkpoint Charlie?

Burke ficou em silêncio. Dez segundos. Quinze.

— Entre — disse ele.

14

URKE ENFIOU O CELULAR DE LANE EM UM SUPORTE para telefone montado no painel do BMW e Reacher entrou atrás com as mãos e os joelhos no assoalho. Havia areia no carpete. Era um carro de tração traseira e a saliência da transmissão tornava o local desconfortável. Burke deu a partida e aguardou um espaço no trânsito. Depois, deu meia volta e seguiu no sentido sul pela Central Park West. Reacher se contorceu até que o túnel da transmissão estivesse encaixado acima do quadril e abaixo da costela.

— Não caia em nenhum buraco — disse ele.

— A gente não devia falar — alertou Burke.

— Só depois da ligação.

— Acredite em mim — disse Burke. — Está vendo isto aqui?

Reacher esforçou-se para levantar um pouco o tronco e viu Burke apontar para um botãozinho preto na coluna do para-brisa no lado do motorista perto do quebra-sol.

— Microfone — falou Burke. — Para o celular. Sensível de verdade. Se você espirrar aí atrás, eles vão te escutar.

— Eu vou escutá-los? Pelo alto-falante?

— Pelos dez alto-falantes — respondeu Burke. — O telefone está ligado ao sistema de áudio. Ele é acionado automaticamente.

Reacher deitou e Burke seguiu dirigindo, lentamente. Em seguida, fez uma curva fechada para a direita.

— Onde estamos? — perguntou Reacher.

— Na Rua 57 — respondeu Burke. — O trânsito está horroroso. Vou pegar a West Side Highway e seguir no sentido sul. Meu palpite é que vão nos mandar para algum lugar no centro. É lá que devem estar. Estacionar o Jaguar na rua em qualquer outro lugar agora seria impossível. Posso voltar para o norte pela East River Drive se não ligarem antes de chegarmos ao Battery.

Reacher sentia o carro parar e andar, parar e andar. Acima dele a bolsa com o dinheiro rolava de um lado para o outro.

— Você está falando sério que isso pode ser coisa de um único cara? — perguntou Burke.

— No mínimo um — respondeu Reacher.

— Tudo é no mínimo um.

— Por isso é possível.

— Por isso a gente devia derrubar o cara. Fazê-lo falar. Resolver o problema todo lá mesmo.

— Mas suponha que não seja apenas um cara.

— Talvez a gente devesse arriscar.

— O que você era? — perguntou Reacher. — Antigamente.

— Delta — respondeu Burke.

— Você conheceu Lane no Exército?

— Eu o conheço desde sempre.

— Como teria agido em frente à Bloomingdale's?

— Rápido e baixo dentro do carro. Assim que o Taylor parasse.

— Foi o que Groom falou.

— Groom é inteligente para um vacilão da marinha. Você discorda dele?

— Não.

— Era o único jeito. Não estamos na Cidade do México, nem em Bogotá nem no Rio de Janeiro. Estamos em Nova York. Ninguém sobrevive a uma confusão na calçada. São oito policiais fazendo ronda, dois em cada esquina, armados e perigosos, preocupados com terroristas. Não, rápido e baixo dentro do carro era o único jeito na Bloomingdale's.

— Mas por que tinha que ser na Bloomingdale's, afinal de contas?

— É o lugar óbvio. É a loja preferida da sra. Lane. Ela compra tudo lá. Adora aquela enorme sacola marrom escrito "big brown bag".

— Mas quem saberia disso?

Burke ficou um tempo calado.

— Essa é uma pergunta muito boa — disse ele.

O telefone tocou.

15

O TOQUE FICAVA ESQUISITO SAINDO DE DEZ ALTO--falantes automotivos de alta qualidade. Preenchia o carro todo. Era alto, encorpado, cheio e preciso. O ruído áspero da rede de celular escapava forte do sistema de som, que ronronava.

— Agora fique calado — disse Burke.

Ele inclinou para a direita e apertou um botão no Samsung.

— Alô?

— Boa tarde — respondeu uma voz. Tão lenta, cuidadosa e mecânica que transformou as duas palavras em quatro. *Bo-a-tar-de.*

Era uma puta voz. Inacreditável. Tão processada que não havia a menor chance de reconhecê-la se fosse ouvida de novo sem o aparelho eletrônico. Esse tipo de aparelho era vendido em lojas especializadas em produtos para espionagem. Reacher já o tinha visto. Ficava acoplado no bocal do telefone. Num lado havia um microfone, apoiado em uma placa de circuitos, e depois vinha um pequeno e tosco alto-falante. Funcionava com bateria. Tinha um disco giratório para ajuste do som. De zero a dez, para os diferentes parâmetros. Naquele aparelho, o disco devia estar no onze. Não havia absolutamente nenhuma frequência alta. Os tons baixos tinham sido arrancados, virados e reconstituídos. Eles explodiam e socavam como um batimento cardíaco irregular. Era como se um efeito de phaser fosse acionado sempre que a pessoa inspirava, dando a impressão de que a voz movia-se violentamente pelo espaço sideral. Uma pulsação metálica ia e vinha. Parecia uma pesada folha de aço sendo golpeada com um martelo. O volume estava muito alto. Nos dez alto-falantes do BMW, a voz soava monumental e alienígena. Gigantesca. Uma conexão direta com um pesadelo.

— Com quem estou falando? — perguntou a voz, lentamente.

— Com o motorista — respondeu Burke. — O cara com o dinheiro.

— Quero o seu nome — disse a voz.

Burke falou:

— Meu nome é Burke.

A voz de pesadelo perguntou:

— Quem é esse no carro com você?

— Não tem ninguém no carro comigo — respondeu Burke. — Estou sozinho.

— Você está mentindo?

— Não, não estou mentindo — falou Burke.

Reacher achou que devia haver um detector de mentiras acoplado na outra ponta do telefone. Provavelmente um equipamento simples vendido no mesmo tipo de loja que comercializa os aparelhos de distorção. Caixas de plástico com luzes verdes e vermelhas. Eram supostamente capazes de detectar o estresse que acompanha a voz quando uma pessoa mente. Reacher repassou as respostas de Burke na cabeça e chegou à conclusão de que a mentira não tinha sido detectada. Devia ser um aparelho rudimentar e os soldados da Força Delta eram treinados para enganar máquinas melhores do que essas compradas em lojas de varejo na Madison Avenue. E depois de um segundo, ficou claro que a caixa havia realmente acendido a luz verde porque a voz de pesadelo prosseguiu calmamente e perguntou:

— Onde você está, sr. Burke?

— Rua 57 — respondeu Burke. — No sentido oeste. Prestes a pegar a West Side Highway.

— Está muito longe de onde eu o quero.

— Quem é você?

— Você sabe quem eu sou.

— Onde você me quer?

— Pegue a rodovia, se preferir. Siga para o sul.

— Me dê tempo — disse Burke. — O trânsito está muito ruim.

— Preocupado?

— Como você se sentiria?

— Fique na linha — ordenou a voz.

O som retorcido de respiração preencheu o carro. Era lento e grave. *Despreocupado*, pensou Reacher. *Uma pessoa paciente, no controle, no comando, segura em algum lugar*. Sentiu o carro acelerar e fazer uma curva fechada para a esquerda. *Atravessamos um sinal amarelo e pegamos a rodovia*, pensou ele. *Tome cuidado, Burke. Ser parado por uma viatura nesta noite seria algo muito esquisito*.

— Estou na rodovia agora — disse Burke. — Na direção sul.

— Siga em frente — disse a voz, que em seguida transformou-se novamente em respiração. Havia um compressor de áudio em algum lugar da rede. Ou no próprio aparelho para a voz, ou no som do BMW. A respiração começou baixa e foi intensificando-se lentamente até virar um rugido nos ouvidos de Reacher. Ela preenchia totalmente o carro. A sensação era de que estavam dentro de um pulmão.

Em seguida, a respiração foi interrompida e a voz perguntou:

— Como está o trânsito?

— Cheio de sinais vermelhos — respondeu Burke.

— Siga em frente.

Reacher tentava acompanhar mentalmente o trajeto. Sabia que havia muitos semáforos entre as ruas 57 e 34. Nos acessos ao terminal de passageiros, ao Intrepid, ao Lincoln Tunnel.

— Estou na Rua 42 agora — informou Burke.

Reacher pensou: *Você está falando comigo? Ou com a voz?*

— Siga em frente — disse a voz.

— A sra. Lane está bem? — perguntou Burke.

— Ela está ótima.

— Posso falar com ela?

— Não.

— Jade também está bem?

— Não se preocupe com nenhuma delas. Continue dirigindo.

Americano, pensou Reacher. *Com certeza*. Por trás do paredão de distorção ele conseguia escutar as inflexões de um falante nativo. Reacher tinha escutado um monte de sotaques estrangeiros, e aquele ali não era um deles.

— Estou no Javits agora — informou Burke.

— Siga em frente — orientou a voz.

Jovem, pensou Reacher. *Pelo menos não é velho*. Toda a sujeira e a aspereza na voz vinham do circuito eletrônico, não dos efeitos da idade. *Não é um cara velho*, pensou Reacher. O grave explosivo era artificial. Havia velocidade e leveza. A cavidade torácica não era grande. *Ou talvez fosse um cara gordo*. Talvez um daqueles caras gordos de voz fina.

— Falta muito? — perguntou Burke.

— Está com pouca gasolina? — perguntou a voz.

— Não.

— Então por que a preocupação?

A respiração retornou, lenta e constante. *Ainda não estamos perto*, pensou Reacher.

— Estou chegando perto da Rua 24 — informou Burke.

— Siga em frente.

O *Village*, pensou Reacher. *Estamos voltando para Greenwich Village*. O carro estava se movimentando mais depressa. A maioria das ruas para West Village eram bloqueadas, por isso havia menos semáforos. E a maior parte dos carros ia para o norte, não para o sul. Um caminho relativamente livre. Reacher suspendeu o pescoço e enxergou um pouco do que aparecia na janela lateral traseira. Viu o sol do final da tarde refletido nas janelas dos prédios, que iam ficando para trás num vertiginoso caleidoscópio.

— Onde você está agora? — perguntou a voz.

— Perry — respondeu Burke.

— Siga em frente. Mas fique de prontidão.

Chegando, pensou Reacher. *Houston? Vamos pegar a Houston Street?* Em seguida pensou: *Fique de prontidão. Isso é termo militar. Mas é exclusivamente militar? Aquele cara também era ex-militar? Ou não? Era civil? Um aspirante?*

— Morton — informou Burke.

— Esquerda a três quadras — disse a voz. — Na Houston.

Ele conhece a cidade de Nova York, pensou Reacher. *Sabe que a Houston fica três quadras ao sul da Morton e sabe que se pronuncia House-ton, e não como aquele lugar no Texas.*

— Ok — disse Burke.

Reacher sentiu o carro reduzir a velocidade. Parou. Ele aguardava e avançava centímetro a centímetro. Em seguida correu para passar o semáforo. Reacher rolou e bateu com força no banco de trás.

— Estou indo para o leste na Houston — disse Burke.

— Siga em frente — orientou a voz.

O trânsito estava lento. Paralelepípedos, placas de "pare", buracos, semáforos. Reacher foi eliminando mentalmente os cruzamentos pelos quais passavam. Washington Street, Greenwich Street, Hudson Street. Então chegaram à Varick, onde ele havia saído do metrô para a sua infrutífera vigília matinal. O carro balançava sobre elevações na via causadas pelo gelo e socava em buracos.

— A próxima é a Sexta Avenida — disse Burke.

— Entre nela — orientou a voz.

Burke virou para a esquerda. Reacher suspendeu o pescoço novamente e viu os apartamentos acima de sua nova cafeteria favorita.

— Pegue a pista da direita. Agora — disse a voz.

Burke pisou com força no freio e Reacher deu um solavanco e bateu no banco da frente. Ouviu o tique-taque da seta. Em seguida o carro deu uma guinada para a direita. E reduziu a velocidade.

A voz disse:

— Você verá seu alvo à direita. O Jaguar verde. O da primeira manhã. Exatamente na metade da quadra. À direita.

— Já vi — informou Burke.

Reacher pensou: *O mesmo lugar? Está exatamente em frente àquela porcaria daquele hidrante?*

A voz orientou:

— Pare e faça a transferência.

Reacher sentiu o carro ser colocado em ponto-morto e o pisca-alerta começar a tiquetaquear. Em seguida, a porta de Burke abriu e o barulho irrompeu dentro do carro. A suspensão balançou quando Burke saiu. Começaram a buzinar atrás deles. Um engarrafamento instantâneo. Dez segundos depois, a porta ao lado da cabeça de Reacher foi aberta. Burke não olhou para baixo. Apenas se inclinou e pegou a bolsa. Reacher esticou o pescoço para trás e viu o Jaguar de cabeça para baixo. Um lampejo de tinta verde. Depois a porta se fechou. Ouviu a porta do Jaguar ser aberta. E fechada novamente. Escutou um baixo *tum* hidráulico vindo de algum lugar do lado de fora. Dez segundos, depois Burke estava de volta no carro. Respirava um pouco ofegante.

— A transferência está feita — informou ele. — O dinheiro está no Jaguar.

— Adeus — falou a voz de pesadelo.

A ligação foi encerrada. O carro foi preenchido pelo silêncio. Profundo e absoluto silêncio.

— Vai — disse Reacher. — Entre na Bleecker à direita.

Burke arrancou com o pisca-alerta ainda tiquetaqueando. Chegou ao semáforo e movimentou-se lentamente pela faixa de pedestres. Acelerou por vinte metros e pisou no freio com força. Reacher tateou horizontalmente acima da cabeça e encontrou a maçaneta. Puxou-a, abriu a porta com um empurrão e saiu arrastando-se. Levantou, bateu a porta, ficou um segundo parado e puxou a camisa para baixo. E voltou apressado trombando nas pessoas até a esquina.

16

REACHER PAROU QUANDO AINDA ESTAVA NA BLEECKER, enfiou as mãos no bolso e retomou a caminhada com um ritmo mais apropriado. Virou à esquerda na Sexta Avenida como um homem voltando para casa. Talvez depois de um dia cheio no trabalho, talvez planejando uma parada em um bar, talvez pensando na lista de compras. Misturando-se apenas, coisa em que era surpreendentemente bom, ainda que sua cabeça ficasse sempre mais alta do que a de todos ao seu redor. Ser alto daquele jeito era uma vantagem para a vigilância. Teoricamente, tornava-o mais evidente. Mas ele também conseguia enxergar mais longe do que um homem de altura mediana. Trigonometria simples. Mantinha-se no meio da calçada e olhava para a frente sem tirar o Jaguar verde de sua visão periférica. Conferiu a esquerda. Nada. Conferiu a direita, por cima do teto do Jaguar.

E viu um cara a dois metros da porta do motorista.

Era o mesmo cara que vira na primeira noite. Tinha certeza disso. Mesma estatura, mesma postura, mesmos movimentos, mesmas roupas. Branco, um pouco queimado de sol, rosto de traços bem definidos, barba feita, maxilar travado, sem sorrir, uns quarenta anos. Calmo, concentrado, decidido. Determinado e rápido, desviando-se do trânsito prestes a dar seus dois últimos passos firmes antes de chegar ao carro. Movimentos fluidos e econômicos. O cara puxou a porta, entrou e sentou, ligou o carro, pôs o cinto e lançou um olhar demorado para o trânsito atrás de si. Depois, entrou cuidadosamente em uma brecha e seguiu na direção norte. Reacher continuou a andar para o sul, mas virou a cabeça para vê-lo distanciar-se. O veículo passou rapidamente e saiu de vista.

Seis segundos, do início ao fim. Talvez menos.

E para quê?

Um cara branco qualquer, altura mediana, peso mediano, vestido como um homem comum de folga na cidade. Calça jeans, camisa, tênis, boné. Uns quarenta anos. Totalmente comum. Descrição? Nada a declarar; apenas um homem comum.

Reacher deu uma olhada para o engarrafamento ao sul. Não havia táxis livres por perto. Nenhum. Então, virou-se e deu uma leve corrida de volta à esquina da Bleecker para ver se Burke o aguardara. Mas ele não fizera isso. Reacher resolveu caminhar. Estava frustrado demais para pegar o metrô. Precisava caminhar para se livrar dessa sensação. Disparou para o norte pela Sexta Avenida, apressado e furioso. As pessoas saíam de seu caminho como se fosse radioativo.

Vinte minutos e vinte quadras depois, viu uma loja Staples na calçada oposta. Placas vermelhas e brancas. As vitrines cheias de material de escritório em promoção. Atravessou desviando dos carros para dar uma olhada nela. Era um lugar grande. Não sabia a qual loja Carter Groom tinha levado Kate Lane, mas sabia que lojas assim tinham as mesmas mercadorias em todos os lugares. Entrou e passou por um curral formado por barras cromadas de uns três centímetros de espessura, onde carrinhos de compras ficavam reunidos. À frente, no lado esquerdo, encontravam-se os caixas. Atrás dos carrinhos, à direita, havia uma gráfica cheia de fotocopiadoras industriais. Estendiam-se diante dele aproximadamente vinte corredores estreitos com prateleiras que chegavam ao teto. Elas continham, enfileiradas, pilhas altas e intimidadoras de trecos. Reacher começou no início do canto esquerdo e foi ziguezagueando por toda a loja até o fundo do último corredor à direita. A maior coisa que viu foi uma mesa. A menor podia ser uma tachinha ou um clip, o que dependeria da forma como os avaliasse, por tamanho ou peso. Viu papéis, computadores, impressoras, *toners*, canetas, lápis, envelopes, caixas de arquivo, cestas de plástico, fita adesiva. Viu coisas que jamais vira. Softwares para projetar casas e para declarar imposto de renda, impressoras de etiqueta. Telefones celulares com câmera e acesso a internet.

Ele caminhou de volta para a frente da loja sem a menor ideia do que Kate Lane pudesse estar procurando.

Ficou de pé observando, deslumbrado, uma fotocopiadora trabalhar. Era uma do tamanho de uma máquina de lavar e secar roupas e cuspia cópias com tanta força e rapidez que não parava de balançar para frente e para trás. E de gerar uma fortuna em custos para algum cliente. Isso era óbvio. Uma placa suspensa informava que a fotocópia custava entre quatro centavos e dois dólares a folha, dependendo da qualidade do papel e da opção por preto e branco ou colorida. Um potencial enorme de se fazer dinheiro. Em frente ao curral da gráfica havia um mostruário de cartuchos de jato de tinta. Também eram caros. Reacher não tinha ideia de para que serviam. Nem o que eles faziam. Nem por que custavam tanto dinheiro. Passou às pressas por uma fileira de pessoas em um caixa e foi para a rua.

Vinte minutos e vinte quadras depois, estava no Bryant Park, comendo um cachorro-quente em um vendedor ambulante. Vinte minutos e vinte quadras depois, estava no Central Park, bebendo uma garrafa de água em outro vendedor ambulante. Após vinte quadras no sentido norte, continuava no Central Park, exatamente em frente ao Edifício Dakota, debaixo de uma árvore, imóvel, cara a cara com Anne Lane, a primeira esposa de Edward Lane.

17

A PRIMEIRA COISA QUE ANNE LANE FEZ FOI DIZER A Reacher que ele estava errado.

— Você viu a fotografia que Lane tem dela — disse a mulher.

Ele confirmou com um gesto de cabeça.

— Éramos muito parecidas.

Ele repetiu o movimento.

— Anne era minha irmã — comentou ela.

— Sinto muito — disse ele. — Desculpa por ter encarado você. Sinto muito pela sua perda.

— Obrigada.

— Vocês eram gêmeas?

— Sou seis anos mais nova — respondeu a mulher. O que significa que estou com a mesma idade que a Anne tinha naquela foto. Então talvez seja como uma gêmea virtual.

— Você é igualzinha a ela.

— Eu tento — disse a mulher.

— Que estranho isso.

— Tento muito mesmo.

— Por quê?

— Porque tenho a sensação de que a mantenho viva. O que eu não consegui fazer na época em que isso era realmente importante.

— O que você poderia ter feito para salvar a vida dela?

— A gente deveria ter conversado — respondeu a mulher. — Meu nome é Patti Joseph.

— Jack Reacher.

— Venha comigo — disse a mulher. — Temos que retornar. Não podemos chegar muito perto do Dakota.

Ela o conduziu na direção sul através do parque até a saída da Rua 66. Atravessaram para a calçada do outro lado. Depois seguiram para o norte novamente e entraram no *lobby* de um prédio, o número 115 da Central Park West.

— Bem vindo ao Majestic — disse Patti Joseph. — O melhor lugar em que já morei. Espere só até ver onde é o meu apartamento.

Reacher viu após cinco minutos, depois de percorrer um corredor, pegar um elevador e caminhar por outro corredor. O apartamento de Patti Joseph ficava no sétimo andar do Majestic, no lado norte. A janela da sala dava para a Rua 72, exatamente em frente à entrada do Dakota. Havia uma cadeira em frente ao peitoril, que parecia servir de mesa. Um caderno encontrava-se sobre ele. E uma caneta, uma câmera Nikon de longo alcance e um binóculo Leica 10x42.

— O que você está fazendo aqui? — perguntou Reacher.

— Primeiro me conte o que você está fazendo lá — retrucou Patti.

— Não sei se posso.

— Você trabalha para o Lane?

— Não. Não trabalho.

Patti Joseph sorriu.

— Achei mesmo que não trabalhasse — disse ela. — Falei para o Brewer que você não é um deles. Não é como eles. Você não era das Forças Especiais, era?

— Como descobriu?

— Você é grande demais. Não teria passado pelos trotes de resistência. Homens grandes nunca passam.

— Eu era da PE.

— Conheceu o Lane quando servia?

— Não. Não o conheci.

Patti Joseph sorriu de novo.

— Foi o que eu pensei — disse ela. — Caso contrário não estaria ali.

— Quem é Brewer?

— Departamento de Polícia de Nova York — ela mostrou o caderno, a caneta, a câmera e o binóculo, fazendo um grande movimento arqueado com o braço. — Faço tudo isso para ele.

— Você está vigiando o Lane e os caras dele? Para a polícia?

— Para mim mesma, principalmente. Mas passo as informações.

— Por quê?

— Porque a esperança é a última que morre.

— Esperança de quê?

— Que ele vai cometer um deslize, e eu vou conseguir alguma coisa contra ele.

Reacher aproximou-se da janela e olhou para o caderno. A caligrafia era impecável. A última anotação havia sido: *20h14. Burke retorna sozinho, sem bolsa, no BMW CSO 23 preto, entra no DA.*

— DA? — perguntou Reacher.

— Dakota Apartments. — revelou Patti. — É o nome oficial do prédio.

— Você já viu a Yoko?

— O tempo todo.

— Você conhece o Burke pelo nome?

— Burke estava lá na época da Anne.

A penúltima anotação: *18h59. Burke e Venti saem do DA no BMW CSO 23 preto, com uma bolsa. Venti se esconde atrás.*

— Venti? — perguntou Reacher.

— É o nome que te dei. Um codinome.

— Por quê?

— Venti é o maior copo que o Starbucks vende. Maior do que os outros.

— Gosto de café — comentou Reacher.

— Posso fazer.

Reacher deu as costas para a janela. O apartamento era pequeno e tinha um quarto. Simples, arrumado, a pintura nova. Devia valer perto de um milhão.

— Por que está me mostrando tudo isso? — perguntou ele.

— Uma decisão recente — disse ela. — Decidi observar os caras novos, abordá-los e alertá-los.

— Sobre o quê?

— Sobre como Lane realmente é. Sobre o que ele fez.

— O que ele fez?

— Vou fazer o café — cortou Patti.

Não havia como pará-la. Ela abaixou a cabeça para entrar em um cozinha americana e começou a mexer em uma cafeteira. Pouco depois, Reacher sentiu cheiro de café. Não estava com sede. Tinha acabado de beber uma garrafa de água inteira. Mas gostava de café. Decidiu que podia ficar para tomar uma xícara.

Patti falou em voz alta:

— Sem creme, nem açúcar, certo?

— Como descobriu?

— Confio nos meus instintos — afirmou ela.

E eu confio nos meus, pensou Reacher, embora não estivesse inteiramente certo do que eles lhe diziam nesse momento.

— Vá direto ao ponto — disse ele.

— OK — concordou Patti Joseph. — Farei isso.

Em seguida falou:

— Anne não foi sequestrada cinco anos atrás. Aquilo foi só uma história de fachada. Lane a assassinou.

18

ATTI JOSEPH LEVOU CAFÉ PURO PARA JACK REACHER EM uma enorme caneca branca da Wedgwood. Pouco mais de meio litro. *Venti*. Ela a pôs em um porta-copo enorme, deu as costas para ele e sentou na cadeira à janela. Pegou a caneta com a mão direita e o binóculo com a esquerda. Ele parecia pesado. Patti o segurou da mesma maneira que um atleta de arremesso de peso segura a grande bola de metal, equilibrado na palma da mão, próxima ao pescoço.

— Edward Lane é um homem frio — disse ela. — Ele exige lealdade, respeito e obediência. Ele *precisa* desse tipo de coisa como um viciado precisa de um pico. Essa empreitada mercenária consiste, na verdade, exatamente disso. Ele não tolerou perder a posição de comando quando saiu das forças armadas. Então resolveu recriar tudo aquilo. Precisava dar ordens e que elas fossem obedecidas. Assim como você e eu precisamos respirar. Ele beira a loucura, eu acho. Psicótico.

— E? — questionou Reacher.

— Ele ignora a enteada. Você percebeu isso?

Reacher ficou calado. *Ele demorou um tempo para mencionar que Jade tinha sido levada*, pensou ele. *Ele a tinha recortado da foto na sala.*

— Minha irmã Anne não era muito obediente — disse Patti. — Nada afrontoso. Nada insensato. Mas Edward Lane administrava o casamento como uma operação militar. Anne não aguentava. E quanto mais ela ficava desgastada, mais Lane exigia disciplina. Aquilo se transformou no fetiche dele.

— O que ela viu nele, afinal?

— Ele consegue ser carismático. É forte e calado. E inteligente, de uma maneira restrita.

— O que ela fazia antes?

— Era modelo.

Reacher ficou calado.

— Isso mesmo — disse Patti. — Igual à seguinte.

— O que aconteceu?

— Os dois estavam levando o casamento para o precipício. Isso era inevitável, eu acho. Um dia ela me disse que queria o divórcio. Fui totalmente a favor, é claro. Era a melhor coisa para a minha irmã. Mas ela decidiu partir pra briga com tudo. Pensão alimentícia, divisão de bens, o pacote completo. Isso foi a pior coisa que ela poderia ter feito. Eu sabia que era um erro. Pedi para que saísse daquele inferno enquanto ainda podia. Mas ela tinha dinheiro quando entrou naquele relacionamento. Lane tinha usado parte dele para dar início ao negócio. Anne queria a parte dela de volta. Só que Lane não conseguia tolerar nem mesmo a insubordinação da esposa querer sair do casamento. Além disso, ser obrigado a dar dinheiro a ela era uma situação fora de cogitação para Lane. E aquilo teria sido uma humilhação pública, porque ele teria de procurar outro investidor. Então, ele perdeu totalmente as estribeiras. Fingiu um sequestro e mandou matá-la.

Um momento de silêncio.

— Envolveram a polícia — disse Reacher. — O FBI também. Eles devem ter feito algum tipo de investigação.

Patti se virou em direção à sala. Sorriu, com tristeza.

— Pronto — disse ela. — Chegamos ao momento em que você acha que a irmãzinha caçula está parecendo meio doida e obsessiva. Mas é obvio que Lane planejou aquilo muito bem. Fez tudo parecer real.

— Como?

— Com os homens dele. Ele emprega um monte de assassinos. Todos acostumados a seguir ordens. Todos inteligentes. Todos sabem como fazer aquele tipo de coisa. E não são iniciantes. Absolutamente todos participaram de operações secretas. É provável que absolutamente todos já tenham matado e tenham intimidade com esse tipo de coisa.

Reacher concordou com a cabeça. *Não havia dúvida quanto a isso. Todos eles tinham matado. Muitas vezes.*

— Você tem algum suspeito específico em mente? — perguntou ele.

— Nenhum dos caras que você viu — falou Patti. — Ninguém que ainda esteja no esquadrão classe A. Não acho que a dinâmica permitiria isso. Não com o passar do tempo. Não acho que seria sustentável, do ponto de vista psicológico. Mas também não acho que ele teria usado alguém do esquadrão classe B. Precisava de pessoas em quem pudesse confiar completamente.

— Então quem?

— Caras do esquadrão classe A que não estão mais na equipe.

— Quem estaria nessa categoria?

— Duas pessoas — disse Patti. — Um cara chamado Hobart e um cara chamado Knight.

— Por que eles não estão mais na equipe? Por que dois combatentes do esquadrão classe A simplesmente viram as costas e vão embora?

— Pouco depois de Anne morrer, houve uma operação em algum país estrangeiro. Aparentemente, ela deu errado. Dois homens não retornaram. Esses dois.

— Isso seria coincidência — disse Reacher. — Não seria? Os dois culpados serem os dois homens que não retornaram.

— Acho que Lane deu um jeito de eles não voltarem. Quis pôr as coisas em ordem.

Reacher ficou calado.

— Eu sei — disse Patti. — A irmãzinha caçula é maluca, né?

Reacher a olhou fixamente. Ela não parecia maluca. Um pouco confusa, talvez. Seu estilo meio anos 1960 era parecido com o da irmã. Ela tinha cabelo loiro comprido, liso, partido no meio, como o de Anne na foto. Olhos azuis grandes, nariz arrebitado, uma poeirinha de sardas, pele clara. Estava de bata e calça jeans desbotada. Descalça e sem sutiã. Podia-se tirar a foto dela e colocá-la direto na capa de uma coletânea em CD chamada *The Summer of Love*. The Mamas and the Papas, Jefferson Airplane, Big Brother and the Holding Company. Reacher gostava desse tipo de música. Tinha sete anos durante o verão do amor, mas gostaria de ter tido dezessete.

— Como você acha que aconteceu? — perguntou ele.

— Knight levou Anne de carro naquele dia — começou Patti. — Isso é um fato notório. Ele a levou para fazer compras. Aguardou junto ao meio-fio. Mas ela não saiu da loja. A próxima coisa de que todos tomaram conhecimento foi um telefonema quatro horas depois. Que é o que habitualmente acontece. Sem polícia, exigência de resgate.

— Voz?

— Disfarçada.

— Como?

— Como se o cara estivesse falando por um lenço ou coisa assim.

— De quanto foi o resgate?

— Cem mil.

— Mas o Lane chamou a polícia.

Patti confirmou com a cabeça.

— Mas só para tirar o dele da reta. Foi como se ele quisesse testemunhas independentes. Como se fosse muito importante para ele manter a credibilidade com os outros caras que não estavam no esquema.

— E depois?

— Aconteceu como nos filmes. O FBI grampeou os telefones e os agentes se mandaram para o local da entrega do resgate. Lane se apoiou na história de que eles tinham sido vistos. Mas a coisa toda era falsa. Eles esperaram, ninguém apareceu, porque na verdade ninguém ia aparecer mesmo. Então levaram o dinheiro de volta para casa. Foi tudo encenado. Uma farsa. Uma atuação do Lane, que voltou para casa e avisou os caras que ele já estava fora de perigo, que os policiais tinham engolido a história e que já tinham convencido o FBI, aí mataram Anne. Tenho certeza disso.

— Onde estava o outro cara durante tudo isso? O Hobart?

— Ninguém sabe ao certo. Estava de folga. Ele disse que estava na Filadélfia. Mas é óbvio que estava na loja esperando a Anne aparecer. Ele era a outra metade da equação.

— Você procurou a polícia na época?

— Eles me ignoraram — disse Patti. — Lembre-se de que isso tudo aconteceu cinco anos atrás, não muito tempo depois do 11 de setembro. Todos estavam preocupados. E as forças armadas tinham voltado a ficar em evidência. Você sabe como é, todo mundo estava atrás de um figurão militar, pessoas como o Lane estavam na crista da onda. Soldados das Forças Especiais eram os caras descolados naquela época. Eu estava remando contra a maré.

— E esse policial, o tal de Brewer? Agora?

— Ele me tolera. O que mais pode fazer? Eu pago meus impostos. Mas não acredito que ele esteja fazendo alguma coisa a respeito. Sou realista.

— Você tem alguma prova contra o Lane? A menor que seja?

— Não — respondeu Patti. — Nenhuma. Só o que tenho é o contexto, a sensação e a intuição. É só isso que posso compartilhar.

— Contexto?

— Você sabe para que uma empresa militar privada serve de verdade? Fundamentalmente?

— Fundamentalmente o propósito dela é permitir que o Pentágono fuja da supervisão do Congresso.

— Exato — disse Patti. — Não são combatentes necessariamente melhores do que as pessoas que estão alistadas agora. Em geral, são piores, e com certeza mais caros. Estão ali para quebrar as regras. Simples assim. Se a Convenção de Genebra se intromete, eles não se preocupam, porque ninguém pode responsabilizá-los. O governo fica protegido.

— Você estudou muito — afirmou Reacher.

— Então que tipo de homem é o Lane para participar disso?

— Você é que me diz.

— Ele é um pilantra egomaníaco e sórdido.

— O que você gostaria de ter feito? Para manter Anne viva?

— Eu devia tê-la convencido. Devia tê-la tirado de lá, sem nenhum centavo, mas viva.

— Tarefa difícil — disse Reacher. — Você era a irmã caçula.

— Mas eu sabia.

— Quando você se mudou para cá?

— Mais ou menos um ano depois de Anna morrer. Isso não saía da minha cabeça.

— Lane sabe que você está aqui?

Ela negou.

— Sou muito cuidadosa. Esta cidade é incrivelmente anônima. É possível ficar anos sem pôr os olhos no vizinho.

— O que quer que eu faça?

— O que quero que você faça?

— Você me trouxe aqui com um propósito? E se arriscou pra cacete fazendo isso.

— Acho que está na hora de eu assumir riscos.

— O que quer que eu faça?

— Só quero que você saia daquele esquema. Para o seu próprio bem. Não suje suas mãos com os negócios dele. Nada de bom pode sair dali.

Um momento de silêncio.

— E ele é perigoso — disse Patti. — Mais perigoso do que você pode imaginar. Não é nada inteligente ficar perto dele.

— Vou tomar cuidado — falou Reacher.

— Todos eles são perigosos.

— Vou tomar cuidado — repetiu Reacher. — Sempre tomo. Mas agora vou voltar para lá. Vou sair, mas seguirei meu próprio cronograma.

Patti Joseph ficou calada.

— Mas eu queria me encontrar com esse tal de Brewer — completou Reacher.

— Por quê? Porque quer trocar piadinhas com o cara sobre a irmãzinha pirada?

— Não — respondeu Reacher. — Porque se ele ao menos chegar perto de ser um bom policial, vai ter conversado com os detetives que trabalharam no caso antigo e com os agentes do FBI. Ele pode ter uma ideia mais clara do acontecido.

— Mais clara em que sentido?

— Em qualquer sentido — disse Reacher. — É isso que quero saber.

— Ele deve vir aqui mais tarde.

— Aqui?

— Ele geralmente vem depois que ligo para ele e passo alguma informação.

— Você disse que ele não está fazendo nada.

— Acho que ele vem só por causa da companhia. Acho que é solitário. Ele dá um pulo aqui, depois do turno dele, a caminho de casa.

— Onde ele mora?

— Staten Island.

— Onde ele trabalha?

— Midtown.

— Então esse não é exatamente o caminho dele para casa.

Patti Joseph ficou calada.

— Quando o turno dele acaba? — perguntou Reacher.

— Meia noite.

— Ele te visita à meia-noite? Em um lugar que está bem longe do caminho dele?

— Não estou envolvida com ele nem nada — disse Patti. — Ele é solitário. Eu sou solitária. Só isso.

Reacher ficou calado.

— Dê uma desculpa para sair — sugeriu Patti. — Confira pela janela. Se o Brewer estiver aqui, a luz vai estar acesa. Se não, vai estar apagada.

19

ATTI JOSEPH RETORNOU PARA SUA SOLITÁRIA VIGÍLIA à janela e Reacher saiu, deixando-a ali. Deu uma volta pela quadra dela no sentido horário apenas por garantia e chegou ao Dakota pelo oeste. Eram quinze para as dez da noite. Fazia calor. Havia música em algum lugar no parque. Música e pessoas, distantes. Era uma perfeita noite de verão. Provavelmente tinha jogo de basebol no Bronx ou no Shea, mil bares e boates apenas começando a noite, oito milhões de pessoas repensando o dia que terminava ou pensando no dia seguinte.

Reacher entrou no prédio.

O pessoal da portaria ligou para o apartamento e recebeu permissão para deixá-lo pegar o elevador. Ele saiu, virou para o canto e viu Gregory no corredor, esperando por ele.

— Achamos que tinha desistido de nós — falou Gregory.

— Fui dar uma caminhada — comentou Reacher. — Alguma novidade?

— Cedo demais.

Reacher o seguiu para dentro do apartamento. Estava com um cheiro azedo. Comida chinesa, suor, preocupação. Edward Lane estava na poltrona ao lado do telefone. Olhava para o teto, com o rosto sereno. Ao seu lado na ponta do sofá havia um lugar vazio. Uma almofada amassada. Recentemente ocupada por Gregory, supôs Reacher. Em seguida vinha Burke, sentado, imóvel. E Addison, e Perez, e Kowalski. Carter Groom estava apoiado na parede, olhando para a porta, vigilante. Como uma sentinela. *Só me interesso pelos negócios*, ele havia dito.

— Quando vão ligar? — interrogou Lane.

Boa pergunta, pensou Reacher. *Será mesmo que vão ligar? Ou você é quem vai ligar para eles? E dar o Ok para puxarem o gatilho?*

Mas ele disse:

— Não vão ligar antes das oito da manhã. Precisam de tempo para percorrer todo o caminho de carro e para contar o dinheiro, não vão demorar menos do que isso.

Lane olhou para o relógio.

— Dez horas a partir de agora — disse ele.

— Isso mesmo — concordou Reacher.

Alguém ligará para alguém daqui a dez horas.

A primeira das dez horas passou em silêncio. O telefone não tocou. Ninguém falou uma só palavra. Reacher ficou sentado imóvel e sentiu a chance de um final feliz distanciar-se rapidamente. Lembrou-se da fotografia do quarto e sentiu que Kate e Jade afastavam-se. Como um cometa que chegou bem perto da Terra a ponto de ser vagamente visualizado, mas em seguida se lançou para outra órbita, movimentando-se veloz e violentamente na direção dos recônditos congelados do espaço e minguando até transformar-se em um pontinho de luz que em breve desapareceria para sempre.

— Fiz tudo o que pediram — comentou Lane, uma frase direcionada para si mesmo e mais ninguém.

Não houve resposta.

O homem solitário surpreendeu suas convidadas temporárias ao mover-se na direção da janela, e não da porta. Em seguida, as surpreendeu mais ao usar as unhas para pegar a fita adesiva que segurava o pano no vidro. Desgrudou-a da parede até poder dobrar um estreito retângulo de tecido e revelar uma lasca alta e magra da noite da cidade de Nova York. A vista famosa. Cem mil janelas iluminadas cintilando na escuridão como pequeninos diamantes em um campo de veludo preto. Sem igual no mundo.

Ele disse:

— Sei que você a adora.

Em seguida falou:

— Mas diga adeus a ela.

Depois completou:

— Porque nunca mais a verá.

Na metade da segunda hora, Lane olhou para Reacher e disse:

— Tem comida na cozinha, se quiser um pouco.

Em seguida, abriu um sorrisinho desanimado e falou:

— Ou, para ser tecnicamente mais preciso, tem comida na cozinha quer você queira um pouco ou não.

Reacher não queria comida. Não estava com fome. Tinha comido um cachorro-quente não fazia muito tempo. Mas queria dar o fora daquela porcaria de sala. Disso tinha certeza. A atmosfera era como a de oito homens sentados ao redor de um leito de morte. Levantou-se.

— Obrigado.

Caminhou silenciosamente até a cozinha. Ninguém o seguiu. Havia pratos sujos e uma dúzia de caixas de comida chinesa na bancada. Tudo pela metade, frio, acre e gosmento. Ele as deixou de lado e sentou-se em um banco. Deu uma olhada para a porta aberta do escritório à direita. Podia ver as fotografias na mesa. Anne Lane, idêntica à irmã Patti. Kate Lane, olhando afetuosamente para a criança que havia sido cortada da foto.

Ele apurou a audição. Nenhum som na sala. Ninguém vindo. Levantou-se do banco e entrou no escritório. Ficou um momento parado. *Mesa, computador, fax, telefones, arquivos, prateleiras.*

Começou pelas prateleiras.

Havia aproximadamente cinco metros lineares delas. Sustentavam listas telefônicas, manuais de armas de fogo, um volume sobre a história da Argentina, um livro chamado *Glock: The New Wave in Combat Handguns*, e um despertador. Canecas cheias de canetas e lápis, além de um atlas do mundo. O atlas era velho. Ainda tinha a União Soviética. E a Iugoslávia. Alguns países africanos ainda tinham suas ex-identidades coloniais. Ao lado do atlas, havia um fichário: quinhentas fichas com nomes, números de telefone e códigos referentes às Especialidades Ocupacionais Militares. A maioria deles eram 11-Bravo. Infantaria. Armas de Combate. Reacher procurou Carter Groom na letra G, não estava ali. Depois Burke na B. Também não encontrou. Portanto aquele ali era o acervo do pessoal do esquadrão classe B. Alguns nomes possuíam linhas pretas e no canto do cartão estava escrito MEA ou DEA. *Morto em Ação, Desaparecido em Ação.* Mas o resto dos nomes continuava no jogo. Quase quinhentos homens, e talvez algumas mulheres, preparados, disponíveis e procurando trabalho.

Reacher pôs o fichário de volta e mexeu no mouse do computador. O disco rígido começou a funcionar e uma caixa de diálogo na tela solicitava uma senha. Reacher olhou para a porta aberta e tentou *Kate.* Acesso negado. Tentou *O5LaneE* de Coronel Edward Lane. Mesmo resultado. Acesso negado. Deu de ombros e desistiu. A senha provavelmente era a data de aniversário do cara ou o número do antigo registro nas forças armadas ou o nome do time de futebol americano dele no ensino médio. Não havia como saber sem pesquisar mais.

Aproximou-se dos arquivos.

Eram quatro móveis de aço pintados, desses vendidos em lojas comuns. Uns oitenta centímetros de altura. Duas gavetas em cada. Oito gavetas no total. Sem etiquetas. Destrancadas. Ele ficou parado, concentrou-se em ouvir novamente e abriu a primeira gaveta. Ela movimentou-se depressa por canaletas para rolimãs. Em ambos os lados, havia trilhos idênticos que sustentavam seis pastas amarelas de papelão fino. Todas estavam cheias de documentos. Reacher usou o polegar para folheá-los. Deu uma olhada para baixo, obliquamente. Relatórios financeiros. Dinheiro entrando e saindo. Nenhum montante com mais de seis dígitos e nenhum com menos do que quatro. Fora isso, incompreensível. Fechou a gaveta.

Abriu a gaveta de baixo à esquerda. Os mesmos trilhos. As mesmas pastas amarelas. Mas estavam estufadas, pois continham carteiras de plástico grandes que vêm no porta-luvas de carros novos. Manuais de instrução, certificados de garantia, notas de serviços. Documentos. Faturas de seguros. BMW, Mercedes-Benz, BMW, Jaguar, Mercedes-Benz, Land Rover. Algumas tinham chaves em envelopes plásticos transparentes. Algumas tinham chaves reserva e alarmes sobressalentes em chaveiros do tipo que os vendedores dão de brinde. Havia passes para pedágio. Recibos de postos de gasolina. Cartões de vendedores e gerentes de concessionárias.

Reacher fechou a gaveta. Deu uma olhada para trás. Viu Burke de pé à porta, em silêncio, observando-o apenas.

20

URKE NÃO FALOU DURANTE UM LONGO MOMENTO. EM seguida disse:

— Vou sair para dar uma caminhada.

— Ok — respondeu Reacher.

Burke ficou calado.

— Você quer companhia? — perguntou Reacher.

Burke deu uma olhada para a tela do computador, depois para as gavetas dos arquivos.

— Faço companhia a você — disse Reacher.

Burke deu de ombros. Reacher o seguiu pela cozinha. Pela antessala. Lane olhou para eles da sala, rapidamente, absorto em seus pensamentos. Não disse nada. Reacher seguiu Burke até o corredor do lado de fora. Desceram no elevador em silêncio. Pisaram na rua e viraram em direção ao Central Park. Reacher levantou os olhos para a janela de Patti Joseph. Estava escura. A sala atrás dela, apagada. Portanto, ela estava sozinha. Imaginou-a sentada no parapeito, na escuridão. Imaginou sua caneta rabiscando o bloco de papel. *23h27 . Burke e Venti saem do DA a pé, seguem para o leste no sentido do Central Park. Ou CP.* Uma pessoa que escrevera

109

DA para o Dakota escreveria *CP* para o Central Park, com certeza. Talvez tivesse abandonado o *Venti* e estivesse usando o nome verdadeiro. Ele contara a ela. Talvez tivesse escrito *Burke e Reacher saem do DA.*

Ou talvez ela estivesse dormindo. Tinha que dormir de vez em quando.

— Aquela pergunta que você fez — disse Burke.

— Que pergunta? — questionou Reacher.

— Quem sabia que a sra. Lane adorava a Bloomingdale's?

— O que tem ela?

— É uma boa pergunta — disse Burke.

— Qual é a resposta?

— Tem outra pergunta — falou Burke.

— Que é?

— Quem sabia que ela estava indo para lá exatamente naquela manhã?

— Suponho que todos vocês sabiam — disse Reacher.

— É, acho que todos nós sabíamos, mais ou menos.

— Portanto não é uma pergunta tão importante.

— Acho que há envolvimento interno — disse Burke. — Alguém vazou informação para pessoas de fora.

— Foi você?

— Não.

Reacher parou em uma faixa de pedestres na Central Park West. Burke parou ao lado. Estava preto como carvão, era um homem pequeno, tinha o tamanho e o corpo de um jogador antigo da segunda base da liga de beisebol dos Estados Unidos. Integrante do Hall da Fama. Como Joe Morgan. Ele tinha a mesma autoconfiança física na maneira como se impunha.

O sinal abriu. A mão levantada apagou e o homem branco inclinado para a frente acendeu. Reacher sempre sentia pela substituição do WALK e do DONT WALK.

Se pudesse escolher, optaria pelas palavras aos pictogramas. E, quando criança, ele sempre ficava escandalizado com a pontuação errada, pois o correto deveria ser DON'T. Faltavam dez mil apóstrofos em todas as cidades dos Estados Unidos. Na infância, saber daquilo tinha sido uma emoção secreta para ele.

Ele desceu da calçada.

— O que aconteceu depois da Anne? — perguntou ele.

— Com os quatro caras que a pegaram? — perguntou Burke. — Melhor você não saber.

— Suponho que você tenha ajudado.

— Nada a declarar.

— Eles admitiram?

— Não — respondeu Burke. — Alegaram que não tinham nada a ver com aquilo.

— Mas você não acreditou neles.

— O que mais eles falariam?

Chegaram à outra calçada. O parque agigantava-se diante deles, escuro e vazio. A música tinha acabado.

— Onde estamos indo? — perguntou Reacher.

— Não interessa — respondeu Burke. — Eu só queria conversar.

— Sobre o envolvimento de uma fonte interna?

— É.

Viraram juntos para o sul e seguiram no sentido da Columbus Circle onde havia semáforos, trânsito e grupos de pessoas nas calçadas.

— Quem você acha que foi? — perguntou Reacher.

— Não tenho ideia — respondeu Burke.

— Então esta conversa vai ser bem curta — comentou Reacher. — Não vai? Você queria conversar, mas não tem muito o que dizer.

Burke ficou calado.

— Para quem as informações foram vazadas? — perguntou Reacher. — Não quem as vazou. Acho que essa seria a resposta mais importante. E acho que é isso que você está querendo me contar.

Burke continuou caminhando em silêncio.

— Você me arrastou aqui para fora — disse Reacher. — Não fez isso por achar que eu não estou tomando ar fresco nem me exercitando o bastante.

Burke permaneceu silencioso.

— Você vai me fazer jogar Vinte Perguntas? — questionou Reacher.

— Talvez seja o melhor jeito de se fazer isso — respondeu Burke.

— Você acha que isso é por causa do dinheiro?

— Não — falou Burke.

— Então o dinheiro é uma cortina de fumaça?

— Metade da equação, na melhor das hipóteses. Talvez um objetivo paralelo.

— A outra metade da equação seria punição?

— Você sacou.

— Você acha que tem alguém por aí com raiva do Lane?

— Acho.

— Uma pessoa?

— Não.

— Quantas?

— Teoricamente, deve ter centenas — disse Burke. — Ou milhares. Nações inteiras, talvez. Nós mexemos com muita gente, em um monte de lugares.

— Realisticamente?

— Mais de uma pessoa — respondeu Burke.

— Duas?

— Isso.

— Com raiva dele por quê?

— Qual é a pior coisa que um homem pode fazer com outro?

— Depende de quem a pessoa é — relativizou Reacher.

— Exatamente — disse Burke. — E quem nós somos?

Reacher pensou: *Forças Especiais da Marinha, Força Delta, Força de Reconhecimento dos Fuzileiros Navais, Boinas Verdes, Serviço Aéreo Especial do Reino Unido. Os melhores do mundo.*

— Soldados das Forças Especiais — respondeu.

— Exatamente — repetiu Burke. — E o que não fazemos?

— Não deixam corpos para trás no campo de batalha.

Burke ficou calado.

— Mas Lane deixou — disse Reacher. — Ele deixou dois corpos para trás.

Burke parou na curva norte da Columbus Circle. O trânsito rugia por todos os lados. Os faróis arremessavam feixes que se estendiam em tangentes desgovernadas. À direita, sobressaia-se um alto prédio prateado novinho em folha. Uma barreira baixa extensa na Rua 59 antecedendo-se a torres gêmeas que se erguiam imponentes.

112

— Mas o que você está querendo dizer? — perguntou Reacher. — Eles tinham irmãos ou filhos? Alguém saiu da toca querendo vingança? Finalmente? Em nome deles?

— Não necessariamente envolve irmãos e filhos — disse Burke.

— Amigos?

— Não necessariamente envolve amigos também.

— Então quem?

Burke não respondeu. Reacher o encarou.

— Jesus Cristo — exclamou ele. — Vocês deixaram dois caras para trás *vivos*?

— Eu não — disse Burke. — Nós não. Foi o Lane.

— E você acha que eles finalmente voltaram pra cá?

— Tenho certeza de que eles se empenhariam muito.

— Hobart e Knight — disse Reacher.

— Você sabe os nomes deles.

— Evidente.

— Como? Com quem você andou falando? Não existe nada sobre eles naqueles armários em que estava mexendo. Nem no computador. Eles foram apagados. É como se nunca tivessem existido. Como se fossem segredinhos sujos. E é isso mesmo que são.

— O que aconteceu com eles?

— Estavam feridos. De acordo com Lane. Não os vimos. Estavam em postos de observação avançados e escutamos disparos distantes. Lane avançou até o local, depois voltou e disse que eles haviam sido atingidos, que estavam mal e não tinham chance de sobreviver. Falou que não podíamos buscá-los. Sofreríamos muitas baixas tentando fazê-lo. Ele nos deu uma ordem direta para bater em retirada. Nós os deixamos lá.

— E o que acha que aconteceu com eles?

— Chegamos à conclusão de que tinham sido presos. Em consequência, concluímos que a expectativa de vida deles era de aproximadamente um minuto e meio.

Acho que Lane certificou-se de que não voltariam.

— Onde foi isso? — perguntou Reacher.

— Não posso contar — respondeu Burke. — Eu poderia ser preso.

— Por que você continuou com eles depois disso? Esse tempo todo.

— Por que não continuaria?

— Me parece que você está insatisfeito com o desfecho das coisas lá.

— Cumpro ordens. E deixo os oficiais decidirem as coisas. Sempre foi assim e sempre será.

— Ele sabe que eles voltaram? Lane?

— Você não está escutando — reclamou Burke. — Ninguém *sabe* que eles voltaram. Ninguém sabe nem se eles estão vivos. Estou pressupondo, só isso. Com base na proporção que esse negócio tomou.

— Eles fariam isso? Hobart e Knight? Machucariam uma mulher e uma criança para aterrorizar Lane?

— Você quer saber se isso é justificável? É claro que não. Mas eles fariam isso? Claro que fariam. Pessoas pragmáticas fazem o que funciona. Principalmente depois do que Lane fez com eles.

Reacher assentiu.

— Quem, de dentro da equipe, poderia estar em contato com eles?

— Não sei.

— O que eles eram?

— Vacilões da marinha.

— Como Carter Groom.

— Isso mesmo — confirmou Burke. — Como Carter Groom.

Reacher ficou calado.

— Fuzileiros navais odeiam isso — disse Burke. — Principalmente os da Força de Reconhecimento. Odeiam deixar gente para trás. Mais do que qualquer outro militar. É o código deles.

— Então por que Carter continuou com Lane?

— Pela mesma razão que eu. Não nos cabe questionar. Isso também é um código.

— Talvez nas forças armadas — disse Reacher. — Não necessariamente em uma empresa privada meia-boca.

— Não vejo diferença.

— Talvez não, mas deveria, soldado.

— Olha a boca, parceiro. Estou te ajudando. Estou te ajudando a ganhar um milhão. Você encontra Hobart e Knight e encontra Kate e Jane também.

— Você acha?

— Isso é tão certo quanto dois mais dois são quatro. Só que a soma do serviço aqui dá *um milhão* de dólares. Então olha essa boca.

— Não preciso olhar a minha boca — retrucou Reacher. — Se realmente ainda é fiel ao código, ainda me vê como oficial. Posso falar o que quiser e você vai ficar quietinho aí, aguentar e prestar continência.

Burke deu as costas para o redemoinho de trânsito em frente a ele e voltou para o norte. Reacher o deixou distanciar-se cinco metros, depois o alcançou e se posicionou ao lado dele. Nada mais foi dito. Dez minutos depois, viraram na Rua 72. Reacher olhou para cima. A janela do apartamento de Patti Joseph estava resplandecente.

21

R EACHER DISSE:
— Vai na frente. Vou caminhar mais um pouco.
— Por quê? — perguntou Burke.
— Você me deu coisas sobre o que pensar.
— Você não consegue pensar sem ser andando?
— Não faz sentido procurar Hobart e Knight dentro do apartamento.
— Isso com certeza. Eles foram apagados.
— Mais uma coisa — disse Reacher. — Quando Lane e Kate ficaram juntos?
— Pouco depois que Anne morreu. Lane não gosta de ficar sozinho.
— Eles se davam bem?
— Ainda estão casados — respondeu Burke.
— O que isso quer dizer?
— Quer dizer que se davam bem.
— Bem como?
— Bem o suficiente.
— Tão bem quanto com a Anne? Quanto na primeira vez?
Burke assentiu e completou:

— Mais ou menos a mesma coisa.

— Vejo você mais tarde — despediu-se Reacher.

Reacher ficou observando Burke desaparecer dentro do Dakota, depois seguiu na direção oeste, para longe da casa de Patti Joseph. Precaução de rotina, o que gerou um resultado e tanto, pois, quando olhou para trás, viu Burke seguindo-o. Era óbvio que Burke havia dado a volta no saguão do Dakota e o estava seguindo com uma incompetência inacreditável. Andava sorrateiramente pelas sombras, com a pele e as roupas pretas praticamente invisíveis, mas que iluminavam-se como um super-rastro toda vez que passava por baixo de um poste.

Ele não confia em mim, pensou Reacher.

Um suboficial da Delta que não confia num PE.

Nossa, que grande surpresa.

Reacher caminhou até o final da quadra e desceu a escada do metrô. Foi à plataforma de embarque para os trens que seguiam no sentido norte. Usou seu Metrocard na catraca. Imaginou que Burke não teria Metrocard. O pessoal do Lane ia a todos os lugares de carro. Nesse caso, Burke se atrasaria na máquina, passando seu cartão de crédito ou tentando enfiar notas amarrotadas nela. Nesse caso, a perseguição fracassaria no primeiro obstáculo. Se um trem chegasse logo.

O que não aconteceu.

Era meia-noite, período em que os trens já rodavam com menos frequência do que nos horários de pico. O tempo médio de espera devia ser de aproximadamente quinze ou vinte minutos. Reacher queria dar sorte, mas isso não aconteceu. Ele se virou, viu Burke retirar um cartão novinho em folha da máquina e permanecer distante, aguardando.

Reacher pensou: *Ele não quer ficar na plataforma comigo. Vai passar pela catraca no último minuto possível.*

Reacher aguardou. Havia doze pessoas esperando com ele. Um grupo de três, um grupo de duas, sete pessoas sozinhas. A maioria bem-vestida. Pessoas voltando para casa depois de ir ao cinema ou a um restaurante, a caminho dos aluguéis mais baratos nas ruas cujos nomes iam de cento e tanto para a frente, até a região de Hudson Heights.

O túnel permaneceu silencioso. O ar estava quente. Reacher se apoiou em uma pilastra e aguardou. Em seguida, escutou os trilhos começarem a sua estranha lamúria metálica. Um trem, a pouco menos de um quilômetro. Viu uma luz fraca na escuridão e sentiu o ar quente. O barulho aumentou e as doze pessoas na plataforma deram passos arrastados para a frente.

Reacher fez o mesmo, para trás.

Ele se espremeu no vão em um canto do tamanho de uma cabine telefônica. Ficou imóvel. O trem chegou veloz, comprido, barulhento, chiando e rilhando. Um trem da linha 1, local. Alumínio brilhante, janelas iluminadas. Parou. Pessoas desembarcaram, pessoas embarcaram. Burke atravessou a catraca e passou pela porta logo antes de ela fechar. O trem foi embora, da esquerda para a direita, e Reacher viu Burke através das janelas. Andava para a frente, olhos atentos, caçando sua presa, vagão por vagão.

Ele percorreria todo o caminho até o Bronx, a Rua 242, o Van Cortland Park, antes de se dar conta de que sua presa não estava no trem.

Reacher saiu do vão e passou a mão nos ombros para tirar a poeira da camisa. Partiu em direção a saída e subiu à rua. Tinha duas pratas a menos, porém estava sozinho, como era sua vontade.

O porteiro no Majestic ligou para o apartamento e apontou para o elevador. Três minutos depois ele estava trocando um aperto de mãos com Brewer, o policial. Patti Joseph estava na cozinha, fazendo café. Tinha trocado de roupa. Vestia um terninho escuro, impecável e formal. Estava calçada. Saiu da cozinha com duas canecas, os mesmos itens enormes da Wedgwood que usara antes. Entregou uma a Brewer, outra a Reacher e disse:

— Vou deixar vocês conversando. Talvez seja mais fácil se eu não estiver aqui. Vou dar uma caminhada. A noite é o único horário seguro para eu sair.

Reacher alertou:

— Burke vai sair do metrô daqui a uma hora mais ou menos.

Patti falou:

— Ele não vai me ver.

E saiu, mas antes deu uma olhada nervosa para trás, como se seu futuro estivesse em jogo. Reacher a observou fechar a porta, depois se virou e olhou com mais atenção para Brewer. Era exatamente aquilo que se esperaria de um detetive da cidade de Nova York, só que um pouco mais exagerado. Um pouco mais alto, um pouco mais gordo, mais cabeludo e desgrenhado, mais enérgico. Tinha cerca de cinquenta anos. Ou quarenta e poucos, mas prematuramente grisalho.

— Qual é o seu interesse nisso? — perguntou ele.

— Meu caminho cruzou com o de Edward Lane — disse Reacher. — E ouvi a história de Patti. Então quero saber no que estou entrando. Só isso.

— Como assim seus caminhos se cruzaram?

— Ele quer me contratar para um serviço.

— Qual é a sua linha de trabalho?

— Eu era do Exército — respondeu Reacher.

— É um país livre — disse Brewer. — Você pode trabalhar para quem quiser.

Em seguida, sentou-se no sofá de Patti Joseph como se fosse dono dele. Reacher permaneceu distante da janela. As luzes estavam acessas e ele ficaria visível da rua. Apoiou-se na parede perto da entrada e bebericou o café.

— Já fui policial — disse. — Polícia do exército.

— Fala isso para me impressionar?

— Um monte de gente que trabalha com você veio do mesmo lugar que eu. Eles te impressionam?

Brewer deu de ombros e falou:

— Acho que posso te dar cinco minutos.

— Vamos direto ao ponto — disse Reacher. — O que aconteceu cinco anos atrás?

— Não posso te contar — negou Brewer. — Ninguém do Departamento de Polícia de Nova York pode. Se foi sequestro, o caso pertence ao FBI, porque sequestro é crime federal. Se foi homicídio, pertence à Nova Jersey, porque o corpo foi encontrado do outro lado da Ponte George Washington, e não o moveram depois da morte. Portanto, não chegamos a formar uma opinião.

— Então por que está aqui?

— Relacionamento com a comunidade. A moça está sofrendo e precisa de alguém com quem desabafar. Além do mais, ela é bonita e faz um café gostoso. Por que eu não viria?

— O seu pessoal deve ter recebido uma cópia da documentação.

Brewer assentiu e disse:

— Tem um arquivo.

— O que tem nele?

— Teia de aranha e poeira, praticamente. A única coisa que se sabe com certeza é que Anne Lane morreu cinco anos atrás em Nova Jersey. Seu corpo estava em decomposição há um mês quando a encontraram. Parece que não era algo muito bonito de se ver. Mas foi identificada pela arcada dentária. Era ela.

— Onde foi isso?

— Um lote vago perto da Turnpike.

— Causa da morte?

— Ferimento à bala na parte de trás da cabeça. Calibre grosso, provavelmente nove milímetros, porém impossível precisar. Ela estava a céu aberto. Os roedores ficaram entrando e saindo pelo buraco de bala. Não são burros. Eles sabiam que encontrariam comida da boa lá dentro, então aumentaram o buraco antes de entrar. O osso estava roído. Mas provavelmente foi uma nove, provavelmente encamisada.

— Espero que não tenha contado tudo isso à Patti.

— Qual a sua relação com ela? Irmão mais velho? É claro que não contei tudo isso a ela.

— Mais alguma coisa no local?

— Tinha uma carta de baralho. O três de paus. Enfiada debaixo da gola da camisa dela, por trás. A perícia forense não conseguiu merda nenhuma. Ninguém descobriu o que aquilo significava.

— Era uma espécie de assinatura?

— Ou uma provocação. Você sabe como é, uma merda qualquer para deixar todo mundo cego tentado descobrir o significado.

— E o que você acha? — perguntou Reacher. — Sequestro ou assassinato?

Brewer bocejou.

— Não há razão para procurar complicações. Se ouvimos uma cavalaria, saímos procurando cavalos, não zebras. Um cara presta queixa falando que a esposa foi sequestrada, as pessoas pressupõem que seja verdade. Elas não começam a imaginar que seja uma trama complexa para dar cabo da mulher. E era tudo plausível. Havia telefonemas de verdade, havia dinheiro de verdade em uma bolsa.

— Mas...

Brewer ficou em silêncio por um momento. Deu um longo gole em sua caneca de café, engoliu, bafejou, recostou a cabeça de volta no sofá.

— A Patti meio que suga a gente para dentro dessa história — justificou ele. — Sabe como é? Mais cedo ou mais tarde você acaba admitindo que é tão plausível quanto a outra versão.

— Instinto?

— Não sei — respondeu Brewer. — O que, por si só, é um sentimento estranho para mim. Claro que às vezes estou errado, mas eu geralmente *sei*.

— Então, o que você vai fazer a respeito?

— Nada — respondeu Brewer. — O caso está mais do que arquivado, está enterrado, e não é da nossa jurisdição. O Inferno vai congelar antes do Departamento de Polícia de Nova York pegar voluntariamente outro caso de homicídio não solucionado.

— Mas você continua vindo aqui.

— Como eu disse, a moça precisa desabafar. O luto é um processo longo e complicado.

— Você faz isso por todos os parentes?

— Só por aqueles que parecem ser coelhinhas da *Playboy*.

Reacher ficou calado.

— Qual é o seu interesse nisso? — Brewer repetiu a pergunta.

— O que eu disse.

— Porra nenhuma. Lane era soldado combatente. Agora ele é um mercenário. Você não está preocupado por ele ter apagado alguém que não devia cinco anos atrás. Encontre um cara como Lane que não fez isso.

Reacher ficou calado.

— Você está pensando em algo — afirmou Brewer.

Um momento de silêncio.

— Algo que Patti contou — continuou. — Ela não vê a nova sra. Lane há alguns dias. Nem a filha.

Reacher ficou calado.

Brewer prosseguiu:

— Talvez ela tenha desaparecido e você esteja procurando paralelos no passado.

Reacher continuou em silêncio.

— Você era um policial, não um soldado combatente. Por isso fico me perguntando para que tipo de assunto Edward Lane te contrataria.

Reacher ficou calado.

— Quer me contar alguma coisa?

— Estou perguntando — disse Reacher. — Não contando.

Mais silêncio.

Encararam-se de cara fechada demoradamente, policial para policial.

— Como quiser — falou Brewer. — É um país livre.

Reacher terminou o café e foi até a cozinha. Lavou a caneca e a deixou na pia. Em seguida, apoiou os cotovelos na bancada e ficou olhando fixamente para a frente. A sala diante de si era emoldurada pela abertura na parede da cozinha. A cadeira de encosto alto estava junto à janela. No peitoril, encontravam-se impecavelmente dispostos os objetos de vigilância. O caderno, a caneta, a câmera, os binóculos.

— Mas o que você faz com as informações que ela te dá? Simplesmente deixa pra lá?

Brewer negou com a cabeça:

— Eu passo adiante — disse ele. — Fora do departamento. Para uma pessoa que tem interesse.

— Quem?

— Uma detetive particular, do centro. Ela também é bonita. Mais velha, mas, rapaz...

— O Departamento de Polícia de Nova York está trabalhando com detetives particulares agora?

— Essa ocupa uma posição incomum. É aposentada do FBI.

— Todos eles são aposentados de alguma coisa.

— Essa era a agente responsável pelo caso de Anne Lane.

Reacher ficou calado.

Brewer sorriu.

— Como eu disse, essa tem um interesse.

— Patti sabe? — perguntou Reacher

Brewer negou com a cabeça.

— É melhor não saber. Melhor que nunca descubra. Seria uma combinação ruim.

— Qual é o nome dessa mulher?

— Achei que nunca perguntaria — respondeu Brewer.

22

REACHER SAIU DO APARTAMENTO DE PATTI JOSEPH COM dois cartões de visita. Um do Departamento de Polícia de Nova York, o cartão oficial de Brewer, e o outro era um produto elegante com *Lauren Pauling* gravado na parte de cima e *Detetive Particular* embaixo do nome. Em seguida: *Ex-Agente Especial, FBI*. Na parte inferior, havia um endereço no centro, com números de telefone fixo e celular, um e-mail e um site. Era um cartão confuso. Mas o negócio parecia vistoso e caro, profissional e eficiente. Melhor do que o cartão do Departamento de Polícia de Nova York de Brewer e melhor até mesmo que o da CSO de Gregory.

Reacher jogou o cartão de Brewer em uma lixeira na Central Park West e colocou o de Lauren Pauling no sapato. Depois, fez um caminho tortuoso para voltar ao Dakota. Era quase uma da manhã. Ele contornou a quadra e avistou uma viatura na Columbus Avenue. *Policiais*, pensou. A palavra ficou pairando assim como havia acontecido em SoHo: um galho em uma correnteza que fica preso na margem do rio. Ele parou de andar, fechou os olhos e tentou pegá-la. Mas ela escapuliu rodopiando de novo. Desistiu dela e virou na Rua 72. Entrou no saguão do

Dakota. O porteiro da noite era um austero senhor de idade. Ele ligou para o apartamento e inclinou a cabeça convidando-o a prosseguir. No quinto andar, Gregory encontrava-se no corredor com a porta aberta. Reacher entrou depois dele, que disse:

— Nada ainda. Temos mais sete horas.

O apartamento estava preenchido pelo silêncio da madrugada e ainda cheirava a comida chinesa. Todos permaneciam na sala. Com exceção de Burke, que ainda não retornara. Gregory parecia cheio de energia e Lane encontrava-se ereto na cadeira, porém as variadas poses encurvadas do restante demonstravam cansaço. As luzes amarelas estavam baixas, as cortinas, fechadas e o ar, quente.

— Espere com a gente — disse Lane.

— Preciso dormir — falou Reacher. — Três ou quatro horas.

— Use o quarto da Jade.

Reacher percorreu os corredores até o quarto da menina. A luz noturna ainda estava acessa. O cômodo tinha um leve cheiro de talco de bebê e pele limpa. A cama era pequena demais para um homem do tamanho de Reacher. Pequena demais para qualquer homem, na verdade. Um móvel que devia ter a metade do tamanho convencional, provavelmente de alguma *boutique* de produtos especializados para crianças. Havia um banheiro anexado recortado de outro quarto de empregada. Uma pia, um vaso, uma banheira com chuveiro. O chuveiro, acoplado em uma haste, podia ser movimentado para cima e para baixo. Estava aproximadamente um metro acima do ralo. A cortina do chuveiro era de plástico transparente com patos amarelos.

Reacher suspendeu o chuveiro até o ponto mais alto, se despiu e tomou um banho rápido com um sabonete rosa em formato de morango e um xampu para neném. *Sem lágrimas*, estava escrito no frasco. *Quem me dera*, pensou ele. Depois, se enxugou com uma toalhinha rosa, pôs o minúsculo pijama cheiroso em uma cadeira, pegou o travesseiro, o lençol e o edredom da cama e fez um bivaque no chão. Tirou ursos e bonecas do caminho. Os ursos de pelúcia eram todos novos e as bonecas pareciam intocadas. Ele arredou a mesa trinta centímetros para o lado com o objetivo de ganhar espaço e todos os papéis caíram dela. Desenhos com lápis de cor em papel barato. Árvores que pareciam pirulitos verde-claros em palitos marrons, com um grande prédio cinza

124

atrás delas. O Dakota visto do Central Park, talvez. Havia também três corpos feitos com palitos, um muito menor do que os outros. Família, talvez. Mãe, filha, padrasto. A mãe e a filha sorriam, mas Lane estava desenhado com buracos pretos na boca, como se alguém lhe tivesse arrancado metade dos dentes com um soco. Havia o desenho de um avião baixo no céu. Grama verde embaixo, listra azul no alto, uma bola amarela era o sol. A fuselagem do avião tinha a forma de uma salsicha e em três janelinhas via-se rostos. As asas haviam sido desenhadas como se ele fosse visualizado por cima. Como se o avião estivesse fazendo uma curva desesperada. O último desenho também era da família, porém dobrada. Dois Lanes perto um do outro e, lado a lado, duas Kates, duas Jades. Era como olhar para o segundo desenho novamente, porém com a visão dobrada.

Reacher reorganizou os papéis e apagou a luz noturna. Entocou-se debaixo da roupa de cama. Elas o cobriram do peito ao joelho. Sentiu o cheiro do xampu de neném. Do próprio cabelo ou do travesseiro de Jade. Não tinha certeza. Programou o relógio mental para as cinco da manhã. Fechou os olhos, respirou uma vez, respirou a segunda, e pegou no sono, em um chão duro e denso e sólido por causa daquele metro de argila do Central Park.

Reacher acordou como planejado às cinco da manhã, desconfortável. Ainda cansado e com frio. Sentiu cheiro de café. Encontrou Carter Groom na cozinha, ao lado de uma cafeteira Krups.

— Faltam três horas — comentou Groom. — Acha que vão ligar?

— Não sei — disse Reacher. — O que você acha?

Groom não respondeu. Ficou tamborilando os dedos na bancada enquanto esperava a cafeteira terminar o serviço. Reacher aguardou com ele. Burke entrou. Aparentava não ter dormido. Não falou. Nada agradável, nada hostil. Agiu como se a noite anterior jamais tivesse existido. Groom encheu três canecas de café. Pegou uma e saiu da cozinha. Burke pegou outra e o seguiu. Reacher bebeu sentado na bancada. O relógio do forno marcava cinco e dez. Reacher sabia que ele estava um pouco atrasado. Sentia que na verdade era quase cinco e quinze.

Hora de ligar para a ex-agente especial Lauren Pauling e acordá-la.

Ele parou na sala a caminho da saída. Lane ainda estava na mesma poltrona. Imóvel. Ainda aprumado. Ainda sereno. Ainda estoico. Real ou falso, de um jeito ou de outro, era uma puta demonstração de resistência. Gregory, Perez e Kowalski dormiam nos sofás. Addison estava acordado, porém inerte. Groom e Burke tomavam café.

— Vou sair — avisou Reacher.

— Outra caminhada? — perguntou Burke, com acidez.

— Café da manhã — respondeu Reacher.

O senhor no saguão ainda estava trabalhando. Reacher o cumprimentou com um gesto de cabeça, depois virou para a direita na Rua 72 e foi para a Broadway. Ninguém o seguiu. Encontrou um telefone público, pegou uma moeda de vinte e cinco centavos no bolso, tirou o cartão do sapato e ligou para o celular de Pauling. Sabia que ela devia mantê-lo ligado, em cima da mesinha de cabeceira, perto do travesseiro.

Atendeu a ligação no terceiro toque.

— Alô?

Voz rouca, não sonolenta, apenas não tinha sido usada ainda nesse dia. Talvez morasse sozinha. — Você ouviu o nome Reacher recentemente? — perguntou Reacher.

— Deveria?

— Nos pouparia muito tempo se só respondesse que sim. Da irmã de Anne Lane, Patti, por intermédio de um policial chamado Brewer, estou certo?

— Sim — disse Pauling. — Ontem, tarde da noite.

— Preciso agendar um encontro com você agora cedo.

— Você é o Reacher?

— Sim. Em meia hora, no seu escritório?

— Sabe onde é?

— Brewer me deu seu cartão.

— Meia hora — confirmou Pauling.

Meia hora depois Reacher estava em pé na calçada da Rua 4 Oeste, com um copo de café em uma mão e um *donut* na outra, observando Lauren Pauling caminhar em sua direção.

23

REACHER SABIA QUE ERA LAUREN PAULING CAMINHANDO em sua direção pela forma como seus olhos estavam fixos em seu rosto. Obviamente, Patti Joseph tinha lhe passado, além do nome, a descrição física dele. Ou seja, Pauling estava procurando um cara alto, forte, louro, desarrumado, aguardando perto da porta de seu escritório, e Reacher era o único com essas características na rua naquela manhã.

Pauling era uma mulher elegante de uns cinquenta anos. Talvez um pouco mais, e fosse esse o caso, ela estava muito bem. Brewer dissera *ela também é bonita* e estava certo. Pauling tinha uns três centímetros a mais do que a média e estava de saia lápis na altura do joelho. Meia--calça preta, sapato de salto preto. Blusa verde-esmeralda que devia ser de seda. Um colar de grandes pérolas falsas no pescoço. Cabelo louro com luzes douradas. Ele estendia-se ondulado até os ombros. Sorridentes olhos verdes. Um olhar que dizia: *É um grande prazer conhecê-lo, mas vamos direto ao que interessa.* Reacher podia imaginar o tipo de reuniões de equipe que ela devia ter conduzido no FBI.

— Jack Reacher, creio eu.

Reacher enfiou o *donut* entre os dentes, limpou os dedos na calça de sarja e lhe deu um aperto de mão. Então aguardou ao lado dela, que destrancava a porta da rua. Observou-a desativar o alarme em um teclado numérico. Ele tinha as teclas dispostas em conjuntos de três por três com o zero sozinho na parte inferior. Era destra. Usou o dedo do meio, o dedo indicador, dedo anular, dedo indicador sem mover muito a mão. Movimentos ligeiros, decididos. Como se digitasse. *Provavelmente 8461,* pensou Reacher. *Burra ou distraída para me deixar ver. Distraída, provavelmente. Ela não podia ser burra.* Mas era o alarme do prédio. Não uma escolha pessoal dela. Portanto, não estava entregando a senha do alarme de casa nem do cartão do banco.

— Venha comigo — disse ela.

Reacher a seguiu por uma escada estreita até o segundo andar. Terminou o *donut* no caminho. Ela destrancou a porta e o deixou entrar em um escritório. Era uma suíte de dois cômodos. Uma sala de espera primeiro e outra nos fundos, onde ficavam a mesa dela e duas cadeiras para visitantes. Muito compacta, mas a decoração era bonita. Bom gosto, instalação cuidadosa. Cheia de coisas caras que profissionais autônomos arrendam para despertar confiança nos clientes. Se fosse um pouco maior, podia ser o escritório de um advogado, ou de um cirurgião plástico.

— Conversei com Brewer — disse ela. — Liguei para a casa dele depois que você me ligou. Eu o acordei. Não ficou muito feliz.

— Posso imaginar — falou Reacher.

— Ele está curioso sobre as suas motivações.

A voz de Lauren Pauling era baixa e rouca, como se estivesse se recuperando de uma laringite nos últimos trinta anos. Reacher podia ficar ouvindo-a o dia todo.

— E eu também estou curiosa.

Ela apontou para uma cadeira de couro destinada aos clientes. Reacher sentou-se. Ela passou de lado pela ponta da mesa. Era magra e se movia bem. Virou a cadeira e se posicionou de frente para ele. Sentou-se.

— Só estou em busca de informações — disse Reacher.

— Mas por quê?

— Vamos ver se elas me levam àquilo que preciso te contar.

— Brewer falou que você era Policial do Exército.

— Num passado remoto.

— Dos bons?

— Existe outro tipo?

Pauling sorriu, com um pouco de tristeza, um pouco de saudosismo.

— Então você sabe que não deveria estar falando comigo — disse ela. — Porque não sou uma testemunha confiável. Sou irremediavelmente tendenciosa.

— Por quê?

— Pense bem — disse ela. — Não é óbvio? Se Edward Lane não matou a esposa, então quem diabos foi? *Eu* matei, fui eu. Por causa da minha incompetência.

24

REACHER SE MEXEU NA CADEIRA E DISSE:

— Ninguém tem cem por cento de aproveitamento. Não no mundo real. Nem eu, nem você, ninguém. Então supere isso.

— Essa é a sua resposta? — questionou Pauling.

— Provavelmente mais pessoas do que você jamais vai conhecer morreram por minha causa. Não fico me martirizando por causa disso. Merdas acontecem.

— É a irmã — comentou Pauling. — Ela fica lá em cima naquele ninho de águia esquisito o tempo todo. Ela é uma espécie de consciência que eu tenho.

— Eu a conheci — disse Reacher.

— Ela é um peso para mim.

— Conte-me sobre o três de paus — pediu Reacher.

Pauling fez um breve silêncio, como uma troca de marcha.

— Chegamos à conclusão de que não significava nada — respondeu ela. — Tinha um livro ou um filme ou alguma coisa assim em que assassinos deixavam cartas na cena do crime. Isso começou a acontecer com alguma frequência na época. Mas geralmente eram cartas com figuras. A maioria eram azes, e de espadas. Não havia nada nos bancos de dados sobre três. Não muito sobre paus, também. Então achamos que talvez aquilo fosse parte de um todo de três coisas conectadas, mas não encontramos nada similar que pudéssemos ligar a ela. Estudamos simbolismo e teoria dos números. Fomos à UCLA, conversamos com o pessoal que estuda cultura das gangues. Nada. Falamos com o pessoal da semiótica de Harvard, de Yale e da Smithsonian. Entramos em contato com a Wesleyan, em Connecticut, colocamos um pessoal da linguística para trabalhar nela. Nada. Pedimos a um aluno de pós-graduação da Columbia para colaborar. Recorremos à pessoas com o cérebro do tamanho de planetas. Nada em lugar nenhum. Ou seja, o três de paus não significava nada. Ele foi projetado para nos fazer correr atrás do próprio rabo. O que, em si, foi uma conclusão sem sentido. Porque o que precisávamos saber era quem iria *querer* que corrêssemos atrás do próprio rabo.

— Você investigou o Lane na época? Antes de saber das teorias da Patti?

Pauling assentiu.

— Investigamos o Lane muito atentamente, e os caras que trabalhavam para ele também. Mais do ponto de vista da avaliação de ameaça, na época. Tipo, quem ele conhecia? Quem sabia que ele tinha dinheiro? Até mesmo quem sabia que ele tinha esposa.

— E?

— Ele não é um sujeito muito agradável. Beira a insanidade mental. Tem uma necessidade psicótica de comandar.

— Patti Joseph falou a mesma coisa — disse Reacher.

— Ela está certa.

— Os homens dele também não batem muito bem das ideias. Eles têm uma necessidade psicótica de ser comandados. Conversei com alguns deles. São civis, mas se apegam com força aos seus códigos militares. Como muletas de segurança. Mesmo quando não gostam tanto assim dos resultados.

— Aquele bando é estranho. Foram todos das Forças Especiais e participaram de operações secretas, por isso o Pentágono não foi muito cooperativo. Mas notamos duas coisas. A maioria deles já participou de muitas e muitas operações em várias partes do mundo, mas têm muito menos medalhas do que pessoas assim geralmente possuem. E a maioria deles teve dispensa comum, não dispensa honrosa. Inclusive o próprio Lane. O que você acha que isso tudo significa?

— Imagino que você saiba exatamente o que isso significa.

— Gostaria de ouvir a sua perspectiva profissional.

— Significa que eram ruins. Ou de baixo nível e irritantes, ou se envolveram com esquemas maiores, mas não foi possível provar as acusações.

— O que me diz da falta de medalhas?

— Campanhas sujas — disse Reacher. — Dano colateral gratuito, pilhagem, abuso. Talvez tenham atirado em prisioneiros. Talvez tenham queimado propriedades.

— E o Lane?

— Ordenou abuso, ou fracassou na prevenção dele. Ou talvez tenha participado dele. Ele me contou que pediu para sair depois da primeira vez que foi para o Golfo. Eu estava lá. Havia bolsões de mau comportamento.

— Não têm como provar esse tipo de coisa.

— Forças Especiais operam por conta própria em qualquer lugar. É um mundo clandestino. Houve boatos, só isso. Talvez um informante ou dois. Mas nenhuma prova concreta.

Pauling concordou de novo.

— Essas foram as nossas conclusões. As que geramos internamente. Contratamos muitos ex-militares no FBI.

— Vocês contratam os bons — disse Reacher. — Os com dispensas honrosas, medalhas e recomendações.

— E você tem essas coisas?

— Tudo isso aí. Mas tive uns contratempos para ser promovido algumas vezes porque não sou um cara muito cooperativo. Gregory me perguntou sobre isso. O primeiro deles com quem falei. Na primeira conversa que tivemos. Ele me perguntou se eu tive problemas na carreira. Deu a impressão de ter ficado satisfeito por eu ter tido.

— Põe você no mesmo barco que eles.

Reacher concordou com a cabeça.

— E meio que explica por que eles continuaram com o Lane. Onde mais vão ganhar vinte e cinco mil por mês com o histórico que têm?

— É isso que eles ganham? São 300 mil por ano.

— Era na época em que aprendi matemática.

132

— Foi isso que Lane te ofereceu? — Trezentos mil?

Reacher ficou calado.

— Para quê ele te contratou?

Reacher permaneceu mudo.

— O que você tem em mente?

— Ainda não terminamos com as informações.

— Anne Lane morreu há cinco anos, em um lote vago perto da Turnpike. É toda a informação que conseguimos.

— Instinto?

— Qual é o seu?

Reacher deu de ombros antes de responder:

— Brewer me contou algo. Ele me disse que não sabia, o que era estranho para ele, porque, apesar de ele estar errado algumas vezes, ele sempre *sabia*. E me sinto exatamente do mesmo jeito. Sempre sei. Só que desta vez eu não sei. Então o que tenho em mente agora é que não tenho nada em mente.

— Acho que foi um sequestro genuíno — disse Pauling. — Acho que estraguei tudo.

— Estragou?

Ela ficou um momento em silêncio. Sacudiu a cabeça.

— Na verdade, não — disse ela. — Para ser honesta, eu não sei. Deus sabe que eu *quero* que aquilo tenha sido obra do Lane. Obviamente. E talvez seja. Mas para o bem da minha sanidade, tenho que admitir que isso é, em grande parte, um pensamento fantasioso, uma desculpa para mim mesma. E tenho que arquivar aquela coisa toda em algum lugar, mentalmente. Então, tendo a reprimir o comodismo e a consolação barata. Além disso, no fim das contas, geralmente a opção simples é a opção certa. Então foi um simples sequestro, não uma farsa elaborada. E eu estraguei tudo.

— Estragou como?

— Não sei. Passei cem noites acordada ruminando aquilo. Não encontro o meu erro.

— Então talvez você não tenha estragado tudo. Talvez tenha sido *realmente* uma farsa elaborada.

— O que está passando pela sua cabeça, Reacher?

Ele encarou-a.

— O que quer que tenha sido, está acontecendo de novo.

133

25

Lauren Pauling inclinou o corpo para a frente e pediu:

— Me conta.

Então Reacher contou tudo a ela, desde a primeira noite no café, o primeiro expresso no copo de isopor, o Mercedes-Benz mal estacionado, o motorista anônimo costurando o trânsito na Sexta Avenida a pé e saindo depois com o veículo. O segundo dia, com Gregory em busca de testemunhas. O terceiro dia, com a porta vermelha que não foi aberta e o BMW azul. E depois a voz eletrônica de pesadelo, conduzindo o BMW preto de volta exatamente ao mesmo hidrante.

— Se é uma farsa, é inacreditavelmente elaborada — comentou Pauling.

— Tenho exatamente a mesma sensação — disse Reacher.

— E que tem um custo insano.

— Talvez, não — discordou Reacher.

— Por que não? Você acha que o dinheiro vai e volta em um grande círculo?

— Na verdade não vi nenhum dinheiro. Só o que vi foram bolsas fechadas.

— Jornal cortado?

— Talvez — disse Reacher. — Se for uma farsa.

— E se não for?

— Exatamente.

— Parece real.

— E, se não for real, não consigo imaginar quem esteja fazendo isso. Lane precisaria de pessoas em quem confiar, ou seja, gente do esquadrão classe A, mas estão todos lá com ele.

— Eles estavam se dando bem? Como marido e mulher?

— Ninguém falou o contrário.

— Então é real.

Reacher concordou.

— Há uma coerência interna. A abordagem inicial deve ter dependido de uma dica interna, sobre onde Kate e Jade estariam, e quando. E podemos provar esse envolvimento interno de duas maneiras. Primeiro, essas pessoas conhecem a operação do Lane. Sabem exatamente que carros ele tem, por exemplo.

— E segundo?

— Uma coisa que estava me incomodando. Uma coisa sobre a polícia. Pedi ao Lane para me contar o que tinha sido dito no primeiro telefonema. Ele o fez, palavra por palavra. E os bandidos não exigiram *sem polícia*. Isso é meio que padrão, não? Algo como *não chame a polícia*. Mas não disseram isso. O que sugere que esse pessoal conhece a história de cinco anos atrás. Eles sabiam que Lane não iria envolver a polícia, então não precisaram fazer essa exigência.

— O que sugere que o que aconteceu cinco anos atrás foi real.

— Não necessariamente. Só refletiu o que Lane revelou para o consumo público.

— Se for real desta vez, isso faz com que a primeira também tenha sido real?

— Talvez sim, talvez não. Mas tanto faz, dê um tempo para si.

— Isso parece uma casa dos espelhos.

Reacher concordou.

— Mas tem uma coisa que não consigo encaixar em nenhum cenário. Que é a abordagem inicial propriamente dita. O único método viável teria sido agir de maneira rápida e hostil dentro do carro, assim que ele parou. Todo mundo concorda com isso. Perguntei a alguns caras da equipe do Lane como eles, hipoteticamente, agiriam naquela situação, para o caso de haver algo em que eu não tivesse pensado. Mas não havia. E o problema é que a Bloomingdale's ocupa uma quadra inteira. Como alguém poderia presumir exatamente em que altura da Lexington Avenue o Jaguar do Taylor iria parar? E se eles não determinassem o lugar exato, o esquema todo desmoronaria imediatamente. Ou Kate e Jade já estariam na calçada ou Taylor veria o cara responsável pela abordagem subir correndo, e nesse caso ele teria reagido e ido embora. Ou pelo menos trancado as portas.

— O que você está querendo dizer?

— Estou dizendo que, real ou falso, há alguma coisa errada nesse esquema todo. Estou falando que não consigo compreender o que está acontecendo. Não consigo progredir. Estou dizendo que, pela primeira vez na vida, simplesmente não sei. Como Brewer disse, já errei um monte de vezes, mas eu sempre sabia com antecedência.

— Você devia conversar com o Brewer oficialmente.

— Não há motivo para isso. O Departamento de Polícia de Nova York não pode fazer nada sem o Lane prestar queixa. Sem que alguma pessoa interessada informe o desaparecimento dela.

— Então o que vamos fazer?

— Vai ter que ser do jeito difícil — disse Reacher.

— Como assim?

— É o que a gente fala nas forças armadas quando não damos sorte. São as situações em que realmente temos que trabalhar para ganhar o nosso sustento. Quando temos que recomeçar da estaca zero, reexaminar tudo, ralar nos detalhes, vasculhar as pistas.

— Kate e Jade provavelmente já estão mortas.

— Então eu farei alguém pagar.

— Posso ajudar?

— Preciso de informações sobre dois caras chamados Hobart e Knight.

— Sei quem são. Knight era o motorista no dia em que pegaram a Anne e Hobart estava na Filadélfia. Patti Joseph me contou sobre eles. Morreram no exterior.

— Talvez não tenham morrido no exterior. Foram abandonados feridos, mas vivos. Preciso saber onde, quando, como e o que pode ter acontecido com eles.

— Acha que estão vivos? Acha que voltaram?

— Não sei o que pensar. Mas pelo menos um dos caras da equipe do Lane não estava dormindo bem ontem à noite.

— Eu conheci Hobart e Knight. Cinco anos atrás. Durante a investigação.

— Um dos dois parecia com o cara que eu vi?

— Tamanho mediano e aparência comum? Os dois, exatamente.

— Isso ajuda.

— O que vai fazer agora?

— Vou voltar para o Dakota. Talvez a gente receba uma ligação e essa coisa toda acabe. Mas é mais provável que isso não aconteça e este seja só o início.

— Me dê três horas — disse Pauling. — Depois, ligue para o meu celular.

26

REACHER CHEGOU AO DAKOTA ÀS SETE HORAS E A alvorada tinha dado lugar à manhã. O céu era de um intenso azul-claro. Nenhuma nuvem. Um belo dia de fim de verão na capital do mundo. Mas, dentro do apartamento no quinto andar, o ar estava asqueroso, quente e as cortinas continuavam fechadas. Reacher não precisou perguntar se o telefone tinha tocado. Era óbvio que não. O cenário era o mesmo de nove horas antes. Lane aprumado na cadeira. Gregory, Groom, Burke, Perez, Addison, Kowalski, todos em silêncio, todos taciturnos, todos agrupados aqui e ali, olhos fechados, olhos abertos, observando o espaço, respirando devagar.

Indignos de medalhas.

Dispensas comuns.

Bandidos.

Lane virou a cabeça lentamente, olhou direto para Reacher e perguntou:

— Onde você estava, merda?

— Café da manhã — respondeu Reacher.

— Café da manhã demorado. O que pediu? Uma refeição de cinco pratos no Four Seasons?

— Lanchonete — disse Reacher. — Má escolha. Atendimento ruim.

— Pago você para trabalhar. Não para ficar por aí se empanturrando.

— Você não me paga nada — discordou Reacher. — Até agora não vi um centavo.

Lane manteve o corpo para a frente e virou a cabeça noventa graus. Como uma queixosa ave marinha. Seus olhos estavam escuros, molhados e cintilantes.

— É esse o seu problema? — questionou ele. — Dinheiro?

Reacher ficou calado.

— Isso é fácil de resolver — falou Lane.

Ele manteve os olhos no rosto de Reacher e pôs as mãos nos braços da cadeira, as palmas para baixo, a pele pálida como um pergaminho, sulcada por tendões e veias fantasmagóricos à luz amarela. Precisou se esforçar para levantar, como se fosse a primeira vez que fazia aquele movimento em nove horas, e provavelmente era mesmo. Ficou em pé um pouco desequilibrado e caminhou na direção do *lobby*, com o corpo enrijecido, arrastando os pés como se fosse velho e enfermo.

— Venha — disse ele. Como um comando. Como o coronel que havia sido. Reacher o seguiu até o quarto de casal. A cama com dossel, o guarda-roupa, a mesa. O silêncio. A foto. Lane abriu o armário. A mais estreita das duas portas. Ali dentro havia um vão raso, depois outra porta. À esquerda da porta interna, havia um teclado numérico. Possuía fileiras de três números na vertical e na horizontal, mais um número zero na parte inferior, igual ao do escritório de Lauren Pauling. Lane usou a mão esquerda. Dedo indicador, curvado. Dedo anular, reto. Dedo do meio, reto. Dedo do meio, curvado. *3785*, pensou Reacher. *Burro ou distraído para me deixar ver.* O teclado apitou e Lane abriu a porta interna. Enfiou a mão e puxou uma corrente. Uma luz acendeu e deixou visível uma câmara de dois metros por um. Estava abarrotada de fardos em formato de cubos que continham algo bem embrulhado com plástico termorretrátil. Havia poeira e impressões estrangeiras no plástico. A princípio, Reacher não sabia para o que estava olhando.

Em seguida, deu-se conta: a impressão era francesa e estava escrito *Banque Centrale*.

Banco Central.

Dinheiro.

Dólares americanos, embalados, cintados, empilhados e embrulhados. Alguns cubos encontravam-se perfeitos e intactos. Um estava rasgado e cuspia maços de dinheiro. O chão estava lotado de plástico. Era o tipo de plástico que exigiria um verdadeiro esforço para ser rasgado. Seria preciso enfiar a unha do polegar, enganchar os dedos no buraco e puxar com muita força. Ele esticaria. Relutaria em rasgar.

Lane inclinou o tronco e arrastou o fardo aberto até o quarto. Depois o levantou, o balançou fazendo um pequeno arco e o largou no chão perto dos pés de Reacher. Ele deslizou pelo assoalho de madeira brilhante e dois pequenos maços de grana caíram fora da embalagem.

— Aí está. — disse Lane. — A primeira parte.

Reacher ficou calado.

— Pegue — falou Lane. — É seu.

Reacher continuou calado. Simplesmente se afastou em direção a porta.

— Pegue — insistiu Lane.

Reacher parou.

Lane se abaixou e pegou um dos maços que havia sido cuspido. Ficou sentindo o peso dele na mão. Dez mil dólares. Cem notas de cem.

— Pegue — repetiu ele.

Reacher falou:

— Vamos falar sobre pagamento se eu conseguir o resultado.

— *Pegue!* — berrou Lane. Em seguida, arremessou o maço bem no peito de Reacher. Ele bateu acima do esterno, denso, surpreendentemente pesado. Quicou e caiu no chão. Lane pegou outro maço e o arremessou, atingindo o mesmo lugar.

— *Pegue!* — berrou ele.

Então ele se inclinou, enfiou a mão no plástico e começou a tirar um maço atrás do outro. Arremessava-os desvairadamente, sem parar, sem reerguer-se, sem olhar, sem mirar. Eles batiam nas pernas, na barriga, no peito, na cabeça de Reacher. Salvas desvairadas a esmo, dez mil dólares de cada vez. Uma torrente. A força dos arremessos continha uma agonia real. Então lágrimas começaram a escorrer pelo rosto de Lane e ele gritava incontrolavelmente, ofegando, soluçando, arfando, pontuando cada arremesso desvairado com *Pegue! Pegue! Pegue!* Depois: *Traga a Kate de volta! Traga a Kate de volta! Traga a Kate de volta!* Depois: *Por favor! Por favor!* Havia fúria e dor e mágoa e medo e raiva e perda em cada um dos os berros desesperados.

Reacher permanecia imóvel, sentindo as leves pontadas dos impactos, diante das centenas de milhares de dólares acumulados aos seus pés, e pensou:

Ninguém é tão bom ator assim.

Pensou: *Desta vez é real.*

27

REACHER AGUARDOU NO CORREDOR INTERNO E FICOU ESCU-tando Lane se acalmar. Ouviu a torneira aberta no banheiro. *Lavando o rosto*, pensou. *Água gelada*. Ouviu o barulho de papel resvalando no assoalho e o baixo crepitar de plástico enquanto juntava novamente o dinheiro. Ouviu Lane arrastar o fardo para o armário interno. Ouviu a porta ser fechada, e o apito do teclado numérico ao trancá-la. Depois voltou para a sala. Lane fez o mesmo um minuto depois e sentou na poltrona, tranquila e calmamente, como se nada tivesse acontecido, e encarou o telefone silencioso.

Ele tocou pouco antes das 7h45. Lane o tirou do gancho e disse "Sim?", com uma voz que era um grito estrangulado transformado em quase nada pela tensão extrema. Em seguida, seu rosto ficou impassível e ele meneou a cabeça com impaciência e irritação. *Outra pessoa*. Ele ouviu durante mais dez segundos e desligou.

— Quem era? — perguntou Gregory.

— Um amigo — respondeu Lane. — Um cara que procurei mais cedo. Ele está de orelha em pé para mim. A polícia achou um corpo no

Hudson River hoje de manhã. Estava boiando. Na marina da Rua 79. Homem branco não identificado, uns quarenta anos. Um tiro.

— Taylor?

— Tem que ser — disse Lane. — O rio é tranquilo lá em cima. E é um desvio fácil na West Side Highway, na marina. Ideal para alguém indo para o norte.

Gregory perguntou:

— E o que a gente faz?

— Agora? — perguntou Lane. — Nada. Esperamos aqui. Aguardamos o telefonema certo. O que queremos.

Não ligaram. Dez longas horas de expectativa terminaram às oito da manhã sem o telefone tocar. Não tocou às oito e quinze, às oito e trinta nem às oito e quarenta e cinco. Não tocou às nove horas. Era como aguardar o governador ligar de sua mansão para suspender a execução, o que nunca acontecia. Reacher pensou que uma equipe de defesa com um cliente inocente deve passar pela mesma gama de emoções: perplexidade, ansiedade, choque, descrença, desapontamento, mágoa, raiva, indignação.

Depois desespero.

O telefone não tocou às nove e meia.

Lane fechou os olhos e disse:

— Isso não é bom.

Ninguém respondeu.

Às quinze para as dez da manhã, toda a determinação havia esvaído do corpo de Lane, como se tivesse aceitado algo inevitável. Ele afundou na almofada da poltrona, deitou a cabeça para trás, abriu os olhos e encarou o teto.

— Acabou — disse ele. — Ela se foi.

Todos permaneceram calados.

— Ela se foi — repetiu Lane. — Não foi?

Ninguém respondeu. A sala estava totalmente silenciosa. Como uma vigília, ou o local manchado de sangue onde ocorreu um acidente trágico, ou um funeral, ou uma cerimônia religiosa em memória de alguém, ou a sala de operações de uma emergência após o fracasso

143

de um procedimento. Como um monitor cardíaco apitando brava e resolutamente contra probabilidades impossíveis e que tivesse acabado de ficar em silêncio.

Linha reta.

Às dez horas da manhã, Lane tirou a cabeça do encosto da poltrona e falou:

— Ok.

Então repetiu:

— Ok.

Em seguida, falou:

— Agora prosseguimos. Fazemos o que temos de fazer. Vamos caçar e destruir. O tempo que for necessário. Mas a justiça será feita. Sem polícia, sem advogado, sem julgamento. Sem apelações. Sem processo, sem prisão, sem injeções letais indolores.

Todos calados.

— Pela Kate — disse Lane. — E pelo Taylor.

Gregory falou:

— Estou dentro.

— Até o fim — disse Groom.

— Como sempre — prontificou-se Burke.

— Até a morte — completou Perez.

— Conte comigo — disse Addison.

— Vou fazer esse pessoal desejar nunca ter nascido — afirmou Kowalski.

Reacher conferiu os rostos deles. Seis homens, menos do que uma companhia de fuzileiros, porém com a determinação letal de um exército inteiro.

— Obrigado — disse Lane.

Inclinou-se para a frente, reenergizado. Virou-se para olhar diretamente para Reacher.

— A primeira coisa que você falou nesta sala foi que esses caras podiam começar uma guerra contra eles, mas primeiro tínhamos que achá-los. Lembra-se disso?

Ele fez que sim.

— Então encontre-os — ordenou Lane.

Reacher retornou ao quarto de casal e pegou a foto emoldurada na mesa. A de impressão inferior. A que tinha Jade. Segurou-a com cuidado para não manchar o vidro. Olhou para ela, demorada e atenciosamente. *Por vocês*, pensou ele. *Por vocês duas. Não por ele.* Pôs a fotografia de volta e saiu em silêncio do apartamento.

Caçar e destruir.

Ele começou no mesmo telefone público que usara antes. Tirou o cartão do sapato e ligou para o telefone de Lauren Pauling. Disse:

— Desta vez é real e elas não voltarão.

Pauling falou:

— Consegue estar no prédio da ONU em meia hora?

28

REACHER NÃO PODIA CHEGAR PERTO DA ENTRADA DO prédio da ONU por causa da segurança, mas viu Lauren Pauling aguardando-o no meio da calçada na Primeira Avenida. Era óbvio que ela estava com o mesmo problema. Sem autorização, sem liberação, sem palavras mágicas. Usava uma echarpe estampada ao redor dos ombros. Estava bonita. Tinha dez anos a mais do que Reacher, mas ele gostou do que viu. Caminhou em direção a ela, Pauling o viu e eles se encontraram no meio do caminho.

— Estou cobrando um favor — disse ela. — Vamos nos encontrar com um oficial do Exército que trabalha no Pentágono e é responsável por intermediar o contato com os comitês da ONU.

— A respeito de que assunto?

— Mercenários — respondeu Pauling. — Supostamente deveríamos ser contra eles. Assinamos todo tipo de acordo.

— O Pentágono adora mercenários. Emprega esse pessoal o tempo todo.

— Mas o Pentágono gosta deles lá nos lugares para onde os mandam. E não que preencham o tempo ocioso deles com espetáculos secundários não autorizados.

— Foi assim que perderam Knight e Hobart? Em um espetáculo secundário?

— Em algum lugar na África — disse Pauling.

— Esse cara tem os detalhes?

— Alguns. Ele tem uma patente relativamente alta, mas é novo. Não vai revelar o próprio nome, e você não tem permissão para perguntar. De acordo?

— Ele sabe o meu nome?

— Eu não falei.

— Ok, parece justo.

Então o telefone de Pauling tocou. Ela atendeu, escutou e olhou ao redor.

— Ele está no shopping — informou ela. — Pode se encontrar com a gente, mas não quer vir aqui. Temos que ir a uma cafeteria na Rua 2. Ele vai para lá.

A cafeteria era um daqueles lugares sobreviventes, praticamente todo marrom, com decoração grega, dividido em partes iguais: área de balcão, área de mesas, área onde se compra café em copos de papelão para a viagem. Pauling levou Reacher a uma mesa bem no fundo e sentou-se de modo que pudesse vigiar a porta. Reacher se acomodou ao lado dela. Jamais sentava-se de outra a maneira, se não com as costas para a parede. Hábito antigo, mesmo em um lugar cheio de espelhos como aquela cafeteria. Eles eram amarronzados e faziam o estreito local parecer amplo. Davam a todo mundo uma aparência bronzeada, como se tivessem acabado de retornar da praia. Pauling acenou para a garçonete, falou *café* sem emitir som e suspendeu três dedos. A garçonete se aproximou, largou na mesa três canecas marrons e as serviu de uma garrafa térmica da marca Bunn.

Reacher deu um gole. Quente, forte e genérico.

Notou o cara do Pentágono antes mesmo de ele passar pela porta. Não havia dúvida sobre o que ele era. Do Exército, mas não necessariamente um combatente. Talvez apenas um burocrata. Banal. Não era velho nem jovem, cabelo alourado raspado, terno de lã, camisa social branca de casimira, gravata listrada, sapato caro tão bem engraxado que podia servir de espelho. Um tipo diferente de uniforme. Era o tipo de roupa que um capitão ou um major usaria para o segundo casamento de sua cunhada. Talvez o tivesse comprado exatamente para esse propósito, torcendo para surgir a possibilidade de executar um serviço fora dos quartéis na cidade de Nova York.

O cara passou pela porta, parou e deu uma olhada ao redor. *Não está nos procurando*, pensou Reacher. *Mas sim qualquer outra pessoa que possa reconhecê-lo. Se visse alguém, fingiria um telefonema, daria meia volta e iria embora. Não queria nenhuma pergunta inconveniente depois. Até que não é tão burro assim.*

Então ele pensou:

Pauling não é tão burra também. Ela conhecia pessoas que podiam ter problemas só por serem flagradas com os camaradas errados.

Mas evidentemente o cara não viu nada com que se preocupar. Voltou a andar e sentou-se em frente a Pauling e Reacher. Após observar rapidamente o rosto dos dois, fixou o olhar entre as cabeças deles e manteve os olhos no espelho. De perto, Reacher viu que ele estava usando um broche na lapela com pistolas cruzadas e que possuía algumas cicatrizes no lado esquerdo do rosto. Talvez uma granada ou estilhaços de dispositivo explosivo improvisado, no alcance máximo. Talvez tivesse sido combatente. Ou podia ter sido um acidente na infância com arma de fogo.

— Não tenho muita coisa para vocês — disse o homem. — Americanos da iniciativa privada combatendo no exterior são considerados uma notícia muito ruim, principalmente quando lutam na África. Por isso essas coisas são muito compartimentalizadas e sigilosas, e aquilo foi antes da minha época. Então, não sei muita coisa a respeito do que procuram. No fim das contas, só posso dizer a vocês aquilo que conseguem pressupor.

— Onde foi? — perguntou Reacher.

— Nem disso eu tenho certeza. Burkina Faso ou Mali, eu acho. Um daqueles lugares pequenos da África Ocidental. Francamente, são tantos deles com problemas que é difícil se manter atualizado. Foi o esquema convencional. Guerra civil. Um governo amedrontado, um monte de rebeldes prontos para sair da selva. Forças Armadas não confiáveis. Então o governo solta a grana e compra a proteção que pode no mercado internacional.

— Algum desses países fala francês?

— Como língua oficial? Os dois. Por quê?

— Vi um pouco do dinheiro. Com a embalagem de plástico impressa em francês. *Banque Centrale*, banco central.

— Quanto?

— Muito mais do que você e eu ganharíamos em duas vidas.

— Dólares americanos?

Reacher fez que sim e completou:

— Um monte.

— Às vezes funciona, às vezes não.

— Funcionou dessa vez?

— Não — disse o cara. — A história que circulou foi a de que Edward Lane pegou o dinheiro e fugiu. Eu acho que não dá para culpá-lo por fugir. Eles estavam em um número desesperadamente menor e estrategicamente vulneráveis.

— Mas nem todo mundo conseguiu fugir.

O homem assentiu.

— Parece que foi isso mesmo. Mas reunir informação sobre esses lugares é como conseguir sinal de rádio no lado escuro da Lua. Temos apenas silêncio e ruído estático. E, quando conseguimos algo diferente, é baixo e distorcido. Então geralmente contamos com a Cruz Vermelha e o Médicos sem Fronteiras. Por fim, conseguimos uma informação consistente de que dois americanos tinham sido capturados. Um ano depois, conseguimos nomes. Knight e Hobart. Combatentes da Força de Reconhecimento dos Fuzileiros Navais antigamente, históricos nem sempre positivos.

— Me surpreende eles terem deixado os dois vivos.

— Os rebeldes venceram. Tornaram-se o novo governo. Esvaziaram as cadeias, porque elas estavam cheias de amigos deles. Mas um governo precisa de cadeias cheias, para manter a população com medo. Então os antigos sujeitos bons se tornaram os novos bandidos. Todo mundo que tinha trabalhado para o antigo regime, de uma hora para a outra, ficou encrencado. E os dois americanos eram como troféus. Por isso mantiveram os dois vivos. Mas eles sofreram crueldades terríveis. Os relatórios do pessoal do Médicos sem Fronteiras eram hediondos. Horrendos. Mutilação por diversão era a triste realidade.

— Detalhes.

— Acho que um homem pode fazer muitas coisas com uma faca.

— Vocês não pensaram em tentar resgatá-los?

— Você não está escutando — disse o cara. — O Departamento de Estado não pode admitir que existam bandos mercenários americanos à solta na África. E, como eu te disse, os rebeldes se transformaram no novo governo. Eles estão no comando agora. Temos que ser legais com eles. Porque todos esses lugares têm coisas que queremos. Petróleo, diamante, urânio. A Alcoa precisa de estanho, bauxita e cobre. A Halliburton quer entrar lá para ganhar alguma grana. Corporações do Texas querem administrar aquelas porcarias de cadeias.

— Alguma coisa sobre o que aconteceu no final?

— É vago, mas dá para juntar os pontos. Um morreu em cativeiro, mas o outro saiu, de acordo com a Cruz Vermelha. Uma espécie de gesto humanitário que a Cruz Vermelha exigiu, na comemoração do quinto aniversário do golpe. Soltaram um grupo inteiro. Fim da história. Essa é toda a informação que se tem da África. Um morreu e um foi solto, há relativamente pouco tempo. Só que, se fizer um trabalho de detetive e vasculhar no Serviço de Imigração e Naturalização, você vai encontrar um indivíduo que entrou nos Estados Unidos, vindo da África pouco depois da documentação da Cruz Vermelha. Além disso, se vasculhar na Administração de Veteranos, vai encontrar um relatório sobre alguém que acabou de voltar da África e está recebendo o atendimento ambulatorial consistente com doenças tropicais e algumas das mutilações que o Médicos Sem Fronteiras reportaram.

Reacher perguntou:

— Qual dos dois foi solto?

— Não sei — respondeu o cara. — Só ouvi falar que soltaram um e o outro não.

— Preciso de mais do que isso.

— Eu te falei, a operação aconteceu antes da minha época. Não tenho informações detalhadas. Só sei das fofocas de escritório.

— Preciso do nome dele — insistiu Reacher. — E preciso do endereço cadastrado na Administração de Veteranos.

— Isso aí já é pedir demais — comentou o homem. — Eu teria que agir muito além da minha alçada. E precisaria de uma razão muito boa para fazer isso.

— Olhe para mim — falou Reacher.

O cara desviou o rosto do espelho e olhou para Reacher, que disse.

— Dez-sessenta-dois.

Nenhuma reação.

Reacher continuou:

— Então, não seja um cuzão. Abra o jogo, ok?

O cara olhou para o espelho novamente. Nada em seu rosto.

— Vou ligar para o celular da srta. Pauling — disse ele. — Quando, eu não sei. Não tenho como dizer. Pode levar dias. Mas vou conseguir o que puder, o mais rápido que puder.

Em seguida deslizou para fora do banco e caminhou direto para a porta. Abriu-a, virou para a direita e desapareceu de vista. Lauren Pauling expirou.

— Você o pressionou — comentou ela. — Foi um pouco grosseiro.

— Mas ele vai ajudar.

— Por quê? Que negócio é esse de dez-sessenta-dois?

— Ele estava usando um broche de lapela da Polícia do Exército. As pistolas cruzadas. Primordialmente, ele é policial do Exército. Dez--sessenta-dois é código de rádio para *oficial companheiro com problema solicita ajuda urgente*. Então, ele vai ajudar. Tem que ajudar. Porque se um policial do Exército não ajudar o outro, quem vai ajudar nessa merda?

— Então demos sorte. Talvez não tenha que ser do jeito difícil, como você disse.

— Talvez. Mas ele vai ser lento. Parece um pouco tímido. Se fosse eu, tinha dado um jeito de arrombar o arquivo de alguém na mesma hora. Só que ele vai seguir a hierarquia, fazer as perguntas educadamente.

— Talvez seja por isso que ele é promovido e isso não acontecia com você.

— Um cara tímido igual a ele não é promovido. Ele provavelmente vai acabar como major.

— Ele, na verdade, já é general-de-brigada — revelou Pauling.

— Aquele cara? — Reacher olhou para a porta, como se a imagem do homem estivesse gravada nela. — Ele era meio novo, não?

— Não, você é meio velho — discordou Pauling. — Tudo é relativo. Mas colocar um general-de-brigada nisso mostra o quanto os Estados Unidos estão levando a sério esse negócio de mercenários.

— Isso mostra o quanto estamos mascarando esse negócio.

Um momento de silêncio.

— Mutilação por diversão — disse Pauling. — Soa horrível.

— É mesmo.

Silêncio novamente. A garçonete voltou e ofereceu mais café. Pauling recusou, Reacher aceitou. Disse:

— O Departamento de Polícia de Nova York encontrou um corpo no rio hoje de manhã. Homem branco, uns quarenta anos. Lá perto da marina. Um tiro. Ligaram para o Lane.

— Taylor?

— Quase certo.

— E agora? Qual é próximo passo?

— Trabalhamos com o que temos — respondeu Reacher. — Adotamos a teoria de que Knight e Hobart voltaram para cá com raiva de Lane.

— Como procedemos?

— Com trabalho duro — disse Reacher. — Não vou ficar de braços cruzados esperando informações do Pentágono. Não interessa quantas cicatrizes aquele cara tem, no fundo ele é um burocrata.

— Quer discutir isso? Já fui investigadora, e das boas. Eu achava que era, pelo menos. Até, você sabe, aquilo que aconteceu.

— Discutir não vai adiantar. Preciso pensar.

— Então pense alto. O que não encaixa? O que está fora do lugar? O que de alguma maneira, qualquer que seja, te surpreendeu?

— A abordagem inicial. Aquilo não funciona de jeito nenhum.

— O que mais?

— Tudo. O que me surpreende é eu não conseguir chegar a lugar algum. Ou tem alguma coisa errada comigo, ou tem alguma coisa errada com essa situação toda.

— Isso é amplo demais — opinou Pauling. — Comece com algo mais restrito. Nomeie uma coisa que te surpreende.

— Era isso que você fazia no FBI? Nas suas sessões de brainstorming.

— Lógico. Você não?

— Eu era policial do Exército. Arranjar tempestade era fácil, já alguém com cérebro para gerar ideias era outros quinhentos.

— Sério. Nomeie uma coisa que te surpreende.

Reacher deu um gole no café. *Ela está certa*, pensou ele. *Há sempre algo fora do contexto, mesmo antes de se conhecer o contexto.*

— Uma coisa só — disse Pauling. — Qualquer coisa.

Reacher respondeu:

— Eu saí do BMW preto depois que o Burke tinha colocado a bolsa no Jaguar e fiquei surpreso pela rapidez com que o cara entrou no carro e sentou no banco do motorista. Imaginei que teria tempo de dar uma caminhada pela quadra e providenciar um local para observar. Mas ele chegou lá na hora, praticamente junto comigo. Demorou alguns segundos, no máximo. Mal pude vê-lo de relance.

— E o que isso significa?

— Que ele estava esperando ali mesmo na rua.

— Mas ele não arriscaria fazer isso. Se for o Knight ou o Hobart, Burke o teria reconhecido de cara.

— Talvez ele estivesse na entrada de um imóvel.

— Três vezes consecutivas? Ele usou aquele mesmo hidrante em três ocasiões diferentes. Em três horários do dia. Tarde da noite, de manhã cedo e na hora do rush. E ele deve ser alguém inesquecível, dependendo da mutilação.

— O cara que vi não tinha nada de inesquecível. Era um cara comum.

— Tanto faz, mesmo assim é difícil encontrar um esconderijo apropriado em todas as vezes. Já fiz esse serviço. Muitas vezes. Inclusive em uma noite especial cinco anos atrás.

— Pare de se martirizar — disse Reacher.

Mas estava pensando: *Esconderijo apropriado.*

Lembrou-se de estar sacolejando na parte de trás do carro escutando a voz de pesadelo. Lembrou-se de ter pensado: *Está exatamente em frente àquela porcaria daquele hidrante?*

Àquela porcaria de hidrante.

Esconderijo apropriado.

Ele pôs o café na mesa, delicada, lenta e cuidadosamente, em seguida, pegou a mão esquerda de Pauling com a direita. Levou-a aos lábios e beijou-a carinhosamente. Os dedos dela eram frios, magros e cheirosos. Gostou deles.

— Obrigado — disse Reacher. — Muito obrigado.

— Por quê?

— Ele usou o hidrante três vezes consecutivas. Por quê? Porque um hidrante quase sempre é garantia de espaço ao meio-fio, por isso. Por causa da proibição de estacionar. Não é permitido estacionar em frente a um hidrante. Todo mundo sabe disso. Mas ele usou o *mesmo* hidrante todas as vezes. Por quê? Ele tinha um monte de opções. Há pelo menos um em cada quadra. Então por que aquele? Porque ele gostava daquele, por isso. Mas por que ele gostava daquele? O que faz uma pessoa gostar mais de um hidrante do que de outro?

— O quê?

— Nada — respondeu Reacher. — São todos iguais. São produzidos em massa. São idênticos. O que esse cara tinha era um *ponto de vantagem* do qual gostava. A primeira preocupação dele era com o ponto de vantagem, e aquele hidrante era o mais perto dele, só isso. O mais visível de lá. Como você tão corretamente destacou, ele precisava de um esconderijo que fosse confiável e discreto tarde da noite, de manhã cedo e na hora do rush. E é bem provável que ele tenha precisado ficar lá durante períodos extensos. Da maneira como aconteceu, Gregory foi pontual em ambas as vezes, mas ele podia ter ficado preso no trânsito. E quem poderia saber onde Burke estaria quando recebesse a ligação no telefone do carro? Quem poderia saber quanto tempo ele gastaria para chegar lá? Ou seja, o cara esperava com tranquilidade, independentemente do lugar onde estava.

— Mas isso nos ajuda?

— Pode apostar. É a primeira conexão clara na cadeia. Era uma localização fixa e identificável. Precisamos ir à Sexta Avenida e achar esse lugar. Alguém pode ter visto o sujeito lá. Talvez alguém até saiba quem ele é.

29

EACHER E PAULING PEGARAM UM TÁXI NA SEGUNDA Avenida, que os levou à Houston Street e depois seguiu no sentido da Sexta. Desceram na esquina sudeste e deram uma olhada para trás em direção ao céu vazio onde as Torres Gêmeas costumavam ficar. Depois, viraram para o norte juntos e foram atingidos por uma brisa quente cheia de sujeira e poeira.

— Então, me mostre o famoso hidrante — disse Pauling.

Os dois caminharam até chegarem a ele, bem ali na calçada do lado direito no meio da quadra. Gordo, baixo, atarracado, ereto, pintura fosca descascada, flanqueado por dois postes de metal a um metro de distância cada. O meio-fio diante dele estava vazio. Não havia nenhuma outra vaga disponível na quadra. Pauling parou perto do hidrante e girou sobre os calcanhares, completando um círculo. Olhou para o leste, o norte, o oeste e o sul.

— Onde uma mente militar iria se esconder? — perguntou ela.

Reacher recitou:

— Um soldado sabe que um ponto de observação satisfatório fornece uma vista desobstruída da frente e segurança adequada nos flancos e atrás. Sabe que ele fornece proteção contra intempéries e que serve de esconderijo em relação a observadores. Sabe que oferece uma possibilidade razoável de ocupação sem problemas durante toda a duração da operação.

— Qual seria a duração?

— Eu diria uma hora no máximo, em cada uma das vezes.

— Como aconteceu nas duas primeiras vezes?

— Ele observou o Gregory estacionar, depois o acompanhou descer a Spring Street.

— Então ele não estava esperando dentro do edifício abandonado?

— Não se estava trabalhando sozinho.

— Mesmo assim, ele usou a porta de trás.

— Na segunda ocasião, pelo menos.

— Por que não a porta da frente?

— Não sei.

— Nós definimos, com certeza, que ele estava trabalhando sozinho?

— Só um deles voltou vivo.

Novamente, Pauling fez o pequeno e lento círculo.

— Onde era o ponto de observação dele, então?

— A oeste daqui — respondeu Reacher. — Ele ia querer um panorama completo.

— Do outro lado da rua?

Reacher confirmou com a cabeça e completou:

— No meio da quadra, ou não muito longe dele nem ao norte nem ao sul. Nada muito oblíquo. Alcance de uns trinta metros. Não mais.

— Ele pode ter usado binóculo. Como Patti Joseph.

— Ainda assim precisaria de um bom ângulo. Igual ao que Patti tem. Ela está do outro lado da rua, praticamente de frente.

— Então estabeleça os limites.

— Um arco de no máximo 45 graus. Isso dá de vinte e poucos graus ao norte e vinte e poucos graus ao sul. Raio máximo, aproximadamente trinta metros.

Pauling virou e posicionou-se de frente para o meio-fio. Ela abriu os braços num ângulo de 45 graus e suspendeu as mãos estendidas como se imitasse golpes de caratê. Examinou a vista. Um recorte de 45 graus em um círculo com um raio de trinta metros deu a ela um arco de aproximadamente 24 metros para analisar. Como seis metros é o tamanho padrão das fachadas das lojas de Greenwich Village, o recorte de Pauling contemplava mais de três imóveis, porém menos de quatro. Nesse espaço, havia um total de cinco estabelecimentos a serem considerados.

Os três centrais eram possibilidades. Aqueles localizados ao norte e ao sul eram marginais. Reacher se posicionou atrás de Pauling e olhou por cima da cabeça dela. A mão esquerda da detetive particular apontava para uma floricultura. Depois dela vinha sua nova cafeteria favorita. Em seguida, havia uma vidraçaria. Logo após, havia uma adega com fachada dupla, maior do que as outras. A mão direita de Pauling apontava para uma loja de suplementos.

— A floricultura não seria uma boa escolha — opinou Pauling. — Ele teria uma parede às costas e a janela na frente, mas o lugar não fica aberto até as onze e quarenta da noite.

Reacher ficou calado.

— A adega provavelmente estava aberta — continuou ela. — Mas não às sete da manhã.

— Não dava para ficar fazendo hora numa floricultura nem numa loja de vinho durante uma hora em todas as vezes que ele agiu. Nenhum desses lugares oferece uma possibilidade razoável de ocupação sem problemas durante a operação — disse Reacher.

— Então todos eles são a mesma coisa — disse ela. — Com exceção da cafeteria. A cafeteria estava aberta todas as três vezes em que ele agiu. E dá pra ficar sentado no café durante uma hora.

— Teria sido muito arriscado. Em três longos períodos distintos, alguém poderia se lembrar dele. Lembraram-se de mim depois de um café.

— As calçadas estavam cheias quando você ficou lá.

— Bastante.

— Então talvez ele *tenha mesmo* ficado na rua. Ou na entrada de um imóvel. Escondido. Ele pode ter assumido esse risco. Estava no lado contrário àquele em que os carros foram estacionados.

— Sem proteção contra intempéries e sem esconderijo. Teria sido uma hora desconfortável, três vezes consecutivas.

— Ele era da Força de Reconhecimento dos Fuzileiros Navais. Ficou cinco anos preso na África. Está acostumado com desconforto.

— Estou falando do ponto de vista tático. Nesta parte da cidade, ele teria ficado com receio de ser confundido com um traficante de drogas. Ou terrorista. Ao sul da Rua 23, as pessoas não gostam mais que fiquem de bobeira por aí.

— Então onde ele estava?

Reacher olhou para a esquerda, olhou para a direita.

Em seguida, olhou para cima.

— Você falou do apartamento da Patti Joseph — disse ele.— O chamou de ninho de águia.

— E daí?

— Acontece que ninho de águia também é chamado de *eyrie*.

— É, eu sei disso.

— O termo vem do francês antigo para toca. A questão é que Patti está razoavelmente alta. Sete andares em um prédio do pré-guerra. Isso é um pouco acima da copa das árvores. Uma vista desobstruída. Um Fuzileiro Naval da Força de Reconhecimento prefere uma vista desobstruída. E ele não consegue garantir isso no nível da rua. Um veículo de entregas podia estacionar bem na frente dele no momento errado.

Lauren Pauling se virou, ficou de frente para o meio-fio e estendeu os braços novamente, desta vez um pouco erguidos. Fez a mesma imitação de golpes de caratê com as mãos. Elas enquadraram os andares superiores dos mesmos cinco prédios.

— De onde ele veio, na primeira vez? — perguntou ela.

— Do sul em relação a mim — disse Reacher. — Da minha direita. Eu estava virado um pouco para o nordeste, na mesa da ponta. Mas ele estava voltando da Spring Street. Impossível saber onde ele tinha começado. Sentei, pedi café, e ele entrou no carro antes mesmo de me servirem.

— Mas na segunda vez, depois que Burke trocou a bolsa de veículo, ele devia estar vindo direto do ponto de observação, certo?

— Ele estava quase no carro quando o vi.

— Ainda em movimento?

— Últimos dois passos.

— De qual direção?

Reacher começou a caminhar pela calçada e foi ao local em que estivera depois de virar a esquina com a Bleecker. Em sua mente, colocou um Jaguar verde além de Pauling, junto ao meio-fio, e imaginou os dois últimos passos fluidos e decididos do cara na direção do carro. Em seguida, alinhou-se ao vetor aparente e conferiu o possível ponto de origem. Manteve os olhos nele enquanto caminhava de volta até Pauling.

— Na verdade, muito similar à primeira vez — concluiu para ela. — Nordeste através do trânsito. Vindo do sul em relação ao local em que eu estava sentado.

Pauling ajustou a posição do braço direito. Levou a mão para o sul e fatiou o ar uma fração depois da mesa que ficava posicionada no extremo-norte da cafeteria. Isso cortou a vista, transformando-a em apenas uma lasca estreita da rua. Metade do prédio em que ficava a floricultura e a maior parte do que abrigava a cafeteria. Acima da floricultura havia três andares de janelas com persianas verticais, impressoras, plantas--aranhas e pilhas de papéis nos peitoris. Lâmpadas tubulares nos tetos.

— Escritórios — afirmou Pauling.

Acima do café havia três andares de janelas preenchidas variavelmente por cortinas desbotadas feitas com tecido indiano colorido, ou penduricalhos em macramé, ou discos de vidro colorido dependurados. Uma delas não tinha absolutamente nada. Uma estava coberta com jornal. Uma tinha um pôster de Che Guevara virado para fora, colado com fita adesiva.

— Apartamentos — afirmou Pauling.

Prensada entre a floricultura e a cafeteria, havia uma porta azul um pouco mais afastada da rua e à esquerda dela ficava uma caixa prata fosca, com botões, tarjetas de nomes e um interfone com uma gradezinha de ferro. Reacher falou:

— Uma pessoa que saísse daquela porta a caminho do hidrante teria que cruzar o trânsito no sentido nordeste, certo?

Pauling disse:

— Encontramos o cara.

30

A CAIXA PRATA FOSCA À ESQUERDA DA PORTA AZUL tinha seis botões pretos enfileirados verticalmente. O nome na tarjeta de cima era *Kublinski* e estava escrito à caneta com a caligrafia caprichada e a tinta já desbotada. Na de baixo, o garrancho com canetinha preta informava *Zelador.* Os quatro do meio estavam vazios.

— Aluguel barato — comentou Pauling. — Contratos curtos. Temporários. Com exceção do sr. ou da sra. Kublinski. Julgando pelo estilo da caligrafia, estão aqui desde sempre.

— Provavelmente se mudaram para a Flórida quinze anos atrás — opinou Reacher. — Ou morreram. E ninguém mudou a tarjeta.

— Tentamos o zelador?

— Use um dos seus cartões de visita. Ponha o dedo sobre o *Ex.* Finja que ainda é do FBI.

— Acha isso necessário?

— Precisamos de toda a ajuda que conseguirmos. Esse prédio é radical. Che Guevara está nos observando lá de cima. E tem o macramé.

Pauling colocou a unha elegante no botão do apartamento do zelador. Alguém atendeu um longo minuto depois e o que se ouviu foi uma explosão de som distorcido sair do alto-falante. Devem ter sido as palavras *pois não*, ou *quem é*, ou *o quê*. Ou somente uma explosão de ruído estático.

— Agentes federais — disse Pauling. O que era remotamente verdade. Tanto ela quanto Reacher já tinham trabalhado para o Tio Sam. Ela tirou um cartão da bolsa. O alto-falante estourou novamente.

— Está vindo — disse Reacher. Já tinha visto um monte de prédios como aquele antes, na época em que seu trabalho fora caçar soldados desertores. Eles gostavam de aluguéis em dinheiro e contratos de curto prazo. Além disso, de acordo com sua experiência, os zeladores dos prédios geralmente cooperavam. Gostavam o suficiente de suas acomodações gratuitas para não colocarem-nas em risco. Melhor que outra pessoa fosse para a prisão e que eles ficassem onde estavam.

A não ser que o zelador fosse o bandido, é claro.

Porém aquele ali parecia não ter nada a esconder. A porta azul foi aberta e revelou um homem alto e esquelético de regata. Estava com um gorro preto, tinha um rosto eslavo achatado parecido com uma tábua.

— Sim? — disse ele. Um forte sotaque russo. Quase um *Zã*?

Pauling levantou o cartão por tempo suficiente para que registrasse algumas das palavras.

— Conte-nos sobre seu inquilino mais recente — ordenou ela.

— Mais recente? — repetiu o homem. Sem hostilidade. Parecia um cara inteligente lutando com a nuance de uma língua estrangeira, só isso.

— Alguém alugou um apartamento nas últimas semanas? — perguntou Reacher.

— Número cinco — respondeu o cara. — Uma semana atrás. Ele viu um anúncio no jornal que o pessoal da administração me pediu para colocar.

— Precisamos ver esse apartamento — afirmou Pauling.

— Não sei se posso permitir — disse o cara. — Existem regras nos Estados Unidos.

— Segurança Nacional — disse Reacher. — A Lei Patriótica. Não há mais regras nos Estados Unidos.

O cara simplesmente deu de ombros e virou o corpo alto e magro no espaço estreito. Seguiu na direção da escada, Reacher e Pauling o acompanharam. Reacher sentiu o cheiro do café atravessando as paredes da cafeteria. Não havia apartamentos com o número um nem com o número dois. O número quatro foi a primeira porta a que chegaram, no topo da escada nos fundos do prédio. O número três ficava no mesmo andar, mais adiante no corredor, na parte da frente do prédio. O que significava que o número cinco seria exatamente em cima dele, no terceiro andar, virado para o leste do outro lado da rua. Pauling olhou para Reacher, que gesticulou com a cabeça e disse a ela:

— O que não tinha nada na janela.

No terceiro andar, eles passaram pelo número seis nos fundos do prédio e seguiram em frente em direção ao cinco. O aroma de café havia dissipado e dado lugar ao cheiro universal de corredores: vegetais cozidos.

— O inquilino está aí? — perguntou Reacher.

O zelador negou com a cabeça.

— Eu só vi o sujeito duas vezes. Com certeza ele não está aqui agora. Acabei de passar pelo prédio todo consertando canos. O zelador usou uma chave mestra que tinha em uma argola dependurada na cintura e destrancou a porta. Abriu-a com um empurrão e deu um passo para trás.

O apartamento era o que um corretor de imóveis chamaria de *alcove studio*. Ele todo equivalia a um cômodo, com um L torto, teoricamente grande o bastante para uma cama, se ela fosse pequena. Uma cozinha em um canto e um banheiro minúsculo com uma porta aberta. Mas em grande parte o que estava à vista era poeira e assoalho.

Pois o apartamento estava completamente vazio.

Com exceção de uma única cadeira com o encosto bem vertical. Ela não era velha, mas estava bem usada. O tipo de coisa que se via em oferta nas calçadas da Bowery, onde eram comercializados inventários apreendidos de restaurantes falidos. Estava posicionada em frente à janela e virada levemente na direção nordeste. Ficava pouco mais de cinco metros acima e um metro além do local exato que Reacher escolhera para tomar café, duas noites consecutivas.

Reacher aproximou-se da cadeira e sentou, os pés apoiados no chão, relaxado, porém alerta. A maneira como seu corpo se acomodou naturalmente pôs o hidrante do outro dado da Sexta Avenida exatamente diante dele. O ângulo raso para baixo entre ele e o hidrante era o suficiente

162

para evitar que uma van de entregas atrapalhasse a visibilidade. O suficiente para evitar até mesmo uma carreta estacionada. Um alcance de quase trinta metros. Não havia problema algum para qualquer pessoa que não tivesse diagnóstico de cegueira. Ele se levantou novamente e fez um círculo completo. Viu uma porta que podia ser trancada. Viu três paredes sólidas. Viu uma janela sem cortinas. *Um soldado sabe que um ponto de observação satisfatório fornece uma vista desobstruída da frente e segurança adequada nos flancos e atrás, que fornece proteção contra intempéries e serve de esconderijo em relação a observadores, e que oferece uma possibilidade razoável de ocupação sem problemas durante toda a operação.*

— Lembra muito o apartamento de Patti Joseph — comentou Pauling.

— Você já esteve lá?

— Brewer o descreveu.

— Oito milhões de histórias — disse Reacher.

Em seguida virou-se para o zelador e falou:

— Conte-nos como era esse cara.

— Ele não fala — revelou o zelador.

— Como assim?

— Ele não consegue falar.

— Hein? Como se fosse mudo?

— Não de nascença. Por causa de um trauma.

— Como se alguma coisa o tivesse impressionado tanto a ponto de deixá-lo mudo?

— Não é emocional — falou o zelador. — É físico. Ele se comunicava comigo escrevendo em um bloco de folhas amarelas. Frases completas, com muita paciência ele escreveu que tinha se ferido quando estava servindo. Tipo um ferimento de guerra. Mas notei que ele não tinha nenhuma cicatriz visível. E notei que ficava com a boca bem fechada o tempo todo. Como se tivesse vergonha de eu ver alguma coisa. E isso me lembrou muito de algo que vi certa vez, mais de vinte anos atrás.

— O quê?

— Sou russo. Para pagar os meus pecados, fui para o Afeganistão com o Exército Vermelho. Uma vez o pessoal de uma tribo nos devolveu um prisioneiro. Eles usaram o cara para nos dar um recado. Tinham cortado a língua dele.

31

O ZELADOR LEVOU REACHER E PAULING AO SEU apartamento, que ficava um pouco abaixo do nível da rua, muito arrumado, nos fundos do prédio. Ele abriu um arquivo e pegou o contrato de aluguel do apartamento cinco. Tinha sido assinado exatamente uma semana antes por um cara que se autodenominava Leroy Clarkson. O que, como previsto, era descaradamente falso. Clarkson e Leroy eram as primeiras duas ruas depois da saída da West Side Highway ao norte da Houston, a apenas algumas quadras dali. Na ponta mais distante da Clarkson havia um bar de strip-tease. Na ponta mais distante da Leroy, havia um lava-jato. No meio, havia um food truck em que Reacher tinha comido certa vez.

— Você não confere a identidade? — perguntou Pauling.

— Só se quiserem pagar com cheque — respondeu o zelador. — Esse cara pagou em dinheiro.

A assinatura era ilegível. O número da previdência social estava claramente escrito, mas sem dúvida era uma sequência insignificante de nove dígitos.

O zelador deu uma descrição física decente, o que não ajudou muito porque ela era simplesmente igual àquilo que o próprio Reacher tinha visto em duas ocasiões distintas. Trinta e tantos anos, talvez quarenta, branco, altura e peso medianos, limpo e arrumado, sem barba. Calça jeans e camiseta azul, boné, tênis, tudo gasto e confortável.

— Como era a saúde dele? — perguntou Reacher.

— Além do fato de não conseguir falar? — perguntou o zelador. — Ele me pareceu bem.

— Ele disse se ficaria um tempo fora da cidade?

— Ele não *disse* nada.

— Ele pagou por quanto tempo?

— Um mês. É o mínimo. Renovável.

— Esse cara não vai voltar — afirmou Reacher. — Você deveria ligar para o *Village Voice* agora. Pedir a eles para publicarem o seu anúncio de novo.

— O que aconteceu com o seu parceiro do Exército Vermelho? — perguntou Pauling.

— Sobreviveu — respondeu o zelador. — Não feliz, mas sobreviveu.

Reacher e Pauling saíram pela porta azul, deram três passos no sentido norte e pararam para tomar um expresso. Pegaram a mesa na ponta da calçada e Reacher sentou-se no mesmo lugar que usara duas vezes antes.

— Então ele não estava trabalhando sozinho — disse Pauling. Reacher ficou calado. — Porque não tinha como fazer as ligações. — adicionou.

Reacher não respondeu.

— Conte-me sobre a voz que você ouviu — continuou Pauling.

— Americano — respondeu Reacher. — A máquina não pode disfarçar as palavras, nem a cadência, nem o ritmo. E ele era paciente. Inteligente, no comando, no controle, despreocupado. Familiarizado com a geografia da cidade de Nova York. Provavelmente militar, por causa de algumas frases. Ele quis saber o nome do Burke, o que sugere que está familiarizado com a equipe do Lane, ou estava calibrando um detector de mentira. Com exceção disso, o resto é suposição. Tinha uma distorção enorme. Mas achei que não era velho. Havia uma leveza na voz dele. Uma espécie de desenvoltura. Talvez fosse um cara pequeno.

— Como um veterano das Forças Especiais.

— É possível.

— Agindo despreocupado e no comando deixa a impressão de que ele é o líder. Não um ajudante.

— Boa observação — concordou Reacher. Tive essa impressão ouvindo o cara. Era como se ele estivesse dando as ordens. Como se fosse um parceiro no mesmo nível, no mínimo.

— Então quem diabos é ele?

— Se o seu colega do Pentágono não tivesse nos dito o contrário, eu diria que eram os dois, Hobart e Knight, ambos ainda vivos, que voltaram para cá e estão trabalhando juntos.

— Mas não são — disse Pauling. — O meu colega do Pentágono não passaria uma informação errada.

— Então, seja lá quem tenha voltado, arranjou um novo parceiro.

— Alguém em quem ele confia — completou Pauling. — E fez isso muito rápido.

Reacher deu uma olhada no hidrante. O trânsito obscurecia sua vista em ondas, pois era retido e depois liberado pelo semáforo na Houston.

— Um controle remoto funcionaria a esta distância? — questionou ele.

— De carro? — disse Pauling. — Talvez. Acho que dependeria do carro. Por quê?

— Depois que Burke trocou a bolsa de veículo, ouvi um barulho parecido com o de portas de carro travando. Acho que o cara fez isso do quarto lá em cima. Ele estava observando. Não queria deixar o dinheiro em um carro destrancado nem um segundo a mais do que o necessário.

— Sensato.

Reacher ficou em silêncio por algum tempo.

— Mas sabe o que não é sensato? Por que ele estava lá em cima no quarto, afinal de contas?

— Sabemos por que ele estava lá.

— Não, por que *ele* estava lá e não o outro cara? Temos dois caras, um fala e o outro não. Por que o cara que não fala alugaria o apartamento? Qualquer pessoa que o visse não se esqueceria dele com facilidade. E, no fim das contas, para que serve um ponto de observação? É para comando e controle. À medida que a ação se desenvolve, o observador deve fornecer uma sequência de ordens e orientações. Mas esse cara não podia sequer usar o telefone celular. O que supomos que aconteceu exatamente nas duas primeiras vezes com o Gregory? O cara está lá em cima, vê o Gregory estacionar, mas o que ele pode fazer? Não tem como falar pelo telefone para o parceiro dele se preparar para agir na Spring Street.

— Mensagem de texto — opinou Pauling.

— O que é isso?

— Dá para mandar palavras escritas pelo celular.

— Quando *isso aí* começou?

— Anos atrás.

— Certo — disse Reacher. — Vivendo e aprendendo. Mas ainda não vejo por que enviariam o cara que não fala para se encontrar com o zelador do prédio.

— Nem eu — disse Pauling.

— Nem por que o escolheram para coordenar a operação. Faria mais sentido se ele estivesse na outra ponta da linha. Ele não fala, mas escuta.

Um momento de silêncio.

— E agora? — perguntou Pauling.

— Trabalho duro — disse Reacher. — Está pronta para isso?

— Está me contratando?

— Não, você adia um pouco tudo que tem e se voluntaria. Porque, se fizermos isto direito, você vai descobrir o que aconteceu com Anne Lane cinco anos atrás. Chega de noites em claro.

— A não ser que eu descubra que os eventos de cinco anos atrás tenham sido reais. Aí é capaz de eu nunca mais dormir de novo.

— A vida é uma aposta — afirmou Reacher. — Não seria tão divertida se não fosse assim.

Pauling ficou quieta por um momento.

— Ok — concordou. — Eu me voluntario.

Reacher disse:

— Então vai lá perturbar o nosso amigo soviético de novo. Pegue a cadeira. Eles a compraram na semana passada. Vamos perambular pela Bowery e descobrir de onde ela é. Talvez o companheiro novo dele a tenha comprado. Talvez alguém se lembre dele.

32

REACHER CARREGAVA A CADEIRA NA MÃO COMO SE FOSSE uma sacola. Ele e Pauling caminhavam juntos no sentido leste. Ao sul da Houston, a Bowery tinha uma sequência de lojas de varejo. Uma série de centros comerciais informais. Havia lojas de equipamentos elétricos, de luminárias, mobiliário de escritório usado, equipamento de cozinha industrial de restaurante, e todas expunham seus produtos inclusive na calçada. Reacher gostava da Bowery. Era o seu tipo de rua.

A cadeira na mão dele era relativamente genérica, porém, tinha algumas características distintivas. Impossível descrevê-las se não estivesse à vista, mas, com ela em mãos para fazer uma comparação, era possível encontrar uma igual. Havia seis estabelecimentos caóticos ali, e eles começaram pelo situado mais ao norte. Os imóveis estendiam-se em um espaço de menos de cem metros, contudo, se alguém tivesse comprado uma cadeira usada em Manhattan, era grande a probabilidade de essa pessoa tê-la adquirido nesses cem metros.

Ponha as coisas boas na vitrine da loja era o mantra habitual do varejo. Mas na Bowery as vitrines eram secundárias em relação ao que ficava exposto nas calçadas. E a cadeira na mão de Reacher não fazia parte das coisas boas, portanto não devia compor um conjunto grande, do contrário, não teria sido vendida separadamente. Ninguém com um conjunto de 24 cadeiras ficaria com 23. Então, Reacher e Pauling passaram pelo monte de coisas na calçada, entraram pela porta estreita e olharam os itens empoeirados lá dentro. Viram os restos tristes, os itens remanescentes de conjuntos maiores, as peças que não pertenciam a conjunto algum. Viram muitas cadeiras. Todas iguais, todas diferentes. Quatro pernas, assento, encosto, mas a variedade de formatos e detalhes era tremenda. Nenhuma parecia muito confortável. Reacher havia lido em algum lugar que existia uma ciência para se fabricar cadeiras de restaurante. Tinha que ser durável, obviamente, ter um bom custo-benefício e uma aparência razoavelmente convidativa, mas não podia *ser* realmente muito confortável, senão os fregueses ficariam sentados a noite toda; assim uma rotatividade de aproximadamente três clientes se transformaria em uma de dois e o restaurante perderia dinheiro. Controle de porção e rotatividade de mesa eram os fatores importantes no negócio de restaurantes, e Reacher imaginou que os fabricantes de cadeira estavam totalmente cientes da parte da rotatividade.

Nas primeiras três lojas, não encontraram nada de aparência igual e ninguém admitiu ter vendido a cadeira que Reacher carregava.

Foi na quarta loja que encontraram o que queriam.

O lugar tinha o dobro do tamanho das outras lojas, com mobília de lanchonete cromada na frente e um bando de chineses, os donos, nos fundos. Atrás dos espalhafatosos bancos estofados na calçada, havia pilhas de mesas velhas e conjuntos de cadeiras empilhadas de seis em seis. Atrás das pilhas e dos amontoados, havia um aglomerado de bugigangas, inclusive, dependuradas no alto de uma parede, duas cadeiras iguaizinhas ao espécime na mão de Reacher. Mesmo estilo, mesma estrutura, mesma cor, mesma idade.

— Demos o tiro e acertamos no alvo — disse Pauling.

Reacher conferiu de novo, para certificar-se, mas não havia dúvida. As cadeiras eram idênticas. Até a sujeira e o desgaste nelas eram inconfundíveis. Mesmo tom de cinza, mesma textura, mesma consistência.

— Vamos pedir ajuda a alguém — disse ele.

Reacher carregou a cadeira da Sexta Avenida até os fundos da loja onde um cara chinês estava sentado atrás de uma mesa bamba com uma caixa registradora sobre ela. O sujeito era velho e impassível. O dono, provavelmente. Certamente todas as transações tinham que passar pela mão dele. Era quem tinha a posse da caixa registradora.

— Você vendeu esta cadeira — Reacher levantou-a, e deu uma inclinada na cabeça na direção da parede em que suas irmãs estavam dependuradas. — Mais ou menos uma semana atrás.

— Cinco dólares — disse o velhote.

— Não quero comprá-la — explicou Reacher. — E não pode vendê-la por que ela não é sua. Você já a vendeu uma vez. Quero saber para quem foi que a vendeu. Só isso.

— Cinco dólares — repetiu o cara.

— Você não está me entendendo.

O velhote sorriu.

— Não, acho que estou te entendendo perfeitamente. Você quer informação sobre o comprador da cadeira. E eu estou te dizendo que toda informação tem um preço. Neste caso, são cinco dólares.

— Que tal você ficar com a cadeira de volta? Aí pode vendê-la duas vezes.

— Eu já a vendi muito mais do que duas vezes. Lugares abrem, lugares fecham, bens circulam. O mundo gira.

— Quem a comprou há uma semana?

— Cinco dólares.

— Tem certeza de que sua informação vale cinco dólares?

— O que eu tenho é o que tenho.

— Dois e cinquenta mais a cadeira.

— Você vai deixar a cadeira aqui de um jeito ou de outro. Está de saco cheio de carregá-la por aí.

— Posso deixá-la na loja ao lado.

Pela primeira vez os olhos do velhote se moveram. Ele olhou para cima, na parede. Reacher o viu pensar: *Um conjunto com três é melhor do que com dois.*

— Quatro pratas e a cadeira — disse ele.

— Três e a cadeira — pechinchou Reacher.

— Três e cinquenta e a cadeira.

— Três e vinte e cinco e a cadeira.

Nenhuma resposta.

— Gente, por favor — interveio Pauling.

Ela se aproximou da mesa bamba e abriu a bolsa. Tirou dela uma carteira preta gorda e arrancou uma nota de dez novinha de um maço tão grosso quanto um livro em brochura. Colocou-a na madeira marcada, girou-a e a largou ali.

— Dez dólares — disse ela. — E a porcaria da cadeira. Agora desembucha.

O senhor chinês assentiu.

— Mulheres — comentou ele. — Sempre prontas para focar.

— Conte-nos quem comprou a cadeira — disse Pauling.

— Ele não falava — respondeu o velhote.

33

O VELHOTE DISSE:

— A princípio, não pensei nada a respeito. Um americano entra, ouve a gente falando a nossa língua, com muita frequência acha que não falamos inglês, e conduz a transação com uma combinação de gestos e sinais. É um pouco de grosseria, já que pressupõe ignorância da nossa parte, mas estamos acostumados com isso. Geralmente, como uma forma de repreensão, deixo esse tipo de cliente se atrapalhar todo, depois o ajudo com uma frase perfeitamente coerente.

— Como você fez comigo — disse Reacher.

— Exatamente. E como fiz com o homem que vocês obviamente estão procurando. Mas ele não conseguiu responder de jeito nenhum. Mantinha a boca fechada e engolia como um peixe. Concluí que tinha uma deformidade que o impedia de falar.

— Descrição? — solicitou Reacher.

O velhote ficou em silêncio um momento para reunir suas lembranças antes de exprimir o mesmo resumo que o zelador da Sexta Avenida. Homem branco, trinta e tantos anos, talvez quarenta, altura mediana, limpo e arrumado, sem barba, sem bigode. Calça jeans e camiseta azul, boné, tênis, tudo gasto e confortável. Nada extraordinário nem inesquecível a respeito dele, com exceção do fato de que era mudo.

— Quanto ele pagou pela cadeira? — perguntou Reacher.

— Cinco dólares.

— Não é incomum um cara querer uma cadeira só?

— Você acha que eu deveria automaticamente ligar para a polícia se alguém que não é dono de restaurante vier comprar aqui?

— Quem compra uma cadeira de cada vez?

— Muita gente — respondeu o velhote. — Pessoas recém-divorciadas, pessoas que estão passando por um momento difícil, ou começando uma vida nova em um pequeno apartamento no East Village. Alguns daqueles lugares são tão minúsculos que uma cadeira é tudo o que elas querem. Pra usar em uma escrivaninha, que também acumula a função de mesa de jantar.

— Ok — disse Reacher. — Entendi.

O velhote se virou para Pauling e falou:

— A minha informação foi útil?

— Talvez — respondeu Pauling. — Mas não acrescentou nada.

— Vocês já sabiam do homem que não fala?

Pauling fez que sim.

— Então sinto muito — desculpou-se o velhote. — Podem ficar com a cadeira.

— Estou de saco cheio de ficar carregando-a por aí — disse Reacher.

O velhote inclinou a cabeça.

— Como eu pensei. Neste caso, fique à vontade para deixá-la aqui.

Reacher seguiu Pauling até a calçada da Bowery e a última vez em que viu a cadeira, um cara jovem, que podia ser neto do velhote, a estava suspendendo com uma vara e dependurando-a de volta na parede ao lado de suas duas companheiras.

— O jeito difícil — disse Pauling.

— Não faz sentido — comentou Reacher. — Por que eles estão mandando o cara que não fala para se encontrar com todo mundo?

— Deve haver alguma coisa no outro que chama ainda mais a atenção.

— Odeio pensar no que *isso* pode ser.

— Lane abandonou aqueles dois caras. Então por que você o está ajudando?

— Eu não estou ajudando Lane. Isto é pela Kate e pela menina.

— Elas estão mortas. Você mesmo disse isso.

— Então elas precisam de uma história. De uma explicação. De quem, onde, por que. Todo mundo deve saber o que aconteceu com elas. Não se pode deixá-las simplesmente *partir*, em silêncio. Alguém precisa lutar por elas.

— E esse alguém é você?

— Eu jogo com as cartas que tenho na mão. Não tenho por que ficar choramingando.

— E?

— E elas precisam ser vingadas, Pauling. Porque aquela luta não era delas. Não era nem remotamente a luta da Jade, era? Se Hobart ou Knight ou quem quer que seja tivesse ido direto atrás de Lane, talvez eu ficasse na arquibancada só torcendo por essa pessoa. Mas ele não fez isso. Ele foi atrás de Kate e Jade. E dois erros não fazem um acerto.

— Nem três.

— Neste caso, fazem, sim.

— Você nunca sequer viu Kate e Jade.

— Vi foto delas. Isso foi o suficiente.

— Eu não ia querer você puto comigo — comentou Pauling.

— Não — disse Reacher. — Não ia mesmo.

Eles caminharam para o norte na direção da Houston Street sem uma ideia clara sobre onde estavam indo, e no caminho o celular de Pauling deve ter vibrado porque ela o tirou do bolso antes de Reacher escutá-lo tocar. Telefones no silencioso o deixavam nervoso. Ele vinha de um mundo em que era maior a probabilidade de um mergulho repentino em um bolso significar arma do que telefone. Toda vez que isso acontecia, tinha que tolerar uma pequena explosão involuntária de adrenalina.

Pauling parou na calçada e falou seu nome em voz alta para vencer o barulho do trânsito, em seguida, ouviu durante um minuto. Agradeceu e o telefone estalou quando ela o fechou. Virou-se para Reacher e sorriu.

— Meu amigo do Pentágono — disse ela. — Uma informação sólida. Vai ver ele decidiu arrombar o arquivo de alguém.

— Ele conseguiu um nome? — perguntou Reacher.

— Ainda não. Mas ele tem uma localização. Foi em Burkina Faso. Já foi lá?

— Já fui a todos os lugares da África.

— O nome antigo era Alto Volta. É uma ex-colônia francesa. Mais ou menos do tamanho do Colorado, tem uma população de treze milhões de pessoas, com um PIB de um quarto da fortuna de Bill Gates.

— Mas com dinheiro sobrando para contratar a equipe do Lane.

— Não de acordo com o meu amigo — discordou Pauling. — Essa é a parte esquisita. Foi lá que Knight e Hobart foram capturados, mas não existe registro sobre o governo de lá ter contratado Lane.

— O seu amigo pensou que haveria um registro?

— Ele me disse que sempre há um registro em algum lugar.

— Precisamos de um nome — insistiu Reacher. — Só isso. Não precisamos da história do mundo.

— Ele está trabalhando nisso.

— Não rápido o suficiente. E não podemos esperar. Precisamos tentar alguma coisa por conta própria.

— Tipo o quê?

— O cara se autonomeou Leroy Clarkson. Talvez seja uma piada particular, ou pode ser algo no subconsciente dele por morar lá.

— Perto da Clarkson ou da Leroy?

— Talvez na Hudson ou na Greenwich.

— Esses lugares estão todos gentrificados agora. Um cara que acabou de passar anos em uma prisão africana não conseguiria pagar nem por um closet lá.

— Mas um cara que estava ganhando muito dinheiro antes dos cinco anos de hiato já podia ser proprietário de um imóvel lá.

Pauling concordou com um gesto de cabeça.

— A gente devia dar uma passada no meu escritório. E dar uma olhada na lista telefônica.

Havia alguns poucos Hobart e meia página de Knight na lista telefônica de Manhattan, mas nenhum deles na parte de West Village que tornasse Leroy Clarkson um pseudônimo óbvio. Um dos Knight até podia ter escolhido Horatio Gansevoort, e um dos Hobart podia ter optado por

Christopher Perry, mas com exceção desses dois, os outros moravam onde as ruas eram numeradas ou tão a leste que suas escolhas subliminares teriam sido Henry Madison ou Allen Eldridge. Ou Stanton Rivington.

— Parece até um programa de TV — disse Pauling.

Ela tinha outros bancos de dados, o tipo de coisas que um investigador particular meticuloso com amigos na polícia e acesso a internet consegue acumular. Mas nenhum continha inexplicáveis Knights nem Hobarts.

— Ele ficou cinco anos fora — comentou Pauling. — Com efeito, ele teria desaparecido, não teria? Telefone cortado, contas de casa sem pagar, esse tipo de coisa, não?

— É provável — disse Reacher. — Mas não obrigatório. Esses caras costumam fazer viagens repentinas. Sempre foram assim, mesmo antigamente. Eles geralmente cadastram pagamentos no débito em conta.

— A conta bancária dele já teria zerado.

— Depende do quanto havia nela, para início de conversa. Se ele estava ganhando naquela época o que os outros estão ganhando agora, podia ter pagado um monte de contas de luz, ainda mais sem estar em casa para acender as luzes.

— Lane tinha um esquema muito menor cinco anos atrás. O esquema de todo esse pessoal era menor antes do terrorismo começar a dar um lucro desenfreado. Real ou falso, o resgate da Anne foi só de cem mil, e não de dez milhões e meio. Os salários deviam ser proporcionais. Esse cara não devia ser rico.

Reacher concordou.

— Provavelmente, ele alugou de qualquer maneira. O senhorio provavelmente jogou as coisas dele na calçada anos atrás.

— Então o que a gente faz?

— Acho que a gente espera — sugeriu Reacher — pelo seu amigo burocrata. O problema é a gente envelhecer e morrer antes.

Porém, um minuto depois o telefone de Pauling tocou novamente. Dessa vez, ele estava na mesa dela, totalmente visível, e seu mecanismo de vibração zumbiu suavemente contra a madeira. Ela atendeu e escutou durante um minuto. Em seguida, fechou-o lentamente e o colocou de volta no lugar.

— Não estamos muito mais velhos — disse ela.

— O que ele tinha pra gente?

— Hobart — revelou ela. — Foi o Hobart que retornou vivo.

34

REACHER PERGUNTOU:

— Primeiro nome?

— Clay. Clay James Hobart — respondeu Pauling.

— Endereço? — perguntou Reacher.

— Estamos aguardando uma resposta da Administração de Veteranos — respondeu Pauling.

— Então vamos atacar a lista telefônica de novo.

— Reciclo minhas listas telefônicas velhas. Não faço um arquivo com elas. Com certeza, não tenho nada de cinco anos atrás.

— Ele pode ter família aqui. Para quem mais retornar?

— Havia sete Hobart na lista, mas um deles estava duplicado. Um dentista, casa e consultório, lugares diferentes, mesmo cara.

— Ligue para todos — disse Reacher. — Finja que é um funcionário da Administração de Veteranos com uma probleminha de documentação.

Pauling pôs o telefone fixo no viva-voz. As duas primeiras ligações caíram na secretária eletrônica e a terceira foi um alarme falso. Um idoso que recebia benefícios da Administração de Veteranos ficou todo

177

exaltado com a possibilidade de eles estarem prestes a cessar. Pauling o acalmou e ele falou que nunca tinha ouvido falar de ninguém chamado Clay James Hobart. As quarta e quinta ligações também foram infrutíferas. A sexta foi para o consultório do dentista. Ele estava de férias na Antígua. A recepcionista falou que o dentista não tinha nenhum parente chamado Clay James. A absoluta segurança em sua resposta fez Reacher se perguntar se ela era mais do que recepcionista. Embora não estivesse em Antígua com ele. Talvez apenas trabalhasse para o dentista havia muito tempo.

— E agora? — perguntou Pauling.

— Tentamos os dois primeiros de novo mais tarde — respondeu Reacher. — Com exceção disso, voltamos à estaca zero.

Mas parecia que o cara do Pentágono, amigo de Pauling, estava inspirado porque onze minutos depois o celular dela vibrou novamente e ele passou mais informações. Reacher viu Pauling anotá-las depressa em um bloco de papel amarelo com uma caligrafia garranchada que ele não conseguia ler de cabeça para baixo e à distância. Duas páginas de anotação. Foi uma ligação longa. Tão longa que, quando terminou, Pauling conferiu a bateria do telefone e o plugou em um carregador.

— Temos o endereço do Hobart? — perguntou Reacher.

— Ainda não — respondeu Pauling. — A Administração de Veteranos está colocando empecilhos. Envolve questões de confidencialidade.

— O lugar onde ele mora não é um diagnóstico médico.

— É isso que o meu amigo está alegando.

— Então o que ele tem pra gente?

Pauling voltou à primeira página de anotações.

— Lane está em uma lista negra do Pentágono — informou ela.

— Por quê?

— Você sabe o que foi a Operação Justa Causa?

— Panamá — disse Reacher. — Contra Manuel Noriega. Mais de quinze anos atrás. Eu estive lá, durante um curto período.

— Lane também esteve lá. Ainda era do Exército nessa época. Mandou muito bem. Foi onde conseguiu ser promovido a coronel. Depois, partiu para o Golfo pela primeira vez, em seguida, deu baixa numa situação meio nebulosa. Mas não tão nebulosa a ponto de impedir que o Pentágono contratasse a empresa militar privada dele depois. Eles o enviaram para a Colômbia, porque Lane tinha a reputação de ser especialista nas Américas do Sul e Central, por causa de seu desempenho na Justa Causa. Ele levou o pessoal que compunha o início da equipe que tem hoje para combater os cartéis de cocaína. Pegou dinheiro do nosso governo para fazer isso, mas, quando chegou lá, também recebeu dinheiro do cartel que era seu alvo, para exterminar os cartéis rivais. O Pentágono não ficou descontente porque, para eles, um cartel era tão ruim quanto o outro, mas passaram a não confiar mais em Lane e nunca mais o contrataram.

— O pessoal dele disse que estiveram no Iraque e no Afeganistão.

Pauling fez que sim e explicou:

— Depois das Torres Gêmeas, todo tipo de gente foi para todo tipo de lugar. Inclusive a equipe de Lane. Mas só como subcontratados. Em outras palavras, o Pentágono contratava alguém em quem confiava e esse alguém passava parte do trabalho para o Lane.

— E isso era admissível?

— Preservaram a honra. O Pentágono nunca mais fez um cheque nominal ao Lane depois que o contratou pela primeira vez e o enviou para a Colômbia. Só que, um tempo depois, eles precisaram de toda a mão de obra possível, então fizeram vista-grossa.

— Ele estava conseguindo trabalhar ininterruptamente — disse Reacher. — Receita alta. Ele vive como um rei e a maior parte do dinheiro africano ainda está nas embalagens originais.

— Isso mostra a proporção que essa pilantragem toda tomou. Meu amigo diz que desde a Colômbia, Lane tem vivido das migalhas na mesa dos outros. Essa acabou sendo a única opção dele. Migalhas grandes no início, mas que estão ficando menores. Há muita concorrência agora. Aparentemente, ele ficou rico naquela vez na África, mas o que quer que tenha sobrado daquele pagamento é basicamente todo o capital que ele tem.

— Ele finge ser o figurão. Me contou que não tem rivais nem sócios.

— Então ele estava mentindo. Ou talvez, de certa maneira, ele tenha falado a verdade. Porque ele está no fundo da pilha. A rigor, ele não tem pares. Só superiores.

— Ele era subcontratado em Burkina Faso também? — questionou Reacher.

— Devia ser — disse Pauling. — Caso contrário, estaria nos registros como o principal, não?

— O governo estava envolvido com aquilo lá?

— É possível. Meu amigo oficial com certeza estava um pouco tenso.

— Ah, então é por isso que ele está ajudando, não é? Não porque é policial do Exército assim como eu. É um burocrata tentando controlar a situação. Tentando administrar o fluxo de informações. É uma pessoa tentando nos dar informações privadamente para que a agente não saia por aí aprontando e fazendo muito barulho em público.

Pauling ficou calada. Então, o telefone dela tocou novamente. Tentou pegá-lo com o carregador conectado, mas o fio era curto demais. Ela o desconectou e atendeu. Escutou durante quinze segundos, virou para uma página nova no bloco e escreveu o símbolo do dólar, depois dois números, em seguida seis zeros. Desligou e virou o bloco para que Reacher visse o que escrevera.

— Vinte e um milhões de dólares — falou ela. — Em dinheiro. Foi o quanto Lane enriqueceu na África.

— Você estava certa — disse Reacher. — Migalha grandona. Nada mal para um subcontratado.

Pauling concordou com a cabeça.

— O esquema todo foi de cento e cinco milhões. Dólares americanos em dinheiro, da reserva central do governo deles. Lane ficou com vinte por cento em troca do fornecimento da mão de obra e por se comprometer a fazer a maior parte do trabalho.

— Quem mendiga não escolhe — comentou Reacher.

— Ok — respondeu ela.

— Ok o quê?

— Quanto é a metade de vinte e um?

— Dez e meio.

— Exatamente. O resgate da Kate foi exatamente a metade do pagamento pela operação em Burkina Faso.

Silêncio no escritório.

— Dez milhões e meio de dólares — disse Reacher. — Sempre achei um montante esquisito. Mas agora até que faz sentido. Lane provavelmente guardou cinquenta por cento como lucro. Então Hobart voltou para os Estados Unidos e chegou à conclusão de que tinha direito à parte do Lane por causa do sofrimento a que foi submetido.

— Razoável — disse Pauling.

— Eu ia querer mais — comentou Reacher. — Eu ia querer tudo.

Pauling deslizou a unha do dedo pelo texto bem impresso na página da letra *H* da lista telefônica e usou o viva-voz para tentar falar de novo com os dois primeiros números na listra atribuídos ao nome Hobart. Foi atendida pelas mesmas duas secretárias eletrônicas. Desligou. Seu pequeno escritório ficou em silêncio. Então, seu telefone vibrou novamente. Dessa vez, ela desconectou o carregador primeiro antes de atender. Disse seu nome e escutou um momento, depois abriu mais uma página em branco de seu bloco amarelo e escreveu três linhas apenas.

Desligou.

— Temos o endereço dele — revelou ela.

35

— HOBART FOI MORAR COM A IRMÃ EM UM PRÉDIO na Hudson Street, e eu aposto que é na quadra entre a Clarkson e a Leroy — disse Pauling.
— Uma irmã casada — acrescentou Reacher.
— Caso contrário, teríamos encontrado o nome dela na lista telefônica.

— Viúva — corrigiu Pauling. — Acho que ela manteve o nome de casada, mas mora sozinha agora. Ou pelo menos morava, até o irmão voltar da África.

A irmã viúva chamava-se Dee Marie Graziano e o nome dela estava bem ali na lista telefônica, no endereço da Hudson Street. Pauling acessou um banco de dados referente a impostos municipais e conferiu o domicílio dela.

— Ela mora em um apartamento que tem o aluguel baixo por causa da lei de estabilização de aluguéis — disse ela. — Já está lá há dez anos. Mesmo com o aluguel barato, o lugar vai ser pequeno. — Ela copiou o número da previdência social e o colou em uma caixa de outro banco de dados. — Trinta e oito anos de idade. Renda baixa. Não trabalha muito. Não chega nem perto do piso para pagamento do imposto de renda federal. O ex-marido também era Fuzileiro Naval. Soldado Vincent Peter Graziano. Morreu três anos atrás.

— No Iraque?

— Não sei dizer.

Pauling fechou as páginas dos bancos de dados, abriu o Google e digitou *Dee Marie Graziano*. Apertou *Enter*. Deu uma olhada nos resultados. Algo neles a fez sair do Google e acessar o LexisNexis. A tela ficou repleta de resultados de cima a baixo.

— Olhe só — disse ela.

— Me conta — disse Reacher.

— Ela processou o governo. O Estado e o Departamento de Defesa.

— Por quê?

— Para conseguir informações sobre o irmão.

Pauling apertou o botão de imprimir e passou a entregar as páginas a Reacher uma a uma à medida que saíam da impressora. Ele leu as cópias físicas e ela, a tela. Dee Marie Graziano travara uma campanha de cinco anos para descobrir o que acontecera com o irmão Clay James Hobart. Fora uma longa, dura e amarga disputa. Isso com certeza. No princípio, o empregador de Hobart, Edward Lane, da Consultoria de Segurança Operacional, assinara um depoimento atestando que Hobart fora um subcontratado a serviço do Governo dos Estados Unidos no período em questão. Então, Dee Marie seguira em frente e enviara uma petição ao deputado e aos dois senadores em que havia votado. Ela implorara ajuda ao Comitê de Serviços Armados, tanto da câmara dos deputados quanto do senado. Escrevera para jornais e falara com jornalistas. Agendara uma participação no *Larry King Live*, mas cancelaram antes da gravação. Contratara um investigador, durante um curto período. Por fim, encontrara um advogado *pro bono* e processara o Departamento de Defesa. O Pentágono negara ter qualquer conhecimento sobre as atividades de Clay James Hobart subsequentes ao último dia dele com o uniforme dos fuzileiros navais dos Estados Unidos. Então, Dee Marie processara o Departamento de Estado. Um advogado de quinta categoria do Estado retornara, prometendo que Hobart seria inserido em uma relação como turista desaparecido na África Ocidental. Então, Dee Marie voltara a importunar jornalistas e despachara uma série de petições amparada pela Lei de Acesso à Informação. Mais da metade delas já havia sido negada e as outras continuavam emaranhadas em burocracia.

— Ela estava muito empenhada — comentou Pauling. — Não estava? Metaforicamente, todo dia durante cinco anos ela acendia uma vela para o irmão.

— Igual à Patti Joseph — comentou Reacher. — Este é o conto das duas irmãs.

— O Pentágono descobriu que Hobart estava vivo depois de doze meses. E sabiam onde ele estava. Mas ficaram em silêncio durante quatro anos. Deixaram aquela pobre mulher sofrendo.

— Mas o que ela poderia fazer? Preparar as armas e ir à África para resgatá-lo sozinha? Trazê-lo de volta para ser julgado pelo homicídio de Anna Lane?

— Não existe prova nenhuma contra ele.

— Não interessa, mantê-la no escuro era provavelmente a melhor opção.

— Falou como um verdadeiro militar.

— Como se o FBI fosse uma fonte de informação livre.

— Ela podia ter feito uma solicitação para o novo governo em Burkina Faso pessoalmente.

— Isso só funciona nos filmes.

— Você sabe o quanto é cínico, não sabe?

— Não tenho um pingo de cinismo no meu corpo. Sou realista, só isso. Merdas acontecem.

Pauling ficou em silêncio.

— O quê? — questionou Reacher.

— Você disse "preparar as armas". Disse que Dee Marie podia "preparar as armas e ir à África".

— Não, falei que ela não podia.

— Mas concordamos que Hobart escolheu um parceiro novo, certo? — argumentou ela. — Assim que voltou. Alguém em quem ele confia, e muito rápido?

— É óbvio — concordou Reacher.

— Poderia ser a irmã dele?

Reacher ficou calado.

— A confiança existia ali — argumentou Pauling. — Não existia? Automaticamente? E *ela* estava ali, o que explicaria a rapidez. E o comprometimento estava ali, da parte dela. Comprometimento e muita raiva. Então, é possível que a voz que ouviu pelo telefone do carro tenha sido de mulher?

Reacher ficou um momento em silêncio.

— É possível — disse ele. — Eu acho. Quero dizer, nunca pensei por esse lado. Mas isso pode ter sido uma preconcepção da minha parte. Uma tendência inconsciente. Porque aqueles aparelhos são da pesada. Eles podem fazer a Minnie Mouse soar como o Darth Vader.

— Você disse que havia uma leveza na voz. Como se fosse de homem pequeno.

— Falei mesmo — assentiu Reacher.

— Ou seja, como de uma mulher. Com o tom alterado uma oitava, é plausível.

— Pode ser — disse Reacher. — Com certeza, quem quer que tenha sido, conhece muito bem as ruas do West Village.

— Como uma pessoa que mora lá há dez anos. E que usou o jargão militar, por ter tido marido e irmão no Corpo de Fuzileiros Navais.

— Talvez — disse Reacher. — Gregory me contou que uma mulher apareceu nos Hamptons. Uma mulher gorda.

— Gorda?

— Gregory falou "encorpada".

— Vigilância?

— Não, ela e a Kate conversaram. Foram caminhar na praia.

— Talvez tenha sido Dee Marie. Talvez ela seja gorda. Talvez estivesse pedindo dinheiro. Talvez Kate tenha mandado a mulher ir se catar e essa foi a gota d'água.

— Isso envolve mais do que dinheiro.

— O que não significa que dinheiro não seja pelo menos parte do esquema — argumentou Pauling. — E a julgar por onde ela está morando, Dee Marie precisa de dinheiro. A parte dela seria de mais de cinco milhões de dólares. Ela pode pensar nisso como uma compensação. Pelos cinco anos em que ficou dando murro em ponta de faca. Um milhão por cada ano.

— Talvez — repetiu Reacher.

— É uma hipótese — afirmou Pauling. — Não devemos descartá-la.

— Não — concordou Reacher. — Não devemos mesmo.

Pauling pegou um mapa da cidade na prateleira e conferiu onde ficava o endereço da Hudson Street.

— Eles estão ao sul da Houston — disse ela. — Entre a Vandam e a Charlton. Não entre a Clarkson e a Leroy. Estávamos errados.

— Talvez gostem de um bar a algumas quadras ao norte — sugeriu Reacher. — Afinal, ele não podia se chamar Charlton Vandam. Isso seria falso até demais.

— Não interessa, o negócio é que eles estão a quinze minutos daqui.

— Não eleve sua esperança. Isso é só mais uma peça do quebra-cabeça. Independentemente de ser uma pessoa ou duas, eles já devem ter ido embora. Seriam loucos se ficassem por aqui.

— Você acha?

— Eles têm sangue nas mãos e dinheiro no bolso, Pauling. Devem estar nas Ilhas Cayman a esta altura. Ou nas Bermudas, na Venezuela ou em qualquer porra de lugar para onde as pessoas vão hoje em dia.

— Então, o que a gente faz?

— Vamos dar um pulo na Hudson Street e torcer muito para que o rastro ainda esteja um pouquinho fresco.

36

NA VIDA COMO AGENTES DA LEI E NA POSTERIOR, juntos, Reacher e Pauling tinham abordado uns mil imóveis que continham ou não suspeitos hostis. Eles sabiam exatamente o que fazer. Tiveram uma discussão tática em que ambos opinaram. Encontravam-se em posição desprivilegiada, já que nenhum dos dois estava armado e Hobart tinha se encontrado com Pauling duas vezes. Ela interrogara toda a equipe de Lane minuciosamente após o desaparecimento de Anne Lane. Era possível que Hobart se lembrasse dela mesmo após o traumático intervalo de cinco anos. Para contrabalancear essas desvantagens, Reacher estava fortemente convicto de que o apartamento na Hudson Street estaria vazio. Ele não esperava encontrar nada lá, com exceção de guarda-roupas esvaziados às pressas e uma lata de lixo com conteúdo apodrecido.

Não havia porteiro. Não era esse tipo de prédio. Um imóvel residencial de cinco andares com a fachada de tijolos vermelhos e uma escada de emergência preta de ferro. O único a resistir em uma rua cheia de escritórios estilosos e agências bancárias. Ele tinha uma porta preta descascada e um interfone de alumínio com as laterais gastas encaixado em uma armação. Dez botões pretos. Dez tarjetas de nomes. *Graziano* estava escrito com uma bela caligrafia ao lado do 4E.

— Não tem elevador — disse Pauling. — Escada central. Os apartamentos são estreitos e vão da frente até os fundos, dois por andar, um na esquerda, outro na direita. O 4E fica no quarto andar, do lado esquerdo.

Reacher tentou abrir a porta. Estava trancada e era firme.

— O que tem nos fundos? — perguntou ele.

— Provavelmente o poço de ventilação entre este prédio e o dos fundos na Greenwich.

— Podemos descer de rapel do telhado e entrar pela janela da cozinha.

— Treinei isso em Quantico — disse Pauling. — Mas nunca cheguei a fazer na vida real.

— Nem eu — assumiu Reacher. — Não numa cozinha. Fiz numa janela de banheiro uma vez.

— Foi divertido?

— Não muito.

— Então, o que a gente faz?

Normalmente, Reacher apertaria um botão qualquer e alegaria ser um cara da UPS ou da FedEx. Mas não sabia se isso funcionaria naquele prédio em especial. Entregas via *courier* provavelmente não eram ocorrências regulares ali. E se deu conta de que já eram quase quatro horas da tarde. Um horário nada plausível para se entregar pizza ou comida chinesa. Tarde demais para o almoço, cedo demais para o jantar. Então, apertou todos os botões, com exceção do 4E e falou com uma voz indistinta:

— Não consigo achar minha chave.

E membros de pelo menos duas famílias deviam estar fora de casa porque a porta foi destrancada duas vezes e Pauling a abriu.

Lá dentro, o corredor central era escuro e havia uma escada estreita à direita. Ela erguia-se por um andar, depois estendia-se no sentido contrário e começava a subir novamente na parte da frente do prédio. Era revestida de linóleo rachado. Iluminada por lâmpadas de baixa potência. Parecia uma armadilha mortal.

— E agora? — perguntou Pauling.

— Agora esperamos — respondeu Reacher. — Pelo menos duas pessoas vão dar uma espiada pela porta procurando a pessoa que perdeu a chave.

Então esperaram. Um minuto. Dois. Na penumbra bem acima deles, alguém abriu uma porta. Em seguida, fechou-a novamente. Outra pessoa abriu outra porta. Mais perto. No segundo andar, talvez. Trinta segundos depois, fechou-a com força.

— Ok — disse Reacher. — Agora podemos seguir.

Ele apoiou seu peso no primeiro degrau e ouviu-o ranger. Aconteceu o mesmo no segundo. E no terceiro. Quando pisou no quarto, Pauling começou a subir atrás dele. Quando chegou à metade, a estrutura inteira rangia e estalava como armas de baixo calibre.

Eles chegaram ao corredor do segundo andar sem provocar nenhuma reação de lugar algum.

Em frente a eles no alto da escada, havia duas portas emparelhadas, uma à esquerda, outra à direita. 2E e 2D. Era óbvio que se tratava de apartamentos idênticos. Suas entradas localizavam-se no meio do corredor, o qual estendia-se por todo o terreno do prédio, da frente aos fundos. Provavelmente, havia ganchos para casacos na parede atrás das portas. Uma sala logo depois. Cozinha nos fundos. Se uma pessoa desse meia-volta diante da porta, encontraria o banheiro, depois o quarto na frente do prédio, com vista para a rua.

— Não é tão ruim assim — comentou Reacher em voz alta.

— Eu não ia gostar de carregar minhas compras até o quinto andar — disse Pauling.

Desde a infância, Reacher jamais havia carregado compras para dentro de uma casa. Ele disse:

— Você poderia jogar uma corda pela escada de emergência, puxar tudo e colocar para dentro pelo quarto.

Pauling não comentou. Viraram 180 graus juntos e percorreram o corredor até o pé do lance de escadas seguinte. Subiram fazendo barulho até o terceiro andar. O 3E e o 3D estavam bem ali diante deles, situação idêntica à do andar inferior e presumivelmente idêntica à do andar de cima.

— Vamos lá — disse Reacher.

Percorreram o corredor, viraram e suspenderam os olhos na direção da penumbra do quarto andar. Conseguiam enxergar a porta do 4D, mas não a do 4E. Reacher foi na frente. Subiu a escada de dois em dois degraus para cortar pela metade a quantidade de rangidos e estalos.

Pauling o seguiu, colocando os pés próximos da beirada dos degraus, onde toda escada é mais silenciosa. Chegaram ao topo. Ficaram ali. O prédio zunia com os ruídos típicos de qualquer construção abarrotada em uma cidade grande. Sons abafados do trânsito na rua. As buzinas dos carros e o barulho das sirenes, amainados pela espessura das paredes. Dez geladeiras funcionando, aparelhos de ar-condicionado, ventiladores, TVs, rádios, eletricidade chiando através de reatores de lâmpadas fluorescentes defeituosos, água correndo por canos.

A porta do 4E tinha sido pintada com um verde sem graça e opaco muitos anos antes. Antigo, porém não havia nada de errado com o serviço. Provavelmente um pintor profissional, bem treinado durante um longo e meticuloso aprendizado. O cuidadoso brilho estava coberto por anos de sujeira. Fuligem de ônibus, gordura de cozinhas, poeira dos trilhos do metrô. Havia um olho mágico mais ou menos na altura do peito de Reacher. O 4 e o E eram dois itens de latão fundido separados e presos um ao lado do outro com parafusos também de latão.

Reacher virou de lado e inclinou o tronco para a frente. Pôs o olho na fresta onde a porta se encontrava com o marco. Escutou por um momento.

Reergueu o corpo.

— Tem alguém lá dentro — sussurrou.

37

REACHER SE INCLINOU PARA A FRENTE E ESCUTOU NO-vamente.

— Bem aqui na frente. Uma mulher falando. — Em seguida, suspendeu o corpo e deu um passo para trás. — Qual será a configuração?

— Uma entrada curta — sussurrou Pauling. — Estreito por um metro e meio, até chegar ao banheiro. Depois talvez abra para a sala, que deve ter pouco menos de quatro metros. A parede dos fundos vai ter uma janela na esquerda para o poço de luz. Porta da cozinha também à esquerda, e o cômodo vai se estender até os fundos. Uns dois metros, dois metros e pouco de profundidade.

Reacher concordou com a cabeça. Na pior das hipóteses, a mulher estaria na cozinha, no máximo oito metros à frente em uma linha de visão reta e direta em relação à porta. Na pior do que a pior das hipóteses, ela tinha uma arma carregada na bancada ao seu lado e sabia atirar.

— Com quem ela está falando? — perguntou Pauling.

— Não sei — sussurrou Reacher.

— São eles, não são?

— Seriam loucos se ainda estivessem aqui.

— Quem mais pode ser?

Reacher ficou calado.

— O que você quer fazer? — perguntou Pauling.

— O que você faria?

— Conseguiria um mandado. Chamaria uma equipe da SWAT. Colete à prova de balas e aríete.

— Essa sua época já acabou.

— Nem me fala.

Reacher deu outro passo atrás. Apontou para a porta do 4D.

— Espere aqui — orientou ele. — Se ouvir tiros, chame uma ambulância. Se não ouvir, me siga a dois metros de distância.

— Você vai simplesmente bater?

— Não — respondeu Reacher. — Não exatamente.

Deu outro passo para trás. Ele tinha um metro e noventa e cinco e pesava aproximadamente 115 quilos. Seu sapato era feito a mão por uma empresa chamada Cheaney, de Northampton na Inglaterra. Mais interessante do que comprar um da Church's, basicamente o mesmo calçado, porém com uma etiqueta informando que era um produto premium. O estilo que Reacher havia escolhido chamava-se Tenterden, um Oxford feito de couro áspero. Tamanho 44. A sola era um composto pesado fornecido por uma empresa chamada Dainite. Reacher odiava solado de couro. Eles gastavam rápido demais e continuavam molhados durante muito tempo depois que chovia. A da Dainite era melhor. O salto era feito de cinco camadas e tinha 3,1 centímetros. A vira de couro da Cheaney, a vira da Dainite, duas camadas de couro rígido da Cheaney, e uma capa grossa da Dainite.

Cada pé do sapato sozinho pesava praticamente um quilo.

A porta do 4E tinha três fechaduras. Três trancas. Provavelmente das boas. Talvez com uma corrente por dentro. Mas a qualidade da porta está diretamente relacionada à qualidade da madeira da guarnição em que está montada. A porta propriamente dita era de abeto de Douglas e tinha aproximadamente cem anos. Bem como seu batente. Para início de conversa, era vagabunda, além disso, tinha umedecido e estufado durante cem verões, ressecado e contraído durante cem invernos. Estava um pouco carcomida e gasta.

— Prepare-se — sussurrou Reacher.

Apoiou o peso no pé de trás, encarou a porta e pulou como um atleta de salto em altura tentando bater um recorde. Arremeteu. Um passo, dois. Meteu o salto direito na porta logo acima da maçaneta, a madeira despedaçou, a poeira preencheu o ar e a porta estourou para dentro, ele continuou correndo sem diminuir o ritmo. Dois passos o colocaram no centro da sala. Parou abruptamente. Permaneceu imóvel, olhando. Lauren Pauling entrou apressada e parou ao ombro de Reacher.

Ficou apenas observando.

A configuração do apartamento era exatamente como Pauling previra. Uma cozinha dilapidada no fundo, uma sala de pouco menos de quatro metros à esquerda com um sofá gasto e uma janela turva que dava em um poço de luz. O ar era quente, monótono e repugnante. À porta da cozinha encontrava-se uma mulher encorpada com um vestido folgado de algodão. Tinha cabelo castanho comprido partido no centro da cabeça. Numa mão segurava uma lata aberta de sopa e na outra, uma colher de pau. Seus olhos e sua boca estavam arregalados de tão assustada e estarrecida. Tentava gritar, porém o choque tinha arrancado o ar de seus pulmões.

Na sala, na horizontal sobre o sofá gasto, havia um homem.

Um homem que Reacher jamais vira.

Um homem doente. Prematuramente envelhecido. Era de uma magreza brutal. Não tinha dentes. Sua pele estava amarelada e ele cintilava de febre. Só lhe tinham sobrado compridos tufos de cabelo cinza.

Não tinha mãos.

Não tinha pés.

— *Hobart?* — chamou Pauling.

Não existia mais nada que pudesse surpreender o homem no sofá. Não mais. Com muito esforço, ele moveu a cabeça e disse:

— Agente Pauling. É um prazer ver você de novo.

Ele tinha língua. Porém, sem nada na boca além das gengivas, seu discurso era murmurado e indistinto. E débil. E fraco. Mas conseguia falar. Conseguia falar normalmente.

Pauling olhou para a mulher e falou:

— Marie Graziano?

— Sim — respondeu a mulher.

— Minha irmã — disse Hobart.

Pauling virou-se novamente para ele:

— Que merda aconteceu com você?

— África — respondeu Hobart. — A África aconteceu comigo.

Ele estava com calça jeans novinha, azul-escuro. Calça jeans e camiseta. As mangas e pernas dobradas deixavam visíveis os cotocos em seus pulsos e canelas, que estavam besuntados com uma pomada clara. As amputações eram grosseiras e brutais. Reacher viu uma ponta amarela de osso do antebraço protuberante como uma tecla de piano quebrada. A carne decepada não fora costurada. Não fora reconstituída. Era basicamente um amontoado de cicatrizes. Como queimaduras.

— O que aconteceu? — perguntou Pauling novamente.

— Longa história — respondeu Hobart.

— Precisamos ouvi-la — disse Reacher.

— Por quê? Agora o FBI veio aqui para me ajudar? Depois de derrubar a porta da minha irmã na bicuda?

— Não sou do FBI — disse Reacher.

— Nem eu — falou Pauling. — Não mais.

— E é o que agora?

— Investigadora particular.

Os olhos de Hobart moveram-se para o rosto de Reacher.

— E você?

— Também. Mais ou menos. *Freelancer.* Não tenho licença. Eu era PE.

Ninguém falou durante um minuto.

— Eu estava fazendo sopa — disse Dee Marie Graziano.

— Pode continuar. Por favor. Não queremos te interromper — falou Pauling.

Reacher retornou pelo corredor e fechou a porta estilhaçada o máximo que conseguiu. Quando voltou à sala, Dee Marie estava na cozinha com uma chama sob uma panelinha. Despejava a sopa da lata dentro dela e a misturava com uma colher enquanto escorria. Pauling continuava encarando o destroçado homem.

— O que aconteceu com você? — perguntou ela pela terceira vez.

— Primeiro ele vai comer — afirmou Dee Marie da cozinha.

38

ARIE SENTOU AO LADO DO IRMÃO NO SOFÁ, ACON-
chegou a cabeça dele e começou a lhe dar a sopa lenta
e cuidadosamente com uma colher. Hobart lambia os
lábios depois de todas as colheradas e de vez em quando
começava a levantar uma das mãos ausentes para limpar
uma gota no queixo. Ele primeiro ficava perplexo durante um efêmero
segundo, depois pesaroso, como se pasmado com quanto as memórias de
rotinas físicas simples perduravam mesmo quando não era mais possível
executá-las. Toda vez que isso acontecia, a irmã aguardava pacientemente
o pulso sem mão voltar para o colo antes de limpar o queixo dele com um
pano, carinhosamente, com amor, como se ele fosse seu filho, e não irmão.
A sopa era grossa e feita com algum tipo de vegetal verde-claro, talvez aipo
ou aspargos, e, quando a tigela esvaziou, o pano estava muito manchado.

— Precisamos conversar — disse Pauling.

— Sobre o quê? — questionou Hobart.

— Sobre você.

— Não há muito o que falar sobre mim. O que você está vendo já
diz tudo.

— E sobre Edward Lane — completou Pauling. — Precisamos conversar sobre Edward Lane.

— Onde ele está?

— Quando foi a última vez em que o viu?

— Cinco anos atrás — respondeu Hobart. — Na África.

— O que aconteceu lá?

— Fui capturado com vida. Burrice.

— Knight também?

Hobart assentiu e completou:

— Knight também.

— Como? — perguntou Reacher.

— Você já foi a Burkina Faso?

— Nunca fui a lugar nenhum na África.

Hobart ficou um longo momento em silêncio. Deu a impressão de que se calaria, mas mudou de ideia e decidiu falar.

— Havia uma guerra civil. Geralmente há. Tínhamos uma cidade para defender. Geralmente tem-se. Dessa vez, era a capital. Não conseguíamos nem pronunciar o nome dela. Era Ouagadougou. Mas na época a chamávamos de O-Town. Você era PE. Sabe como são essas coisas. Os militares se instalam em um país estrangeiro e começam a mudar os nomes. Achamos que fazemos isso por inteligibilidade, mas, na verdade, estamos psicologicamente despersonalizando o lugar. Transformando-o em nosso, para não nos sentirmos tão mal quando o destruirmos.

— O que aconteceu lá? — perguntou Pauling.

— O-Town era mais ou menos do tamanho de Kansas City. Toda a ação era no nordeste. A linha de árvores ficava mais ou menos a um quilômetro e meio fora do limite municipal. Duas estradas, radiais, como os raios em uma roda. Uma estendia-se a nordeste, vinda do norte, e a outra a leste, vinda do nordeste. Nós as chamávamos de Estrada Uma Hora e Estrada Duas Horas. Como em um relógio de pulso, sabe? Se a posição das doze horas apontava para o norte, as estradas ficavam nas posições de uma e duas horas. A gente tinha que se preocupar com a Estrada Uma Hora. Era a que os rebeldes usariam. Só que não usariam a Estrada propriamente dita. Eles a percorreriam lateralmente pela selva. Estariam a cinco metros do acostamento e a gente nunca os veria. Eram infantaria pura, e não tinham nada que não fosse portátil. Avançariam lentamente pelo mato, e não os veríamos até passarem pela linha das árvores e saírem em campo aberto.

— A linha das árvores ficava a um quilômetro e meio? — questionou Reacher.

— Exatamente — confirmou Hobart. — Não era um problema. Eles precisavam atravessar um quilômetro e meio de campo aberto e nós tínhamos metralhadoras poderosas.

— Então onde estava o problema?

— Se você fosse um rebelde, o que teria feito?

— Eu teria me movimentado para a esquerda e flanqueado pelo leste. Com pelo menos metade da minha força, talvez mais. Teria ficado no mato, dado a volta e partido pra cima de vocês provavelmente da posição quatro horas. Ataques coordenados. Duas direções. Vocês não saberiam qual era o *front* nem o flanco.

Hobart concordou com um pequeno e doloroso movimento que deixou à vista todos os tendões de seu pescoço esquelético.

— Previmos exatamente isso — disse ele. — Presumimos que percorreriam a Estrada Uma Hora com metade da força deles no acostamento direito e a outra metade no acostamento esquerdo. Presumimos que a uma distância de aproximadamente três quilômetros, a metade que estava no acostamento da direita para o qual estávamos olhando faria uma mudança de direção de noventa graus à esquerda deles e tentaria nos flanquear. Mas isso significava que uns cinco mil caras teriam que atravessar a Estrada Duas Horas. Raios em uma roda, certo? Nós os teríamos visto. A Estrada Duas Horas era totalmente reta. Estreita, mas era um corte claríssimo de oitenta quilômetros através das árvores. Dava para ver o caminho todo até o horizonte. Seria como observar uma faixa de pedestres na Times Square.

— E o que aconteceu? — perguntou Pauling.

— Knight e eu estávamos juntos desde sempre. E tínhamos sido fuzileiros navais da Força de Reconhecimento. Então, nos voluntariamos para avançar e observar. Avançamos rastejando uns trezentos metros e encontramos duas boas depressões. Buracos de bomba antigos. Esses lugares estão sempre em guerra. Knight conseguiu uma boa vista da Estrada Uma Hora e eu consegui uma boa vista da Estrada Duas Horas.

O plano era o seguinte: se eles não tentassem nos flanquear, nós os pegaríamos de frente, e, se estivéssemos bem progredindo daquele jeito, o restante da nossa força se juntaria a nós. Se o ataque deles fosse forte, Knight e eu iríamos retroceder para o limite municipal e estabelecer uma segunda linha de defesa ali. E se eu os visse tentando nos flanquear, iríamos retroceder imediatamente e nos reorganizar em dois *fronts*.

— Mas quando foi que tudo deu errado? — perguntou Reacher.

— Cometi dois erros — disse Hobart. Apenas três palavras, mas o esforço para colocá-las para fora deu a impressão de deixá-lo exausto de repente. Ele fechou os olhos, os lábios contraíram-se contra as gengivas desdentadas e sua respiração começou a chiar no peito.

— Ele tem malária e tuberculose — informou a irmã dele. — Vocês o estão deixando esgotado.

— Ele está sendo tratado? — perguntou Pauling.

— Não recebemos benefícios. A Administração de Veteranos nos dá uma pequena ajuda. Fora isso, eu o levo à emergência do hospital St. Vincent.

— Como? Como você o levanta e desce a escada com ele?

— Eu o carrego — respondeu Dee Marie. — Nas costas.

Hobart tossiu forte e uma baba sarapintada de sangue lhe escorreu pelo queixo. Ele suspendeu alto o pulso decepado e se limpou com o que sobrava de seu bíceps. Em seguida abriu os olhos.

— Quais dois erros? — perguntou Reacher.

— Eles simularam um ataque — disse Hobart. — Uns dez batedores saíram das árvores um quilômetro e meio à frente de Knight. Era morte ou glória para eles, cara. Saíram correndo e atirando pra todo lado. Knight os deixou correr por quinhentos metros, depois derrubou todos eles com o fuzil. Eu não o via, estava a cem metros, mas o terreno era irregular. Fui até ele me arrastando para ver se estava bem.

— E estava?

— Estava ótimo.

— Nenhum de vocês estava ferido?

— Ferido? Nada disso.

— Mas fizeram disparos com armas de baixo calibre?

— Alguns.

— Prossiga.

— Quando cheguei à posição do Knight, me dei conta de que conseguia ver a Estrada Duas Horas ainda melhor do buraco dele do que do meu. Além disso, eu sabia que é sempre melhor estar em dupla quando um tiroteio começa. Podíamos dar cobertura um ao outro quando precisássemos recarregar ou se nossas armas engasgassem. Esse foi o meu primeiro erro. Ir para a mesma trincheira que o Knight.

— E o segundo erro?

— Acreditar no que Edward Lane me disse.

39

—O QUE EDWARD DISSE PARA VOCÊ? — PERguntou Reacher.

Mas Hobart demorou um minuto para conseguir responder. Estava consumido por outro surto de tosse. Seu peito fundo elevava-se. Ele abanava os membros truncados inutilmente. Sangue e muco amarelo grosso encharcaram-lhe os lábios. Dee Marie voltou à cozinha, enxaguou o pano e encheu um copo de água. Limpou o rosto de Hobart muito esmeradamente e o deixou dar um golinho no copo. Em seguida, o pegou por baixo dos braços e o suspendeu, colocando-o na vertical. Ele tossiu mais duas vezes e parou quando o fluido acomodou-se em seus pulmões.

— Temos que balancear — disse Dee Marie, para ninguém em particular. — Precisamos manter o peito dele limpo, mas tossir demais o esgota.

— Hobart? O que o Lane falou pra você? — perguntou Reacher.

Hobart arquejou um momento e cravou os olhos nos de Reacher em um mudo apelo por paciência. E falou:

200

— Aproximadamente trinta minutos depois da primeira simulação de ataque, Lane apareceu na trincheira do Knight. Tive a impressão de que ele ficou surpreso ao me ver lá também. Confirmou se Knight estava bem e disse a ele para dar prosseguimento à missão. Depois, virou-se para mim e disse que tinha recebido a informação de que nós *iríamos* ver homens atravessando a Estrada Duas Horas, mas que eram tropas do governo avançando pelo matagal e circulando a área para reforçar a nossa retaguarda. Disse que eles tinham feito uma marcha noturna e que se aproximavam devagar porque estavam muito perto dos rebeldes. Os dois lados se aproximavam de nós em trilhas paralelas e distantes menos de quarenta metros uma da outra. Não havia perigo de contato visual porque a vegetação era densa demais, mas estavam preocupados com o barulho. Então Lane me falou para continuar ali e fazer a contagem de quem ia atravessar. Quanto maior o número, melhor para nós, porque estavam todos do nosso lado.

— E você os viu?

— Centenas e centenas de pessoas. O típico exército desordenado, todo mundo a pé, sem transporte, poder de fogo decente, um monte de fuzis automáticos Browning, algumas metralhadoras M60, alguns morteiros leves. Eles atravessaram em duas fileiras e demoraram horas.

— E aí?

— Continuamos lá. O dia todo, e avançamos noite adentro. Então o pandemônio começou. Tínhamos mira de visão noturna e conseguíamos ver o que estava acontecendo. Uns cinco mil caras simplesmente saíram das árvores, se reuniram na Estrada Uma Hora e começaram a marchar bem na nossa direção. Ao mesmo tempo, outros cinco mil saíram do matagal ao sul da posição quatro horas e vieram pra cima da gente. Eram os mesmos caras que eu tinha contado mais cedo. Não eram tropas do governo. Eram rebeldes. A informação nova que Lane tinha recebido estava errada. Pelo menos foi isso que achei a princípio. Mais tarde descobri que ele tinha mentido para mim.

— O que aconteceu? — perguntou Pauling.

— No início, nada calculado. Os rebeldes começaram a atirar de muito longe. A África é um continente grande e provavelmente não acertaram nada. Nesse momento, Knight e eu estávamos meio que relaxados. Planos são sempre uma bobagem. Tudo na guerra é improviso. Então estávamos aguardando o fogo atrás de nós acabar para podermos retroceder. Mas isso não aconteceu. Eu estava virado, olhando a cidade atrás de mim. A apenas trezentos metros. Mas estava tudo escuro e silencioso. Então virei de novo e vi os dez mil homens vindo na minha direção. De duas direções diferentes, separados por um ângulo de noventa graus. Madrugada. De repente senti que eu e Knight éramos os únicos ocidentais que tinham sobrado no país. Pelo desfecho, eu provavelmente estava certo. Depois, quando encaixei as peças do quebra-cabeça, concluí que Lane e todas as outras equipes tinham batido em retirada horas antes. Ele deve ter voltado da visitinha que nos fez e entrado direto no jipe. Reuniu todo mundo e partiu para a fronteira com Gana, ao sul. Depois, para o aeroporto em Tamale, que foi por onde tínhamos chegado.

Reacher disse:

— O que precisamos saber mesmo é por que ele fez isso.

— Isso é fácil — disse Hobart. — Tive tempo de sobra para descobrir depois, pode acreditar. Lane abandonou a gente porque queria o Knight morto. Eu simplesmente estava na trincheira errada, só isso. Fui um dano colateral.

— Por que Lane queria o Knight morto?

— Porque Knight matou a mulher do Lane.

40

KNIGHT CONFESSOU ISSO PARA VOCÊ? — PERguntou Pauling.

Hobart não respondeu. Apenas gesticulou o cotoco do pulso direito, fraca e vagamente, um pequeno gesto desdenhoso.

— Knight confessou ter matado Anne Lane?

— Ele confessou ter feito umas cem mil coisas diferentes — respondeu ele antes de dar um sorriso melancólico. — Você tinha que estar lá. Tinha que saber como era. Knight vinha delirando havia uns quatro anos. Ele estava completamente fora de si havia três. Eu também, provavelmente.

— E como foi? — perguntou Pauling. — Conte-nos.

Dee Marie Graziano disse:

— Não quero ouvir isso de novo. Não *consigo* ouvir isso de novo. Vou sair.

Pauling abriu a bolsa e pegou a carteira. Deu uma descascada eu seu maço de notas. Não contou. Entregou a Dee Marie.

— Faça compras — falou ela. — Comida, remédio, qualquer coisa de que precisar.

Dee Marie zangou-se:

— Você não pode comprar o testemunho dele.

— Não é o que estou tentando fazer — defendeu-se Pauling. — Estou tentando ajudar, só isso.

— Não gosto de caridade.

— Reveja seus conceitos — disse Reacher. — O seu irmão precisa de tudo o que puder conseguir.

— Pegue, Dee — falou Hobart. — Não deixe de comprar alguma coisa para você.

Dee Marie deu de ombros e pegou o dinheiro. Enfiou-o no bolso do vestido folgado, apanhou suas chaves e saiu. Reacher a ouviu abrir a porta. As dobradiças que danificara rangeram. Ele foi à entrada do apartamento.

— A gente devia chamar um carpinteiro — disse Pauling, atrás dele.

— Liga para aquele zelador soviético da Sexta Avenida — sugeriu Reacher. — Ele parecia competente e tenho certeza de que faz uns bicos.

— Você acha?

— Ele foi do Exército Vermelho no Afeganistão. Não vai pirar quando vir um cara sem mãos e pés — sussurrou Reacher.

— Estão falando de mim? — gritou Hobart.

Reacher voltou para a sala atrás de Pauling e disse:

— Você tem sorte de ter uma irmã como Dee.

Hobart concordou. O mesmo lento e doloroso movimento de cabeça.

— Mas é difícil para ela — afirmou. — Com o esquema de banheiro e tudo mais, cara. Ela tem que ver coisas que uma irmã não deveria ver.

— Conte-nos sobre o Knight. Conte tudo.

Hobart recostou a cabeça na almofada do sofá. Ficou olhando para o teto. Sem a irmã ali, ele deu a impressão de ficar mais relaxado. Seu corpo arruinado se acalmou e aquietou.

— Foi um daqueles momentos únicos — disse ele. — De repente, tivemos a certeza de que estávamos sozinhos, e a desvantagem era de dez mil para dois, de madrugada, numa terra de ninguém, no meio de um país em que não tínhamos permissão para estar. A gente acha que já esteve na merda, mas depois se dá conta de que o buraco é muito mais embaixo do que você pode imaginar. A princípio, não fizemos nada. Depois olhamos um para o outro. Foi o último momento de verdadei-

204

ra paz que senti. Olhamos um para o outro e acho que simplesmente tomamos uma decisão não manifesta de que iríamos morrer lutando. Melhor morrer, concluímos. Todo mundo tem que morrer em algum momento, e aquela parecia uma ocasião tão boa quanto outra qualquer. E começamos a atirar. Acho que pensamos que eles iriam lançar umas bombas na gente, e aí já era. Mas não fizeram isso. Continuaram avançando, grupos de dez, vinte, e a gente continuou atirando, derrubando os caras. Centenas. Mas eles continuaram avançando. Hoje eu acho que foi uma tática. Começamos a ter problemas com o equipamento, o que eles sabiam que teríamos. Os canos das nossas M60 superaqueceram. Nossa munição começou a acabar. Só tínhamos aquilo que conseguíamos carregar. Quando perceberam isso, todos eles atacaram. Ok, pensei, cai pra dentro. Concluí que balas ou baionetas ali no buraco seria tão bom quanto bombas de morteiros à distância.

Ele fechou os olhos e a pequena sala ficou em silêncio.

— Mas... — disse Reacher.

Hobart abriu os olhos.

— Mas não foi o que aconteceu. Eles chegaram à beirada do buraco, pararam e ficaram em pé ali. Aguardando ao luar. Olhando nós dois atabalhoados à procura de pentes cheios. Não tínhamos mais nenhum. Aí o grupo se separou e uma espécie de oficial se aproximou. Ele baixou os olhos sobre nós e sorriu. Pele negra, dentes brancos, ao luar. Nós achamos que estávamos afundados na merda *antes*, mas aquilo não era nada. *Essa* situação era estar afundado na merda. Tínhamos matado centenas deles e estávamos sendo capturados.

— E o que aconteceu depois?

— Eles roubaram tudo de valor na mesma hora. Depois estapearam a gente um pouco durante um minuto, mas isso não foi nada. Eu já havia apanhado mais de suboficiais no campo de treinamento militar. Tínhamos patches com a bandeira dos Estados Unidos nos nossos uniformes de combate, e eu achei que eles deviam estar valendo alguma coisa. Os primeiros dias foram um caos. Ficamos acorrentados o tempo todo, mas isso foi mais por necessidade do que por crueldade. Eles não tinham cadeias. Não tinham nada, na verdade. Estavam morando no mato havia anos. Sem nenhuma infraestrutura. Mas nos alimentaram. Uma comida pavorosa, mas era a mesma que eles estavam comendo, e é a intenção que conta. Depois de uma semana, ficou claro que o golpe tinha sido bem-sucedido, todos eles se mudaram pra O-Town, nos levaram junto e nos puseram na prisão da cidade. Ficamos em alas diferentes durante umas quatro semanas. Imaginamos que podiam estar negociando com Washington. Nos alimentavam e nos deixavam em paz. Dava para escutar coisas ruins em outras partes da prisão, mas achávamos que éramos especiais. Por isso, no geral, o primeiro mês foi como férias no litoral em comparação com o que veio depois.

— O que veio depois?

— Evidentemente, eles desistiram de Washington ou deixaram de pensar que éramos especiais, porque nos tiraram das alas separadas e nos jogaram com alguns outros. E isso foi ruim. Ruim demais. Uma superlotação inacreditável, imundície, doença, não tinha água limpa, quase nenhuma comida. Viramos pele e osso em um mês. Selvagens depois de dois. Passei seis meses sem nem deitar, de tão lotada que era a primeira cela. Tinha bosta até a altura das canelas, literalmente. Havia vermes. À noite o lugar fervilhava com eles. As pessoas estavam morrendo de doença e fome. Então nos levaram a julgamento.

— Vocês foram julgados?

— Acho que aquilo foi um julgamento. Crimes de guerra, provavelmente. Eu não tinha ideia do que estavam falando.

— Eles não falavam francês?

— Isso é para governo e diplomacia. O restante fala línguas tribais. Foram duas horas de barulho para mim, e depois nos declararam culpados. Levaram a gente de volta pro xilindró e descobrimos que a parte em que estávamos eram as acomodações VIP. A partir daí ficamos junto com a população geral, o que era muito pior. Dois meses depois, concluí que aquela era a situação mais baixa a que eu podia chegar. Mas estava errado. Porque aí eu fiz aniversário.

— O que aconteceu no seu aniversário?

— Me deram um presente.

— Que presente?

— Uma escolha.

— Qual?

— Eles arrastaram uns dez caras para fora. Acho que todos nós fazíamos aniversário no mesmo dia. Levaram a gente para um pátio. A primeira coisa que notei foi um balde grande de piche e um maçarico de propano. Estava borbulhando. Quente mesmo. Me lembrei do cheiro de quando era criança, de uma época em que estavam asfaltando as estradas onde eu morava. Minha mãe acreditava em uma antiga superstição que dizia que cheirar piche evitava que a criança ficasse gripada e tossindo. Ela mandava a gente seguir os caminhões. Por isso eu conhecia muito bem aquele cheiro. Aí vi que ao lado do balde havia um bloco de pedra grande, todo enegrecido de sangue. Um guarda grande pegou um machete e começou a gritar para o primeiro cara da fila. Eu não tinha ideia do que ele estava falando. O cara ao meu lado falava um pouco de inglês e traduziu para mim. Ele falou que tínhamos uma escolha. Três escolhas, na verdade. Para comemorar os nossos aniversários, perderíamos um pé. Primeira escolha, esquerdo ou direito. Segunda escolha, calça curta ou calça comprida. Isso era meio que uma piada. Significava que podiam cortar acima do joelho ou abaixo. Escolha nossa. Terceira escolha, podíamos usar o balde ou não. Escolha nossa. Quando se mergulha o cotoco nele, o piche em ebulição sela as artérias e cauteriza a ferida. Se a pessoa opta por não fazer isso, sangra até morrer. Escolha nossa. Mas o guarda falou que tínhamos que escolher rápido. Não podíamos ficar fazendo hora e atrasar a fila atrás de nós.

Silêncio na pequena sala. Ninguém falou. Não havia som algum, com exceção das fracas sirenes incongruentes da cidade de Nova York ao longe.

Hobart continuou:

— Escolhi o esquerdo, calça comprida, e sim para o balde.

41

URANTE MUITO TEMPO, A PEQUENA SALA FICOU silenciosa como um túmulo. Hobart rolava a cabeça de um lado para outro para relaxar o pescoço. Reacher sentou-se em uma pequena cadeira perto da janela.

Hobart prosseguiu:

— Doze meses depois, no meu aniversário seguinte, escolhi o direito, calça comprida, e sim para o balde.

Reacher disse:

— Fizeram isso com Knight também?

Hobart assentiu.

— Nós achávamos que éramos próximo um do outro antes. Mas algumas coisas realmente aproximam as pessoas.

Pauling estava apoiada no batente da porta da cozinha, branca como cera.

— Knight contou a você sobre Anne Lane?

— Ele me contou um monte de coisa. Mas lembre-se de que a gente estava passando por um período difícil demais. Estávamos doentes e famintos. Cheios de infecções. Tínhamos malária e disenteria. Às vezes, ficávamos sem noção de nada durante semanas por causa das febres.

— O que ele te contou?

— Que atirou na Anne Lane, em Nova Jersey.

— Ele te contou por quê?

— Ele me deu uma porrada de motivos diferentes. Dia diferente, motivo diferente. Às vezes era porque eles estavam tendo um caso, Anne terminou e ele ficou puto. Em outras, Lane havia ficado puto com ela e pediu ao Knight para fazer aquilo. Outras vezes ele disse que foi porque estava trabalhando para a CIA. Uma vez ele falou que foi um alienígena de outro planeta.

— Ele a sequestrou?

Hobart confirmou com um gesto de cabeça, lento, doloroso.

— Levou-a para a loja de carro, mas não parou lá. Tirou uma arma, continuou seguindo em frente e foi até Nova Jersey. Matou Anne lá.

— Imediatamente? — perguntou Pauling.

— Sim, imediatamente. Ela estava morta um dia antes de você ouvir falar dela. Não houve nada de errado com os seus procedimentos. Ele a matou na primeira manhã, voltou de carro e ficou esperando em frente à loja até chegar a hora de desencadear o resto do plano. — respondeu Hobart.

— Não é possível — disse Pauling. — Os registros do tag para pedágio do carro mostraram que ele não tinha usado nem a ponte nem o túnel naquele dia.

— Dá um tempo — disse Hobart. — É só a pessoa tirar o tag do para-brisa e o colocar de volta na embalagem metálica em que o enviam pelo correio. E usar a pista para pagamento em dinheiro.

— Você estava mesmo na Filadélfia? — perguntou Reacher.

— Estava, sim — respondeu Hobart.

— Você sabia o que Knight estava fazendo naquele dia?

— Não, não sabia mesmo.

— Quem fingiu a voz da Anne ao telefone? — interrogou Pauling. — Quem esquematizou a entrega do resgate?

— Às vezes o Knight falava que tinham sido uns camaradas dele. Às vezes, que Lane tinha tomado conta de toda essa parte.

— Em qual versão você acredita?

A cabeça de Hobart caiu para a frente sobre o peito e tombou para a esquerda. Ele ficou olhando para o chão. Reacher perguntou:

— Quer que eu pegue alguma coisa para você?

— Só estou olhando para os seus sapatos — disse Hobart. — Também gosto de sapatos chiques. Pelo menos eu gostava.

— Você vai colocar próteses. Pode usar sapatos com elas.

— Não tenho dinheiro. Sem prótese, sem sapato.

— Qual era a verdade sobre Anne Lane? — perguntou Pauling.

Hobart inclinou a cabeça para trás e a apoiou no encosto do sofá de modo que pudesse olhar diretamente para Pauling. E deu um sorriso triste.

— A verdade sobre Anne Lane? — disse ele. — Pensei muito sobre isso. Pode acreditar, fiquei obcecado por isso. Minha vida girava em torno dessa pergunta, porque basicamente essa questão foi responsável pelo que aconteceu comigo. No terceiro aniversário que passei lá, eles me levaram de volta para o pátio. A segunda escolha foi formulada com uma pequena diferença. Manga comprida ou curta? Pergunta idiota demais. Ninguém escolhia manga curta. Quem diabos faria isso? Vi uns mil amputados lá e ninguém tinha o braço cortado acima do cotovelo.

Silêncio na sala.

— As coisas que a gente lembra — disse Hobart. — Eu me lembro do fedor de sangue, do balde de piche e da pilha de mãos decepadas atrás daquele bloco de pedra. Um monte preta e uma branca pequenininha.

Pauling perguntou:

— Qual era a verdade sobre Anne? — perguntou Pauling.

— A espera era a parte mais difícil. Passei um ano olhando para a minha mão direita. Fazendo coisas com ela. Fechando o punho, esticando os dedos, me arranhando com as unhas.

— Por que Knight matou Anne Lane?

— Eles não estavam tendo um caso. Impossível. Knight não era esse tipo de cara. Não estou dizendo que ele tinha escrúpulos. Mas era um pouco tímido perto de mulheres, só isso. Ele até que mandava bem em bares ou com as putas, mas Anne Lane era muita areia pro caminhãozinho dele. Ela era refinada, tinha personalidade, energia, ela sabia quem era. Inteligente. Ela não teria correspondido ao tipo de coisa que Knight tinha a oferecer. Nem em um milhão de anos. E, de qualquer maneira, Knight não teria oferecido nada, porque Anne era a esposa do comandante. Essa é a coisa mais inaceitável para um combatente americano. Podem até mostrar isso nos filmes, mas na vida real, não rola. Simplesmente não acontece. Mas se acontecesse, o Knight seria o último fuzileiro naval no planeta a tentar isso.

— Tem certeza?

— Eu o conhecia muito bem. E ele não tinha amigos que pudessem ter fingido as vozes. Com certeza, não a voz de uma mulher. Ele não tinha *nenhum* amigo a não ser eu e o pessoal da unidade. Não amigo de verdade. Não próximo o suficiente para trabalhar daquele jeito. Que fuzileiro naval trabalha daquele jeito? Foi aí que eu saquei que ele estava me enganando. Ele não conhecia ninguém a quem pudesse chegar e falar: "Ei, rola de você me ajudar com um sequestro falso, não rola?"

— Então por que ele tentou te enganar?

— Porque ele tinha compreendido melhor do que eu que a realidade tinha acabado para nós. Na verdade, não existia nenhuma diferença entre verdade e fantasia pra nós àquela altura. Elas tinham valor absolutamente igual. Knight estava só se distraindo. Talvez quisesse me distrair também. Mas eu ainda estava analisando as coisas. Ele me deu uma ampla gama de motivos, informações, fatos, cenários, que eu examinei muito atenciosamente durante longos cinco anos, e a única história em que realmente acreditei foi a de que Lane esquematizou a parada toda porque Anne queria acabar com o casamento. Ela queria o divórcio, queria pensão alimentícia e o ego de Lane não suportou aquilo. Por isso mandou matá-la.

— Por que Lane ia querer Knight morto se a única coisa que ele fez foi agir de acordo com as ordens do próprio Lane?

— Lane estava tirando o dele da reta. Amarrando os fios soltos. Queria evitar ficar em dívida com alguém. Esse era o principal ponto, na verdade. No fundo, esse era o motivo verdadeiro. O ego de um cara como o Lane não suporta isto. Ser agradecido a alguém.

Silêncio na sala.

— O que aconteceu com Knight no final? — perguntou Reacher.

— No quarto aniversário — disse Hobart —, ele não optou pelo balde. Não quis continuar. O viadinho desistiu de mim. Era um milico fuleiro aquele lá.

42

DEZ MINUTOS DEPOIS, DEE MARIE GRAZIANO CHEGOU em casa. O interfone na entrada do apartamento ressoou e ela pediu ajuda para subir a escada com as compras. Reacher desceu os quatro lances de escada e levou quatro sacolas de compras para o apartamento. Dee Marie tirou os produtos delas na cozinha. Tinha comprado muitas sopas, gelatina, analgésicos e pomadas antissépticas.

— Ouvimos dizer que Kate Lane recebeu uma visita nos Hamptons. Dee Marie ficou calada.

— Foi você? — perguntou Reacher.

— Fui ao Dakota primeiro — respondeu ela. — Mas o porteiro me disse que eles tinham viajado.

— Por isso depois você foi para lá.

— Dois dias depois. Decidimos que eu devia ir. Foi um dia muito longo muito caro.

— Você foi lá para alertar a sucessora de Anne Lane.

— Achamos que devíamos contar a ela sobre o que o marido era capaz de fazer.

— Como ela reagiu?

— Ela ouviu. Nós caminhamos na praia e ela ouviu o que eu tinha a dizer.

— Só isso?

— Ela absorveu tudo. Não teve muita reação.

— Você foi totalmente clara com ela?

— Falei que não tínhamos provas. Mas também falei que não tínhamos dúvida.

— E ela não reagiu?

— Ela só absorveu aquilo tudo. Ouviu com atenção.

— Você contou a ela do seu irmão?

— Ele faz parte da história. Ela ouviu. Não falou muita coisa. Ela é bonita e rica. Pessoas assim são diferentes. Se não está acontecendo com elas, simplesmente não está acontecendo.

— O que aconteceu com o seu marido?

— Vinnie? O que aconteceu com o Vinnie foi o Iraque. Faluja. Mina escondida na beira da estrada.

— Sinto muito.

— Me disseram que ele morreu na hora. Mas sempre falam isso.

— Às vezes é verdade.

— Espero que tenha sido. Pelo menos dessa vez.

— Das forças armadas ou contratado?

— O Vinnie? Das forças armadas. Ele odiava empresas militares privadas.

Reacher deixou Dee Marie na cozinha e voltou para a sala. A cabeça de Hobart estava inclinada para trás e os lábios esticados formavam uma careta. Os tendões sobressaíam em seu pescoço fino. O torso era de uma debilidade aflitiva e bizarramente comprido em comparação aos cotocos dos membros.

— Está precisando de alguma coisa? — perguntou Reacher.

Hobart respondeu:

— Pergunta idiota.

— O que o três de paus significa para você?

— Knight.

— Como assim?

— Três era o número da sorte dele. Club era o apelido dele na corporação. Era porque ele gostava de ir a clubes e boates, e pela forma como soava junto ao nome dele: Knight Club, "*nightclub*", tipo assim. Então ficava club 3, ou três de paus.

— Ele deixou uma carta no corpo da Anne Lane. Um três de paus.

— Deixou mesmo? Ele me contou isso. Não acreditei nele. Achei que estivesse floreando. Coisa de livro ou de filme.

Reacher ficou calado.

— Preciso ir ao banheiro — falou Hobart. — Chame a Dee.

— Eu faço isso — disse Reacher. — Vamos dar uma folga para ela. Ele se aproximou, segurou a parte da frente da camisa de Hobart e o ergueu. Enfiou um braço por baixo de seus ombros. Abaixou-se, pegou-o por trás dos joelhos e o suspendeu do sofá. Ele era incrivelmente leve. Devia pesar cerca de 45 quilos. Não havia sobrado muito dele.

Reacher carregou Hobart para o banheiro, segurou a parte da frente da camisa dele novamente com uma mão e o segurou na vertical como uma boneca de pano. Abriu a calça e a abaixou.

— Você já fez isso antes — comentou Hobart.

— Eu era PE — alegou Reacher. — Já fiz de tudo.

Reacher pôs Hobart de volta no sofá e Dee Marie lhe deu mais sopa. Usou o mesmo pano úmido para limpar o queixo dele.

— Preciso fazer uma pergunta importante a vocês dois. Preciso saber onde estavam e o que fizeram nos últimos quatro dias. — disse Reacher.

Dee Marie respondeu sem malícia, sem hesitação, nada falso nem exageradamente ensaiado. Um relato narrativo organizado de forma levemente incoerente, portanto, convincente, de quatro dias quaisquer de um pesadelo permanente. Os quatro dias tinham começado com Hobart no hospital St. Vincent. Dee Marie o levara à emergência na noite anterior com uma recaída grave por causa da malária. O médico da emergência o internou e deu medicação intravenosa durante 48 horas. Dee Marie ficara com ele a maior parte do tempo. Depois o levara para casa de táxi e subiu os quatro lances de escada carregando-o nas costas. Tinham ficado sozinhos no apartamento desde então, comendo o que havia nos armários, sem fazer nada, sem ver ninguém, até a porta ser aberta de supetão e Reacher aparecer na sala.

— Por que está perguntando isso?

— A nova sra. Lane foi sequestrada. E a filha dela também.

— Você pensou que tinha sido eu.

— Durante um tempo.

— Pense de novo.

— Já pensei.

— Por que eu faria isso?

— Por vingança. Por dinheiro. O resgate foi exatamente metade do pagamento pela operação em Burkina Faso.

— Eu teria pegado tudo.

— Eu também.

— Mas não teria ido atrás de uma mulher e uma criança.

— Nem eu.

— Então por que acharam que fui eu?

— Temos informações básicas sobre você e Knight. Ouvimos falar das mutilações. Nenhum detalhe específico. Então descobrimos sobre um cara sem língua. Somamos dois mais dois e chegamos ao resultado de três. Achamos que tinha sido você.

— Sem língua? — questionou Hobart. — Quem me dera. Eu aceitaria esse acordo. Mas arrancar língua é coisa da América do Sul. Brasil, Colômbia, Peru. Talvez da Sicília, na Europa. Não da África. Não dá para enfiar um machete na boca de alguém. Lábios talvez. Vi isso algumas vezes. Ou orelhas. Mas a língua, não.

— Desculpa — disse Pauling.

— Sem ressentimentos — respondeu Hobart.

— Vamos mandar consertar a porta.

— Eu gostaria que fizessem isso.

— E vamos ajudá-lo se pudermos.

— Eu gostaria que fizessem isso também. Mas se preocupem com a mulher e a criança primeiro.

— Achamos que já é tarde demais.

— Não digam isso. Depende de quem as pegou. Onde há esperança, há vida. A esperança me manteve seguindo em frente, por cinco anos difíceis.

Reacher e Pauling deixaram Hobart e Dee Marie ali, juntos no sofá surrado, com metade da tigela já consumida. Desceram os quatro lances de escada, saíram à rua e foram absorvidos pelas sombras vespertinas de um fabuloso dia de fim de verão. O trânsito movimentava-se pela rua, lento e furioso. Buzinas estridentes e sirenes esganiçadas. Pedestres apressados davam guinadas para os lados na calçada.

— Oito milhões de histórias na cidade nua — disse Reacher.

— Estamos em lugar nenhum.

43

EACHER LEVOU PAULING NO SENTIDO NORTE DA HUDSON, atravessaram a Houston e chegaram à quadra entre a Clarkson e a Leroy. Ele disse:

— Acho que o homem sem língua mora perto deste lugar.

— Vinte mil pessoas moram perto deste lugar — retrucou Pauling.

Reacher não respondeu.

— E agora? — perguntou Pauling.

— Voltamos ao jeito difícil. Desperdiçamos tempo, só isso. Desperdiçamos energia. A culpa foi toda minha. Eu fui burro.

— Como?

— Você viu como o Hobart estava vestido.

— Calça jeans barata e nova.

— O cara que vi levando os carros estava de calça jeans velha. As duas vezes. Calça velha, macia, lavada, gasta, desbotada, confortável. O zelador soviético disse a mesma coisa. E o velhote chinês. Sem chance de ele ser o cara que acabou de voltar da África. Nem de lugar nenhum. Leva uma eternidade para uma calça jeans e uma camisa ficarem daquele jeito, com uma aparência daquela. O cara que vi está em casa lavando a roupa tranquilamente, e não enfurnado numa cadeia infernal.

Pauling ficou calada.

— Você pode se dar por satisfeita agora — disse Reacher. — Já conseguiu o que queria. O que aconteceu com Anne Lane não foi culpa sua. Ela estava morta antes mesmo de você ouvir falar dela. Pode voltar a dormir de noite.

— Só que não vou dormir bem. Por que não posso pegar Edward Lane. O depoimento do Hobart foi inútil.

— Por que é baseado em algo que ele ouviu dizer?

— Um testemunho baseado em algo que se ouviu dizer às vezes não é problema. A declaração de Knight à beira da morte seria admissível, porque o tribunal consideraria que ele não tinha motivo para mentir no leito de morte.

— Então qual é o problema?

— Não existe declaração à beira da morte. O que existem são dezenas de fantasias esparramadas durante um período de quatro anos. Hobart escolheu acreditar em uma delas, só isso. E ele admitiu livremente que tanto ele quanto Knight estavam praticamente insanos durante a maior parte do tempo. Ririam de mim no tribunal, literalmente.

— Mas você acreditou nele.

— Sem dúvida.

— Então, você já está com meio caminho andado. Patti Joseph, também. Vou dar uma passada lá e contar a ela.

— Você se contentaria em percorrer só a metade do caminho?

— Falei que você pode se dar por satisfeita, não eu. Não desisti ainda. A quantidade de itens na minha lista de tarefas aumenta a cada minuto.

— Vou continuar também.

— A escolha é sua.

— Eu sei. Você quer que eu continue?

Reacher olhou para ela. Respondeu com honestidade.

— Quero.

— Então eu fico.

— Só não venha com escrúpulos para cima de mim. Esta parada não vai ser resolvida em nenhum tribunal de justiça com a declaração de uma pessoa à beira da morte.

— Como isso vai ser resolvido?

— O primeiro coronel com quem me desentendi, dei um tiro na cabeça dele. E, até agora, gosto bem menos do Lane do que gostava daquele cara. Aquele cara era praticamente um santo perto do Lane.

— Vou com você à casa da Patti Joseph.

— Não, encontro você lá — disse Reacher. — Daqui a duas horas. — É melhor irmos separadamente.

— Por quê?

— Vou tentar que me matem.

Pauling disse que estaria no saguão do Majestic dali a duas horas e saiu em direção ao metrô. Reacher começou a caminhar pela Hudson no sentido norte, nem depressa, nem devagar, no centro da calçada do lado esquerdo. Doze andares acima dele e a dez metros de seu ombro esquerdo, havia uma janela virada para o norte. Estava tampada com um pano preto grosso colado com fita adesiva. Um quarto da largura do pano tinha sido puxado para o lado, gerando uma fresta alta e estreita, como se uma pessoa na sala quisesse uma vista pelo menos parcial da cidade.

Reacher atravessou a Morton, a Barrow e a Christopher. Na 10 Oeste, começou a ziguezaguear pelas ruas arborizadas do Village, andava para o leste em uma quadra, depois para o norte, depois para o oeste, depois para o norte de novo. Fez isso até o início da Oitava Avenida e caminhou um tempo no sentido norte. Depois, começou a ziguezaguear de novo, onde as ruas do Chelsea eram tranquilas. Parou à escada da entrada de um casarão marrom e se abaixou para amarrar o sapato. Voltou a andar e parou novamente atrás de um latão de lixo quadrado e amarelo e analisou algo no chão. Na Rua 23 Oeste, virou para o leste e depois para o norte de novo na Oitava Avenida. Posicionou-se no centro da calçada do lado esquerdo e voltou a marchar lentamente. Patti Joseph e o Majestic ficavam a pouco mais de três quilômetros à frente em uma linha completamente reta, e ele tinha uma hora inteira para chegar lá.

Trinta minutos depois na Columbus Circle, Reacher entrou no Central Park. A luz do dia desvanecia. As sombras, antes compridas, agora eram indistintas. O ar permanecia quente. Reacher continuou caminhando na mesma direção por um tempo, depois arredou para o lado e passou a andar por uma rota irregular e informal em meio às árvores. Parou, apoiou-se em um tronco e ficou de frente para o norte. Depois, apoiou-se em outro, de frente para o leste. Voltou a caminhar no meio da calçada, encontrou um banco vazio e sentou-se de costas para as pessoas que passavam por ali. Aguardou até o relógio em sua cabeça lhe informar que era hora de se mover.

Reacher encontrou Lauren Pauling esperando em um dos conjuntos de poltronas no saguão do Majestic. Ela tinha tomado um banho. Estava bonita. Tinha qualidades, Reacher se pegou pensando que Kate Lane poderia ter aquela aparência, dali a vinte anos.

— Dei uma passada naquele zelador russo. Ele vai lá hoje à noite consertar a porta.

— Ótimo — comentou Reacher.

— Não te mataram.

Ele sentou-se ao lado dela.

— Tem mais uma coisa que eu entendi errado — confessou ele. — Achava que alguém de dentro da equipe do Lane estava ajudando no sequestro. Mas agora não acho que isso esteja acontecendo. Ontem de manhã o Lane me ofereceu um milhão de dólares. Hoje de manhã, quando perdeu a esperança, me falou para achar os bandidos. Caçar e destruir. Não tinha como estar falando mais sério. Qualquer pessoa da equipe ali presente concluiria que eu estava muito bem motivado. E demonstrei a eles que eu era no mínimo parcialmente competente. Mas ninguém tentou me parar. E ele tentaria, não tentaria? Isso era o que faria qualquer tipo de aliado interno. Só que isso não aconteceu. Fiquei duas horas passeando por Manhattan. Ruas tranquilas, lugares sossegados, Central Park. Fiquei parando, deixando as costas expostas. Dei mais de dez oportunidades de me eliminarem. Mas ninguém tentou.

— Eles estariam no seu encalço?

— Por isso eu quis começar entre a Clarkson e a Leroy. Deve haver um tipo de acampamento-base alocado lá. Eles podiam ter começado a me seguir dali.

— Como podem ter feito esse negócio todo sem ajuda interna?

— Não tenho a menor ideia.

— Você vai descobrir.

— Repete.

— Por quê? Está precisando de inspiração?

— Não, é que eu gosto do som da sua voz.

— Você vai descobrir — repetiu Pauling, devagar e rouca, como se tivesse laringite havia trinta anos.

Eles foram à recepção, depois subiram de elevador até o sétimo andar. Patty Joseph estava no corredor, aguardando-os. Houve um pouco de constrangimento quando ela e Pauling se encontraram. Patti passara cinco anos achando que Pauling havia fracassado no caso de sua irmã, e Pauling passara os mesmos cinco anos achando basicamente a mesma coisa. Portanto, havia gelo a se quebrar. Mas a promessa implícita de novidade ajudou Patti a derreter. E Reacher sabia que Pauling tinha muita experiência com familiares de luto. Todo investigador tem.

— Café? — ofereceu Patti, antes mesmo de eles passarem pela porta.

— Achei que não ia oferecer nunca — falou Reacher.

Patti foi à cozinha para ligar a cafeteira e Pauling encaminhou-se direto para a janela. Olhou para as coisas no peitoril, em seguida, deu uma conferida na vista. Ergueu as sobrancelhas na direção de Reacher. E com um leve erguer de ombros, quis dizer: *Esquisita, mas já vi piores.*

— E aí? — perguntou Patti lá da cozinha.

Reacher respondeu:

— Vamos esperar até todo mundo estar sentado. — O que aconteceu dez minutos depois, com Patti Joseph às lágrimas. Lágrimas de tristeza, lágrimas de alívio, lágrimas de encerramento.

Lágrimas de raiva.

— Onde Knight está agora? — perguntou ela.

— Knight está morto — respondeu Reacher. — E morreu brutalmente.

— Ótimo. Fico satisfeita.

— Não faço objeção nenhuma a respeito disso.

— Que providências vamos tomar em relação ao Lane agora?

— Ainda precisamos decidir isso.

— Melhor eu ligar para o Brewer.

— Ele não pode fazer nada. Temos a verdade, mas não temos provas. Não do tipo que um policial ou um promotor precisam.

— Você devia falar sobre Hobart para os outros caras. Contar o que Lane fez com o amigo deles. Levá-los para verem com os próprios olhos.

— Pode não funcionar. Podem não dar a mínima. Pessoas dispostas a se importar com os outros não teriam aceitado a tarefa na África, para início de conversa. E agora, mesmo que se importem, a melhor maneira de lidarem com a própria culpa seria continuar em negação. Fizeram isso durante cinco anos.

— Mas pode valer a pena. Que vejam com os próprios olhos.

— Não podemos correr esse risco. Não até podermos prever como reagiriam. Porque Lane presumiria que Knight deu com a língua nos dentes na prisão. E, então, enxergaria Hobart como um fio solto. E os caras da equipe de Lane fazem qualquer merda que ele mandar. Por isso não podemos correr o risco. Hobart é um alvo imóvel, literalmente. Qualquer ventinho joga o cara longe. E a irmã dele seria atingida no fogo cruzado.

— Por que você está aqui?

— Vim te dar a notícia.

— Não *aqui*. Em Nova York. Entrando e saindo do Dakota.

Reacher ficou calado.

— Não sou idiota — reclamou Patti. — Sei o que está acontecendo. Quem sabe mais do que eu? Quem poderia saber? E eu sei que no dia depois que parei de ver a Kate e a Jade, você apareceu, as pessoas começaram a colocar bolsas nos carros, você se escondeu no banco de trás e veio aqui para interrogar Brewer sobre a última vez em que uma das esposas do Edward Lane desapareceu.

— Por que você acha que estou aqui? — perguntou Reacher.

— Acho que ele fez de novo.

Reacher olhou para Pauling, que deu de ombros como se talvez concordasse que Patti merecesse saber a história. Como se de alguma maneira ela tivesse ganhado esse direito pelos cinco longos anos de fidelidade à memória da irmã. Então Reacher contou a ela tudo que sabia. Contou todas as hipóteses, todas as suposições, todas a conclusões. Quando terminou, ela continuou encarando-o e comentou:

— Você acha que desta vez é real porque ele é um *ator* bom demais?

— Não, acho que ninguém é tão bom ator assim.

222

— Oi? Adolf Hitler? Ele conseguia encenar todo tipo de raiva falsa.

Patti levantou, aproximou-se da gaveta de um armário e pegou um pacote de fotografias. Conferiu o conteúdo e arremessou o pacote no colo de Reacher. Um envelope novinho. Revelação em uma hora. Trinta e seis fotos. Ele começou a passá-las com o polegar. A imagem de cima era dele, de frente, saindo do saguão do Dakota, preparando-se para virar na direção do metrô, na Central Park West. *Hoje de manhã*, pensou ele. *O trem B para o escritório de Pauling.*

— E?

— Continue.

Ele começou a passar as fotos de trás para a frente e, em uma das últimas, ele viu Dee Marie Graziano, de frente, saindo do saguão do Dakota. O sol no oeste. Tarde. Na foto atrás, ela estava de costas, entrando.

— Essa aí é a irmã do Hobart, estou certa? — perguntou Patti. — Só pode ser, de acordo com a sua história. Ela está no meu caderno também. Tem uns quarenta anos, sobrepeso, não é rica. Antes eu não tinha explicação. Mas agora eu sei. Foi quando o porteiro do Dakota contou que eles estavam nos Hamptons. Depois, ela foi para lá.

— E?

— Não é óbvio? Kate Lane leva essa mulher estranha para caminhar na praia, e ouve uma história estranha e fantasiosa, mas há alguma coisa nela e alguma coisa sobre seu marido que a impede de simplesmente não acreditar no que ouve. Ela sente que há verdade ali suficiente para fazê-la pensar um momento. Talvez suficiente para fazê-la pedir uma explicação ao marido.

Reacher ficou calado.

— E esse seria o início do pandemônio. Vocês não estão enxergando? De repente, Kate deixa de ser a esposa leal e obediente. De repente, ela passa a ser tão ruim quanto Anne. E, de repente, ela também se transforma em uma ponta solta. Quem sabe até em uma grave ameaça — disse Patti.

— Lane teria ido atrás do Hobart e da Dee Marie também. Não só da Kate.

— Se conseguisse achá-los. Vocês só os acharam graças ao Pentágono.

— E o Pentágono odeia Lane — completou Pauling. — Eles não teriam dado a menor bola para ele.

— Duas perguntas — disse Reacher. — Se isto é a história se repetindo, o mesmo esquema da Anne, por que Lane está insistindo para que eu ajude?

— Ele está fazendo uma aposta — respondeu Patti. — Porque é arrogante. É um espetáculo para os homens dele, e está apostando que é mais esperto do que você.

— Segunda pergunta — disse Reacher. — Quem poderia estar fazendo o papel do Knight desta vez?

— Isso tem importância?

— Tem, sim. É um detalhe importante, não acha?

Patti refletiu. Desviou o olhar.

— É um detalhe inconveniente — concluiu ela. — Porque não está faltando ninguém. — Fez um breve silêncio. — Ok, desculpa. Talvez você esteja certo. Não é porque o sequestro da Anne foi falso que o da Kate também seja. — Fez outro breve silêncio. — Mas lembre-se de uma coisa enquanto estiver gastando o seu tempo para ajudar Lane. Você não está procurando uma mulher que ele ama. Está procurando um prêmio do qual ele se sente dono. É como se alguém tivesse roubado um relógio de ouro dele e o deixado furioso.

Em seguida — por puro hábito, pensou Reacher —, Patti foi à janela e permaneceu com os braços cruzados às costas, olhando fixamente para fora de cima para baixo.

— Não acabou para mim — afirmou ela. — Para mim só vai acabar quando Lane receber o que merece.

44

EACHER E PAULING DESCERAM DE ELEVADOR ATÉ O saguão do Majestic em silêncio. Chegaram à calçada. Início da noite. Quatro pistas de trânsito, e casais apaixonados no parque. Cachorros em coleiras, grupos de turistas, o barulho grave da sirene do carro de bombeiros.

Pauling perguntou:

— Para onde agora?

— Tire a noite de folga — disse Reacher. — Vou voltar ao covil dos leões.

Pauling foi para o metrô e Reacher, para o Dakota. O porteiro o deixou subir sem avisar. Ou Lane o colocara em alguma lista de pessoas autorizadas ou o porteiro já tinha se acostumado com seu rosto. De um jeito ou de outro, aquilo não era bom. Segurança ruim, e Reacher não queria ser reconhecido como parte da equipe de Lane. Não que esperasse ser visto no Dakota novamente. Isso estava muito além de suas responsabilidades.

Não havia ninguém esperando por ele no corredor do quinto andar. A porta de Lane estava fechada. Reacher bateu, depois viu uma campainha e a tocou. Um minuto depois, Kowalski abriu. O cara mais alto da equipe de Lane não era nenhum gigante. Um metro e oitenta mais ou menos. Uns noventa quilos. Parecia estar sozinho. Não havia nada a não ser sossego e silêncio atrás dele, que deu um passo para trás e segurou a porta para Reacher entrar.

— Cadê todo mundo?

— Lá fora balançando árvores — respondeu Kowalski.

— Que árvores?

— Burke tem uma teoria. Ele acha que estamos recebendo a visita de fantasmas do passado.

— Que fantasmas?

— Você sabe que fantasmas — falou Kowalski. — Porque Burke já te contou.

— Knight e Hobart — disse Reacher.

— Esses mesmo.

— Perda de tempo — afirmou Reacher. — Eles morreram na África.

— Não é verdade — discordou Kowalski. — Um amigo de um amigo de um amigo ligou para um atendente da Administração de Veteranos. Só um deles morreu na África.

— Qual?

— Não sabemos ainda. Mas vamos descobrir. — Você sabe quanto um atendente da Administração de Veteranos ganha?

— Não muito, eu acho.

— Todo mundo tem um preço. E o de um atendente é bem baixo.

Eles atravessaram o cômodo e seguiram para a sala deserta. A foto de Kate Lane ainda ocupava o lugar de honra na mesa. Um lustre embutido no teto lançava um brilho sutil sobre ela.

— Você os conhecia? — perguntou Reacher. — Knight e Hobart?

— Lógico — respondeu Kowalski.

— Você foi para a África?

— Lógico.

— Então de que lado você está? Do deles ou do lado do Lane?

— Lane me paga. Eles não.

— Então você também tem o seu preço.

— Só um trouxa não tem.

— O que você era antigamente?

— Forças Especiais da Marinha.

— Então você sabe nadar.

Reacher foi ao corredor e seguiu em direção ao quarto principal. Kowalski o seguiu de perto.

— Vai ficar o tempo todo atrás de mim? — perguntou Reacher.

— Provavelmente — respondeu Kowalski. — Onde você está indo, afinal de contas?

— Contar o dinheiro.

— Lane está sabendo disso?

— Ele não teria me dado a combinação se não soubesse.

— Ele te deu a combinação?

Espero que sim, pensou Reacher. *Mão esquerda. Dedo indicador, curvado. Dedo anular, reto. Dedo do meio, reto. Dedo do meio, curvado. 3785. Assim espero.*

Ele puxou a porta do closet e digitou 3785 no teclado numérico. Houve um agonizante segundo de espera, depois ele apitou e a tranca da porta interna fez um clique.

— Ele nunca me deu a combinação — disse Kowalski.

— Mas aposto que ele deixa você ser o guarda-costas lá nos Hamptons.

Reacher abriu a porta interna e puxou a corrente para acender a luz. O closet tinha aproximadamente dois metros de profundidade e um de largura. Um espaço estreito para se andar na esquerda, dinheiro na direita. Aos fardos. Todos intactos, com exceção de um que estava aberto e meio vazio. Era o que Lane havia arremessado pelo quarto e reempacotado. Reacher o arrastou para fora. Carregou-o até a cama e o largou nela. Kowalski permaneceu ao seu lado.

— Você sabe contar? — perguntou Reacher.

— Engraçadinho — disse Kowalski.

— Então conta isso.

Reacher voltou ao closet, entrou de lado e se agachou. Avaliou o peso de um fardo de plástico intacto do topo da pilha, virou-o na mão e conferiu todos os seis lados. Em uma face, sob as palavras *Banque Centrale* havia uma impressão menor: *Gouvernement National, Ouagadougou, Burkina Faso*. Abaixo disso, estava impresso: *US$ 1.000.000*. O plástico era velho, grosso e encardido. Reacher lambeu a mão, esfregou um pequeno círculo e viu o rosto de Benjamin Franklin. Notas de cem dólares. Dez mil delas no fardo. A embalagem era a original e estava intocada. Um milhão de dólares, a não ser que os distintos banqueiros do governo nacional de Burkina Faso em O-Town tivessem trapaceado, o que era improvável.

Um milhão de dólares, em um pacote com mais ou menos o peso de uma mala pequena cheia.

No total, havia dez fardos intactos. E dez embrulhos vazios.

Um total que já havia sido de vinte milhões de dólares.

— Cinquenta maços — gritou Kowalski da cama. — Dez mil dólares cada.

— Quanto dá isso? — Reacher gritou de volta.

Silêncio.

— O que foi? Matou a aula no dia em que ensinaram multiplicação?

— É muito dinheiro.

Isso você acertou, pensou Reacher. *São quinhentos mil dólares. Meio milhão. Ainda há dez milhões e quinhentos mil aqui, dez milhões e meio já eram. Todo o pagamento de Burkina Faso, o capital de Lane, intocado durante cinco anos.*

Intocado até três dias atrás.

Kowalski apareceu na porta do closet com a embalagem rasgada. Ele tinha reempacotado o dinheiro restante em duas pilhas iguais, colocado um maço extra de lado por cima, e depois dobrado e embolado o plástico grosso, transformando-o em um pacote firme quase opaco e com aproximadamente a metade do tamanho original.

Reacher disse:

— Você também matou aula no dia em que ensinaram os números?

Kowalski ficou calado.

— Porque eu não — continuou Reacher. — Fui à aula nesse dia.

Silêncio.

— Veja, existem os números pares e os ímpares. Um número par faria duas pilhas do mesmo tamanho. Acho que é por isso que o número se chama par. Mas com o número ímpar, você teria que colocar o que não tinha par de lado por cima.

Kowalski ficou calado.

— Cinquenta é um número par — disse Reacher. — Ao passo que, por exemplo, quarenta e nove é um número ímpar.

— E?

— E tire do bolso os dez mil que você roubou e entregue para mim.

Kowalski permaneceu imóvel.

— Faça uma escolha — disse Reacher. — Se quiser ficar com os dez mil, vai ter que ganhar de mim na porrada. Se ganhar, você vai querer mais, e vai ter que fugir. Aí, quando estiver lá fora, os capangas do Lane vão sair balançando umas árvores por aí até te encontrar. Você vai querer que seja assim?

Kowalski ficou calado.

— De qualquer maneira, você não ia conseguir bater em mim — provocou Reacher.

— Você acha?

— Até a Demi Moore consegue te encher de porrada.

— Sou um sujeito treinado.

— Treinado para fazer o quê? Nadar? Está vendo alguma água aqui?

Kowalski ficou calado.

— O primeiro murro vai decidir — disse Reacher. — É sempre assim. Em quem você apostaria? No anão ou no grandalhão?

— Não queira me ter como inimigo — ameaçou Kowalski.

— Não ia querer você nem como amigo — disse Reacher. — Pode ter certeza disso. Eu não ia querer ir com você para a África. Não ia querer ficar em um posto de observação avançado com você me dando cobertura. Não ia querer me virar e ver você indo embora de carro em direção ao pôr do sol.

— Você não sabe como foi.

— Sei exatamente como foi. Vocês largaram dois homens trezentos metros à frente de onde estavam. Vocês me dão nojo.

— Você não estava lá.

— Você é uma desgraça para o uniforme que um dia usou.

Kowalski ficou calado.

— Você sabe qual é o lado do seu pão que está com manteiga — disse Reacher —, não sabe? E você não vai querer que o peguem mordendo a mão de quem o alimenta. Vai?

Kowalski permaneceu imóvel durante um longo tempo, depois largou o pacote, levou a mão ao bolso de trás e pegou um maço cintado de notas de cem. Estava dobrado no meio. Largou o maço no chão e ele voltou à forma anterior, abrindo-se como uma flor desabrochando. Reacher o enfiou novamente no fardo aberto, ergueu-o e o pôs no topo da pilha. Puxou a corrente para apagar a luz e fechou a porta. A tranca eletrônica emitiu um clique e um bipe.

— Ok? — disse Kowalski. — Sem ressentimentos, certo?

— Não quero nem saber — disse Reacher.

Ele levou Kowalski de volta à sala, depois virou para a cozinha e olhou para dentro do escritório. Para o computador. Para as gavetas. Algo neles o inquietava. Ficou um segundo parado no silêncio vazio. Então, foi arrebatado por uma nova ideia. Como um cubo de gelo colocado em sua nuca.

— Quais árvores estão balançando? — perguntou ele.

— Hospitais — respondeu Kowalski. — Achamos que a pessoa que voltou deve estar doente.

— Quais hospitais?

— Não sei — respondeu Kowalski. — Todos eles, imagino.

— Hospitais não contam nada a ninguém.

— Você acha? Você sabe quanto uma enfermeira de emergência ganha?

Um momento de silêncio.

— Vou sair de novo — disse Reacher. — Você fica aqui.

Três minutos depois, ele estava no telefone público, ligando para o celular de Pauling.

45

AULING ATENDEU NO SEGUNDO TOQUE. OU SEGUNDA vibração, pensou Reacher. Ela falou seu nome e Reacher perguntou:

— Você tem carro?

— Não — respondeu ela.

— Então pegue um táxi e vá para a casa de Dee Marie. Lane e seus homens estão vasculhando os hospitais atrás do Knight ou do Hobart. Ainda não sabem qual dos dois voltou. Mas é só uma questão de tempo até baterem no St. Vincent, descobrirem o Hobart e comprarem o endereço. Encontro você no apartamento. Vamos ter que tirá-los de lá.

Ele desligou e acenou para um táxi na Nona Avenida. O motorista era rápido, mas o trânsito estava lento. Ficou melhor depois que atravessaram a Broadway. Mas não muito. Reacher se esticou no banco e encostou a cabeça na janela. Respirava lenta e tranquilamente. Pensou: *Não adianta ficar nervoso com o que não se pode controlar.* E ele não podia controlar o trânsito de Manhattan. Sinais vermelhos controlavam o trânsito de Manhattan. Aproximadamente setenta e dois entre o Edifício Dakota e o atual alojamento de Hobart.

A Hudson Street estendia-se em mão única do sul ao norte abaixo da 14 Oeste, então o táxi pegou a Bleecker, a Sétima Avenida e a Varick. Depois, virou à direita na Charlton. Reacher desceu na metade da quadra e fez a aproximação final a pé. Havia três carros estacionados perto do prédio de Dee Marie. Mas nenhum deles era um sedã caro com placas da CSO. Ele deu uma olhada ao sul, para o trânsito que movimentava-se em sua direção, e apertou o botão do 4E. Pauling atendeu, Reacher identificou-se e a porta da rua abriu com um zumbido.

Lá em cima, no quarto andar, a porta do apartamento continuava aberta. Dobradiças estouradas, batente despedaçado. Na sala, além dela, havia vozes. Dee Marie e Pauling. Reacher entrou e elas pararam de falar. Olharam para a porta atrás dele. Reacher sabia o que estavam pensando. Ela era uma espécie de barreira contra o mundo exterior. Dee Marie ainda usava o vestido folgado de algodão, mas Pauling havia trocado de roupa. Calça jeans e camiseta de malha. Estava bonita. Hobart permanecia no lugar em que Reacher o vira pela última vez, recostado no sofá. Sua aparência não era nada boa. Pálido e doente. Mas seus olhos flamejavam. Estava com raiva.

— Lane está vindo para cá? — perguntou ele.

— Talvez — respondeu Reacher. — Não podemos desconsiderar a possibilidade.

— E o que vamos fazer?

— Vamos ser inteligentes. Vamos garantir que ele ache um apartamento vazio.

Hobart ficou calado. Em seguida, concordou com um gesto de cabeça, um pouco relutante.

— Onde você deveria estar? — Reacher lhe perguntou. — Do ponto de vista terapêutico?

— Do ponto de vista médico? — questionou Hobart. — Não tenho ideia. Acho que Dee Marie andou pesquisando alguma coisa.

Dee Marie disse:

— Birmingham, Alabama, ou Nashville, Tennessee. Em um dos grandes hospitais universitários de lá. Tenho panfletos. Eles são bons.

— Por que não no Walter Reed? — perguntou Reacher.

— O Walter Reed é bom quando recebe os combatentes logo que chegam do campo de batalha. Mas o pé esquerdo dele foi arrancado quase cinco anos atrás. E até o pulso direito está completamente cicatrizado. Cicatrizado todo errado, mas cicatrizado, apesar de tudo. Então ele precisa de um monte de coisas preliminares. Tratamento no osso e reconstituição. E isso depois que cuidarem da malária e da tuberculose. E da subnutrição e dos parasitas.

— Não dá para levarmos o Hobart para Birmingham nem Nashville hoje à noite.

— Não dá para levarmos o Hobart para lá nunca. Só a cirurgia deve custar mais de duzentos mil dólares. As próteses devem ser mais caras ainda — ela pegou os folhetos em uma mesinha e os entregou a Reacher. Tinham recursos gráficos caros e fotografias vistosas na capa. Céus azuis, gramados verdes, prédios de alvenaria convidativos. Por dentro, continham informações sobre planos cirúrgicos e designers de próteses. E mais fotografias. Homens gentis de cabelos e jalecos brancos aconchegavam membros mecânicos como nenéns. Pessoas com uma perna apenas e de camiseta de atletismo sustentavam-se em lustrosos suportes de titânio na linha de partida de maratonas. As legendas sob as imagens eram cheias de otimismo.

— Parece que são bons — comentou Reacher. Ele devolveu os folhetos. Dee Marie os pôs exatamente onde estavam antes, na mesa.

— Ai, quem me dera — disse ela.

— Motel hoje à noite — sugeriu Pauling. — Algum lugar aqui perto. Quem sabe a gente não aluga um carro para vocês. Sabe dirigir?

Dee Marie ficou calada.

— Aceite a oferta, Dee — falou Hobart. — É mais fácil para você.

— Tenho carteira — disse Dee Marie.

— Talvez a gente possa alugar uma cadeira de rodas também.

— Isso seria bom — comentou Hobart. — Um quarto no térreo e uma cadeira de rodas. Mais fácil para você, Dee.

— Talvez uma quitinete — sugeriu Pauling. — Com uma cozinha pequena. Para cozinharem.

— Não tenho como pagar isso — disse Dee Marie.

A sala ficou em silêncio, Reacher saiu pela porta do apartamento e conferiu o corredor. Conferiu a escada. Não estava acontecendo nada. Ele entrou novamente e fechou a porta o máximo possível. Virou à esquerda na entrada, passou pelo banheiro e foi ao quarto. Era um espaço pequeno quase todo ocupado pela cama queen size. Supôs que Hobart dormia ali, porque a mesinha de cabeceira estava lotada de tubos de pomada antisséptica e garrafas de analgésicos que podiam ser comprados sem receita médica. A cama era alta. Ele imaginou Dee Marie suspendendo o irmão nas costas, virando-se, saindo na direção do quarto e largando-o no colchão. Imaginou-a o ajeitando e cobrindo na cama. Em seguida, ele imaginou-a preparando-se para outra noite no sofá.

A janela do quarto tinha uma armação de madeira e o vidro estava rajado de fuligem. Havia cortinas desbotadas ligeiramente abertas. Enfeites no peitoril e uma foto colorida de um soldado. Vinnie, supôs Reacher. O marido morto. Tinha virado picadinho em uma explosão à beira de uma estrada em Faluja. Morreu na hora, ou não. Estava com a aba do quepe abaixada sobre a testa e as cores na imagem eram vívidas, lustrosas e retocadas. Um fotógrafo civil, supôs Reacher. Duas fotos impressas por aproximadamente um dia de pagamento, incluídos aí duas embalagens de papelão para o envio pelo correio, uma para a mãe, outra para a esposa ou namorada. Havia fotos similares de Reacher em alguns lugares do mundo. Durante um período, toda vez que era promovido, ele pedia para tirarem uma foto e a enviava para a mãe. Ela nunca as deixou visíveis, porque ele não estava sorrindo. Reacher nunca sorria para a câmera.

Ele se aproximou da janela e deu uma olhada para o norte. O trânsito fluía para longe dele como um rio. Deu uma olhada para o sul. Observou o trânsito vindo em sua direção.

E viu uma Range Rover preta reduzindo a velocidade e parando ao meio-fio.

Placa personalizada: CSO 19.

Reacher deu um giro e estava fora do quarto após três passos largos. De volta à sala depois de outros três.

— Eles estão aqui — avisou. — Agora.

Silêncio de uma fração de segundo.

Então Pauling xingou:

— Puta merda.

— O que a gente faz? — perguntou Dee Marie.

— Banheiro — orientou Reacher, todos vocês. Agora.

Ele se aproximou do sofá, agarrou a frente da camisa jeans de Hobart e o suspendeu no ar. Carregou-o para o banheiro e o pôs delicadamente na banheira. Dee Marie e Pauling amontoaram-se lá dentro logo depois. Reacher passou apertado entre eles e voltou ao corredor.

— Você não pode ficar aí fora — disse Pauling.

— Tenho que ficar — discordou Reacher. — Senão eles vão fazer uma busca no apartamento inteiro.

— Eles não deviam encontrar vocês aqui.

— Tranquem a porta — ordenou Reacher. — Fiquem parados e em silêncio.

Ele ficou de pé no corredor, ouviu um clique na porta do banheiro e, um segundo depois, o interfone zumbiu após ser acionado da rua. Ele aguardou um pouquinho, apertou o botão e falou:

— Sim? — ouviu o barulho do trânsito amplificado e depois uma voz, que disse:

— Visita da enfermeira da Administração de Veteranos.

Reacher sorriu. *Ótimo*, pensou ele.

Apertou o botão novamente e falou:

— Pode subir.

Em seguida, retornou à sala, sentou e ficou aguardando.

46

REACHER ESCUTOU UM RANGIDO ALTO VINDO DA ESCADA. *Três pessoas*, calculou. Ele os escutou fazerem a curva e começarem a subir na direção do quarto andar. Escutou-os pararem no topo da escada, surpresos com a porta quebrada. Em seguida, escutou a porta abrir. Uma dobradiça estragada soltou um gemido metálico e depois disso não restou nada com exceção de passos na entrada.

O primeiro a entrar na sala foi Perez, o espanhol baixinho.

Depois Addison, com a cicatriz do ferimento à faca acima do olho.

Por fim, o próprio Edward Lane.

Perez arredou para a esquerda e ficou imóvel, Addison arredou para a direita e ficou imóvel, Lane posicionou-se no centro do arco estático e permaneceu ali encarando Reacher.

— O que diabos você está fazendo aqui? — interrogou ele.

— Eu te superei — disse Reacher.

— Como?

— Como eu te disse. Esse costumava ser o meu meio de vida. Eu podia dar a vocês uma vareta com espelho que ainda assim eu estaria horas na frente.

— E cadê o Hobart?

— Aqui ele não está.

— Foi você quem derrubou a porta?

— Eu não tinha a chave.

— Cadê ele?

— No hospital.

— Porra nenhuma. Acabamos de conferir.

— Não aqui. Em Birmingham, Alabama, ou Nashville, Tennessee.

— Como você sabe disso?

— Ele precisa de tratamento especializado. O St. Vincent recomendou um daqueles hospitais universitários grandes lá do sul. Deram folhetos informativos a ele.

Reacher apontou para a mesinha e Edward Lane desfez a formação da tropa. Ele folheou os dois e perguntou:

— Qual deles?

Reacher respondeu:

— Não interessa qual.

— É claro que interessa, cacete — discordou Lane.

— Hobart não sequestrou a Kate.

— Você acha?

— Não, eu sei.

— Como?

— Você devia ter comprado mais informação do que só o endereço dele. Devia ter perguntado por que ele estava no St. Vincent.

— Fizemos isso. Falaram que era por causa de malária. Ele ficou internado tomando cloroquina na veia.

— E?

— E nada. É provável que um cara que acabou de voltar da África tenha malária.

— Você devia ter buscado a história inteira.

— Que é?

Reacher disse:

— Primeiro, ele estava preso em uma cama tomando a cloroquina no exato momento em que pegaram a Kate. Em segundo lugar, ele tem uma condição preexistente.

— Que condição?

Reacher virou o rosto e olhou direto para Perez e Addison.

— Ele sofreu quatro amputações — falou ele. — Não tem mãos nem pés, não consegue andar, não consegue dirigir, não consegue segurar uma arma nem digitar os números em um telefone.

Todos calados.

— Aconteceu na prisão — revelou Reacher. — Lá em Burkina Faso. O regime novo se divertiu um pouco. Um membro por ano. No aniversário dele. Pé esquerdo, pé direito, mão esquerda, mão direita. Com um machete. *Chop, chop, chop, chop.*

Todos calados.

— Depois que vocês todos fugiram e o deixaram para trás — disse Reacher.

Nenhuma reação. Nenhuma culpa, nenhum remorso.

Nenhuma raiva.

Nada.

— Você não estava lá — argumentou Lane. — Não sabe como foi.

— Mas sei como é agora — disse Reacher. — Hobart não é o cara que estão procurando. Não é fisicamente capaz.

— Tem certeza?

— Mais do que certeza.

— Mesmo assim, quero encontrá-lo — insistiu Lane.

— Por quê?

Nenhuma resposta. *Xeque-mate.* Lane não podia contar por que sem voltar a tudo o que aconteceu e admitir aquilo que tinha pedido a Knight para fazer cinco anos antes, e não podia fazer isso sem estragar seu disfarce diante de seus homens.

— Então voltamos à estaca zero — disse ele. — Você descobriu quem não foi. Ótimo trabalho, major. Que belo progresso está conseguindo.

— Não é bem à estaca zero — discordou Reacher.

— Como?

— Estou perto — afirmou Reacher. — Vou te entregar o cara.

— Quando?

— Quando você me der o dinheiro.

— Que dinheiro?

— Você me ofereceu um milhão.

— Para encontrar a minha esposa. Tarde demais agora.

238

— Ok — disse Reacher. — Então não vou te entregar o cara. Em vez disso, vou te dar uma vareta com espelho.

Lane disse:

— Me entregue o cara.

— Então chegue ao meu preço.

— Você é esse tipo de cara?

— Só um trouxa não tem um preço.

— Preço alto.

— Eu valho a pena.

— Posso arrancar de você na porrada.

— Não pode, não — discordou Reacher. Ele não tinha se movido nem um milímetro. Estava recostado no sofá, relaxado, esparramado, com os braços tranquilos sobre as almofadas do encosto e as pernas abertas, um metro e noventa e cinco, aproximadamente cento e quinze quilos, a imagem da suprema autoconfiança física. — Se você tentar uma merda dessas, te boto de quatro e uso a cabeça do Addison como martelo pra enfiar o Perez no seu rabo como se fosse um prego.

— Não gosto de ameaças.

— Isso vindo do cara que disse que ia me cegar?

— Eu estava puto.

— Eu estava quebrado. Ainda estou.

Silêncio na sala.

— Ok — falou Lane.

— Ok o quê? — questionou Reacher.

— Ok, um milhão de dólares. Quando você me entrega o nome?

— Amanhã — respondeu Reacher.

Lane despediu-se com um aceno de cabeça. Virou. Disse para seus homens:

— Vamos nessa.

Addison falou:

— Preciso ir ao banheiro.

47

O AR NA SALA ESTAVA QUENTE E ESTÁTICO. ADDISON perguntou:

— Onde é o banheiro?

Reacher levantou-se, lentamente:

— Eu tenho cara de arquiteto? — porém olhou por cima do ombro esquerdo, para a porta da cozinha. Addison acompanhou o olhar dele, deu um passo naquela direção e Reacher deu um passo na direção contrária. Um lance sutil de coreografia psicológica, porém, devido ao pequeno tamanho da sala, eles inverteram suas posições. Reacher passou a ficar mais perto do banheiro.

Addison comentou:

— Acho que ali é a cozinha.

— Talvez — falou Reacher. — Dê uma conferida.

Ele se posicionou na boca do corredor e viu Addison abrir a porta da cozinha. Addison olhou lá dentro apenas o suficiente para identificar o cômodo, depois retornou. Mas parou e, em câmera-lenta, virou para dar uma segunda conferida.

— Quando Hobart foi para o sul? — perguntou ele.

— Não sei — disse Reacher. — Hoje, eu acho.

— Com certeza ele saiu com pressa. Tem sopa no fogão.

— Você acha que ele devia ter lavado a louça?

— A maioria das pessoas lava.

— A maioria das pessoas sem mão?

— Então como ele podia estar fazendo sopa?

— Com ajuda — respondeu Reacher. — Você não acha? Um cuidador, provavelmente. A ambulância vem buscar o Hobart, eles o colocam lá dentro, você acha que uma faxineira do governo que ganha salário mínimo vai ficar aqui depois disso para limpar as coisas? Eu acho que não.

Addison deu de ombros e fechou a porta da cozinha.

— Então onde é o banheiro? — perguntou ele.

— Vá para casa e use o seu — disse Reacher.

— O quê?

— Um dia o Hobart vai voltar para cá com aquelas mãos de metal que conseguem até abrir braguilha e ele não vai querer imaginar você mijando no mesmo vaso que ele.

— Por quê?

— Porque não é merecedor de mijar no mesmo vaso que ele. Você o deixou para trás.

— Você não estava lá.

— E por isso você pode levantar as mãos pro céu. Eu teria te enchido de porrada e te arrastado até um precipício pelas orelhas. — Edward Lane deu um passo à frente.

— O sacrifício foi necessário para salvar a unidade.

Reacher o encarou.

— Sacrificar e salvar são duas coisas diferentes.

— Não questione as minhas ordens.

— Não questione as minhas — retrucou Reacher. — Tire esses anões daqui. Mande-os mijar na sarjeta.

O silêncio durou por um longo momento. Nada no rosto de Perez, uma careta no de Addison, julgamento astuto nos olhos de Lane.

— O nome — disse Lane. — Amanhã.

— Estarei lá — afirmou Reacher.

Lane fez um movimento de cabeça para seus homens, e eles saíram na mesma ordem em que entraram. Primeiro Perez, depois Addison, com Lane na retaguarda. Reacher ficou escutando os passos na escada e aguardou o barulho da porta da rua, depois voltou para o quarto. Observou-os entrar no Range Rover preto e arrancar no sentido norte. Deixou um minuto passar e, quando achou que já haviam passado pelo semáforo da Houston, voltou pelo corredor e bateu na porta do banheiro.

— Eles já foram — avisou ele.

Reacher carregou Hobart de volta para o sofá e o pôs sentado como um boneco de pano. Dee Marie entrou na cozinha e Pauling olhou para o chão antes de dizer:

— Escutamos tudo. Foi sorte aquele cara não ter chegado mais perto.

— Sorte para ele — disse Reacher.

Hobart ajeitou-se no sofá e falou:

— Não vem dar uma de fodão. Esses caras pegam pesado. Você estava a minutos de ficar muito machucado. Lane não contrata gente legal.

— Ele contratou você.

— Contratou, sim.

— E?

— Eu não sou uma pessoa legal — disse Hobart. — Eu me encaixava direitinho.

— Você me parece gente boa.

— Você diz isso por solidariedade.

— E você é muito mau?

— Minha baixa foi desonrosa. Me chutaram para fora da corporação.

— Por quê?

— Recusei uma ordem. Depois cobri de porrada o cara que a deu.

— Qual era a ordem?

— Atirar em um veículo civil. Na Bósnia.

— Me parece uma ordem ilegal.

Hobart negou com um gesto de cabeça e explicou:

— Não. O tenente estava certo. Tinha um monte de bandidos no carro. Eles feriram dois soldados nossos mais tarde naquele dia. Eu fodi tudo.

— Suponha que tivessem sido o Perez e o Addison naqueles postos avançados na África? Você os teria deixado lá? — perguntou Reacher.

— O dever de um Fuzileiro Naval é obedecer ordens — disse Hobart. — E eu aprendi do jeito difícil que às vezes os oficiais têm razão.

— No fim das contas? Sem enrolação?

Hobart ficou com o olhar perdido.

— Eu não os teria deixado lá. De jeito nenhum. Não vejo como alguém poderia fazer isso. Não consigo entender nem fodendo como eles puderam me deixar lá. E ainda peço a Deus que não o tivessem feito.

— Sopa — falou Dee Marie. — Está na hora de parar de falar e começar a comer.

— Temos que tirar vocês daqui antes — disse Pauling.

— Não precisa ser agora. Eles não vão voltar — contestou Dee Marie. — Neste momento, este apartamento é o lugar mais seguro da cidade.

— Seria mais fácil para você.

— Não estou atrás do que é fácil, estou atrás do que é certo.

Nesse momento o interfone tocou e eles ouviram um sotaque russo. O zelador da Sexta Avenida estava ali para consertar a porta quebrada. Reacher encontrou-se com ele no corredor. Carregava uma bolsa de ferramentas e uma tábua sobressalente.

— Agora sim estamos bem — disse Dee Marie.

Pauling pagou o russo e desceu com Reacher até a rua.

Pauling caminhava calada e com uma leve hostilidade. Mantinha distância e conservava o rosto totalmente para a frente. Evitava até mesmo olhar para Reacher.

— O quê? — perguntou ele.

— Escutamos tudo do banheiro — falou ela.

— E?

— Você fechou um acordo com Lane. Se vendeu. Está trabalhando para ele agora.

— Estou trabalhando para Kate e Jade.

— Você podia fazer isso de graça.

— Queria testá-lo — justificou Reacher. — Ainda preciso de provas de que o sequestro desta vez é verdadeiro. Se não fosse, ele teria dado para trás. Teria dito que não ia rolar mais dinheiro, que eu já estava fora do esquema. Mas não fez isso. Ele quer esse cara. Ou seja, existe um cara.

243

— Não acredito em você. É um teste inútil. Como Patti Joseph disse, Lane está fazendo uma aposta. Está fazendo um espetáculo para os homens dele e apostando que é mais esperto do que vocês.

— Mas ele acabou de descobrir que não é mais esperto do que eu. Achei Hobart antes dele.

— Não interessa, você só quer saber do dinheiro, não é?

— É — respondeu Reacher. — É, sim.

— Podia pelo menos tentar negar.

Reacher sorriu e seguiu caminhando.

— Você já viu um milhão de dólares em dinheiro? — perguntou ele. — Já segurou um milhão de dólares? Fiz isso hoje. É uma sensação dos infernos. O peso, a densidade. O *poder*. Dá um calor. É como uma pequena bomba atômica.

— Tenho certeza de que foi muito impressionante.

— Eu quis aquilo. Quis mesmo. E posso conseguir. Vou achar o cara de qualquer jeito. Pela Kate e pela Jade. Posso muito bem vender o nome dele para Lane. Não altera a proposição básica.

— Altera, sim. Transforma você em um mercenário. Igual a ele.

— Dinheiro é um ótimo facilitador.

— E o que você vai fazer com milhão de dólares, no fim das contas? Comprar uma casa? Um carro? Uma camisa nova? Não consigo entender.

— Eu geralmente sou incompreendido — disse ele.

— A incompreensão foi toda minha. Gostei de você. Achei que fosse melhor do que isso.

— Você trabalha por dinheiro.

— Mas escolho para quem trabalho, com muito cuidado.

— É muito dinheiro.

— É dinheiro sujo.

— Vou gastar do mesmo jeito.

— Desfrute dele, então.

— Farei isso.

Ela ficou calada.

— Pauling, dá um tempo — disse ele.

— Porque eu faria isso?

— Porque primeiro eu vou pagar o seu tempo, os seus serviços e suas despesas, depois vou mandar Hobart para Birmingham, ou Nashville, para fazer o tratamento correto. Vou comprar provisão vitalícia de partes sobressalentes, vou alugar um lugar para ele morar e dar um dinheiro para ele sobreviver, porque imagino que, nesse momento, ele não tenha condições de conseguir um emprego. Pelo menos não no mercado antigo dele. E depois, se tiver sobrado alguma coisa, aí com certeza vou comprar uma camisa para mim.

— Sério?

— É claro. Estou precisando de uma camisa nova.

— Não, sobre Hobart.

— Seríssimo. Ele precisa disso. Ele merece isso. E o certo é que Lane pague por isso.

Pauling parou de andar. Agarrou o braço de Reacher e o parou também.

— Desculpe — disse ela. — Me perdoa.

— Só se você me recompensar.

— Como?

— Trabalhe comigo. Temos muito o que fazer.

— Você disse ao Lane que entregaria o nome a ele amanhã.

— Eu tinha que falar alguma coisa. Tinha que tirar o cara de lá.

— Conseguimos fazer isso até amanhã?

— Não vejo por que não.

— Por onde vamos começar?

— Não tenho a menor ideia.

48

ELES COMEÇARAM NO APARTAMENTO DE LAUREN PAULING. Ela morava em um pequeno apartamento na Barrow Street, perto da 4 Oeste. O prédio já havia sido uma fábrica, tinha teto abobadado de tijolos e paredes de sessenta centímetros de espessura. A maior parte do apartamento era amarela e tinha uma atmosfera cordial e amigável. Possuía um quarto em nicho sem janela, um banheiro, uma cozinha e uma sala com um sofá, uma poltrona, uma televisão e muitos livros. Havia tapetes desbotados, texturas suaves e madeira escura. O apartamento de uma mulher solteira. Isso era óbvio. Uma mente o havia concebido e decorado. Havia pequenas fotos de crianças emolduradas, Reacher sabia sem precisar perguntar: eram sobrinhos e sobrinhas.

Ele sentou-se no sofá, apoiou a cabeça na almofada e olhou fixamente para o teto abobadado de tijolos. Acreditava que qualquer coisa podia ser revertida por meio da engenharia reversa. Se um ser humano ou grupo de seres humanos construísse alguma coisa, outro ser humano ou grupo de seres humanos podia desmontá-lo. Era um princípio básico. Requeria-se apenas empatia, raciocínio e imaginação. E ele gostava da pressão. Gostava de prazos. Gostava de um período curto e finito para solucionar um problema. Gostava de um espaço tranquilo onde trabalhar. E gostava de ter uma mente parecida para trabalhar junto. Reacher começou a não ter dúvidas de que ele e Pauling conseguiriam desvendar a coisa toda antes da manhã.

Essa sensação durou aproximadamente trinta minutos.

Pauling diminuiu as luzes, acendeu uma vela e pediu comida indiana pelo telefone. O relógio na cabeça de Reacher arrastava-se por volta das nove e meia. O céu azul-marinho do lado de fora da janela tornou-se preto e as luzes da cidade brilhavam incandescentes. A Barrow Street era tranquila, mas os táxis na 4 Oeste buzinavam demais. Às vezes, uma ambulância berrava a algumas quadras dali, a caminho do St. Vincent. A impressão era a de que a sala fazia parte da cidade, porém um pouco separada dela. Um pouco isolada. Um santuário parcial.

— Faça aquilo de novo.

— Aquilo o quê?

— O brainstorm. Faça-me perguntas.

— Ok, o que nós temos?

— Temos uma abordagem inicial impossível e um cara que não fala.

— E culturalmente o negócio da língua não é relacionado à África.

— Mas o dinheiro é relacionado à África, porque é exatamente a metade.

Silêncio na sala. Nada com exceção de uma distante sirene que ardia no sentido sul da Sétima Avenida.

— Comece bem do início — disse Pauling. — Qual foi a primeira nota dissonante? A primeira bandeira vermelha? Qualquer coisa, por mais trivial e aleatória que possa parecer.

Reacher fechou os olhos e recordou o início: a sensação granular do copo de isopor do expresso em sua mão, com textura, temperatura neutra, nem quente nem frio. Recordou-se de Gregory se aproximando pela calçada com um caminhar alerta, econômico. O jeito dele enquanto fazia perguntas ao garçom, atento, precavido, como o veterano de elite que era. A abordagem direta à mesa na calçada.

— Gregory perguntou sobre o carro que eu tinha visto na noite anterior e eu respondi que ele tinha arrancado de lá antes das onze e quarenta e cinco da noite, então ele disse que não, que devia ter sido mais próximo da meia-noite. — disse Reacher.

— Uma discussão sobre o horário?

— Não foi bem uma discussão. Foi um negócio trivial, como você disse.

— O que isso poderia significar?

— Que um de nós estava errado.

— Você não usa relógio. — disse Pauling.

— Costumava usar. Eu o quebrei. Joguei fora.

— Então é mais provável que ele estivesse certo.

— Só que eu geralmente tenho certeza de que horas são.

— Mantenha os olhos fechados, ok?

— Ok.

— Que horas são?

— Nove e trinta e seis...

— Nada mal — disse Pauling. — No meu relógio são nove e trinta e oito.

— Seu relógio está adiantado.

— Está falando sério?

Reacher abriu os olhos.

— Totalmente.

— Pauling remexeu na mesinha de centro e pegou o controle da TV. Ligou no canal do tempo. O horário estava no canto da tela, fornecido de alguma fonte meteorológica oficial, com uma precisão que chegava aos segundos. Pauling olhou seu relógio novamente.

— Você está certo — confirmou ela. — Está dois minutos adiantado.

Reacher ficou calado.

— Como você *faz* isso?

— Não sei.

— Mas foi 24 horas depois do ocorrido que Gregory te perguntou sobre aquilo. Quão precisa poderia ser a sua resposta?

— Não tenho certeza.

— O que significaria Gregory estar errado e você certo?

— Alguma coisa — respondeu Reacher. — Mas não tenho certeza exatamente o quê.

— Qual foi a próxima coisa?

Neste momento, mais morte do que vida, Gregory tinha dito. Isso fora o acontecido a seguir. Reacher tinha conferido o copo novamente e visto

248

menos de meio centímetro grosso, morno, espumoso e com borra de expresso. Ele o havia colocado na mesa e dito *Ok, vamos nessa.*

— Alguma coisa sobre entrar no carro do Gregory. No BMW azul. Algo me chamou a atenção. Não naquela hora, mas depois. Em retrospecto — disse ele.

— Você não sabe o quê?

— Não.

— E depois?

— Depois chegamos ao Dakota e o esquema começou a todo vapor.

A fotografia, pensou Reacher. *Depois disso, ficou tudo concentrado na fotografia.*

— Precisamos de um intervalo. Não adianta forçar essas coisas — disse Pauling.

— Tem cerveja na geladeira?

— Tenho vinho branco. Quer?

— Estou sendo egoísta. Você não estragou tudo cinco anos atrás. Fez tudo certo. Devíamos tirar um minuto para comemorar.

Pauling ficou um momento em silêncio. Depois sorriu.

— Devíamos mesmo — concordou ela. — Porque, para ser honesta a sensação é muito boa.

Foram à cozinha, Pauling pegou uma garrafa na geladeira e Reacher a abriu com um saca-rolhas que estava em uma gaveta. Ela pegou duas taças em um armário e as posicionou lado a lado na bancada. Ele as encheu. Pegaram-nas e brindaram.

— Viver bem é a melhor vingança — comentou ele.

Os dois deram um gole e retornaram para o sofá. Sentaram-se perto um do outro. Ele perguntou:

— Você pediu demissão por causa de Anne Lane?

— Não diretamente. Quero dizer, não logo depois do que aconteceu. Mas, no fim das contas, foi isso que aconteceu. Você sabe como essas coisas são. É como um comboio naval que teve um dos encouraçados perfurados abaixo da linha d'água. Nenhum dano visível, mas ele fica um pouco para trás, depois um pouco mais, e sai um pouco da rota. E aí, quando chega a hora do próximo grande combate, ele está completamente fora de vista. Essa era eu — respondeu ela.

Reacher ficou calado.

Ela continuou:

— Mas eu também posso ter chegado ao meu limite. Adoro esta cidade, não queria me mudar, e o cargo do chefe da agência de Nova York é de diretor assistente. As chances de consegui-lo são sempre pequenas.

Ela deu outro gole no vinho, suspendeu as pernas, colocou-as debaixo de si e se virou um pouco para o lado de modo que pudesse vê-lo melhor. Ele fez o mesmo, até estarem mais ou menos de frente um para o outro, a trinta centímetros de distância.

— Por que você pediu demissão? — perguntou Pauling a Reacher.

— Porque eles me disseram que eu podia — respondeu ele.

— Você estava querendo sair?

— Não, eu estava querendo ficar. Mas assim que me disseram que sair era uma opção, o feitiço meio que se quebrou. Me fez ter consciência de que pessoalmente eu não era essencial para os planos deles. Acho até que teriam ficado satisfeitos com a minha permanência, mas obviamente não ficariam de coração partido se eu fosse embora.

— Você necessita ser necessário?

— Na verdade, não. Aquilo quebrou o feitiço, só isso. Não sei explicar muito bem — parou de falar e ficou observando-a, em silêncio. Estava linda à luz de vela. Olhos líquidos, pele macia. Reacher gostava de mulheres tanto quanto qualquer cara e mais do que a maioria, mas estava sempre preparado para achar algo errado nelas. O formato de uma orelha, a grossura de um tornozelo, altura, tamanho, peso. Qualquer coisa podia arruiná-la para ele. Contudo, não havia nada de errado com Lauren Pauling. Absolutamente nada.

— Enfim, parabéns — disse ele. — Durma bem esta noite.

— Talvez eu durma — falou ela.

E continuou:

— Talvez eu não tenha essa oportunidade.

Ele sentia a fragrância de Pauling. Perfume sutil, sabonete, pele limpa, algodão limpo. Seu cabelo estendia-se até as clavículas. As costuras nos ombros da camisa de malha estavam um pouco suspensas, formando sedutores túneis sombreados. Era magra e firme, com exceção dos locais em que não deveria ser.

Ele perguntou:

— Não tenha a oportunidade por quê?

Ela respondeu:

— Talvez a gente tenha que trabalhar a noite inteira.

Ele comentou:

— Muito trabalho sem hiato faz do Jack um cara chato.

— Você não é chato — disse ela.

— Obrigado — falou Reacher antes de inclinar-se para a frente e beijá-la, de leve, nos lábios.

A boca estava um pouco aberta, além de fria e doce por causa do vinho. Reacher deslizou a mão livre por baixo do cabelo dela até nuca. Puxou-a para perto e beijou-a com mais força. Ela fez o mesmo com a mão livre. Mantiveram o corpo a corpo durante um minuto inteiro, beijando-se, com as duas taças de vinho praticamente alinhadas no ar. Então separaram-se, puseram os copos na mesa e Pauling perguntou:

— Que horas são?

— Nove e cinquenta e um.

— Como você faz isso?

— Não sei.

Ela manteve o silêncio mais um breve momento, depois inclinou-se e beijou-o de novo. Usou as duas mãos, uma atrás da cabeça, a outra nas costas. Reacher fez o mesmo de modo simétrico. A língua dela estava fria e era rápida. Tinha as costas estreitas. A pele, quente. Ele deslizou a mão por baixo da camisa de Pauling, sentiu a mão dela transformar-se em um pequenino punho e puxar sua camisa para fora da calça. Sentiu as unhas em sua pele.

— Geralmente não faço isso — disse ela, com a boca na dele. — Não com pessoas com quem trabalho.

— Não estamos trabalhando — argumentou ele. — Estamos no intervalo.

— Estamos comemorando.

— Com certeza.

Ela falou:

— Estamos comemorando o fato de não sermos Hobart, não estamos? Nem Kate Lane.

— Estou comemorando o fato de você ser você.

Ela levantou os braços por cima da cabeça, manteve a posição e Reacher tirou a camisa dela. Estava com um pequenino sutiã preto.

Foi a vez dele suspender os braços, Pauling ajoelhou-se no sofá e puxou a camisa social por cima da cabeça. Depois, a camiseta de malha. Estendeu as mãos como pequenas estrelas-do-mar nas placas que eram seu peitoral. Deslizou-as para baixo até a cintura. Abriu o cinto. Ele soltou o sutiã. Suspendeu-a, deitou-a no sofá e beijou os seios. Quando o relógio em sua cabeça marcou dez e cinco, eles estavam na cama, nus debaixo do lençol, aferrolhados um ao outro, fazendo amor com uma paciência e ternura que ele jamais havia experimentado.

— Mulheres mais velhas — disse ela. — Temos nossas qualidades.

Ele não respondeu. Apenas sorriu, abaixou a cabeça e beijou o pescoço abaixo da orelha, onde a pele dela estava úmida e tinha gosto de água salgada.

Depois, eles tomaram banho juntos, terminaram o vinho e voltaram para a cama. Reacher estava cansado demais para pensar e relaxado demais para se preocupar. Sentia-se flutuando, quente, esgotado, feliz. Pauling aconchegou-se nele e dormiram assim.

Bem mais tarde, Reacher sentiu Pauling despertar, então acordou e percebeu que as mãos dela estavam sobre seus olhos. Perguntou-lhe com um sussurro:

— Que horas são?

— Faltam dezoito minutos para as sete — respondeu ele. — Da manhã.

— Você é inacreditável.

— Não é um talento muito útil. Me faz economizar o preço de um relógio novo, e olhe lá.

— O que aconteceu com o antigo?

— Pisei nele. Coloquei ao lado da cama e pisei quando acordei.

— E isso o quebrou?

— Eu estava calçado.

— Na cama?

— Economiza tempo na hora de me vestir.

— Você *é* inacreditável.

— Não faço isso o tempo todo. Depende da cama.

— O que significaria o Gregory estar errado sobre o horário e você certo?

Ele inspirou e abriu a boca para falar *não sei.*

Mas parou.

Porque repentinamente ele enxergou o que aquilo significaria.

— Espere — disse ele.

Recostou-se no travesseiro e olhou para o teto escurecido.

— Você gosta de chocolate? — perguntou ele.

— Acho que sim.

— Tem uma lanterna?

— Tenho uma pequena na bolsa.

— Passe-a para o seu bolso — orientou ele. — Deixe a bolsa em casa. E use calça. Saia não vai ser uma boa.

49

ELES CAMINHARAM, PORQUE ERA UMA BELA MANHÃ URBANA em Nova York e Reacher estava descansado demais para pegar o metrô ou um táxi. Da Barrow, chegaram à Bleecker, depois pegaram a Sexta Avenida no sentido sul. Já estava quente. Andavam devagar, para calcular o tempo corretamente. Viraram para o leste na Spring exatamente às sete e meia. Atravessaram a Sullivan, atravessaram a Thompson.

— Estamos indo para o prédio abandonado? — perguntou Pauling.

— O destino final é lá — respondeu Reacher.

Ele parou em frente à loja de chocolate. Pôs as mãos em concha no vidro e espiou lá dentro. Havia luz na cozinha. Conseguiu ver a dona movimentando-se para lá e para cá, pequena, morena, cansada, de costas para ele. *Dias de dezesseis horas*, dissera ela. *Regular como um relógio, sete dias por semana, negócio pequeno, nunca descansamos.*

Ele bateu no vidro, com força, a dona parou, virou-se e olhou exasperada até reconhecê-lo. Deu de ombros, admitiu a derrota e atravessou a loja até a porta da frente. Destrancou as fechaduras, abriu uma fresta da porta e falou:

— Oi.

Uma lufada pungente de chocolate flutuou até Reacher.

— Podemos dar uma ida ao beco de novo? — perguntou ele.

— Quem é a sua amiga desta vez?

Pauling deu um passo à frente e se apresentou.

A dona perguntou:

— Vocês são mesmo fiscais?

— Investigadores — revelou Pauling. Ela tinha um cartão de visita a postos.

— O que estão investigando?

— O desaparecimento de uma mulher — respondeu Reacher. — E da filha dela.

Um momento de silêncio.

A dona perguntou:

— Vocês acham que elas estão aí no prédio vizinho?

— Não — falou Reacher. — Não tem ninguém no prédio vizinho.

— Que bom.

— Isto é só rotina.

— Vocês querem um chocolate?

— No café da manhã, não — recusou Reacher.

— Eu adoraria um — aceitou Pauling.

A dona abriu a porta e os dois entraram. Pauling levou um momento para escolher o chocolate. Optou por um fondant de framboesa do tamanho de uma bola de golfe. Deu uma mordida e fez um barulho que parecia ser de apreciação. Em seguida, atravessou a cozinha com Reacher e percorreram o curto corredor ladrilhado. Chegaram ao beco passando pela porta dos fundos.

A parte de trás do prédio abandonado estava exatamente como na última vez em que Reacher a vira. A porta vermelha fosca, a maçaneta preta corroída, a janela imunda no térreo. Ele girou a maçaneta e empurrou, só para dar uma conferida, mas a porta estava trancada, como esperado. Abaixou-se e desamarrou o sapato. Tirou-o, segurou pela parte da frente e usou como um martelo. Quebrou o vidro da janela, na parte inferior à esquerda, perto da fechadura da porta.

Bateu um pouco mais, ampliou o buraco e calçou o sapato novamente. Enfiou o braço no buraco do vidro até o ombro, abraçou a parede e ficou tateando até encontrar a maçaneta de dentro. Destrancou-a, recolheu o braço com muito cuidado e disse:

— Ok.

Ele abriu a porta e ficou de lado para deixar Pauling dar uma boa olhada.

— Como você me disse — comentou ela. — Inabitável. Não tem chão.

— Anima-se em descer a escada de mão e dar uma voltinha lá embaixo?

— Por que eu?

— Porque se eu estiver errado, é provável que eu desista da vida e fique lá em baixo para sempre.

Pauling estendeu o pescoço e deu uma olhada na escada. Estava no mesmo lugar de antes, escorada no lado direito, em um ângulo bem fechado, apoiada no estreito pedaço de parede que separava a janela e a porta.

— Fiz coisa pior em Quantico — comentou ela. — Mas isso foi há muito tempo.

— São só três metros se você cair — disse Reacher.

— Obrigada. — Ela virou-se e ficou de costas para o vazio. Reacher segurou a mão direita de Pauling, que movimentou-se com cuidado para a esquerda e lançou o pé e mão esquerdas na escada. Equilibrou-se, soltou a mão de Reacher, parou rapidamente e desceu escuridão adentro. A escada balançou e sacudiu um pouco. Depois, ele ouviu o triturar e farfalhar do lixo quando ela atingiu o pé da escada e saltou dela.

— Está imundo aqui embaixo — gritou ela.

— Desculpa — disse ele.

— Pode ter ratos.

— Use a lanterna.

— Isso vai deixá-los com medo?

— Não, mas você vai vê-los chegando.

— Muito obrigada.

Reacher inclinou-se sobre o buraco e viu o feixe da lanterna apunhalar a escuridão. Ela gritou:

— Para onde eu vou?

— Siga para a frente do prédio. Bem embaixo da porta.

256

O feixe da lanterna ficou apontado para a frente, definiu uma direção e avançou sacolejando. As paredes do porão tinham sido pintadas anos antes com uma espécie de cal e refletiam um pouco da luz. Reacher podia ver montes grandes de lixo em todo o lugar. Papel, papelão, pilhas de substâncias apodrecidas inidentificáveis.

Pauling chegou à parede da frente. O feixe da lanterna apunhalou o espaço acima dela, que localizou a porta. Moveu-se um pouco e se posicionou exatamente abaixo dela.

— Olhe para baixo agora — disse Reacher. — O que está vendo?

A punhalada do feixe de luz nesse momento foi de cima para baixo. Alcance curto, muito claro.

— Estou vendo lixo — gritou Pauling.

— Olhe mais de perto. Podem ter quicado. — gritou Reacher de volta.

— O que pede ter quicado?

— Cavouca por aí que você vai ver. Espero.

O feixe da lanterna traçou um pequeno círculo. Depois um maior. E parou abruptamente, ficou imóvel.

— Ok — gritou Pauling. — Agora estou vendo. Mas como diabos você sabia?

Reacher ficou calado. Pauling ficou parada um segundo mais e se abaixou. Levantou novamente com as mãos para o alto. Na direita, a lanterna. Na esquerda, duas chaves de carro, uma do Mercedes-Benz e uma do BMW.

50

PAULING ATRAVESSOU COM DIFICULDADE O LIXO ATÉ O PÉ da escada e arremessou as chaves para Reacher. Ele as pegou com uma mão, primeiro no lado esquerdo, depois no direito. As duas chaves estavam em uma argola de metal cromada e ambas tinham chaveiros de couro preto decorados com emblemas esmaltados. A estrela de três pontas da Mercedes, a hélice azul e branca da BMW. Ambas possuíam uma única chave de carro grande e um controle de alarme. Ele as soprou para tirar a poeira e fragmentos de lixo e as colocou no bolso. Em seguida, inclinou-se sobre o vazio, pegou o braço de Pauling, puxou-a escada acima e os dois foram para a segurança do beco. Ela passou a mão pelas roupas e chutou o ar com força para se livrar do lixo no sapato.

— E aí? — perguntou ela.

— Uma para cada carro — disse Reacher.

Ele fechou a porta vermelha fosca, voltou a enfiar o braço no buraco da janela, abraçou a parede e fechou a tranca por dentro. Libertou-se cuidadosamente e conferiu a maçaneta. Estava firme. Segura.

— Aquela história da caixa de correio era pura enganação — falou ele. — Só uma asneira planejada para desviar a atenção. O cara já estava com as chaves. Tinha pegado as chaves reservas no arquivo do escritório de Lane. Havia um monte de coisa de carro lá. Algumas das valet keys estavam lá, outras não.

— Então você estava certo sobre o horário.

Reacher confirmou com um gesto de cabeça.

— O cara estava no apartamento em cima do café. Sentado em uma cadeira, olhando pela janela. Ele viu Gregory estacionar às vinte e três e quarenta e o observou ir embora a pé, mas ele não o seguiu até a Spring Street. Não precisava. O cara simplesmente saiu pela porta, atravessou a Sexta Avenida e usou a valet key que já estava em seu bolso. Na mesma hora, muito mais próximo das 23h40 do que da meia-noite.

— O mesmo aconteceu com o BMW na segunda manhã.

— Exatamente — confirmou Reacher. — Eu vigiei a porcaria da porta durante vinte minutos e o cara não chegou nem perto dela. Ele sequer foi ao sul da Houston Street. Estava no BMW mais ou menos dois minutos depois que Gregory saiu dele.

— E foi por isso que ele especificou os carros com tanta precisão. Precisava que fossem os carros que tiveram as chaves roubadas.

— E foi por isso que fiquei incomodado quando Gregory me deixou entrar no carro na primeira noite. Ele usou o controle remoto do alarme a três metros de distância, como qualquer pessoa faria. Mas na noite anterior o outro cara não fez isso com o Mercedes. Ele caminhou até ele e enfiou a chave na porta. Quem faz isso hoje em dia? Mas ele fez, porque não tinha o controle remoto do alarme. Só tinha a valet key. O que também explica por que ele usou o Jaguar para o último pagamento. Ele queria poder trancá-lo do outro lado da rua, assim que Burke pôs o dinheiro nele. Por motivo de segurança. Só podia fazer isso com o Jaguar, porque o único alarme que ele tinha era o do Jaguar. Ele o herdou na abordagem inicial.

Pauling ficou calada.

— Eu disse ao Lane que o cara usou o Jaguar como uma provocação. Como um lembrete. Mas o motivo verdadeiro era prático, não psicológico — continuou Reacher.

Pauling ficou em silencio um segundo mais.

— Mas você está voltando atrás e dizendo que houve ajuda interna. Não está? E deve ter tido, certo? Alguém para roubar as valet keys? Mas você já tinha desconsiderado ajuda interna. Já tinha decidido que isso não havia acontecido.

— Acho que agora entendi.

— Quem?

— O cara sem língua. Ele é a chave de toda a jogada.

51

PAULING E REACHER ATRAVESSARAM A LOJA DE CHOCOLATE com passos decididos e estavam de volta na rua antes das 8h30 da manhã. E no escritório de Pauling na 4 Oeste antes das 9h.

— Precisamos do Brewer agora — disse Reacher. — E da Patti Joseph.

— Brewer ainda está dormindo — falou Pauling. — Ele trabalha até tarde.

— Hoje ele vai trabalhar cedo. Vai botar aquele traseiro para ralar. Porque precisamos de uma identificação definitiva do corpo encontrado no Hudson River.

— Taylor?

— Precisamos confirmar se é o Taylor. Tenho certeza de que Patti tem uma foto dele. Aposto que ela tem uma foto de todo mundo que alguma vez entrou ou saiu do Dakota. Se ela tiver uma foto boa e nítida do Taylor, Brewer pode ir ao necrotério e fazer a identificação para a gente?

— A Patti não é a nossa melhor companheira nesse negócio. Ela quer derrubar o Lane, e não ajudá-lo.

— Não estamos ajudando o Lane. Você sabe disso.

— Não sei se a Patti enxerga a diferença.

— A única coisa que queremos é uma porcaria de fotografia. Ela pode fazer esse esforço.

Pauling ligou para Patti Joseph, que confirmou possuir um arquivo com fotos de todos os capangas do Lane tiradas durante os quatro anos que estava ocupando o apartamento no Majestic. A princípio, ela relutou em dar-lhes acesso a ele. Mas depois ela viu que a identificação do corpo de Taylor colocaria algum tipo de pressão em Lane, direta ou indiretamente. Então concordou em escolher a melhor foto dele de frente e separá-la para que Brewer fosse buscá-la. Em seguida, Pauling ligou para Brewer e o acordou. Ele ficou com raiva por causa da ligação, mas concordou em ir apanhar a foto. Também havia ali um elemento de interesse pessoal. Ele ganharia uns pontinhos no Departamento de Polícia de Nova York se descobrisse a identidade de um cadáver ainda não identificado.

— E agora? — perguntou Pauling.

— Café da manhã — respondeu Reacher.

— Temos tempo? Lane está esperando o nome hoje.

— Hoje dura até meia-noite.

— E depois do café da manhã?

— Talvez você queira tomar um banho.

— Estou bem. Aquele porão não estava tão ruim assim.

— Não estava pensando no porão. Imaginei que podíamos tomar um café e comer uns *croissants* no seu apartamento. A última vez em que estivemos lá, nós dois acabamos tomando banho.

Pauling falou:

— Entendi.

— Só se você quiser.

— Conheço uma padaria que vende um ótimo *croissant*.

Duas horas depois Reacher estava secando o cabelo com uma toalha emprestada e tentando decidir se levava em consideração um palpite. Em geral, não era muito fã de palpites. Com muita frequência eles não passavam de suposições malucas que geravam perda de tempo e não levavam a lugar algum. Mas na falta de notícias por parte de Brewer, ele tinha tempo a perder e nenhum lugar para ir. Pauling saiu do quarto com uma aparência espetacular. Sapato, meia-calça, saia justa, blusa de seda, tudo

262

preto. Cabelo penteado, maquiagem leve. Olhos maravilhosos, abertos, francos, inteligentes.

— Horas? — perguntou ela.

— Onze e meia — respondeu ele. — Mais ou menos.

— Em algum momento você vai ter que explicar como faz isso.

— Se algum dia eu descobrir, você vai ser a primeira a saber.

— Café da manhã demorado — comentou ela. — Mas divertido.

— Também achei.

— E agora?

— A gente pode almoçar.

— Não estou com fome ainda.

— Podíamos pular a parte de comer.

Ela sorriu.

— É sério — disse ela. — Temos coisas pra fazer.

— Podemos voltar para o seu escritório? Quero confirmar uma coisa.

A Barrow Street era sossegada, mas a 4 Oeste estava ocupada pela primeira leva de pessoas que saíam do trabalho para almoçar. As calçadas estavam abarrotadas. Reacher e Pauling tiveram que seguir o fluxo, mais devagar do que gostariam. Mas não havia alternativa. O trânsito de pedestres engarrafa tanto quanto o de carros.

Uma caminhada de cinco minutos levava dez. A porta da rua no escritório de Pauling já estava destrancada. Outros estabelecimentos estavam funcionando havia horas. Reacher seguiu Pauling escada acima, ela usou suas chaves e os dois entraram na sala de espera. Ele a ultrapassou e foi ao escritório dos fundos, onde ficavam as prateleiras de livros e o computador.

— O que você quer confirmar? — perguntou ela.

— Primeiro a lista telefônica — disse ele. — T de Taylor.

Ela pegou a lista telefônica na prateleira e a abriu na mesa. Havia um monte de Taylor. Era um nome bem comum.

— Primeiro nome? — perguntou ela.

— Nem ideia — respondeu ele. — Concentre-se nos nomes das ruas. Procure pessoas físicas em West Village.

Como um corretor de imóveis otimista em busca de algo em uma determinada área, Pauling fez marcações a lápis às margens da lista

263

telefônica. No final havia sete possibilidades. 8 Oeste, Bank, Perry, Sullivan, 12 Oeste, Hudson e Waverly Place.

— Comece pela Hudson. Confira no mapa e descubra em qual quadra fica esse endereço — disse Reacher.

Pauling pôs o mapa sobre a lista telefônica e o deslizou para baixo até a ponta de cima dele estar sublinhando o Taylor da Hudson Street. Em seguida, folheou-o e localizou o número da rua em um local específico de uma quadra específica.

Ela levantou o rosto.

— É exatamente na metade do caminho entre a Clarkson e a Leroy — revelou ela.

Reacher permaneceu calado.

— O que temos aqui?

— Sua melhor suposição?

— O cara sem língua conhecia o Taylor? Morava com ele? Estava trabalhando com ele? Matou o Taylor?

Reacher ficou calado.

— Espera aí — exclamou Pauling. — Taylor era o cara interno, não era? Ele roubou as valet keys. Ele parou o carro em frente à Bloomingdale's exatamente no lugar em que o outro cara queria. A abordagem inicial sempre te preocupou. Essa é a única explicação para aquilo ter funcionado.

Reacher ficou calado.

— Era mesmo o Taylor no rio? — perguntou Pauling.

— Saberemos assim que Brewer ligar.

— A marina fica muito longe, ao norte do centro. E parece que toda a ação acontece no centro.

— O Hudson é afetado pelas marés até a Tappan Zee. Tecnicamente, é um estuário, não um rio. Um corpo poderia boiar tanto para o norte quanto para o sul.

— O que exatamente estamos fazendo?

— Estamos pelejando com as informações e examinando as pistas. É isso que estamos fazendo. Isto é trabalhar do jeito difícil. Um passo de cada vez. O próximo é fazer uma visitinha à residência do Taylor.

— Agora?

— É um horário tão bom quanto qualquer outro.

— Vamos entrar lá?

— Os ursos cagam na floresta?

Pauling pegou uma folha e escreveu G. *Taylor* e o endereço da lista telefônica.

— O que será que o G significa? — perguntou.

— Ele era britânico, não se esqueça — respondeu Reacher. — Pode ser Geoffrey com G. Ou Gerald. Ou Gareth ou Glynn. Ou Gervaise ou Godfrey ou Galahad.

Eles foram andando. O calor do meio-dia elevava o cheiro de leite azedo dos *lattes* nas latas de lixo e na sarjeta. Veículos de entrega e táxis congestionavam as ruas. Motoristas golpeavam suas buzinas se antecipando à mera possibilidade de fracionários atrasos. Aparelhos de ar-condicionado nos segundos andares gotejavam condensação que pareciam gordos pingos de chuva. Camelôs vendiam em voz alta relógios falsificados, guarda-chuvas e capas e películas para telefone. A cidade, completamente tumultuada. Reacher gostava de Nova York mais do que da maioria dos lugares. Gostava da indiferença casual de tudo aquilo; do rebuliço frenético e do total anonimato.

A Hudson Street entre a Clarkson e a Leroy tinha prédios no lado oeste e o James J. Walker Park no leste. O prédio com o número do endereço de Taylor era um cubo de tijolos de dezesseis andares. Possuía uma entrada simples, mas uma recepção decente. Reacher viu um cara sozinho atrás de uma mesa comprida. Não havia porteiro na calçada do lado de fora, o que tornava as coisas mais fáceis. Um cara era sempre mais fácil do que dois. Não há testemunha.

— Abordagem? — perguntou Pauling.

— Do jeito fácil — respondeu Reacher. — Abordagem direta.

Puxaram a porta da frente e entraram. O *lobby* tinha tacos de madeira escura entalhada com detalhes em metal escovado. Piso de granito. Decoração um pouco ultrapassada. Ele foi direto à mesa, o cara atrás dela olhou para Reacher, que apontou para Pauling e disse:

— O trato é o seguinte. Essa mulher vai te dar quatrocentas pratas se você nos deixar entrar no apartamento do sr. G. Taylor.

O jeito fácil. Abordagem direta. Porteiros são humanos. E era um valor bem escolhido. Quatrocentos era uma soma relativamente incomum.

265

Não chegava a ser um exagero nem uma merreca. Não entrava por um ouvido e saía pelo outro. Demandava atenção. Era alto o bastante para dar a sensação de ser muito dinheiro. E, de acordo com a experiência de Reacher, criava uma irresistível tentação de barganhar quinhentos. E, ainda de acordo com a experiência de Reacher, assim que a tentação se consolidava, a guerra estava ganha. Como prostituição. Assim que o princípio era estabelecido, só restava o preço.

O cara à mesa olhou para a esquerda, olhou para a direita. Não viu ninguém.

Nenhuma testemunha. Mais fácil.

— Sozinhos? — perguntou o cara da mesa.

— Isso não tem importância — respondeu Reacher. — Vá com a gente. Mande um faz-tudo.

O cara ficou um momento em silêncio. E falou:

— Ok, vou mandar um faz-tudo.

Mas vai ficar com o dinheiro para você, pensou Reacher.

— Quinhentos — barganhou o cara.

— Fechado — disse Reacher.

Pauling abriu a bolsa e a carteira, lambeu o polegar e contou cinco notas de cem. Dobrou-as ao redor do dedo indicador e as deslizou pela mesa.

— Décimo segundo andar — informou o porteiro. — Vire à esquerda, é a última porta à direita. O faz-tudo vai se encontrar com vocês lá. — Ele apontou para os elevadores e pegou um *walkie-talkie* para recrutar o cara. Reacher e Pauling se aproximaram e apertaram a seta virada para cima. A porta de um elevador abriu deslizando. Como se estivesse aguardando por eles.

— Você está me devendo muito dinheiro — disse Pauling.

— Pode confiar — disse Reacher. — Vou estar rico hoje à noite.

— Espero que os funcionários do meu prédio sejam melhores do que os daqui.

— Vai sonhando. Entrei e saí de muitos prédios antigamente.

— Você tinha orçamento para suborno?

— Enorme. Antes do Dividendo de Paz. Ele foi uma facada num monte de orçamentos.

O elevador parou no décimo segundo andar e a porta abriu. Parte do corredor tinha tijolos expostos, parte era pintada de branco e a única iluminação provinha de televisões na altura da cintura atrás de vidros. Todas emitiam um turvo brilho roxo.

— Legal — comentou Pauling.

— Gosto mais do seu apartamento.

Viraram para a esquerda e chegaram à porta da direita no final do corredor. Ela tinha uma caixa de correio instalada na altura dos olhos, um olho mágico, o número do apartamento e uma plaquinha com uma tira preta em que estava escrito *Taylor*. Canto nordeste do prédio. Um corredor tranquilo e silencioso com um suave cheiro de purificador de ar ou detergente para carpete.

— Quanto ele paga por um lugar como este? — perguntou Reacher.

— Aluguel? — questionou Pauling. Ela deu uma olhada na distância entre os apartamentos para calcular o tamanho e disse: — Dois quartos pequenos, uns quatro mil por mês. Talvez quatro mil e duzentos num prédio como este.

— É muito.

— Não quando se está ganhando vinte e cinco mil.

À direita deles, a campainha do elevador ressoou e um homem de uniforme verde e cinto de ferramentas marrom saiu dele. O faz-tudo. Aproximou-se e tirou uma argola com chaves do bolso. Não fez perguntas. Simplesmente destrancou a porta de Taylor, abriu-a com um empurrão e deu um passo atrás.

Reacher entrou primeiro. O apartamento parecia estar vazio. O ar dentro dele estava quente e estático. Havia uma antessala do tamanho de uma cabine telefônica. Em seguida, uma cozinha de aço inox à esquerda e um armário para casacos à direita. A sala situava-se bem na frente, dois quartos lado a lado, um maior do que o outro. A cozinha e a sala estavam impecáveis e arrumadíssimas. A decoração era uma releitura do estilo de meados do século vinte; comedida, elegante, masculina. Assoalho de madeira escura, paredes claras, grossos tapetes de lã. Havia uma mesa de bordo. Uma poltrona Eames e uma otomana posicionadas diante de um sofá Florence Knoll. Um divã Le Corbusier e uma mesinha de centro Noguchi. Estiloso. Nada barato. Peças clássicas. Reacher as reconhecia de fotos em revistas que lera. Havia uma pintura original na parede. Uma cena urbana, movimentada, brilhante, vibrante, acrílico sobre tela. Muitos livros, organizados em prateleiras de maneira impecável e em ordem alfabética. Uma pequena televisão. Muitos CDs e um som de qualidade dedicado apenas a headphones. Sem caixas de som. Um sujeito educado. Um bom vizinho.

— Muito elegante — comentou Pauling.

— Um inglês em Nova York — disse Reacher. — Provavelmente bebia chá.

O quarto maior, quase monástico, era o de hóspedes. Paredes brancas, cama king size, roupa de cama cinza, um abajur em uma mesinha de cabeceira, mais livros, outra pintura do mesmo artista. O guarda-roupa era uma barra para pendurar cabides e uma parede de prateleiras abertas. A barra estava cheia de ternos, jaquetas, camisas e calças agrupados precisamente por estação e cor. Todas as peças limpas, embaladas e passadas. Todos os cabides encontravam-se a exatamente três centímetros um do outro. As prateleiras continham pilhas de camisas de malha, cuecas e meias. Todas as pilhas exatamente na vertical e com a mesma altura. A prateleira de baixo sustentava os sapatos. Eram todos artigos ingleses de qualidade como os de Reacher, pretos e marrons, pareciam espelhos de tão lustrados. Havia modeladores de cedro dentro de todos eles.

— Isso é impressionante — comentou Pauling. — Quero casar com esse cara.

Reacher permaneceu calado e foi para o segundo quarto. Era onde o dinheiro, ou a disposição, ou o entusiasmo tinha acabado. Um espaço pequeno, simples e sem decoração. Parecia não ser usado. Escuro, quente e úmido. Não tinha lâmpada na instalação elétrica do teto. O quarto não continha nada além de duas camas de ferro estreitas. Elas tinham sido colocadas uma junto à outra. Havia lençóis usados nelas. Travesseiros amassados. O vidro estava coberto com um pedaço de tecido preto. Tinha sido preso com silver tape nas paredes, de um lado ao outro na parte superior, de um lado ao outro na parte inferior, de cima abaixo nas laterais. Mas a fita estava descolada em um dos lados e um estreito retângulo de pano tinha sido dobrado para trás, o que fornecia um pouco da paisagem, ou de ar, ou de ventilação.

— É isso aí — comentou Reacher. — Foi aqui que esconderam Kate e Jade.

— Quem? O cara que não fala?

— Sim. — disse Reacher. — O cara que não fala as escondeu aqui.

52

PAULING APROXIMOU-SE DAS CAMAS GÊMEAS E SE INCLInou para examinar os travesseiros.

— Cabelos compridos escuros — disse ela. — Uma mulher e uma menina. Elas ficaram virando e revirando a noite inteira.

— Aposto que sim — concordou Reacher.

— Talvez duas noites.

Reacher voltou para a sala e vasculhou a mesa. O faz-tudo o observava da porta. A mesa era tão bem organizada quanto o guarda-roupa, mas não havia muita coisa nela. Alguns documentos pessoais, algumas contas do apartamento. O primeiro nome de Taylor era Graham. Cidadão britânico com visto de residente. Tinha número de previdência social, uma apólice de seguro de vida, e um plano de aposentadoria. Havia um telefone fixo sobre a mesa. Estiloso, feito pela Siemens. Parecia novíssimo e instalado recentemente. Tinha dez botões de discagem rápida com tiras de papel sob plástico. As tiras continham iniciais apenas. Na de cima L. De Lane, supôs Reacher. Apertou o botão correspondente e um número com prefixo 212 brilhou com nitidez em uma janela cinza de LCD. Manhattan. O Dakota, provavelmente. Apertou os outros bo-

269

tões, um após o outro. A janela cinza mostrou três números com prefixo 212, três com 917, dois com 718 e um número comprido com 01144 no início. Os com prefixo 212 deviam ser todos de Manhattan. Amigos, provavelmente, inclusive Gregory, talvez, pois havia uma tira de papel com a letra G. O prefixo 917 devia ser de telefones celulares. Talvez do mesmo grupo de pessoas, para quando estivessem na estrada, ou de pessoas que não tinham telefone fixo. O prefixo 718 seria do Brooklyn. Provavelmente amigos que não podiam bancar o aluguel em Manhattan. O número comprido com 01144 devia ser da Grã-Bretanha. Família, talvez. A inicial correspondente era S. Mãe ou pai, possivelmente.

Reacher continuou um tempo pressionando os botões no telefone, depois terminou de vasculhar a mesa e voltou ao segundo quarto. Pauling estava de pé à janela, meio de lado, olhando pela fresta estreita.

— Esquisito — comentou ela. — Não é? Estavam bem aqui neste quarto. Esta vista pode ter sido a última coisa que viram.

— Não foram mortas aqui. Seria difícil demais levar os corpos lá para fora.

— Não literalmente a última vista. Mas a última coisa normal da antiga vida delas.

Reacher ficou calado.

— Consegue senti-las aqui?

— Não — respondeu Reacher.

Ele bateu nas paredes com os nós dos dedos, depois se ajoelhou e deu uns tapinhas no chão. As paredes lhe pareceram grossas e maciças e o chão, de concreto sob o piso de taco. Um prédio residencial era um lugar estranho para manter pessoas prisioneiras, mas aquele ali parecia seguro o bastante. Aterrorize os seus prisioneiros para que fiquem em silêncio e os vizinhos não saberão de muita coisa. Se é que, algum dia, saberão de algo. Como Patti Joseph havia dito: *Esta cidade é incrivelmente anônima. É possível ficar anos sem pôr os olhos no vizinho.*

Ou nos convidados dele, pensou Reacher.

— Você acha que aqui tem porteiro 24 horas? — perguntou ele.

— Duvido — disse Pauling. — Não é tão longe assim do centro. O meu não tem. Provavelmente trabalham meio expediente aqui. Talvez até às oito horas.

— Então isso pode explicar os atrasos. Ele não podia trazê-las para cá com o porteiro aqui. Não com elas esperneando e se debatendo. No primeiro dia, ele deve ter tido que esperar por horas. Então manteve os intervalos por uma questão de consistência.

— E para dar a impressão de distância.

— Essa foi a suposição do Gregory. Ele estava certo e eu, errado. Falei Catskills.

— Era uma suposição razoável.

Reacher ficou calado.

— E agora? — perguntou Pauling.

— Eu gostaria de me encontrar com o seu amigo do Pentágono de novo.

— Não tenho certeza se ele vai concordar com isso. Acho que ele não gosta de você.

— Eu também não sou louco por ele. Mas isto são negócios. Faça uma oferta para ele.

— O que podemos oferecer a ele?

— Diga que vamos entregar a equipe do Lane de bandeja se ele nos ajudar com uma pequena informação. Ele vai aceitar esse acordo. Dez minutos com a gente em uma cafeteria vai render a ele mais do que dez anos de conversa com a ONU. Um bando inteiro de mercenários na ativa fora de ação para sempre.

— Conseguimos cumprir essa promessa?

— Vamos ter que conseguir. Mais cedo ou mais tarde será ou eles ou nós.

Os dois retornaram a pé para o escritório de Pauling percorrendo a rota anterior ao contrário. St. Luke's Place, Sétima Avenida, Cornelia Street, 4 Oeste. Reacher esparramou-se em uma das cadeiras à mesa enquanto ela ligava para vários telefones no prédio da ONU à procura do amigo. Encontrou-o depois de tentar por aproximadamente uma hora. Ele relutou, mas concordou em encontrá-los na mesma cafeteria de antes, às três da tarde.

— O tempo está passando — disse Pauling.

— Ele sempre passa. Tente falar com Brewer de novo. Precisamos que ele nos passe alguma informação.

Mas Brewer ainda não tinha voltado para a mesa dele e seu celular estava desligado. *Não adianta ficar nervoso com o que não se pode controlar.*

Às duas horas, saíram para pegar um táxi, bem adiantados, só por garantia. Mas conseguiram um na mesma hora e chegaram à cafeteria com quarenta minutos de antecedência. Pauling tentou falar com Brewer novamente. Sem sucesso. Ela fechou o telefone, colocou-o na mesa e o girou como um pião. Ele parou com a antena apontada diretamente para o peito de Reacher.

— Você tem uma teoria — Falou Pauling para ele. — Não tem? Como um físico. Uma teoria unificadora de tudo.

— Não — respondeu Reacher. — De tudo não. Nem perto disso. É só parcial. Estou deixando passar um componente importante. Mas tenho um nome para o Lane.

— Que nome?

— Vamos esperar pelo Brewer — falou Reacher. Ele gesticulou para a garçonete. A mesma de antes. Pediu café. Mesmas canecas marrons, mesmo jarro da Bunn. Mesmo gosto quente, forte, genérico.

O telefone de Pauling vibrou trinta minutos antes do horário marcado para o cara do Pentágono aparecer. Ela atendeu, falou seu nome e escutou um breve momento, depois informou a localização deles. *Uma cafeteria, no lado leste da Segunda Avenida, entre a 44 e a 45, mesa dos fundos.* E desligou.

— Brewer — avisou ela. — Finalmente. Vai se encontrar com a gente aqui. Quer falar cara a cara.

— Por quê?

— Não disse.

— Onde ele está?

— Saindo do necrotério.

— Vai ficar cheio isto aqui. Ele vai chegar na mesma hora que o seu amigo.

— Meu amigo não vai gostar disso. Acho que ele não gosta de lugares cheios.

— Se eu vir que ele está se esquivando, converso com ele lá fora.

272

Mas o amigo de Pauling chegou um pouco adiantado. Presumivelmente, para sondar a situação antes do encontro. Reacher o viu na calçada em frente, olhando para dentro, conferindo a clientela, um rosto por vez. Fazia isso com paciência. Meticuloso. Acabou dando-se por satisfeito e abriu a porta. Atravessou o local rapidamente e sentou-se. Estava com o mesmo terno azul. A mesma gravata. Provavelmente uma camisa limpa, embora não houvesse como ter certeza disso. Camisas sociais brancas são praticamente todas iguais.

— Estou preocupado com a sua oferta — afirmou ele. — Não posso consentir com ilegalidade.

Deixa de ser cagão, porra, pensou Reacher. *Sinta-se agradecido pelo menos uma vez nessa sua vida miserável. Pode ser um general agora, mas sabe como são as coisas.* Porém disse:

— Entendo a sua preocupação, senhor. Totalmente. E te dou a minha palavra de que nenhum policial nem promotor de qualquer lugar nos Estados Unidos vai hesitar diante de qualquer coisa que eu fizer.

— Tenho a sua palavra?

— Como oficial.

O cara sorriu e perguntou:

— E como cavalheiro?

Reacher não devolveu o sorriso e respondeu:

— Não posso reivindicar essa distinção.

— Nenhum policial nem promotor em qualquer lugar dos Estados Unidos?

— Eu garanto isso.

— Você consegue fazer isso, verdadeiramente?

— Consigo.

O cara ficou um momento em silêncio.

— E o que você quer que eu faça?

— Confirme uma coisa para que assim eu não desperdice tempo nem dinheiro.

— Confirmar o quê?

— Preciso que verifique o nome de uma pessoa nas listas de passageiros para fora desta área durante as últimas 48 horas.

— Voos militares?

— Não, comerciais.

— Isso é assunto do Departamento de Segurança.

— Exatamente. Por isso preciso que você consiga a informação para mim. Não sei para quem ligar. Não mais. Mas suponho que você saiba.

— Qual aeroporto? Qual voo?

— Não tenho certeza. Você vai ter que procurar um por um. Eu começaria pelo JFK. British Airways, United ou American para Londres, Inglaterra. Começaria pelo fim da noite de anteontem. Se não obtiver êxito com isso, tente voos para Newark. Se ainda assim não tiver resultado, tente o JFK de novo ontem de manhã.

— Com certeza transatlântico?

— É o que estou supondo agora.

— Ok — concordou o cara, lentamente, como se estivesse memorizando as informações. Depois perguntou:

— Quem vou procurar? Alguém da equipe do Lane?

Reacher fez que sim:

— Um ex-integrante recente.

— Nome?

Reacher respondeu:

— Taylor. Graham Taylor. Ele é cidadão britânico.

53

O CARA DO PENTÁGONO FOI EMBORA COM A PROMESSA de manter contato por intermédio do celular de Lauren Pauling. Reacher pediu mais café e Pauling disse:

— Você não achou o passaporte do Taylor no apartamento dele.

— Não, não achei — confirmou Reacher.

— Então ou ele ainda está vivo ou você acha que alguém está se passando por ele.

Reacher ficou calado.

Pauling continuou:

— Digamos que o Taylor estava trabalhando com o cara sem língua. Digamos que eles se desentenderam por algum motivo, ou pelo que fizeram com Kate e Jade no final, ou pelo dinheiro, ou pelas duas coisas. Digamos que um dos dois matou o outro e fugiu com o passaporte de Taylor e todo o dinheiro.

— Se foi o cara sem língua, por que ele usaria o passaporte do Taylor?

— Talvez ele não tenha passaporte. Muitos americanos não têm. Ou talvez ele esteja em uma lista de pessoas procuradas. Talvez não pudesse passar pelo aeroporto com o próprio nome.

— Passaportes têm foto.

— Geralmente elas são antigas e genéricas. Você se parece com a sua foto no passaporte?

— Um pouco.

— Às vezes um pouco é o suficiente. A preocupação é maior quando se está entrando do que quando se está saindo — disse Pauling.

Reacher concordou com um gesto de cabeça, levantou o rosto e viu Brewer passando pela porta. Grande, rápido, enérgico. Tinha algo no rosto, talvez frustração, talvez preocupação, Reacher não sabia dizer. Ou talvez o cara só estivesse cansado. Tinham-no acordado cedo. Ele atravessou a cafeteria apressadamente, sentou-se no lugar que o cara do Pentágono acabara de deixar vago e disse:

— O corpo no rio não era o cara na foto da Patti.

— Tem certeza? — questionou Reacher.

— Nunca tive tanta certeza. O cara na foto da Patti tem mais ou menos um metro e setenta e cinco, é atlético e o cara boiando no rio tinha um metro e noventa e era raquítico. São diferenças bem básicas, não concorda?

Reacher assentiu e completou:

— Bem básicas.

— Ele tem língua? — perguntou Pauling.

— Tem o quê? — estranhou Brewer.

— Língua. O cara que apareceu boiando no rio tinha língua?

— Todo mundo tem, não? Que tipo de pergunta é essa?

— Estamos procurando um cara cuja língua foi arrancada.

Brewer a encarou.

— Então o cara do rio não é quem vocês estão procurando. Acabei de sair do necrotério. Ele tinha tudo, com exceção de batimento cardíaco.

— Tem certeza?

— Médicos legistas tendem a notar coisas desse tipo.

— Ok — disse Reacher. — Obrigado pela sua ajuda.

— Não tão rápido — retrucou Brewer. — Me contem.

— O quê?

— O porquê de estarem interessados nesse cara.

Algo no rosto dele.

— Você conseguiu a identificação dele? — perguntou Reacher.

Brewer assentiu.

— Com as digitais. Elas estavam pastosas, mas conseguimos a identificação. Ele era um delator do Departamento de Polícia de Nova York. Relativamente valioso. Alguns amigos meus do norte da cidade ficaram bem tristes.

— Que tipo de delator?

— Metanfetamina, lá em Long Island. Ele estava prestes a testemunhar.

— Onde ele estava?

— Tinha acabado de sair da Rikers. Tiveram que trancafiar o cara com mais um bando de gente para manter o disfarce dele intacto. Seguraram o sujeito uns dias, depois o soltaram.

— Quando?

— Tinha acabado de sair. O legista calculou que morreu cerca de três horas depois de sair pelo portão.

— Então não sabemos nada sobre ele — disse Reacher. — Não tem relação nenhuma.

Dessa vez foi Brewer que questionou:

— Tem certeza?

Reacher fez que sim e completou:

— Juro.

Com a cara fechada, Brewer o encarou demoradamente, policial para policial. Depois deu de ombros e disse:

— Ok.

— Sinto muito não podermos ajudar — falou Reacher.

— Merdas acontecem.

— Ainda está com a foto tirada pela Patti?

— Fotos — corrigiu Brewer. — Ela me deu duas. — Não consegui decidir qual era melhor.

— Ainda está com elas?

— No meu bolso.

— Quer deixá-las comigo?

Brewer sorriu, homem para homem:

— Está planejando devolvê-las pessoalmente?

— Pode ser — respondeu Reacher. — Mas primeiro quero dar uma olhada nelas.

Estavam em um envelope branco, padrão, do tamanho carta. Brewer o tirou do bolso interno e pôs na mesa. Reacher viu o nome *Taylor* e as palavras *Para Brewer* escritos na frente à caneta azul com caligrafia perfeita. Então Brewer saiu. Levantou-se e caminhou de volta para a rua com a mesma velocidade, energia e agitação de quando entrara. Reacher o observou ir embora, depois virou o envelope, deixou a frente virada para baixo e o ajeitou na mesa diante de si. Olhou para ele com concentração, sem abri-lo.

— O que nós temos? — perguntou ele.

— Temos o mesmo que sempre tivemos — respondeu Pauling. — Temos Taylor e o cara que não fala.

Reacher sacudiu a cabeça em um gesto de negação,

— Taylor *é* o cara que não fala.

54

SSO É UM ABSURDO — DISSE PAULING. — LANE NÃO empregaria uma pessoa que não fala. Por que faria isso? E não comentaram nada a esse respeito. Você perguntou sobre o Taylor várias vezes. Disseram que ele era um bom soldado. Não disseram que era um bom soldado, mas que não conseguia falar. Teriam mencionado esse pequeno detalhe, você não acha?

— Uma palavra — falou Reacher. — A única coisa que precisamos fazer é acrescentar uma palavra e esse negócio todo passa a fazer sentido.

— Qual palavra?

— O tempo todo estamos dizendo que o cara não fala. A verdade é que ele não *pode* falar.

Pauling ficou um longo momento em silêncio.

Então falou:

— Por causa do sotaque.

— Exatamente. O tempo todo dissemos que não estava faltando ninguém, mas o fato é que Taylor está ausente desde o início. E Taylor estava por trás dessa porcaria toda. Ele planejou, organizou e executou tudo. Alugou o apartamento e comprou a cadeira. Provavelmente fez outras coisas que ainda não percebemos. E em todos os lugares aos quais ele foi, não podia arriscar abrir a boca. Nem uma vez. Porque ele é inglês. Por causa do sotaque. Ele foi realista. Sabia que deixaria um rastro. E qualquer um que estivesse atrás dele, depois de ouvir que era um homem de aparência comum de quarenta anos com sotaque inglês, teria sacado que era ele num segundo. Teria sido totalmente óbvio. Em quem mais alguém poderia pensar? Afinal, ele tinha sido a última pessoa a ver Kate e Jane vivas.

— Ele fez a mesma coisa que Knight, cinco anos atrás. Essa foi a abordagem inicial.

— Exatamente — repetiu Reacher. — É a única maneira de explicar o que aconteceu. Provavelmente, ele as levou de carro à Bloomingdale's, mas com certeza não parou lá. Simplesmente sacou uma arma e seguiu em frente. Talvez tenha ameaçado atirar em Kate na frente da menina. Isso a manteria quieta. Depois, ele simplesmente se escondeu e começou a recorrer a uma espécie de álibi duplo que tinha criado para si. Um: deduziriam que ele estava morto. Dois: as pessoas só se lembrariam de um cara que não fala. Um cara sem língua. Era uma estratégia perfeita para confundir as pessoas. Extraordinária, exótica, garantia absoluta de que as pessoas seguiriam na direção errada.

Pauling concordou com um gesto de cabeça e disse:

— Brilhante, de certo modo.

— Era só disso que as pessoas lembravam — disse Reacher. — Como aquele velhote chinês. Ele só se lembrava de como ele engolia igual a um peixe. E o zelador na Sexta Avenida. Pedimos para nos falar do cara e ele disse que o sujeito manteve a boca bem fechada o tempo todo por que tinha vergonha de não conseguir falar. Esse foi o início e o final da descrição dele. O óbvio era só o que importava. Todo o restante era trivial em comparação.

— Abra o envelope — disse Pauling. — Confirme.

Reacher então suspendeu a aba do envelope e puxou as duas fotos, viradas para baixo. Ele deu um tapinha na foto de cima como um jogador de baralho trapaceiro em busca de sorte.

E a virou.

Era o cara que ele já tinha visto duas vezes.

Sem dúvida.

Taylor.

Branco, um pouco queimado de sol, rosto com traços bem definidos, barba feita, maxilar travado, sem sorrir, uns quarenta anos. Calça jeans, camisa e boné azul, tênis branco. Tudo gasto e confortável. Era óbvio que se tratava de uma foto bem recente. Patti Joseph o tinha pegado saindo do Dakota em uma manhã de fim de verão. Ele parecia ter parado na calçada e erguido o rosto para conferir o tempo. Ao fazer isso, ficara no ângulo perfeito para a lente de longo alcance da Nikon de Patti.

— Sem dúvida — disse Reacher. — Esse é o cara que vi entrando no Mercedes e no Jaguar.

Ele virou a segunda imagem. Era uma foto com o zoom máximo, portanto não tão nítida. Um pouco tremida. O foco não estava perfeito. Mas era uma fotografia viável. Mesmo local, mesmo ângulo, dia diferente. Mesmo cara. Mas dessa vez com a boca aberta. Os lábios repuxados para trás. Não estava sorrindo. Talvez estivesse apenas fazendo careta devido ao repentino brilho do sol depois de sair do escuro saguão do Dakota. Tinha dentes terríveis. Faltavam alguns. O restante era separado e torto.

— Olha aí — disse Reacher. — Essa é a outra razão. Não é de se estranhar que ele mantivesse a boca fechada o tempo todo. O cara não é burro. Estava ocultando duas pistas ao mesmo tempo, não apenas uma. Seu sotaque inglês e sua dentição britânica. Porque são coisas *totalmente* óbvias. E se alguém da equipe do Lane ouvisse falar de um britânico de dente estragado? Seria como usar um crachá ao redor do pescoço.

— Onde ele está agora? Inglaterra?

— É o que eu acho. Ele foi embora para o país dele, onde se sente seguro.

— Com o dinheiro?

— Despachou a bagagem. Três bolsas.

— Ele conseguiria fazer isso? Como todos aqueles raios-x?

— Não vejo por que não.

— Certa vez, um especialista me deu uma aula sobre papel-moeda. Aqui mesmo na cidade de Nova York, aliás. Na Universidade Columbia. O papel não é papel de verdade. É feito em grande parte de linho e fibras de algodão. Tem mais em comum com a camisa que você está usando do que com um jornal. Acho que ficaria mais parecido com roupas em uma máquina de raio-x.

Pauling deslizou as fotografias pela mesa e as pôs lado a lado, diante de si. Olhou para uma, olhou para a outra. Reacher sentiu que ela estava esboçando uma linha de raciocínio. Uma análise. Uma narrativa.

— Ele está bronzeado por causa dos Hamptons — disse ela. — Passou o verão todo lá com a família. Então ficou preocupado que alguém fosse dar uma olhada em seu apartamento, depois. Foi por isso que tirou a lâmpada do quarto de hóspedes e cobriu a janela. O lugar tinha que dar a aparência de estar vazio, se alguém decidisse conferi-lo.

— Ele foi meticuloso.

— E muito desapegado. Deixou para trás aquele apartamento lindo.

— Ele pode alugar dez daqueles agora.

— Com certeza.

— Que pena — disse Reacher. — Gostava dele quando achava que estava morto. Todo mundo falava bem dele.

— Quem? Eu não aceitaria a opinião daqueles caras.

— É, nem eu. Mas geralmente gosto de britânicos. Gregory me pareceu legal.

— Provavelmente ele é tão ruim quanto o resto — disse Pauling. Em seguida, juntou as fotografias e as guardou novamente. — Bom, temos um nome para dar ao Lane — completou ela.

Reacher não respondeu.

— Uma teoria unificadora de tudo — continuou. — Como um físico. Não entendo por que você fala que é só parcial. Taylor fez tudo.

— Não fez, não — disse Reacher. — Ele não fez as ligações. Foi um americano que fez as ligações.

55

—TAYLOR TINHA UM PARCEIRO — AFIRMOU Reacher. — É óbvio. Tinha que ter, de novo, por causa do esquema do sotaque. A princípio achei que pudesse ser o cara no rio. Como você falou, achei que eles podiam ter se desentendido depois. Ou o Taylor ficou ambicioso demais e quis a parada toda para si. Mas isso não funciona agora. O cara no rio era só um cadáver comum de Nova York. Um homicídio sem relação com a nossa investigação. Ele estava na Rikers no período em questão. Ou seja, não sei quem fez os telefonemas. Por isso é só uma teoria parcial.

— Lane vai querer saber quem era o parceiro. Ele não vai se contentar com metade da informação.

— Pode apostar que não.

— Ele não vai pagar.

— Vai pagar parte. Pegamos o resto depois. Quando contarmos a ele quem é o parceiro.

— Como vamos descobrir quem era o parceiro?

— O único jeito garantido de conseguir isso é encontrando o Taylor e perguntando a ele.

— *Perguntando* a ele?

— Fazendo o cara contar.

— Na Inglaterra?

— Se o seu amigo do Pentágono disser que ele foi para lá. Acho que ele pode conferir pra gente quem estava sentado ao lado do Taylor no voo. Há uma pequena chance de terem pegado o voo juntos.

— Improvável.

— Muito. Mas não custa tentar.

Então, durante dez minutos, Pauling voltou a fazer ligações para vários telefones da ONU, mas desistiu e deixou uma mensagem de voz pedindo ao cara para confirmar se Taylor teve um companheiro de voo.

— E agora? — perguntou ela.

— Esperamos ele retornar a sua ligação — disse Reacher. — Depois, reserve um carro para nos levar ao aeroporto e voos para Londres, se esse tiver sido, de fato, o destino de Taylor, e provavelmente foi. No voo desta madrugada, suponho eu. Aposto que Lane vai me pedir para ir lá. Vai querer que eu faça o reconhecimento de campo. Depois, vai levar o bando todo para a matança. E vamos lidar com eles lá.

Pauling ergueu o rosto.

— Por isso você prometeu que nenhum policial nem promotor nos Estados Unidos vai hesitar.

Reacher confirmou com um gesto de cabeça.

— Mas os homólogos deles na Inglaterra vão ficar bem nervosos. Pode ter certeza.

Reacher pôs as fotografias de Patti Joseph de volta no envelope e o enfiou no bolso da camisa. Beijou Pauling na calçada e seguiu para o metrô. Estava em frente ao Dakota antes das cinco da tarde.

O nome. Amanhã.

Missão cumprida.

Mas ele não entrou. Em vez disso, seguiu em frente, atravessou a Central Park West e atravessou o portão que levava ao Strawberry Fields, o memorial a John Lennon no parque, perto de onde ele fora morto. Como a maior parte dos caras na sua idade, Reacher achava que os Beatles faziam parte de sua vida. Eram sua trilha sonora, seu pano de fundo. Talvez fosse por isso que ele gostava de ingleses.

Talvez por isso não quisesse fazer o que estava prestes a fazer.

Apalpou o bolso da camisa, sentiu as fotografias e esboçou a narrativa mais uma vez, da mesma maneira que Pauling havia feito. Mas não havia dúvida. Taylor era o bandido. Com certeza. O próprio Reacher era testemunha ocular. Primeiro o Mercedes, depois o Jaguar.

Não havia dúvidas quanto a isso.

Talvez simplesmente não houvesse satisfação em entregar um bandido a outro.

Mas isto é pela Kate, pensou Reacher. *Pela Jade. Pelo dinheiro do Hobart. Não pelo Lane.*

Ele respirou fundo e ficou um segundo parado com o rosto erguido para pegar o restinho do sol antes de ele afundar atrás dos prédios no oeste. Depois, virou-se e saiu novamente do parque.

Edward Lane abriu as duas fotos de Taylor em um leque de maneira bem delicada entre o indicador e o polegar e fez uma pergunta simples.

— Por quê?

— Ganância — respondeu Reacher. — Ou malícia, ou inveja, ou tudo isso junto.

— Onde ele está agora?

— Suponho que na Inglaterra. Vou descobrir daqui a pouco.

— Como?

— Fontes.

— Você é bom.

— O melhor que você já viu. — *Senão teriam te pegado no Exército.*

Lane devolveu as fotografias e falou:

— Ele deve ter tido um parceiro.

— Obviamente.

— Para fazer as ligações. Alguém com sotaque americano. Quem era?

— Vai ter que perguntar isso ao Taylor.

— Na Inglaterra?

— Imagino que ele não volte para cá tão cedo.

— Quero que você o encontre para mim.

— Quero o meu dinheiro.

— Você vai recebê-lo — afirmou Lane.

— Quero agora.

— Dez por cento agora. O resto quando eu estiver cara a cara com Taylor.

— Vinte por cento agora.

Lane não respondeu.

Reacher falou:

— Senão eu aceito ficar no prejuízo e vou embora. Então, você pode dar uma passada na Barnes & Noble, comprar um mapa do Reino Unido e uma tachinha. Ou um espelho e uma vareta.

— Quinze por cento agora — disse Lane.

— Vinte — insistiu Reacher.

— Dezessete e meio.

— Vinte, senão caio fora daqui.

— Jesus Cristo — exclamou Lane. — Ok, vinte por cento agora. E você vai viajar imediatamente. Agora mesmo, hoje à noite. Terá um dia de vantagem. Isso deve ser o suficiente para um rapaz esperto como você. Aí vamos atrás de você, vinte e quatro horas depois. Nós sete. Eu, Gregory, Groom, Burke, Kowalski, Addison e Perez. Isso deve ser o suficiente. Conhece Londres?

— Já estive lá.

— Estaremos no Park Lane Hilton.

— Com o resto do dinheiro?

— Cada centavo — respondeu Lane. — Vou mostrá-lo a você quando se encontrar com a gente no hotel e contar onde o Taylor está. Vou entregá-lo a você quando fizer contato visual com ele.

— Ok — concordou Reacher. — Fechado.

Dez minutos depois estava de volta ao metrô, no sentido sul, com duzentos mil dólares americanos em dinheiro embrulhados em uma sacola plástica da Whole Foods.

Reacher encontrou-se com Pauling no apartamento dela, entregou-lhe a sacola e disse:

— Pegue o que te devo e esconda o resto. É o suficiente para Hobart fazer no mínimo os exames preparatórios.

Pauling pegou a sacola e a segurou afastada do corpo como se fosse contagiosa.

— É o dinheiro africano?

— Direto de Ouagadougou. Vi no closet de Edward Lane.

— É sujo.

— Me mostre um dinheiro que não seja.

Pauling refletiu um minuto, abriu a sacola retirou algumas notas e as colocou na bancada da cozinha. Redobrou a sacola e a colocou no forno.

— Não tenho cofre aqui — falou ela.

— O forno serve — disse Reacher. — Só não esqueça e asse alguma coisa.

Ela pegou quatro notas da pilha na bancada e as entregou a ele.

— Para roupas — disse ela. — Você vai precisar. Vamos para a Inglaterra hoje à noite.

— O seu amigo deu retorno?

Ela assentiu e completou:

— Taylor estava em um voo da British Airways menos de quatro horas depois de o Burke pôr o dinheiro no Jaguar.

— Sozinho?

— Aparentemente. Até onde conseguimos descobrir. Estava sentado ao lado de uma mulher britânica. O que não significa que ele não tenha um parceiro que fez o *check-in* separado e sentou em algum outro lugar. Essa teria sido uma precaução bem básica. Havia 67 homens adultos americanos desacompanhados no voo.

— Seu amigo é muito meticuloso.

— É, sim. Ele mandou a lista inteira. Por fax. Inclusive a lista das bagagens. Taylor despachou três bolsas.

— Cobraram excesso de peso?

— Não. Ele estava na classe executiva. Devem ter deixado para lá.

— Não preciso de quatrocentos dólares pra comprar roupa — disse Reacher.

Pauling discordou:

— Precisa se vai viajar comigo.

Eu era PE, dissera Reacher a Hobart. *Já fiz de tudo.* Mas não tinha feito. Trinta minutos depois estava fazendo algo inédito para ele. Comprava roupas em uma loja de departamento. Encontrava-se na Macy's situada na Herald Square, na seção masculina, em frente ao caixa, segurando uma calça cinza, um casaco cinza, uma camiseta de malha preta, um suéter de gola V, um par de meias pretas, duas cuecas samba-canção brancas. Suas escolhas haviam sido limitadas pela disponibilidade de tamanhos adequados. Largura da coxa, comprimento do braço e peito. Ele estava preocupado com a possibilidade de seu sapato marrom não combinar. Pauling disse a ele para comprar um sapato novo também. Ele vetou a ideia. Não tinha dinheiro. Então ela falou que o sapato marrom não ficaria ruim com calça cinza. Ele avançou lentamente até o fim da fila e pagou, 396 dólares e alguns centavos, com os impostos. Tomou banho e se vestiu quando voltou ao apartamento de Pauling. Tirou seu surrado passaporte amarrotado e o envelope com as fotos tiradas por Patti Joseph de sua calça velha e os enfiou na nova. Pegou sua escova de dentes dobrável do bolso da camisa antiga e a pôs no do casaco novo. Percorreu o corredor carregando as roupas velhas e as jogou no duto de lixo. Depois, aguardou com Pauling na recepção. Nenhum dos dois falou muito até o carro chegar e levá-los para o aeroporto.

56

AULING COMPRARA PASSAGEM EXECUTIVA PARA ELES no mesmo voo que Taylor havia pegado 48 horas antes. Inclusive, existia a possibilidade de ser a mesma aeronave, partindo do pressuposto de que ela fazia viagens de ida e volta diariamente. Porém, nenhum deles podia estar no mesmo lugar que Taylor. Ocupavam uma fileira que tinha acentos aos pares, um junto à janela outro ao corredor, e a lista do Departamento de Segurança mostrava que Taylor havia ficado na fileira de quatro assentos no centro do avião.

Os assentos eram estranhos casulos em forma de banheira virados em direções alternadas. O assento à janela de Reacher era virado para trás e ao lado dele, o de Pauling, ficava para a frente. Um aviso informava que os assentos reclinavam-se totalmente e transformavam-se em camas perfeitas, o que devia ser verdade para ela, mas para Reacher faltavam trinta centímetros. Mas os assentos tinham algumas compensações. A disposição cara a cara significava que passaria sete horas olhando diretamente para ela, o que não era sacrifício algum.

— Qual é a estratégia? — perguntou ela.

— Vamos encontrar Taylor, Lane vai cuidar dele, depois eu vou cuidar do Lane.

— Como?

— Vou pensar em alguma coisa. Como Hobart disse. Tudo na guerra é improviso.

— E os outros?

— Vai ser uma decisão instantânea. Se eu achar que o bando vai se desintegrar sem o Lane, vou deixá-los em paz e largar pra lá. Mas se um deles quiser ascender a oficial e assumir o comando, acabo com a raça dele também. E assim por diante, até o bando realmente se desintegrar.

— Brutal.

— Comparado a quê?

— Não vai ser fácil localizar o Taylor — alertou ela.

— A Inglaterra é um país pequeno — argumentou ele.

— Não tão pequeno assim.

— Achamos o Hobart.

— Com ajuda. Nos deram o endereço dele.

— A gente vai se virar.

— Como?

— Tenho um plano.

— Me conta.

— Você conhece algum investigador particular britânico? Existe um clube internacional de investigadores?

— Talvez um clube de *investigadoras*. Tenho alguns números.

— Então tá.

— Esse é o seu plano? Contratar um investigador particular em Londres?

— Conhecimento local — disse Reacher. — A chave é sempre essa.

— Podíamos ter feito isso por telefone.

— Não tínhamos tempo.

— Só em Londres são oito milhões de pessoas — argumentou Pauling. — E ainda tem Birmingham, Manchester, Sheffield, Leeds. E todo o interior. As Cotswolds. Stratford-upon-Avon. E a Escócia e o País de Gales. Taylor saiu pela porta do Heathrow dois dias atrás. Ele pode estar em qualquer lugar agora. Não sabemos nem de onde ele é.

— A gente vai se virar — repetiu Reacher.

Pauling pegou um travesseiro e um cobertor com uma aeromoça e reclinou o assento. Reacher ficou um momento observando-a dormir, depois também se deitou, com os joelhos para cima e a cabeça prensada na parede da banheira. A luz da cabine era suave e azul e o zumbido do motor, sossegado. Reacher gostava de viajar de avião. Dormir em Nova York e acordar em Londres era uma fantasia que podia ter sido criada expressamente para ele.

A aeromoça o acordou para dar-lhe café da manhã. *É como estar em um hospital*, pensou ele. *Eles nos acordam e alimentam.* Só que o café da manhã era bom. Canecas de café e sanduíches de bacon. Ele tomou seis e comeu seis. Pauling o observava, fascinada.

— Que horas são? — perguntou ela.

— Cinco para as cinco — respondeu ele. — Da manhã. Ou seja, cinco para as dez da manhã neste fuso horário.

Nesse momento, todo tipo de campainha ressoou baixinho e sinais luminosos acenderam para informar que desceriam em breve no Heathrow. A latitude setentrional significava que, às dez da manhã, no final do verão, o Sol estava alto. A paisagem lá embaixo estava muito iluminada. Pequenas nuvens no céu lançavam sombras nos campos. O senso de direção de Reacher não era tão bom quanto o de horário, mas concluiu que haviam dado uma volta além da cidade e se aproximavam do aeroporto pelo leste. O avião fez uma curva fechada e eles perceberam que estavam em circuito de espera. Heathrow era conhecido por ser muito movimentado. Circulariam Londres pelo menos uma vez. Talvez duas.

Ele encostou a testa na janela e olhou para baixo. Viu o Tâmisa brilhando ao sol como chumbo polido. Viu a Tower Bridge, de pedra branca recentemente limpa e as partes de ferro com pintura nova. Depois, um grande navio de guerra atracado no rio, uma espécie de exibição permanente. E a London Bridge. Suspendeu o pescoço e procurou a Catedral de São Paulo, no noroeste. Viu a grande abóbada em meio a uma multidão de antigas ruas tortuosas. Londres era uma cidade de imóveis baixos. Tudo abarrotado de modo denso e caótico perto das impressionantes curvas do Tâmisa antes de espalhar-se infinitamente na direção do espaço acinzentado ao longe.

Viu estradas de ferro esparramadas chegando à Waterloo Station. Viu o Palácio de Westminster. Viu o Big Ben, a torre era mais baixa e atarracada do que se lembrava. E a Abadia de Westminster, branca, volumosa, milenar. Havia uma espécie de roda-gigante do outro lado do rio. Um treco turístico, provavelmente. Árvores verdes por todo lado. Viu o Palácio de Buckingham e o Hyde Park. Olhou para o norte, depois de onde os jardins do palácio terminavam e encontrou o Hilton. Uma torre arredondada, com uma aparência eriçada por causa das varandas. De cima, parecia um bolo de casamento acachapado. Depois, deu uma olhada um pouco mais ao norte e encontrou a Embaixada Americana. Grosvenor Square. Já tinha usado um escritório ali, em um porão sem janela. Quatro semanas, durante uma investigação militar da pesada da qual mal se lembrava. Mas lembrava-se da região. Lembrava-se muito bem dela. Rica demais para o sangue dele, até se escapulir para o leste e chegar ao Soho.

— Você já esteve aqui? — perguntou a Pauling.

— Fizemos um treinamento na Scotland Yard — respondeu ela.

— Isso pode ser útil.

— Foi há um milhão de anos.

— Onde você ficou?

— Colocaram a gente nos dormitórios de uma universidade.

— Você conhece algum hotel?

— Você conhece?

— Não do tipo que deixa gente com roupas de quatrocentos dólares entrar. A maioria é do tipo que as pessoas dormem calçadas.

— Não podemos ficar nem perto do Lane e do pessoal dele. Não podemos ser associados a ele. Não se vamos fazer algo contra ele.

— Com certeza.

— Que tal algum lugar realmente maravilhoso? Como o Ritz?

— Esse é o paradoxo. Quatrocentos dólares é maltrapilho demais para eles. E precisamos passar despercebidos. Precisamos do tipo de lugar em que não pedem para ver o passaporte e permitem pagamento em dinheiro. Em Bayswater, talvez. A oeste do centro, fácil acesso para o aeroporto depois.

Reacher virou-se para a janela novamente e viu uma larga rodovia de seis pistas estendendo-se no sentido leste-oeste com trânsito lento na esquerda. Depois, bairros residenciais afastados, casas geminadas, ruas curvas, minúsculos quintais verdes, barracões nos fundos dos terrenos. Em seguida, o estacionamento do aeroporto ocupando vários acres, cheio de carros pequenos, muitos deles vermelhos. Depois, a cerca do aeroporto. Depois, os chevrons no início da pista de decolagem. Perto do chão, o avião ficou enorme de novo, após a sensação de ficar sete horas apertado. Deixou de ser um tubo estreito e se transformou em um monstro de duas toneladas a trezentos quilômetros por hora. Aterrissou com força, urrou, freou e, de repente, ficou tranquilo e obediente novamente, movimentando-se devagar na direção do terminal. O comissário de bordo deu as boas-vindas a Londres pelo sistema de som, Reacher se virou e olhou para a saída do outro lado da cabine. Seria muito fácil seguir os primeiros passos de Taylor. Depois da área de restituição de bagagem e do ponto de táxi, o serviço ficaria bem mais difícil. Porém, não impossível.

— A gente vai se virar — afirmou, ainda que Pauling não tivesse falado com ele.

57

U M FUNCIONÁRIO DE TERNO CINZA PREENCHEU CARTÕES de desembarque e carimbou seus passaportes. *Meu nome está em um pedaço de papel inglês*, pensou Reacher. *Isso não é bom*. Mas não havia alternativa. E o nome dele já estava na lista de passageiros da companhia aérea, documento que podia ser enviado por fax a qualquer lugar num piscar de olhos. Aguardaram próximo à esteira pela mala de Pauling. Depois, pararam Reacher na alfândega não porque tinha bagagem suspeita, mas porque não tinha bagagem nenhuma. Por isso desconfiou que o cara que o parou era policial de uma Agência Especial ou um agente da MI5 disfarçado. Obviamente, viajar sem bagagem acendia a luz vermelha. A detenção foi rápida e as perguntas, casuais, mas o cara deu uma boa olhada em seu rosto e analisou detalhadamente o passaporte. *Isso não é bom.*

Pauling trocou um maço de dólares de O-Town em uma Travelex e eles pegaram o trem mais rápido para Paddington. Paddington era uma boa primeira parada, concluiu Reacher. Era o tipo de área de que gostava. Conveniente para chegarem aos hotéis de Bayswater, cheia de lixo e prostitutas. Não que ele esperasse encontrar Taylor ali. Ou em algum outro lugar. Mas seria um bom e anônimo acampamento-base. A companhia ferroviária prometeu que a viagem até a cidade demoraria quinze minutos, mas acabaram levando quase vinte. Saíram à rua no centro de Londres logo antes do meio-dia. Da Rua 4 Oeste à Eastbourne Terrace em dez curtas horas. Aviões, trens e automóveis.

No nível da rua, aquela parte de Londres era clara, nova, fria, e, para os olhos de um estranho, parecia cheia de árvores. As construções eram baixas, tinham interiores antigos e telhados desconjuntados, mas a maioria possuía fachadas novas acopladas para disfarçar o envelhecimento e a decadência. A maior parte dos estabelecimentos eram franquias de lojas já conhecidas, a não ser as que vendiam comida étnica para viagem e serviços de aluguel de carros de luxo com motorista, que ainda pareciam ser pequenos negócios familiares. Ou negócios abertos por meio de parceria entre primos. O asfalto das ruas era bom, liso e, pintado nele com nitidez, havia um monte de instruções para os motoristas e pedestres. Os avisos para os pedestres eram *Olhe para a esquerda* ou *Olhe para a direita* diante de todos os meios-fios possíveis e os motoristas eram orientados por complexas linhas e arcos e quadriculados e placas de *Devagar* em todos os lugares em que a direção deixava de ser absolutamente reta, o que acontecia em praticamente todos os lugares. Em alguns locais, havia mais branco na rua do que preto. *O estado de bem-estar social,* pensou Reacher. *Com certeza isso cuida bem pra cacete das pessoas.*

Ele carregou a mala de Pauling e caminharam para o nordeste na direção de Sussex Gardens. De viagens anteriores, ele lembrava-se de grupos de casas enfileiradas unificadas e transformadas em hotéis baratos, nas ruas Westbourne Terrace, Gloucester Terrace e Lancaster Gate. O tipo de lugar que tinha carpetes grossos encrustados nos corredores e cicatrizes grossas na pintura das madeiras e quatro símbolos sem sentido acesos acima das portas da frente, como se alguma agência de normas de responsabilidade tivesse avaliado os serviços oferecidos e decidido que eram agradáveis. Pauling rejeitou os dois primeiros lugares que ele escolheu, antes de compreender que não haveria nada melhor na esquina seguinte. Então desistiu e concordou em ficar no terceiro, que era composto por quatro casas grudadas umas às outras e unificada para transformarem-se em um prédio único, longo, inclinado

295

e não tão alinhado assim, com um nome aparentemente escolhido de forma aleatória entre as palavras mais usadas pela indústria de turismo londrina: Buckingham Suits. O cara na recepção era do Leste Europeu e ficou satisfeito por receber em dinheiro. O preço era baixo para Londres, ainda que caro para qualquer outra parte do mundo. Não havia registro. O Suits que compunha o nome parecia se justificar pela presença de um banheirinho e uma mesinha em cada quarto. A cama queen size tinha uma colcha de nylon verde. Além da cama, do banheiro e da mesa, não havia muito espaço.

— Não vamos ficar muito tempo aqui — disse Reacher.

— Tudo bem — falou Pauling.

Ela não desfez a mala. Ficou segurando-a aberta no chão dando a impressão de que não planejava desfazê-la. Reacher manteve a escova de dentes no bolso. Ficou sentado na cama enquanto Pauling tomava banho. Em seguida, ela saiu do banheiro, foi até a janela e ficou parada com a cabeça levantada, olhando para os telhados e as chaminés do lado contrário.

— Quase 150 mil quilômetros quadrados — comentou ela. — É o que tem aí.— Menor do que Oregon — comparou Reacher.

— Oregon tem três milhões e meio de pessoas. O Reino Unido tem sessenta milhões.

— É mais difícil se esconder aqui, então. Todo mundo tem um vizinho enxerido.

— Por onde a gente começa?

— Por um cochilo.

— Você quer dormir?

— Bem, depois.

Ela sorriu. Era como o sol nascendo.

— Vamos aproveitar Bayswater, então — disse ela.

Sexo e jetlag os mantiveram adormecidos até as quatro da tarde. O dia de vantagem que tinham estava quase acabando.

— Vamos nessa — falou Reacher. — Vamos ligar para as meninas do clube de investigadoras.

Pauling levantou, buscou a bolsa e pegou um aparelhinho que Reacher não a tinha visto usar antes. Uma agenda eletrônica. Um Palm

Pilot. Ela acessou um diretório, rolou a tela para baixo e encontrou um nome e um endereço.

— Gray's Inn Road — falou ela. — É perto daqui?

— Acho que não — respondeu Reacher. — Acho que fica a leste. Mais perto do centro financeiro. Onde ficam os advogados, talvez.

— Faz sentido.

— Alguém mais perto?

— Essas pessoas supostamente são boas.

— Podemos ir de metrô, talvez. Pela Central Line, eu acho. Até Chancery Lane. Eu devia ter comprado um chapéu-coco e um guarda--chuva. Ia combinar direitinho.

— Eu não acho. Esse pessoal de Londres é muito civilizado — ela rolou na cama e discou o telefone na mesinha de cabeceira. Reacher ouviu o toque estrangeiro saindo do fone receptor, um ronronar duplo, em vez de único. Então ouviu alguém atender e escutou a ponta de Pauling da conversa. Explicou quem ela era, que estava temporariamente na cidade, que era uma investigadora particular de Nova York, ex-agente do FBI, membra de algum tipo de organização internacional. Deu um nome para contato e perguntou se não podiam fazer o favor de atendê-la assim de repente. A pessoa na outra ponta devia ter concordado prontamente porque ela perguntou "Que tal às dezoito horas?" e depois não disse nada além de "Ok, obrigada, dezoito horas, então", e desligou. — A moça do clube de investigadoras vai cooperar? — perguntou Reacher.

— O cara do clube de investigadores — corrigiu Pauling. — Parece que a mulher de quem eu tinha o nome vendeu o negócio. Mas eles não vão deixar de ajudar. É mais ou menos como aquele esquema dez--sessenta que você usou com o general. E se eles tiverem que ir a Nova York? Se não ajudarmos uns aos outros, quem vai ajudar?

— Espero que Edward Lane não tenha um Palm Pilot cheio de números de Londres — disse Reacher.

Eles tomaram banho, vestiram-se e desceram até a estação do metrô Lancaster Gate. Ou, no inglês de Londres, até a *tube station*. A entrada de ladrilhos sujos parecia um banheiro de estádio, a não ser pela pessoa vendendo flores. Mas a plataforma era limpa e o trem, novo. E futu-rístico. De certa maneira, como o nome *tube* indica, tinha um formato mais tubular do que sua contraparte em Nova York. Os túneis eram arredondados, como se esculpidos de modo que os vagões se encaixassem perfeitamente neles. Como se o sistema todo pudesse ser acionado por ar comprimido, e não por eletricidade.

Foi uma viagem lotada, com paradas em estações com nomes famosos e românticos. Marble Arch, Bond Street, Oxford Circus, Tottenham Court Road, Holborn. Os nomes fizeram Reacher lembrar-se das cartas do Banco Imobiliário Britânico que ele tinha achado abandonado em uma base da OTAN quando criança. Mayfair e Park Lane eram áreas nobres. O local em que ficava o Hilton. Aonde Lane e seus seis capangas chegariam em aproximadamente dezoito horas.

Eles saíram da Chancery Lane às quinze para as seis da tarde, em plena luz do dia. As ruas ali eram estreitas e sufocadas pelo trânsito. Táxis pretos, ônibus vermelhos, vans brancas, fumaça de óleo diesel, pequenos sedãs de cinco portas que Reacher não reconhecia. Motos, bicicletas, calçadas lotadas de gente. Faixas de pedestre nada convencionais, semáforos piscando, placas apitando. Estava bem frio, mas as pessoas caminhavam com camisas de manga curta e os casacos dobrados nos braços como se, para elas, estivesse calor. Não havia buzinas nem sirenes. Era como as partes mais antigas do centro de Manhattan, mas com imóveis desprovidos do quinto andar, comprimidos em tamanho, e, por isso, a velocidade ali era mais acalorada. Porém, de alguma maneira, também possuíam um temperamento mais frio e polido. Reacher sorriu. Adorava a estrada aberta e os quilômetros a percorrer nelas, mas adorava na mesma proporção a multidão das grandes cidades do mundo. Nova York ontem, Londres hoje. A vida era boa.

Até então.

Eles caminharam para o norte na Gray's Inn Road, que parecia mais comprida do que haviam imaginado. Prédios antigos à esquerda e à direita, modernizados somente nos andares térreos. Uma placa avisava que a casa em que Charles Dickens morara ficava adiante e à esquerda. No entanto, por mais que Londres fosse uma cidade histórica, Dickens não reconheceria mais o lugar. Sem chance. Até mesmo Reacher sentia que as coisas tinham mudado muito nos dez anos, ou algo assim, desde a última vez em que estivera ali. Lembrava-se de cabines telefônicas vermelhas e educados policiais desarmados com chapéus pontudos.

Agora, a maioria das cabines telefônicas que via eram de vidro liso e todo mundo, na verdade, estava usando telefone celular. Os policiais faziam ronda aos pares, com rostos inexpressivos, de colete à prova de balas e segurando metralhadoras UZI na frente do tronco Havia câmeras de vigilância em postes por todo o lugar.

— O Big Brother está vigiando você — disse Pauling.

— Já percebi — disse Reacher. — Vamos ter que levar Lane para fora da cidade. Não podemos fazer nada aqui.

Pauling não respondeu. Estava conferindo os números nas portas. Avistou o que queria do outro lado da rua à direita. Era uma porta marrom com uma pequena claraboia de vidro. Através dela, Reacher podia ver uma escada que levava a escritórios nos andares de cima. Muito similares à sala de Pauling a cinco mil quilômetros dali. Atravessaram a rua pelo trânsito parado e conferiram as placas de metal na construção de pedra. Em uma delas estava gravado: *Serviços Investigativos S.A.* Letra simples, mensagem simples. Reacher puxou a porta e achou que estava trancada até lembrar-se de que funcionavam ao contrário. Então empurrou-a e descobriu que estava aberta. A escada era velha, mas tinha linóleo novo. Subiram dois lances até encontrarem a porta certa. Estava aberta e dava em uma pequena sala quadrada com uma mesa posicionada a um ângulo de 45 graus, de modo que seu ocupante pudesse olhar pela porta e pela janela ao mesmo tempo. Esse ocupante era um homem pequeno de cabelo ralo. Tinha uns cinquenta anos. Usava um colete sobre uma camisa e gravata.

— Vocês devem ser os americanos — disse ele. Durante um segundo, Reacher se perguntou como exatamente ele tinha descoberto. Roupas? Dentes? Cheiro? Por meio de uma dedução, como Sherlock Homens? Mas aí o cara falou:

— Fiquei aberto especialmente por causa de vocês. Já estaria a caminho de casa agora se não tivessem telefonado. Eu não tinha mais ninguém agendado para hoje.

— Desculpe por ter te segurado aqui — disse Pauling.

— Sem problema — respondeu o cara. — É sempre um prazer ajudar uma colega de profissão.

— Estamos procurando uma pessoa — falou Pauling. — Ele chegou de Nova York dois dias atrás. É inglês e o nome dele é Taylor.

O cara a olhou surpreso.

— Duas vezes no mesmo dia — comentou ele. — Esse tal de sr. Taylor é famoso.

— Como assim?

— Um homem ligou de Nova York questionando a mesma coisa. Não se identificou. Imagino que ele estava ligando para todas as agências de Londres, uma por uma.

— Era americano?

— Com certeza.

Pauling virou-se para Reacher e falou sem emitir som:

— Lane.

Reacher confirmou com a cabeça e falou:

— Tentando resolver sozinho. Tentando dar o cano no meu pagamento.

Pauling virou-se de novo para a mesa.

— O que você disse para o cara do telefone?

— Que há sessenta milhões de pessoas na Grã-Bretanha e que provavelmente várias centenas de milhares delas se chamam Taylor. Que era um nome muito comum. Disse a ele que sem informações mais específicas eu não tinha como ajudá-lo.

— Você consegue nos ajudar?

— Isso depende de quais informações extras vocês têm.

— Temos fotografias.

— Elas podem acabar ajudando. Mas não a princípio. Quanto tempo o sr. Taylor ficou nos Estados Unidos?

— Muitos anos, eu acho.

— Então ele não tem base aqui? Não tem casa?

— Tenho certeza de que não tem.

— Então é um caso perdido — afirmou o cara. — Vejam bem. Trabalho com bancos de dados. Com certeza vocês fazem a mesma coisa em Nova York, certo? Contas, registros eleitorais, impostos municipais, registros judiciais, relatórios de crédito, apólices de seguros, esse tipo de coisa. Se o tal sr. Taylor já não morava aqui havia muitos anos, ele simplesmente não vai aparecer em lugar nenhum.

Pauling ficou calada.

300

— Sinto muito mesmo — disse o cara. — Mas tenho certeza de que vocês compreendem.

Pauling disparou um olhar na direção de Reacher que dizia: *Belo plano.*

Reacher falou:

— Tenho o telefone do parente mais próximo dele.

58

EACHER FALOU:

— Revistamos o apartamento do Taylor em Nova York e achamos um telefone fixo que tinha dez botões de discagem rápida com números registrados. O único telefone britânico tinha na etiqueta a letra S. Imagino que seja do pai, da mãe, do irmão ou da irmã. Mais provável que seja de irmão ou irmã, porque acho que um cara como ele teria usado M ou P para mãe e pai. Deve ser de Sam, Sally, Sarah, Sean, alguma coisa assim. E o relacionamento com esse parente deve ser bem próximo, senão por que teria o trabalho de registrar o número em um botão de discagem rápida? E se o relacionamento é bem próximo, Taylor não voltou para o Reino Unido sem ao menos avisar essa pessoa. Porque ela também deve ter o número dele registrado em um botão de discagem rápida, e ficaria preocupada se Taylor não estivesse atendendo o telefone em casa. Ou seja, acho que eles têm a informação de que precisamos.

— Qual era o número? — perguntou o cara.

Reacher fechou os olhos e recitou o número com início 01144 que memorizara na Hudson Street. O cara à mesa tomou nota em um bloco de papel com um lápis quase sem ponta.

— Ok — disse ele. — Descartamos o prefixo internacional e acrescentamos um zero no lugar. — E foi exatamente o que fez, manualmente, com o lápis. — Depois, ligamos o velho computador e procuramos no diretório reverso. Ele virou a cadeira 180 graus para uma mesa com um computador atrás de si, deu um tapinha na barra de espaço e o acessou usando uma senha que Reacher não conseguiu ver. Em seguida, posicionou o cursor em uma caixa de diálogo, clicou nela e inseriu o número. — Isso só vai nos dar o endereço, compreendem? Teremos que ir a outro lugar para descobrir a identidade exata da pessoa que mora lá — ele clicou em *Avançar*, um segundo depois a tela mudou e o endereço apareceu.

— Grange Farm — disse ele. — Em Bishops Pargeter. Parece que é rural.

— Muito rural? — perguntou Reacher.

— Não é muito longe de Norwich, a julgar pelo código postal.

— Bishops Pargeter é o nome de uma cidade?

O cara confirmou com um movimento de cabeça e completou:

— Deve ser um vilarejo, provavelmente. Ou um povoado. Talvez tenha uma dúzia de construções e uma igreja normanda do século treze. Isso é típico. No condado de Norfolk, na Ânglia Oriental. Região de fazendas, bem plana, com muito vento, pântanos, esse tipo de coisa, uns duzentos quilômetros a nordeste daqui.

— Encontre o nome.

— Calma aí, calma aí, estou chegando lá. O cara arrastou o endereço para um local temporário na tela e abriu outro banco de dados. — O registro eleitoral — disse ele. — É sempre a minha preferência. É de domínio público, lícito e costuma ser bem abrangente e confiável. Isto é, se as pessoas se derem ao trabalho de votar, o que nem sempre acontece, é claro. Ele arrastou o endereço de volta para uma nova caixa de diálogo e apertou novamente a tecla *Avançar*. A espera foi muito, muito longa. Então a tela mudou. — Aí está — disse o cara. — Dois eleitores no endereço. Jackson. Esse é o nome. Anthony Jackson e, deixe-me ver, isso, sra. Susan Jackson. Olha o seu S aí. S de Susan.

— Uma irmã — disse Pauling. — Casada. Parece demais com a história do Hobart.

— Pois bem — disse o cara. — Vamos fazer mais uma coisinha. Um negócio não tão lícito desta vez, mas, já que estou entre amigos e colegas, posso muito bem dar uma ostentada. — Ele acessou um novo banco de dados, que abriu com uma tela DOS antiga e simples. — Hackeado, basicamente — confessou ele. — Por isso os gráficos não são bacanas. Mas temos as informações do Departamento de Trabalho e Pensões. O Estado paternalista em ação — ele inseriu o nome de Antony Jackson e o endereço, depois fez um comando complexo no teclado, a tela desceu e como resultado apresentou três nomes separados e uma confusão de números. — Anthony Jackson tem 39 anos e sua esposa, Susan, 38. O nome de solteira dela era mesmo Taylor. Eles têm um filho, uma filha, na verdade, de oito anos, e parece que colocaram um peso nas costas da menina porque a batizaram de Melody.

— É um nome bonito — discordou Pauling.

— Não para Norfolk. Não acho que ela seja feliz na escola.

— Eles estão em Norfolk há muito tempo? Os Taylor são de lá? A família? — perguntou Reacher.

O cara rolou a tela para cima.

— Parece que a desafortunada Melody nasceu em Londres, ou seja, a família não deve ser de Norfolk. Ele saiu da página simples com tela DOS e abriu outra. — Registro de Terrenos — disse ele, inserindo o endereço. Apertou a tecla *Avançar*. A tela mudou. — Não, eles compraram a propriedade em Bishops Pargeter pouco mais de um ano atrás. Venderam um imóvel no sul de Londres na mesma época. O que sugere que são gente da cidade voltando para o interior. É uma fantasia comum. Dou a eles mais uns doze meses antes de se cansarem daquilo lá.

— Obrigado — falou Reacher. — Somos gratos pela sua ajuda.

Ele pegou o lápis quase sem ponta na mesa, tirou o envelope de Patti Joseph do bolso e escreveu *Anthony, Susan, Melody Jackson, Grange Farm, Bishops Pargeter, Norfolk*. Em seguida, falou:

— Quem sabe você não se esquece de tudo isso se o cara de Nova York ligar de novo?

— Dinheiro em jogo?

— Muito.

— Quem chega primeiro bebe água limpa — comentou o cara. — O passarinho que acorda cedo come a minhoca. E assim por diante. Meus lábios estão selados.

— Obrigado — repetiu Reacher. — Quanto te devemos?

— Ah, nada, não — respondeu o cara. — Foi uma satisfação. É sempre um prazer ajudar um colega de profissão.

De volta à rua, Pauling comentou:

— Basta o Lane dar uma revistada no apartamento do Taylor e achar o telefone para ficar emparelhado com a gente. Ele pode procurar outro cara em Londres. Ou ligar para alguém em Nova York. Aqueles diretórios reversos estão disponíveis na internet.

— Ele não vai achar o telefone — discordou Reacher. — E, se achar, não vai fazer a conexão. Conjunto diferente de habilidades. Vareta com espelho.

— Tem certeza?

— Absoluta, não. Então tomei a liberdade de apagar o número.

— O nome disso é vantagem desleal.

— Quero me certificar de que vou receber o dinheiro.

— E agora a gente simplesmente liga para a Susan Jackson?

— Eu ia fazer isso — falou Reacher. — Mas aí você mencionou o Hobart e a irmã dele, e agora não tenho tanta certeza. E se a Susan for tão protetora quanto Dee Marie? Ela simplesmente mentiria para a gente sobre tudo que sabe.

— Podemos dizer que somos amigos dele e que estamos de passagem por aqui.

— Ela confirmaria com o Taylor antes de nos contar alguma coisa.

— E agora, então?

— Vamos ter que ir até lá. Para Bishops Pargeter, onde quer que esse inferno desse lugar seja.

59

OBVIAMENTE, O HOTEL DELES NÃO CHEGAVA NEM perto de oferecer serviço de *concierge*, então Reacher e Pauling tiveram que andar até o Marble Arch para encontrar uma locadora de veículos. Ele não tinha nem carteira de motorista nem cartão de crédito, então deixou Pauling preenchendo os formulários e continuou a percorrer a Oxford Street em busca de uma livraria. Achou uma loja grande que possuía uma seção de viagens nos fundos, com uma prateleira inteira de guias das estradas britânicas. Mas Bishops Pargeter não constava nos três primeiros que ele olhou. Nem sinal dela em lugar algum. Não estava no índice. *Pequena demais*, concluiu ele, *até mesmo para um ponto num mapa.* Ele achou Londres, Norfolk e Norwich. Nenhum problema com esses lugares. Encontrou povoados e vilarejos maiores. Mas nada menor. Então, viu um espaço meio escondido com mapas do Instituto Britânico de Cartografia. Quatro prateleiras, bem baixas, contra a parede. Uma série inteira. Folhas grandes dobradas, com desenhos meticulosos, custeados pelo governo. Para trilheiros, imaginou ele. Ou para gente muito apaixonada por geografia. Havia opções de escala. A melhor era um treco enorme que continha detalhes até mesmo de construções individuais. Pegou todo o material sobre Norfolk na prateleira e conferiu um por um. Encontrou Bishops Pargeter no quarto mapa. Um povoado em uma encruzilhada, aproximadamente cinquenta quilômetros a sudoeste dos arredores de Norwich. Duas estradas pequenas se encontravam. Nem mesmo elas apareciam nos guias de estradas.

Comprou o mapa mais detalhado e o guia mais barato para orientação básica. Em seguida, caminhou de volta para a locadora de veículos e se encontrou com Pauling, que o aguardava com a chave de um Mini Cooper.

— É vermelho — falou ela. — Com o teto branco. Muito estiloso.

— Acho que Taylor deve estar lá. Com a irmã — falou ele.

— Por quê?

— O instinto dele seria se esconder em algum lugar afastado. Algum lugar isolado. E ele era soldado, ou seja, no fundo ia querer um lugar defensável. O lugar lá é plano feito uma mesa de sinuca. Acabei de ver o mapa. Ele consegue ver quem chega a oito quilômetros de distância. Se tiver um fuzil, é impenetrável. E, se tiver um veículo de quatro rodas, sua rota de fuga é de 360 graus. Ele pode fugir pelos campos em qualquer direção.

— Um sujeito não pode matar duas pessoas, roubar dez milhões de dólares e depois ir morar com a irmã.

— Ele não precisa contar a história timtim por timtim. Na verdade, não precisa contar nada. E pode muito bem ser temporário. Ele deve estar precisando dar um tempo. Aliviar-se do estresse.

— Parece que você está com pena dele.

— Estou tentando pensar como ele. Taylor planejou isso durante muito tempo e a última semana deve ter sido um inferno. Ele deve estar exausto. Precisa se entocar e dormir.

— Seria arriscado demais ficar na casa da irmã, com certeza. A família é uma das primeiras coisas em que as pessoas pensam. Fizemos isso com Hobart. Tentamos entrar em contato com todos os Hobart da lista telefônica.

— O sobrenome da irmã dele é Jackson, não Taylor. Como a Graziano não era Hobart. E a Grange Farm não é uma propriedade que pertença à família há gerações. A irmã se mudou há pouco tempo.

Qualquer pessoa que estiver tentando encontrar a família dele vai se enrolar toda em Londres.

— Tem uma criança lá. A sobrinha dele. Ele colocaria pessoas inocentes em perigo?

— Ele acabou de matar duas pessoas inocentes. Ele tem um desenvolvimento meio reduzido no departamento de consciência.

Pauling balançava a chave do carro no dedo. Para a frente e para trás, pensando.

— É possível — concluiu ela. — Eu acho. Então qual é a nossa jogada?

— Taylor ficou três anos com Lane — disse Reacher. — Ou seja, ele nunca te viu e, com certeza, nunca me viu também. Então não faz muita diferença. Ele não vai atirar em todo estranho que se aproximar da casa. Não pode se dar a esse luxo. É o que temos que manter em mente, isso basta.

— Vamos direto lá para a casa?

Reacher assentiu.

— Pelo menos perto o suficiente para dar uma sondada. Se Taylor estiver lá, recuamos e esperamos Lane. Se não estiver, vamos até lá e conversamos com a Susan.

— Quando?

— Agora.

O cara da locadora tirou o Mini Cooper do estacionamento nos fundos e Reacher arredou o banco do carona até ele ficar colado no traseiro e entrou. Pauling sentou-se no lado do motorista e ligou o carro, que era uma gracinha, mas nada fácil de dirigir. Câmbio manual, lado errado da rua, volante na direita, trânsito do início da manhã em uma das cidades mais congestionadas do mundo. Contudo conseguiram voltar bem para o hotel. Pararam em fila dupla e Pauling entrou correndo para pegar sua mala. Reacher ficou no carro. Sua escova de dentes já estava no bolso. Pauling voltou depois de cinco minutos e falou:

— Estamos no lado oeste. Conveniente para o aeroporto. Mas agora precisamos sair da cidade pelo leste.

— Nordeste — corrigiu Reacher. — Por uma rodovia chamada M11.

— Então vou ter que atravessar todo o centro de Londres na hora do *rush*.

— Não é pior do que Paris ou Roma.

— Nunca fui a Paris nem Roma.

— Bom, agora você vai saber o que esperar se algum dia for a esses lugares.

Movimentar-se no sentido nordeste era uma proposição muito simples, porém, como em qualquer cidade grande, Londres era cheia de ruas de mão única e cruzamentos complexos. E cheia de congestionamento em todos os semáforos. Fizeram um progresso vacilante até um bairro chamado Shoreditch. Depois, encontraram uma estrada larga identificada como A10, que estendia-se para o norte. Bem antes do que deveriam, mas a pegaram mesmo assim. Chegaram à conclusão de que fariam a correção lateral mais tarde. Em seguida, encontraram a M25, uma espécie de rodoanel. Pegaram-na no sentido horário, e duas saídas depois estavam na M11, seguindo para nordeste, na direção de Cambridge, Newmarket e, por fim, Norfolk. Eram nove horas da noite e começava a escurecer.

— Você conhece a região onde estamos indo? — perguntou Pauling.

— Na verdade, não — respondeu Reacher. — Era da força aérea, não do Exército. O lugar era cheio de bases para bombardeiros. Plana, espaçosa, perto da Europa. Ideal.

A Inglaterra era um país iluminado. E como. Todos os centímetros da rodovia eram banhados pelo brilho amarelado dos postes. E as pessoas dirigiam em alta velocidade. O limite estabelecido de 110 quilômetros por hora era amplamente ignorado. Cento e trinta, cento e quarenta parecia ser a norma. A disciplina em relação às pistas era boa. Ninguém ultrapassava por dentro. As saídas da estrada seguiam a mesma e coerente gramática. Placas bem visíveis, muitos avisos, compridas pistas para desaceleração. Reacher lera que as fatalidades eram baixas nas rodovias do Reino Unido. Segurança por intermédio de infraestrutura.

— Como será a Grange Farm? — perguntou Pauling.

— Não sei — respondeu Reacher. — Tecnicamente, em inglês arcaico, *grange* era um celeiro grande para armazenamento de grãos. Depois, a palavra passou a significar a principal construção da fazenda cultivável de um aristocrata. Por isso, acho que vamos ver uma casa grande e um monte de construções menores. Tudo rodeado de campos. Uns cem acres. Coisa meio feudal.

— Você sabe de muita coisa.

— Muita informação inútil — comentou Reacher. — Acho que serve para incendiar minha imaginação.

— Mas você nunca fica satisfeito?

— De jeito nenhum. Não gosto de nada nesta situação. Sinto que está tudo errado.

— Porque não há gente boa. Só gente ruim e gente pior.

— São todos igualmente terríveis.

— O jeito difícil — comentou Pauling. — Às vezes as coisas não são preto no branco.

— Não consigo me livrar da sensação de que estou cometendo um erro terrível. — disse Reacher.

A Inglaterra é um país pequeno, mas a Ânglia Oriental era uma grande parte vazia dele. De certa maneira, era como dirigir pelos estados planos mais ao centro dos Estados Unidos. Um interminável movimento para a frente sem muito resultado visível. O pequeno Mini Cooper vermelho avançava zunindo. O relógio na cabeça de Reacher arrastava-se por volta das dez da noite. O que restava do crepúsculo já tinha desaparecido. Além da estrada que esticava-se ao longe, só havia escuridão.

Eles contornaram Cambridge e atravessaram velozmente uma cidade chamada Fenchurch St. Mary. A estrada estreitou e os semáforos desapareceram. Viram uma placa em que estava escrito *Norwich 60 quilômetros*. Reacher trocou de mapa e eles começaram a caçar a entrada para Bishops Pargeter. As placas na estrada eram nítidas e úteis. Porém, todas tinham as letras do mesmo tamanho e parecia haver um comprimento máximo para as plaquinhas presas na horizontal em mastros. Por isso os nomes maiores eram abreviados. Reacher viu uma placa para B'sh'ps P'ter ficar para trás e tinham avançado quase duzentos metros quando ele se deu conta do que aquilo significava. Então, Pauling freou com força na escuridão deserta, deu meia volta e retornou. Parou um segundo, saiu da estrada principal e entrou em uma bem menor. Era estreita e sinuosa e o asfalto estava ruim. Breu além dos faróis do carro.

— Distância? — perguntou Pauling.

Reacher mediu no mapa com o indicador e o polegar.

— Uns quatorze quilômetros — respondeu. No guia de estradas não havia nada além de um triângulo branco vazio entre duas estradas que espalhavam-se ao sul da cidade de Norwich. No mapa do Instituto Britânico de Cartografia, o triângulo estava preenchido por um rendilhado de estradinhas salpicadas aqui e ali em pequenos povoados. Ele pôs o dedo na encruzilhada de Bishops Pargeter. Olhou pela janela do carro.

— Isso é inútil — reclamou ele. — Está escuro demais. Não vamos nem ver a casa, quanto mais quem está morando nela — ele olhou novamente para o mapa. Nele havia construções seis quilômetros adiante. Uma delas estava etiquetada com *P/B*. Ele conferiu a legenda no canto da folha.

— Pub/Bar — disse ele. — Um pub. Pode até ser uma pousada. A gente devia se hospedar lá. Sair de novo assim que clarear.

— Está bom para mim, chefe — respondeu Pauling.

Reacher percebeu que ela estava cansada. Jetlag, estradas desconhecidas, o estresse de dirigir.

— Desculpa — disse Reacher. — Nós exageramos. Eu devia ter planejado melhor.

— Não, está tudo bem — discordou ela. — Vamos estar no lugar exato de manhã. Quantos quilômetros mais?

— Seis quilômetros até o pub agora, mais oito até Bishops Pargeter amanhã.

— Que horas são?

Ele sorriu.

— Dez e quarenta e sete.

— Você consegue fazer isso em diferentes fusos horários?

— Tem um relógio no painel. Posso vê-lo daqui. Estou praticamente sentado no seu colo.

Oito minutos depois, viram um brilho ao longe, que acabou revelando-se a placa iluminada do pub. Ela balançava suavemente à brisa da noite em um patíbulo alto. *The Bishop's Arms*. Havia um estacionamento asfaltado com cinco carros e depois uma fileira de janelas acesas. Eram cordiais e convidativas. Além do contorno escuro da construção, não havia absolutamente nada. Somente uma planície interminável sob um vasto céu noturno.

— Pode ter sido uma estalagem — supôs Pauling.

— Não pode, não — discordou Reacher. — Não é caminho para lugar nenhum. Era para os trabalhadores das fazendas.

Ela virou na entrada do estacionamento e enfiou o pequenino carro entre uma Land Rover suja e um sedã amassado de marca e ano indeterminados. Desligou o carro e soltou o volante dando um suspiro. O silêncio tomou conta, e com ele chegou o cheiro de terra molhada. O ar da noite estava frio. Um pouco úmido. Reacher carregou a mala de Pauling até a porta do *pub*. Havia uma antessala no lado de dentro com uma escada afundada à direita, um teto de vigas baixas, um carpete estampado e aproximadamente dez mil enfeites de cobre. Exatamente à frente ficava um balcão de recepção de hotel feito de madeira escura antiga cujo polimento lhe dava um brilho maravilhoso. Não havia ninguém ali. Na porta à esquerda estava escrito *Saloon Bar*. Ela dava em um cômodo que parecia vazio. Na porta à direita além da escada as palavras escritas eram *Public Bar*. Através dela, Reacher viu um bartender trabalhando e as costas de quatro pessoas bebendo encurvadas nos bancos. No canto mais distante, viu as costas de um homem sentado sozinho à uma mesa. Todos os cinco fregueses bebiam cerveja em canecas. Reacher se aproximou do balcão vazio da recepção e tocou o sino. Um longo momento depois, o bartender chegou passando por uma porta atrás do balcão. Tinha uns sessenta anos, era grande e rosado. Cansado. Secava as mãos em uma toalha.

— Precisamos de um quarto — Reacher disse a ele.

— Para esta noite? — devolveu o sujeito.

— É, para esta noite.

— Vai custar quarenta contos. Mas o café da manhã está incluído.

— Isso é uma pechincha.

— Que quarto você quer?

— Que quarto você recomenda?

— Você quer um com banheira?

Pauling interveio:

— Queremos, com banheira. Isso seria ótimo.

— Ok, então. É o que vão ter.

Reacher entregou-lhe quatro notas de dez libras e ele passou-lhe uma chave de cobre em um chaveiro franjado. Ofereceu também a Reacher uma caneta esferográfica e ajeitou a pasta de registro de hóspedes diante dele. Reacher escreveu *J. & L. Bayswater* na linha *Nome*. Depois marcou uma caixinha *Local de Trabalho*, e não *Local de Residência* e escreveu a rua em que ficava o estádio dos Yankees na linha seguinte. *Rua 161 Leste, Bronx, Nova York, Estados Unidos.* Gostaria que aquele fosse o seu local de trabalho. Sempre desejou. No espaço destinado à *Marca do Veículo*, garranchou *Rolls Royce*. Supôs que *Número do Registro* significava *Número da Placa* e escreveu R34CHR. Perguntou ao bartender:

— A gente ainda consegue jantar?

— Chegaram meio tarde para o jantar, infelizmente. Mas posso fazer uns sanduíches, se quiserem. — Isso seria ótimo — aceitou Reacher.

— Vocês são americanos, não são? Recebemos muitos aqui. Eles vêm ver os campos de aviação. Onde ficavam as bases dos Estados Unidos.

— Não é da minha época — comentou Reacher.

O bartender assentiu com um gesto de cabeça prudente e disse:

— Entrem e tomem alguma coisa. Os sanduíches não demoram a ficar prontos.

Reacher deixou a mala de Pauling ao pé da escada e passou pela porta que dava acesso ao *Public Bar*. Cinco cabeças se viraram. Os quatro caras ao balcão pareciam fazendeiros. Rostos avermelhados pelo clima, mãos grossas, expressões vazias e desinteressadas.

O cara sozinho à mesa no canto era Taylor.

60

OMO BOM SOLDADO QUE ERA, TAYLOR MANTEVE OS olhos em Reacher por tempo suficiente para avaliar o nível da ameaça. A chegada de Pauling por trás do ombro de Reacher pareceu tranquilizá-lo. *Um homem bem vestido, uma mulher refinada, um casal, turistas.* Desviou o olhar. Retornou a atenção para a cerveja. Do início ao fim, ele o encarara por apenas uma fração de segundo a mais do que qualquer outro homem em um boteco. Na verdade, menos tempo do que os fazendeiros, que olharam-no lenta e ponderadamente, ancorados na legitimação que os fregueses regulares demonstram a um estranho.

Reacher conduziu Pauling a uma mesa no lado oposto ao de Taylor, sentou-se com as costas para a parede o observou os fazendeiros virarem-se novamente para o bar. Fizeram isso um por um, devagar. Quando o último pegou o copo novamente, a atmosfera no lugar retornou ao seu estado anterior. Um momento depois, o bartender reapareceu. Ele pegou uma toalha e começou a enxugar copos.

— Temos que agir normalmente. Temos que comprar uma bebida — disse Reacher.

— Acho que vou experimentar a cerveja local. Você sabe, quando em Roma... — respondeu Pauling.

Reacher levantou-se de novo, caminhou até o balcão e tentou lembrar-se de dez anos atrás, da última vez em que estivera numa situação similar. Era importante compreender o dialeto. Ele inclinou-se entre dois dos fazendeiros, pôs os nós dos dedos no balcão e disse:

— Um pint de sua melhor bitter, por favor, e meio para a moça.

Era importante compreender também os costumes, então olhou para os fazendeiros à esquerda e à direita e acrescentou:

— Os cavalheiros nos acompanham?

Em seguida, olhou para o bartender e disse:

— Posso pagar um para você também? Então, toda a dinâmica do lugar afunilou-se na direção de Taylor, por ter sido o único freguês não convidado. Ele virou-se, ergueu o rosto, como se compelido a isso, Reacher fez um gesto imitando um gole e falou em voz alta:

— Por minha conta, o que vai querer?

Taylor olhou para ele.

— Obrigado, mas eu tenho que ir — respondeu com um sotaque britânico monótono, um pouco como o de Gregory. Olhos cheio de avaliação. Mas nada no rosto. Nenhuma suspeita. Talvez um pouco de constrangimento. Talvez até um pouco de afabilidade e prudência. Um meio sorriso ingênuo e confiante, um lampejo de dentes estragados. Então esvaziou o copo, o pôs de volta na mesa, levantou-se e seguiu em direção à porta.

— Boa noite — despediu-se ao passar.

O bartender pegou seis pints grandes e um pequeno de sua melhor bitter e os alinhou como sentinelas. Reacher pagou por eles e os empurrou um pouco para os lados, um gesto de distribuição. Depois, pegou um deles, brindou e deu um gole. Levou o copo pequeno de Pauling para ela e todos os quatro fazendeiros e o bartender viraram-se na direção da mesa e brindaram.

Reacher pensou: *Aceitação social instantânea por menos de trinta pratas. Praticamente de graça.* Mas disse:

— Espero não ter ofendido aquele camarada.

— Não conheço o sujeito — disse um dos fazendeiros. — Nunca o vi.

315

— Ele está na Grange Farm — comentou outro fazendeiro. — Acho que sim, porque estava na Land Rover da Grange Farm. Vi o camarada dirigindo-a.

— Ele é fazendeiro? — perguntou Reacher.

— Não parece — disse o primeiro fazendeiro. — Nunca vi o sujeito.

— Onde fica a Grange Farm?

— Um tiquinho adiante seguindo a estrada. Tem uma família lá agora.

— Pergunta pro Dave Kemp — sugeriu o terceiro fazendeiro. — Ele vai saber te falar.

— Quem é Dave Kemp? — perguntou Reacher.

— Dave Kemp da loja — respondeu o terceiro fazendeiro, impacientemente, como se Reacher fosse idiota. — Em Bishops Pargeter. Ele vai saber. Dave Kemp sabe de tudo, por conta do correio. Enxerido do caralho.

— Tem algum *pub* lá? Por que alguém de lá viria beber aqui?

— Este é o único *pub* em quilômetros, rapaz. Por que acha que ele está tão lotado?

Reacher não respondeu a essa pergunta.

— O pessoal lá da Grange Farm é de fora — disse o primeiro fazendeiro, finalmente completando o seu pensamento inicial. — Aquela família. É recente. De Londres, creio eu. Não os conheço. Orgânico, aquele povo lá. Não usam agrotóxico.

E essa informação parecia concluir aquilo que os fazendeiros achavam que deviam em troca do pint de cerveja, porque começaram a conversar entre si sobre as vantagens e desvantagens do cultivo de orgânicos. Parecia uma discussão bem desgastada. De acordo com o que Reacher ouviu, não havia absolutamente nada a favor desse tipo de agricultura, com exceção da inexplicável disposição das pessoas da cidade de pagar os olhos da cara pelo produto dele resultante.

— Você estava certo — disse Pauling. — Taylor está na fazenda.

— Mas ele continuará lá? — questionou Reacher.

— Não vejo por que não. A sua encenação americana idiota de generosidade foi bem convincente. Você não foi ameaçador. Talvez ele tenha achado que éramos somente turistas procurando o lugar em que os nossos pais serviram. Vem muita gente desse tipo para cá. O cara falou isso.

316

Reacher ficou calado.

— Estacionei bem ao lado dele, não foi? O fazendeiro falou que ele estava em uma Land Rover e só tinha uma no estacionamento — disse Pauling.

— Queria que ele não estivesse aqui — disse Reacher.

— Esta foi provavelmente uma das razões que o fez voltar para cá. Cerveja inglesa.

— Você gosta?

— Não, mas acho que os homens ingleses gostam.

Os sanduíches estavam surpreendentemente bons. Pão caseiro fresco e crocante, manteiga, rosbife malpassado, molho de raiz-forte, queijo artesanal e, para acompanhar, uma porção de batata chips. Comeram e terminaram a cerveja. Depois, foram para o quarto no andar de cima. Era melhor que a suíte em Bayswater. Mais espaçoso, em parte devido ao fato de que a cama era de casal, não queen size. Um metro e quarenta, não um metro e cinquenta. *Não é nenhum sacrifício,* pensou Reacher. *Não nessas circunstâncias.* Ele programou o despertador em sua cabeça para as seis da manhã. Assim que clareasse. *Taylor vai ficar ou Taylor vai fugir, de um jeito ou de outro, veremos o que ele fará.*

61

A VISTA PELA JANELA ÀS SEIS HORAS DA MANHÃ DO dia seguinte era uma infinita planície enevoada. O terreno cinza esverdeado estendia-se até o horizonte, interrompido somente por valas retas e ocasionais grupos de árvores com compridos troncos flexíveis e compactas copas redondas para resistir aos ventos. Reacher conseguia vê-las curvando e balançando ao longe.

Do lado de fora, fazia muito frio e o carro estava todo embaçado de orvalho. Reacher limpou as janelas com a manga da jaqueta. Entraram no carro sem falar muito. Pauling deu ré no estacionamento, engatou a marcha ruidosamente e atravessou o lote. Deu uma freada rápida e pegou a estrada no sentido leste em direção ao céu da manhã. Oito quilômetros até Bishops Pargeter. Oito quilômetros até Grange Farm.

Encontraram a fazenda antes do vilarejo. Ela preenchia o quadrado superior esquerdo do quadrante formado pela encruzilhada. Enxergaram-na primeiro do sudoeste. Era delimitada por valas, não por cercas. Elas eram retas, firmes e fundas. Depois, vinham os campos planos, muito bem arados, com uma penugem verde-clara. Por causa das mudas que haviam brotado recentemente. Depois, mais próximo do centro, havia pequenos grupos de árvores, quase decorativos, como se tivessem sido plantadas artisticamente para causar efeito. Além delas havia uma grande casa de pedra cinza. Maior do que Reacher imaginara. Não um castelo, nem uma mansão, contudo era mais imponente do que uma mera casa de fazenda tinha o direito de ser. Então, ao nordeste da casa havia cinco construções. Celeiros compridos, baixos e conservados. Três deles formavam três lados de um quadrado ao redor de uma espécie de pátio. Dois eram isolados.

A estrada que percorriam era flanqueada pela vala que formava a fronteira sul da fazenda. A cada metro percorrido a perspectiva deles mudava, como se a fazenda fosse uma peça exibida em uma plataforma giratória, um mostruário. Era um estabelecimento grande e bonito. Na entrada havia uma pontezinha plana que atravessava a vala fronteiriça e estendia-se pelo norte por uma curva perfeita na terra batida. A casa ficava de frente para a estrada a aproximadamente um quilômetro dali. A porta da frente era virada para o oeste e a de trás, para o leste. A Land Rover estava estacionada entre os fundos da casa e um dos celeiros isolados, minúscula ao longe, fria, inerte, enevoada.

— Ele ainda está lá — disse Reacher.

— A não ser que tenha um carro próprio.

— Se tivesse carro próprio, o teria usado ontem.

Pauling reduziu a velocidade. Não havia sinal de atividade ao redor da casa. Nenhum. Da chaminé saía uma fina fumaça, soprada horizontalmente pelo vento. Uma lareira em brasa para um aquecedor de água, talvez. Nenhuma luz nas janelas.

Pauling disse:

— Achei que os fazendeiros acordassem cedo.

— Acho que os fazendeiros que mexem com gado acordam — opinou Reacher. — Para tirar o leite das vacas ou coisa assim. Mas este lugar é para colheita. Entre arar e colher não vejo nada que precise ser feito. Acho que ficam sentados de bobeira deixando as coisas crescerem.

— Precisam pulverizar as plantas, não? Deviam estar trabalhando com tratores.

— Não quem mexe com coisas orgânicas. Não usam agrotóxicos. Irrigam um pouco, talvez.

— Estamos na Inglaterra. Chove o tempo todo.

— Não choveu desde que chegamos aqui.

— Dezoito horas — disse Pauling. — Um novo recorde. Choveu o tempo inteiro quando fiquei na Scotland Yard.

Ela encostou o carro, parou, colocou em ponto-morto e abaixou o vidro. Reacher fez o mesmo e um ar frio e úmido soprou pelo carro. Do lado de fora, havia silêncio e calmaria. Apenas o sibilar do vento nas árvores distantes e a fraca insinuação das sombras da manhã na neblina.

— Acho que o mundo inteiro teve esta aparência em algum momento no passado — disse Pauling.

— Aqui ficava o povo do norte — disse Reacher. — Norfolk e Suffolk, ou seja, povo do norte e povo do sul. Dois reinos celtas antigos, eu acho.

Então o silêncio foi estilhaçado por um tiro de escopeta. Um estouro que rolou pelos campos como uma explosão. Um barulho gigantesco naquele sossego. Reacher e Pauling abaixaram-se instintivamente. Depois, vasculharam o horizonte em busca de fumaça. Em busca de fogo inimigo em sua direção.

— Taylor? — perguntou Pauling.

— Não o estou vendo — respondeu Reacher.

— Quem mais poderia ser?

— Ele estava longe demais para ser eficaz.

— Caçadores?

— Desligue o carro — disse Reacher. E escutou com concentração. Não ouviu mais nada. Nenhum movimento, nenhuma recarga.

— Acho que foi um mecanismo para espantar pássaros — opinou ele. — Acabaram de semear a safra de inverno. Não querem que os corvos comam as sementes. Acho que têm aparelhos que fazem disparos o dia todo aleatoriamente.

— Espero que seja só isso.

— Vamos voltar — falou Reacher. — Vamos procurar Dave Kemp lá na loja.

Pauling ligou o carro, arrancou novamente e Reacher virou-se no banco e ficou observando a metade leste da fazenda ficar para trás. Tinha exatamente a mesma aparência da metade oeste. Porém invertida. Árvores perto da casa, enormes campos planos, uma vala na fronteira. Em seguida vinha a perna norte da encruzilhada Bishops Pargeter. Depois, o povoado propriamente dito, que era praticamente apenas uma antiga igreja de pedra isolada no quadrante superior direito e uma fileira de cinquenta metros de construções ao longo do acostamento da estrada no lado oposto. A maioria parecia chalés residenciais, porém um deles era uma comprida e baixa loja multifuncional. Era banca de revistas, mercadinho e correio. Por vender jornais e servir café da manhã, já estava aberta.

— Abordagem direta? — perguntou Pauling.

— Uma variante — disse Reacher.

Ela estacionou em frente à loja onde o acostamento era de cascalho, próximo à entrada para o pátio da igreja. Desceram do carro e foram golpeados pelo vento gelado que soprava forte e constantemente vindo do oeste. Reacher disse:

— Os meus conhecidos que serviram nessa região juravam que o vento soprava da Sibéria até aqui sem que nada entrasse em seu caminho.

Já a loja do vilarejo parecia quente e aconchegante. Uma espécie de aquecedor a gás jogava uma calidez no ar. Havia uma janela dos correios fechada, uma parte central onde vendia-se comida e um expositor de jornais nos fundos. Um velhote de cardigã e cachecol aguardava atrás de um balcão. Separava os jornais e estava com os dedos cinzentos por causa da tinta.

— Você é Dave Kemp? — perguntou Reacher.

— Esse é o meu nome — respondeu o velhote.

— Nos disseram que você é o homem a quem se faz perguntas por aqui.

— Sobre o quê?

— Estamos cumprindo uma missão — disse Reacher.

— Com certeza chegaram aqui cedo.

— Quem chega primeiro bebe água limpa — disse Reacher, porque o cara de Londres tinha falado a mesma coisa, logo aquilo devia soar autêntico.

— O que você quer?

— Estamos aqui para comprar fazendas.

— São americanos, não são?

— Representamos uma grande corporação agrícola nos Estados Unidos, sim. Estamos em busca de investimentos. E podemos oferecer pagamentos generosos a pessoas que nos fizerem boas indicações.

321

Abordagem direta. Uma variante.

— Quanto? — perguntou Kemp.

— Geralmente é um percentual.

— Quais fazendas? — perguntou Kemp.

— Você nos diz quais. Geralmente estamos à procura de lugares em bom estado e bem administrados que possam ter problemas de estabilidade proprietária.

— O que diabos isso significa?

— Significa que queremos lugares bons que foram recentemente comprados por amadores. Mas queremos rápido, antes que eles estejam arruinados.

— Grange Farm — disse Kemp. — São uns amadores dos infernos. — Estão mexendo com orgânicos.

— Ouvimos falar desse nome.

— Pode colocar no topo da sua lista. É exatamente o que você falou. Eles deram uma mordida maior do que conseguem mastigar. Isso quando os dois estão em casa. O que não acontece sempre. Agora mesmo um rapaz ficou lá sozinho alguns dias. É coisa demais para um homem administrar. Principalmente pra uma porcaria de amador. E eles têm árvores demais. Não dá pra ganhar dinheiro plantando árvore.

— Grange Farm me parece um bom prospecto — comentou Reacher. — Mas ouvimos dizer que mais uma pessoa também anda xeretando por lá. Ele foi visto recentemente na propriedade. Um rival, talvez.

— Sério? — disse Kemp, entusiasmado, conflito iminente. Então o rosto dele murchou. — Não, sei de quem você está falando. Não é nenhum rival. É a porcaria do irmão da mulher. Foi morar com eles.

— Tem certeza disso? Porque faz diferença para nós a quantidade de pessoas que teremos de realocar.

Kemp confirmou com um gesto de cabeça.

— O rapaz veio aqui e se apresentou. Disse que tinha voltado de um lugar qualquer e que os dias de perambulação tinham acabado. Estava postando um pacote pros Estados Unidos. Correio aéreo. Esse tipo de coisa não acontece muito por aqui. Demos uma boa proseada.

— Então você tem certeza de que ele vai residir muito tempo aqui? Por que isso faz diferença.

— Foi o que ele disse.

— O que ele mandou para os Estados Unidos? — perguntou Pauling.

— Ele não me contou. Mandou para um hotel em Nova York. Endereçado a um quarto, não a uma pessoa, o que eu achei estranho.

— Tem ideia do que era?

Dave Kemp, o fazendeiro no bar dissera. *Enxerido do caralho.*

— Parecia um livro fino — disse Kemp. — Que não tinha muitas páginas. Com um elástico ao redor dele. Podia estar emprestado com o rapaz. Não que eu tenha apertado o negócio nem nada disso.

— Ele não preencheu nenhum documento da alfândega?

— A gente registrou como papéis impressos. Não precisa de formulário pra isso.

— Obrigado, sr. Kemp — disse Reacher. — Você foi muito útil.

— E o pagamento?

— Se comprarmos a fazenda, você vai receber — disse Reacher. *Se comprarmos a fazenda*, pensou ele. *Triste maneira de se expressar.* Sentiu um frio repentino.

Dave Kemp não servia café para viagem então eles compraram Coca-Cola e barras de chocolate e pararam para comer à beira da estrada, pouco menos de dois quilômetros a oeste, em um lugar de onde podiam observar a frente do casarão da fazenda. O lugar continuava sossegado. Sem luz, o mesmo filete de fumaça capturado pelo vento e dispersando de lado.

Reacher disse:

— Por que você perguntou sobre o correio aéreo para os Estados Unidos?

— Hábito antigo — respondeu Pauling. — Faça perguntas sobre tudo, especialmente quando não se tem certeza do que é importante e do que não é. E era meio que esquisito. Taylor acabou de sair de lá, e a primeira coisa que faz é mandar um pacote de volta? O que pode ter sido?

— Alguma coisa para o parceiro, talvez — respondeu Reacher. — Talvez ele ainda esteja na cidade.

— Devíamos ter pegado o endereço. Mas fizemos um bom trabalho, no geral. Você foi muito plausível. Encaixou perfeitamente com ontem à noite. Toda aquela falsa cordialidade no bar. É claro que o

Kemp vai botar a boca no trombone, mas o Taylor vai achar que você é um vigarista querendo ganhar uma grana fácil comprando fazendas por cinquenta por cento do valor de mercado.

— Ninguém me pega na mentira — disse Reacher. — Lamenta-velmente.

Então ele calou-se depressa porque capturou um vislumbre de movimento a pouco menos de um quilômetro. Abriam a porta do casarão. Havia neblina matinal, o sol estava do outro lado da casa e a distância os deixava além do limite de visibilidade, mas Reacher distinguiu quatro silhuetas adentrando a luz. Duas grandes, outra um pouco menor, e uma bem pequena. Provavelmente dois homens, uma mulher e uma criancinha. Possivelmente uma menina.

— Levantaram — afirmou ele.

— Estou vendo, mas muito mal. Quatro pessoas. O disparo para espantar os pássaros deve ter acordado o pessoal. Mais alto que um galo. É a família Jackson e o Taylor, certo? Mamãe, papai, Melody e o titio querido — disse Pauling.

— Deve ser.

Todos tinham algo nos ombros. Compridas varetas retas. Confortáveis para os adultos, grandes demais para a garota.

— O que eles estão fazendo? — interrogou Pauling.

— São enxadas — explicou Reacher. — Estão indo para os campos.

— Para capinar?

— Produção orgânica. Não podem usar herbicida.

As minúsculas silhuetas se agruparam e seguiram para o norte, afastando-se da estrada. Definharam até transformarem-se em nada, apenas fracas manchas remotas na neblina, mais uma ilusão fantasmagórica do que realidade.

— Ele vai ficar — disse Pauling. — Não vai? Tem que ficar. Uma pessoa não vai capinar com a irmã se está pensando em fugir.

Reacher fez que sim.

— Já vimos o bastante. O serviço está pronto. Vamos voltar para Londres e esperar Lane.

62

LES PEGARAM O CONGESTIONAMENTO MATINAL NA ESTRADA para Londres. Parecia que por quatrocentos quilômetros a Inglaterra era uma de duas coisas: ou Londres, ou um dormitório servindo a Londres. A cidade era como um ímã gigantesco. De acordo com o guia de Reacher, a M11 era apenas uma das mais de vinte artérias radiais que alimentavam a capital. Supôs que todas estavam igualmente movimentadas, todas cheias de minúsculos corpúsculos em movimento que seriam cuspidos de volta no fim do dia. *A ralação diária.* Nunca tinha trabalhado das nove às cinco, nunca tinha ido e vindo para o serviço cotidianamente. Às vezes, sentia-se profundamente agradecido por isso. Estava vivenciando um desses momentos.

A troca de marchas era um trabalho duro no congestionamento. Depois de duas horas de viagem, pararam para abastecer e ele trocou de lugar com Pauling, mesmo sem documento, portanto sem permissão, para dirigir. Parecia uma transgressão mínima em comparação ao que estavam planejando para mais tarde. Já tinha dirigido no Reino Unido, anos antes, um sedã britânico grande, propriedade do Exército dos Estados Unidos. Mas as estradas agora estavam movimentadas. Muito mais movimentadas. A impressão era de que a ilha inteira havia chegado ao máximo de sua capacidade. Até pensar novamente em Norfolk. Aquele condado era vazio. A ilha estava irregularmente ocupada, pensou ele. Esse era o verdadeiro problema. Ou cheio, ou vazio. Sem meio-termo. O que era incomum para os britânicos, de acordo com sua experiência. Normalmente, eram especialistas em dissimular e confundir. O meio--termo era onde se sentiam em casa.

Eles se aproximaram da M25, um rodoanel, e decidiram que retirar-se a tempo também era uma vitória. Escolheram percorrer um quarto dele no sentido anti-horário, depois descer até West End por um caminho mais fácil. Mas a M25 era praticamente um estacionamento.

— Como as pessoas aguentam isso todo dia? — questionou Pauling.

— Em Houston e Los Angeles as coisas são tão ruins quanto aqui — disse Reacher.

— Mas isso meio que explica por que os Jackson foram embora.

— Explica mesmo.

E o trânsito movia-se lentamente, circulando como água ao redor do ralo de uma banheira, antes de se render à inexorável atração da cidade.

Chegaram por St. John's Wood, onde ficava o estúdio Abbey Road, passaram pelo Regent's Park, atravessaram Marylebone, passaram pela Baker Street, onde Sherlock Holmes havia morado, pelo Marble Arch novamente e pegaram a Park Lane. O Hilton ficava na ponta sul, perto da verdadeira insanidade automotiva de nível mundial que era a Hyde Park Corner. Pararam em um estacionamento subterrâneo às quinze para as onze da manhã. Provavelmente uma hora antes de Lane e seus capangas fazerem o *check-in*.

— Quer almoçar? — perguntou Pauling.

— Não consigo comer — rejeitou Reacher. — Estou com um nó no estômago.

— Quer dizer que você é humano, então?

— Sinto que estou entregando Taylor para um carrasco.

— Ele merece morrer.

— Preferia fazer isso eu mesmo.

— Então faça a oferta.

— Não seria o suficiente. Lane quer o nome do parceiro. Não estou disposto a arrancar isso pessoalmente do cara com tortura.

326

— Então vá embora.

— Não posso. Quero retaliação por Kate e Jade e quero o dinheiro para o Hobart. Não tenho outro jeito de conseguir as duas coisas. E temos um acordo com o seu amigo do Pentágono. Ele fez a parte dele, agora é a minha vez. Levando tudo isso em consideração, acho que vou dispensar o almoço.

Pauling perguntou:

— Onde quer que eu fique?

— No *lobby*. Vigiando. Depois, se hospede em algum outro lugar. Deixe um bilhete pra mim na recepção do Hilton. Use o nome Bayswater. Vou levar Lane para Norfolk, ele vai lidar com Taylor, eu vou lidar com ele. Assim que der, volto e te pego. Aí a gente vai para algum lugar juntos. Para Bath, talvez. Para os spas de Roma. Vamos tentar ficar limpos de novo.

Passaram caminhando em frente a uma vitrine com modelos novos do Mini Cooper que estavam usando e por entradas discretas de prédios residenciais luxuosos. Subiram um curto lance de escadas de concreto que levava ao *lobby* do Park Lane Hilton. Pauling dirigiu-se a um distante conjunto de poltronas e Reacher foi à recepção. Entrou na fila. Observou os recepcionistas. Estavam ocupados com telefones e computadores. Havia impressoras e fotocopiadoras em aparadores atrás deles. Acima das fotocopiadoras uma placa de cobre informava: "Por lei, alguns documentos não podem ser fotocopiados." *Como dinheiro,* pensou Reacher. Eles precisavam de uma lei, pois as fotocopiadoras modernas eram boas demais. Acima dos aparadores, relógios mostravam o horário no mundo, de Tóquio a Los Angeles. Ele conferiu Nova York com o horário em sua cabeça. Na mosca. Então, a pessoa à sua frente terminou. Ele moveu-se para o início da fila.

— Da parte de Edward Lane — disse ele. — Eles já fizeram o *check-in*?

O recepcionista digitou no teclado.

— Ainda não, senhor.

— Estou esperando por eles. Quando chegarem, avise que estou do outro lado do saguão.

— Seu nome, senhor?

— Taylor — respondeu Reacher.

Afastou-se, evitando as áreas mais movimentadas e encontrou um lugar sossegado. Contaria oitocentos mil dólares em dinheiro e não queria uma plateia. Jogou-se em uma poltrona entre quatro. Sabia, devido à sua longa experiência, que não tentariam se juntar a ele. Ninguém jamais fez isso. Ele irradiava sinais subliminares de *fique longe* e pessoas sãs os obedeciam. Uma família ali perto já o olhava cautelosamente. Duas crianças e a mãe, acampadas em um conjunto de poltronas, que presumivelmente haviam viajado em um voo bem cedo e aguardavam o quarto ficar pronto. A mãe parecia cansada e as crianças, incontroláveis. Ela já havia tirado metade das coisas da mala para tentar mantê-los entretidos. Brinquedos, livros de colorir, ursinhos de pelúcia surrados, uma boneca sem braço, minigames. Reacher ouvia as desanimadas sugestões da mãe para ocuparem o tempo — *Por que não fazem isso? Por que não fazem aquilo? Por que não fazem um desenho de alguma coisa que vão ver?* — como terapia.

Ele virou-se e ficou observando a porta. Pessoas entravam em um fluxo constante. Algumas exaustas, com a aparência cansada de quem chega de viagem; outras, ocupadas e agitadas. Algumas com montanhas de bagagem, outras com uma sacola apenas. Todos os tipos de nacionalidade. No conjunto de poltronas ao lado, uma criança arremessou um urso na cabeça da outra criança. Ele passou direto, deslizou pelo ladrilho e bateu no pé de Reacher. Ele se curvou e o pegou. O enchimento estava para fora. Jogou-o de volta. Ouviu a mãe sugerindo outra atividade inútil. *Por que vocês não fazem isso?* Ele pensou: *Por que vocês não calam essa droga dessa boca e ficam sentados como seres humanos normais?*

Olhou novamente para a porta e viu Perez entrar. Depois Kowalski. Em seguida, o próprio Edward Lane, o terceiro na fila. Depois Gregory, Groom, Addison e Burke. Malas com rodinhas, bolsas de viagem, ternos embalados. Calças jeans e blazers, jaquetas pretas de nylon, bonés, tênis. Alguns óculos escuros, alguns fones de ouvido com fios finos. Cansados do voo noturno. Um pouco amarrotados e amassados, porém alertas e atentos. Tinham a aparência exata daquilo que eram: um grupo de soldados das Forças Especiais tentando viajar incógnitos.

Observou-os enfileirarem-se na recepção. Observou-os aguardar. Observou-os avançarem com passos arrastados um de cada vez. Observou-os fazerem o *check-in*. Observou o recepcionista dar o recado a Lane. Viu Lane se virar procurando-o. Seu olhar percorreu todos no *lobby*. Passou por Pauling, sem parar. Pelas crianças incontroláveis. Chegou ao rosto de Reacher. Parou nele. Lane o cumprimentou com um gesto de cabeça. Reacher fez o mesmo. Gregory pegou a pilha de cartões das portas dos quartos com o recepcionista e todos os sete homens suspenderam as bagagens novamente e começaram a atravessar o *lobby*. Eles atravessaram os grupos de pessoas de lado e se agruparam fora do ringue de poltronas. Lane soltou uma bolsa, ficou segurando outra e sentou-se em frente a Reacher. Gregory sentou-se também e Carter Groom ocupou a última poltrona. Kowalski, Perez, Addison e Burke ficaram em pé, formando um perímetro, com Burke e Perez olhando para fora. Acordados, alertas e atentos. Meticulosos e cautelosos.

— Mostre o dinheiro — exigiu Reacher.

— Diga onde o Taylor está — disse Lane.

— Você primeiro.

— Você sabe onde ele está?

Reacher fez que sim e completou:

— Sei onde ele está. Fiz contato visual duas vezes. Ontem à noite. E de novo hoje de manhã. Algumas horas atrás.

— Você é bom.

— Eu sei.

— Então diga onde ele está.

— Mostre o dinheiro primeiro.

Lane ficou calado. No silêncio, Reacher ouviu a mãe atormentada dizer: *Façam um desenho do Palácio de Buckingham*. Ele falou:

— Você ligou para um monte de detetives particulares de Londres, pelas minhas costas. Tentou se antecipar a mim.

— Todo mundo tem o direito de evitar um gasto desnecessário — argumentou Lane.

— Você conseguiu?

— Não.

— Portanto a despesa não é desnecessária.

— Creio que não.

— Então mostre o dinheiro.

— Ok — concordou Lane. — Vou te mostrar o dinheiro. — Ele colocou a bolsa no chão e abriu o zíper. Reacher olhou para a direita.

Olhou para a esquerda. Viu a criança prestes a arremessar o urso de pelúcia novamente. Viu que ela capturou a expressão no rosto de Lane e retrocedeu na direção da mãe. Reacher arrastou-se para a frente na poltrona e curvou-se. A bolsa estava cheia de dinheiro. Um dos fardos de O-Town, recém-aberto, parcialmente desfalcado.

— Não teve problemas no voo? — perguntou ele.

— Passou pelo raio-x. Não precisa se borrar todo. Você vai levar isto embora, ok? Se merecer — respondeu Lane.

Reacher puxou o plástico rasgado e pôs uma unha debaixo de uma das cintas de papel. Estava firme. Portanto, cheio. Havia quatro pilhas iguais de vinte maços cada. Total de oitenta maços, número par. Cem notas de cem em cada maço. Oitenta vezes cem, vezes cem dava oitocentos mil.

Por enquanto tudo certo.

Ele suspendeu a ponta de uma nota e esfregou-a entre o indicador e o polegar. Olhou para a placa acobreada do outro lado do *lobby*, onde ficava a fotocopiadora: *Por lei, alguns documentos não podem ser fotocopiados*. Aquelas ali não haviam sido. Eram verdadeiras. Ele sentia a textura. O cheiro do papel e da tinta eram inconfundíveis.

— Certo — disse ele antes de recostar-se.

Lane encurvou-se e fechou o zíper da bolsa.

— Então, onde ele está?

— Primeiro nós temos que conversar — falou Reacher.

— Você só pode estar de brincadeira comigo.

— Há civis lá. Pessoas inocentes. Que não são combatentes. Uma família.

— E?

— E não posso deixar vocês chegarem botando tudo a baixo como maníacos. Não posso permitir dano colateral.

— Isso não vai acontecer.

— Preciso ter certeza.

— Você tem a minha palavra.

— Sua palavra não vale merda nenhuma. — disse Reacher.

— Não vamos atirar — afirmou Lane. — Deixemos isso claro. Uma bala é pouco demais para o Taylor. Vamos chegar lá, pegá-lo, tirá-lo de lá sem arrancar um fio de cabelo dele nem de mais ninguém. Porque é assim que eu quero. Quero o Taylor inteiro. Vivo, bem, consciente e sentindo tudo. Ele vai nos passar as informações sobre o parceiro dele e depois vai morrer, lenta e dolorosamente. Durante uma ou duas semanas. Ou seja, não tenho interesse num tiroteio. Não por que eu me preocupe com os civis, é verdade. Mas porque não quero nenhum acidente com o Taylor. Eu odiaria facilitar isso para ele. Você pode aceitar a minha palavra a respeito *disso*.

— Ok — disse Reacher.

— Então, onde ele está?

Reacher refletiu um pouco. Pensou em Hobart, em Birmingham, Alabama, em Nashville, Tennessee, e em gentis médicos de cabelo branco em jalecos de laboratório segurando membros artificiais.

— Está em Norfolk — respondeu.

— Onde é isso?

— É um condado, fica a nordeste daqui. Mais ou menos uns duzentos quilômetros.

— Onde em Norfolk?

— Num lugar chamado Grange Farm.

— Ele está numa fazenda?

— Numa planície — completou Reacher — como uma mesa de sinuca. Com valas. Fácil de defender.

— Cidade grande mais próxima?

— Fica a mais ou menos cinquenta quilômetros de Norwich.

— Cidadezinha mais próxima?

Reacher não respondeu.

— Cidadezinha mais próxima? — repetiu Lane.

Reacher deu mais uma olhada para a recepção. *Por lei, alguns documentos não podem ser fotocopiados.* Viu a fotocopiadora trabalhando, uma fantasmagórica faixa de luz verde movimentando-se em ciclos horizontalmente para a frente e para trás debaixo de uma tampa. Olhou para a mãe atormentada e ouviu a voz dela na cabeça: *Por que não fazem um desenho de alguma coisa que vão ver?* Olhou para a boneca da criança, faltando um braço. Ouviu a voz de Dave Kemp, na loja da roça: *Parecia um livro fino. Que não tinha muitas páginas. Com um elástico ao redor dele.* Recordou o minúsculo e imperceptível impacto do urso de pelúcia que deslizou pelo ladrilho e parou em seu sapato.

Lane chamou:

— Reacher?

Reacher ouviu a voz de Lauren Pauling na mente: *Às vezes, um pouco é o suficiente. A preocupação é maior quando se está entrando do que quando se está saindo.*

Lane insistiu:

— Reacher? Oi? Qual é a cidadezinha mais próxima?

Reacher se esforçou para, lenta, cuidadosa e dolorosamente, voltar a prestar atenção e encarar os olhos de Lane.

Respondeu:

— A cidade mais próxima é Fenchurch St. Mary. Vou te mostrar exatamente onde é. Esteja pronto para sair em uma hora. Volto para te buscar.

Em seguida levantou-se e se concentrou muito para atravessar o *lobby* de modo infinitamente lento. Um pé diante do outro. Esquerdo, depois direito. Capturou os olhos de Pauling. Passou pela porta. Desceu os degraus de pedra. Chegou à calçada.

Então, saiu correndo como um louco até o estacionamento.

63

EACHER TINHA ESTACIONADO O CARRO, POR ISSO AINDA estava com as chaves. Ele destravou a porta a dez metros de distância, abriu-a com um puxão e se jogou lá dentro. Enfiou a chave na ignição, ligou o carro e meteu a marcha à ré. Enfiou o pé no acelerador e arrancou violentamente o pequeno veículo da vaga, freou com força, girou o volante e arrancou de novo para a frente com os pneus da frente berrando e soltando fumaça. Jogou uma nota de dez euros no cara da cabine e não esperou o troco. Enfiou o pé no acelerador assim que a cancela atingiu 45 graus. Explodiu rampa acima, atravessou em disparada duas pistas de tráfego vindo em sua direção e parou abruptamente junto ao meio-fio do outro lado porque viu Pauling correndo em sua direção. Abriu a porta com um empurrão, ela entrou, Reacher arrancou novamente e já tinha andado vinte metros quando Pauling conseguiu fechar a porta.

— Norte — disse ele. — Para que lado fica o norte?

— Norte? O norte é atrás da gente — respondeu ela. — Faça a volta na rotatória.

Hyde Park Corner. Ele avançou em alta velocidade dois sinais vermelhos e desviou o carro de uma pista para a outra como se fosse um carrinho bate-bate. Deu a volta completa e voltou para a Park Lane na direção contrária a mais de noventa quilômetros por hora. Praticamente em duas rodas.

— Para onde agora? — perguntou ele.

— Que diabos está acontecendo?

— Só me tire da cidade.

— Não sei como.

— Use o guia. Tem um mapa da cidade.

Reacher desviava de ônibus e táxis. Pauling virava páginas freneticamente.

— Siga em frente — orientou ela.

— O norte é para lá?

— Vai nos levar para lá.

Eles atravessaram o Marble Arch com o motor roncando. Pegaram sinais verdes em toda a Marylebone Road. Entraram na Maida Vale. Então, Reacher reduziu um pouco a velocidade. Soltou a respiração pela primeira vez depois de um tempo que lhe pareceu durar meia hora.

— Para onde agora?

— Reacher, o que aconteceu?

— Só me fala para onde ir.

— Vire à direita na St. John's Wood Road — informou Pauling. — Ela vai nos levar de volta pro Regent's Park. Depois, vire à esquerda e saia pelo mesmo caminho por onde entramos. E, por favor, me conte exatamente que porra é essa que está acontecendo.

— Cometi um erro — disse Reacher. — Lembra que eu disse que não conseguia me livrar da sensação de que estava cometendo um erro terrível? Bom, eu estava errado. Não era um erro terrível. Era um erro catastrófico. Era o maior e único erro já cometido na história do cosmos.

— Que erro?

— Me conte sobre as fotografias no seu apartamento.

— O quê que tem as fotos?

— Sobrinhas e sobrinhos, certo?

— Um monte — disse Pauling.

— Você os conhece bem?

334

— O suficiente.

— Passa tempo com eles?

— Muito.

— Me conte quais são os brinquedos favoritos deles?

— Os brinquedos favoritos? Não sei. Não consigo acompanhar. Videogames e tal, tem sempre alguma coisa nova.

— Não as coisas novas. Os favoritos de antigamente. Me conte quais eram os brinquedos favoritos deles antigamente. Aqueles que eles correriam para dentro de uma casa em chamas para salvar. Quando tinham oito anos.

— Quando tinham oito anos? Acho que ursinhos de pelúcia e bonecas. Alguma coisa que tinham desde que eram pequenininhos.

— Exatamente — afirmou Reacher. — Alguma coisa reconfortante e familiar. Algo que eles amavam. O tipo de coisa que iriam querer levar em uma viagem. Como a família ao meu lado no *lobby* ainda há pouco. A mãe tirou todos eles da mala para aquietar as crianças.

— E?

— Como são esses brinquedos?

— Parecidos com ursos e bonecas, eu acho.

— Não, depois. Quando as crianças já têm oito anos.

— Quando tinham oito anos? Já os teriam há uma eternidade nessa época. Eles estão um lixo.

Reacher concordou com um gesto de cabeça ao volante e falou:

— Os ursos desgastados, com o enchimento para fora? As bonecas rasgadas, sem os braços?

— É, desse jeito. Toda criança tem brinquedos assim.

— Jade não tinha. Era exatamente isso que estava faltando no quarto dela. Tinha ursos novos e bonecas novas. Coisas novas com as quais ela não tinha se apegado. Mas não tinha nenhum brinquedo favorito antigo lá.

— O que você está querendo dizer?

— Que se a Jade tivesse sido sequestrada a caminho da Bloomingdale's numa manhã cotidiana normal, eu encontraria todos os brinquedos velhos favoritos dela ainda no quarto. Mas não vi.

— E o que isso significa?

— Significa que Jade sabia que estava indo embora. Ela fez as malas.

Reacher virou à esquerda no Regent's Park e seguiu para o norte, na direção da M1, que os levaria de volta à M25. Depois da curva, passou a dirigir com um pouco mais de serenidade. Não queria ser preso por guardas de trânsito ingleses. Não havia tempo para isso. Calculou que tinha aproximadamente duas horas de vantagem em relação a Edward Lane. Levaria uma hora para Lane se dar conta de que tinha sido passado para trás, e pelo menos mais uma para conseguir um carro e organizar a perseguição. Ou seja, duas horas. Reacher gostaria que fosse mais. No entanto, concluiu que duas horas deveria ser o suficiente.

Deveria ser.

Pauling perguntou:

— Jade fez as malas?

— Kate fez as malas também — acrescentou Reacher.

— O que a Kate colocou na mala?

— Só uma coisa. Mas aquilo que era mais precioso. Sua melhor lembrança. A fotografia com a filha. A do quarto. Uma das fotos mais bonitas que já vi.

Pauling refletiu por um breve instante.

— Mas você a viu. Ela não a levou.

Reacher sacudiu a cabeça e explicou:

— Eu vi uma fotocópia. Da Staples, cor digital, laser, dois dólares a folha. Ela a levou para casa e colocou na moldura. Era muito boa, mas não boa o bastante. Tinha cores pouco vívidas, era um pouco plástica nos contornos.

— Mas quem faz as malas para ser sequestrado? Quero dizer, quem tem a oportunidade de fazer isso?

— Elas não foram sequestradas — afirmou Reacher. — Aí é que está. Foram resgatadas. Foram salvas. Foram libertadas. Estão vivas em algum lugar. Vivas e felizes. Um pouco tensas, talvez. Mas livres como passarinhos.

Eles seguiram em frente, lenta e constantemente, através dos domínios norte de Londres, atravessaram o Swiss Cottage pela Finchley Road na direção de Hendon.

— Kate acreditou em Dee Marie — disse Reacher. — Foi isso que aconteceu. Lá nos Hamptons. Dee Marie contou para ela sobre Anne, alertou-a, e Kate acreditou nela. Como Patti Joseph disse, havia alguma coisa na história e algo sobre o marido dela que fizeram Kate acreditar. Talvez ela já estivesse sentindo coisas parecidas com as que Anne havia sentido cinco anos antes. Talvez já estivesse planejando seguir o mesmo caminho.

— Você sabe o que isso significa? — perguntou Pauling.

— É claro que sei.

— Taylor as ajudou.

— É claro que ajudou.

— Ele as resgatou, as escondeu, protegeu, e arriscou a vida por elas. Taylor é o mocinho desta história, não o bandido.

Reacher concordou com um gesto de cabeça e disse:

— E eu acabei de dizer para Lane onde ele está.

Os dois atravessaram Hendon, transpuseram a última rotatória de Londres e pegaram a ponta mais ao sul da M1. Reacher pisou fundo no acelerador e forçou o pequeno Mini a atingir os 150 quilômetros por hora.

— E o dinheiro? — perguntou Pauling.

— Pensão alimentícia — respondeu Reacher. — Era a única maneira de Kate consegui-la. Achamos que era a metade do pagamento de Burkina Faso, e era mesmo, mas, aos olhos da Kate, também era metade do patrimônio conjugal. Metade do capital de Lane. Kate tinha direito a ele. Ela provavelmente investiu dinheiro no passado. Esse parecia ser o propósito para Lane querer suas esposas. Além do *status* de troféu delas.

— Um plano foda — disse Pauling.

— Devem ter achado que era a única maneira. E provavelmente estavam certos.

— Mas cometeram erros.

— Com certeza. Se você quer mesmo desaparecer, não leva nada. Absolutamente nada. Isso é fatal.

— Quem ajudou o Taylor?

— Ninguém.

— Ele tinha um parceiro americano. No telefone.

— Era a própria Kate. Você estava certa em parte, alguns dias atrás. Era uma mulher que usava o aparelho. Não Dee Marie. Mas a própria

Kate. Deve ter sido. Eram uma equipe. Trabalhavam juntos. Ela falava tudo, porque Taylor não podia. Nada fácil para ela. Todas as vezes que Lane queria ouvir a voz da Kate como prova de vida, ela tinha que tirar o aparelho do bocal do telefone depois colocá-lo de volta.

— Você contou mesmo ao Lane onde o Taylor está?

— Quase. Não falei Bishops Pargeter. Eu caí na real bem na hora. E falei Fenchurch St. Mary. Mas é perto. E eu já tinha falado Norfolk. Já tinha falado cinquenta quilômetros de Norwich. E já tinha falado Grange Farm. Ele vai dar um jeito de chegar lá.

— Ele está muito atrás de nós.

— Pelo menos duas horas.

Pauling ficou um momento em silêncio.

Reacher perguntou:

— O quê?

— Ele está duas horas atrás da gente agora. Mas não vai ficar assim para sempre. Estamos pegando o caminho mais longo porque não conhecemos as estradas inglesas.

— Nem ele.

— Mas Gregory conhece.

Reacher passou por sete saídas na M1, totalmente ciente de que a estrada o estava levando para o noroeste, não para o nordeste. Então, ele passou por seis saídas na M25, percorrendo-a no sentido horário, antes de encontrar a M11. Tudo isso era total perda de tempo. Se Gregory levasse Lane direto pelo centro de Londres à ponta sul da M11, praticamente recuperaria as duas horas de desvantagem.

— Devíamos parar e ligar pra lá. Você sabe o número — comentou Pauling.

— É uma aposta perigosa — disse Reacher. — Com a velocidade que se pode atingir em rodovias, perdemos tempo para reduzir, entrar em algum lugar, estacionar, achar um telefone que funcione, ligar e voltar para a estrada. Muito tempo, com a velocidade que se pode andar no Reino Unido. Imagine se não atenderem. Imagine se ainda estiverem lá fora capinando. Acabaríamos tendo que fazer isso um monte de vezes.

— Temos que tentar avisá-los. Temos que pensar na irmã dele. E em Melody.

— Susan e Melody estão absolutamente seguras.

— Como você pode afirmar isso?

— Faça-se a seguinte pergunta: Onde Kate e Jane estão?

— Não tenho ideia de onde elas estão.

— Tem, sim — retrucou Reacher. — Sabe exatamente onde elas estão. Você as viu hoje de manhã.

64

ELES SAÍRAM DA RODOVIA AO SUL DE CAMBRIDGE E PEGAram a estrada interiorana em direção à Norwich. Dessa vez, o caminho lhes era familiar, mas isso não os fez percorrê-lo mais depressa. Avançavam, porém sem nenhum resultado visível. Um céu enorme, limpo pelas chicotadas do vento.

— Pense na dinâmica — disse Reacher. — Por que Kate pediria ajuda ao Taylor? Como ela poderia pedir ajuda a qualquer um deles? Todos são insanamente leais ao Lane. Knight ajudou a Anne? Kate tinha acabado de ouvir a história dela. Por que ela iria se aproximar friamente de outro dos assassinos do Lane e falar: "Ei, quer me ajudar a fugir daqui? Quer passar a perna no seu chefe? Ajude-me a roubar o dinheiro dele?"

— Já estava rolando alguma coisa entre eles — disse Pauling.

Reacher fez que sim ao volante e completou:

— É a única explicação. Eles já tinham um caso. Talvez há muito tempo.

— Com a esposa do comandante? Hobart falou que nenhum combatente faria isso.

— Ele falou que nenhum combatente *americano* faria isso. Talvez os britânicos façam as coisas de um jeito diferente. E havia sinais. Carter Groom é tão emotivo quanto um cabo de vassoura, mas ele falou que Kate gostava do Taylor e que o Taylor se dava bem com a menina.

— A visita de Dee Marie deve ter sido a gota d'água.

Reacher assentiu novamente.

— Kate e Taylor bolaram um plano e o colocaram em prática. Mas primeiro eles o explicaram para a Jade. Devem ter achado que não contar geraria um trauma repentino forte demais. Eles a fizeram jurar que guardaria segredo, sem se esquecer de que estavam lidando com uma menina de oito anos. E ela mandou muito bem.

— O que contaram à garota?

— Que ela já tinha um papai substituto e que teria outro. Que ela já morava em um lugar novo, e se mudaria de novo.

— Um segredo e tanto para uma criança guardar.

— Jade não exatamente o guardou — explicou Reacher. — Estava preocupada com isso. Ela resolveu esse problema mentalmente fazendo desenhos. Talvez fosse um hábito antigo. Pedir para os filhos desenharem algo que vão ver, talvez seja uma coisa que as mães sempre fazem.

— Que desenho?

— Havia quatro no quarto dela. Na mesa. Kate não fez a limpa direito. Ou talvez ela tenha somente os confundido com a bagunça de sempre. Um tinha um grande prédio cinza com árvores na frente. Primeiro achei que fosse o Dakota visto do Central Park. Agora, acho que é o casarão da Grange Farm. Eles devem ter mostrado fotos a ela, para prepará-la. Ela fez as árvores direitinho. Troncos retos, copas redondas. Para resistir ao vento. Como pirulitos verdes em palitos marrons. E tinha o desenho de um núcleo familiar. Achei que o cara fosse Lane, obviamente. Mas tinha alguma coisa estranha na boca dele. Como se metade do dente tivesse sido arrancado na porrada. Ou seja, não era o Lane. Era o Taylor, claro. A dentição. Jade provavelmente era fascinada por ela. A menina desenhou sua nova família. Taylor, Kate e ela. Para internalizar a ideia.

— E você acha que Taylor as trouxe aqui para a Inglaterra.

— Acho que Kate pediu para ele fazer isso. Talvez tenha até implorado. Eles precisavam de um porto seguro. Algum lugar muito distante.

341

Longe do alcance de Lane. E estavam tendo um caso. Não queriam ficar separados. Ou seja, se Taylor está aqui, Kate também está. Jade fez um desenho de três pessoas em um avião. Era a viagem que ela ia fazer. Depois fez outro de duas famílias juntas. Como uma visão dupla. Não tinha ideia do que significava. Mas agora imagino que sejam Jackson e Taylor, Susan e Kate, e Melody e ela. Sua nova e grande família. Felizes para sempre em Grange Farm.

— Não faz sentido — discordou Pauling. — Os passaportes delas ainda estão na gaveta.

— Aquilo foi tosco — disse Reacher. — Não foi? Você deve ter revistado mais de mil mesas. Alguma vez viu um passaporte sozinho em uma gaveta? Largado de um jeito tão ostentoso como aquele? Eu nunca vi. Eles estavam sempre enterrados debaixo de um monte de outras porcarias. Deixá-los à vista daquele jeito era uma mensagem. Ela dizia: "Ei, ainda estamos no país." O que significava, na verdade, que não estavam.

— Como a pessoa sai sem passaporte?

— Não sai. Mas uma vez você disse que eles não olham com muita atenção quando a pessoa está saindo. Disse que, às vezes, uma pequena semelhança é o suficiente.

Pauling refletiu um breve momento.

— O passaporte de outra pessoa?

— Quem a gente conhece que se encaixa no perfil? Uma mulher na faixa dos trinta anos e uma menina de oito?

Pauling respondeu:

— Susan e Melody.

— Dave Kemp nos contou que Jackson estava sozinho na fazenda — continuou Reacher. — Isso porque Susan e Melody tinham ido para os Estados Unidos. Os passaportes delas estavam com todos os carimbos corretos. Depois, elas deram seus passaportes para Kate e Jade. Talvez no apartamento do Taylor. Talvez durante o jantar. Como uma pequena cerimônia. Então, ele reservou as passagens na British Airways. Ele estava sentado ao lado de uma mulher britânica no avião. Temos certeza disso. Aposto quanto você quiser que ela está na lista de passageiros como sra. Susan Jackson. E aposto também que ao lado dela estava uma menininha britânica chamada Melody Jackson. Só que na verdade eram Kate e Jade Lane.

— Mas aí Susan e Melody ficam presas nos Estados Unidos.

— Temporariamente — avaliou Reacher. — O que o Taylor mandou de volta pelo correio?

— Um livro fino. Sem muitas páginas. Com um elástico em volta.

— Quem põe elástico em volta de um livro fino? Na verdade, eram dois livros *muito* finos. Dois passaportes embrulhados juntos. Enviados para o quarto de hotel da Susan em Nova York, onde ela e Melody estão neste momento esperando a chegada deles.

— Mas os carimbos vão estar fora de ordem. Quando forem embora, estarão saindo sem terem entrado.

Reacher concordou com a cabeça e contemporizou:

— Uma irregularidade. Mas o que o pessoal do JFK vai fazer a respeito? Deportá-las? Isso é exatamente o que querem. Assim elas chegarão em casa bem.

— Irmãs — disse Pauling. — Esse negócio todo está baseado na lealdade entre irmãs. Patti Joseph, Dee Marie Graziano, Susan Jackson.

Reacher seguiu dirigindo. Ficou calado.

— Inacreditável — continuou Pauling. — Vimos Kate e Jade hoje de manhã.

— Saindo com enxadas — disse Reacher. — Começando a vida nova.

Depois, ele acelerou um pouco porque a estrada estava se alargando e ficando reta para evitar que passassem por dentro de uma cidadezinha chamada Thetford.

John Gregory estava a toda velocidade também. Ao volante de uma Land Cruiser, um utilitário de sete lugares da Toyota, verde-escuro. Edward Lane encontrava-se ao lado dele na frente. Kowalski, Addison e Carter Groom, ombro a ombro no banco de trás. Burke e Perez, nos assentos do fundo. Estavam pegando a ponta sul da M11, depois de terem atravessado os bairros centrais de Londres a mil em direção ao canto nordeste dessa área.

65

DESSA VEZ, EM PLENA LUZ DO DIA, REACHER VIU A placa para *B'sh'ps P'ter* a cem metros, reduziu a velocidade antecipadamente e fez a curva como se dirigisse pelas estradas secundárias de Norfolk a vida inteira. Eram quase duas da tarde. O Sol estava alto e o vento, diminuindo. Céu azul, pequenas nuvens brancas, campos verdes. Um perfeito dia de fim de verão inglês. Quase.

— O que você vai dizer a eles? — perguntou Pauling.

— Que eu sinto muito. Acho que a melhor opção é começar por aí.

— E depois?

— Depois, provavelmente vou repetir isso.

— Eles não podem ficar lá.

— É uma fazenda. Alguém tem que ficar lá.

— Você está se voluntariando?

— Talvez eu tenha que fazer isso.

— Você sabe alguma coisa sobre lavoura?

— Só o que vi em filmes. Geralmente sofrem com os gafanhotos. Ou com incêndios.

— Não aqui. Enchentes, talvez.

— E idiotas iguais a mim.

— Não se martirize. Eles fingiram um sequestro. Não se culpe por ter levado isso a sério.

— Eu devia ter enxergado — reclamou Reacher. — O negócio estava esquisito desde o início.

Passaram pelo Bishop's Arms. O *pub*. Final do horário de almoço. Cinco carros no estacionamento. O Land Rover da Grange Farm não era um deles. Seguiram acelerando, quase no sentido leste, e ao longe avistaram a torre da igreja de Bishops Pargeter, cinza, quadrada e atarracada. Uns quinze metros de altura apenas, mas que, como o Empire Estate Building, dominava a paisagem. Seguiram acelerando. Passaram pela vala que marcava a fronteira oeste de Grange Farm. Ouviram o mecanismo para espantar pássaros novamente. Um alto e explosivo disparo de escopeta.

— Odeio esse negócio — reclamou Pauling.

— Vai acabar adorando. Uma camuflagem daquela pode ser o nosso melhor amigo.

— Pode ser o melhor amigo do Taylor também. Daqui a uns sessenta segundos. Ele vai achar que está sendo atacado.

Reacher concordou e disse:

— Respire fundo.

Reduziu a velocidade do carro bem antes da pontezinha plana. Entrou nela com convicção e cautela. Manteve a segunda marcha. Veículo pequeno, velocidade baixa. Nada ameaçador. Assim esperava.

A estrada que dava acesso à fazenda era comprida e fazia duas curvas. Ao redor de um solo fofo invisível, talvez. A terra batida era enlameada e menos nivelada do que aparentava de longe. O carrinho balançava e sacolejava. A fachada era lisa. Não tinha janela. A fumaça na chaminé estava mais grossa e vertical. Menos vento. Reacher abriu a janela e não ouviu nada além do motor e do despedaçar das pedras e do cascalho sob o pneu que girava lentamente.

— Cadê todo mundo? — perguntou Pauling. — Ainda capinando?

— Ninguém capina sete horas direto — disse Reacher. — A pessoa arrebentaria as costas.

O caminho de acesso ao terreno dividia-se trinta metros antes da casa. Um trevo na estrada. Oeste, a abordagem formal à porta da frente. Leste, estradinha ordinária na direção do local em que o Land Rover estivera estacionado, os celeiros mais ao fundo. Reacher foi para o leste. O Land Rover não estava mais ali. Todas as portas dos celeiros encontravam-se fechadas. O local inteiro estava silencioso. Nada se movia.

Reacher freou delicadamente e deu a ré. Pegou o caminho mais largo do oeste. No centro de um círculo de cascalho erguia-se um freixo raquítico. Ao redor dele havia um banco de madeira circular grande demais em comparação ao tronco fino. Ou a árvore era uma reposição ou o carpinteiro estava pensando cem anos à frente. Reacher deu a volta no círculo no sentido horário, do jeito britânico. Parou a dez metros da porta da frente. Fechada. Nada se movia para lugar nenhum, com exceção da coluna de fumaça que subia lentamente da chaminé.

— E agora? — perguntou Pauling.

— A gente bate na porta — respondeu Reacher. — Nos aproximamos devagar e mantemos as mãos visíveis.

— Você acha que estão nos vigiando?

— Alguém está. Com certeza. Estou sentindo isso.

Ele desligou o carro e ficou quieto por um momento. Depois abriu a porta. Desenrolou seu corpo enorme lenta e cautelosamente e ficou de pé, imóvel, ao lado do carro. Com as mãos afastadas das laterais do corpo. Pauling fez a mesma coisa a dois metros de distância. Em seguida, caminharam juntos em direção a porta da casa. Era uma enorme tábua antiga de carvalho, preta como carvão. Possuía faixas e dobradiças de ferro, cujos antigos buracos de ferrugem e corrosão haviam sido recentemente pintados. Tinha uma argola retorcida articulada à boca de um leão e posicionada para fulminar a cabeça de um prego do tamanho de uma maçã. Reacher a usou, duas vezes, o que gerou pesados baques surdos na madeira. Aquilo ressoou como um bumbo.

E não gerou nenhuma resposta.

— Olá? — gritou Reacher.

Nenhuma resposta.

— Taylor? Graham Taylor? — chamou ele.

Nenhuma resposta.

Tentou a aldrava novamente, duas vezes.

Nenhuma resposta ainda.

Nem um som sequer.

Com exceção de um pé pequenininho sendo arrastado, a dez metros de distância. O roçar da sola em uma pedra. Reacher se virou rápido e olhou para a esquerda. Viu um joelhinho nu retroceder no canto da casa. Voltando a se esconder.

— Eu vi você — chamou Reacher.

Nada.

— Pode sair agora — gritou de novo. — Está tudo bem.

Nenhuma resposta.

— Olha o nosso carro — gritou Reacher. — A coisa mais lindinha que você já viu.

Nada aconteceu.

— É vermelho — disse Reacher. — Parece um carrinho de bombeiro.

Sem resposta.

— Tem uma moça aqui comigo — insistiu Reacher. — Ela também é linda.

Ele ficou parado ao lado de Pauling e um longo momento depois viu uma cabecinha escura espiar pelo canto. Um rostinho, pele branca, grandes olhos verdes. Boca séria. Uma menininha, aproximadamente oito anos.

— Oi — gritou Pauling. — Qual é o seu nome?

— Melody Jackson — respondeu Jade Lane.

66

A CRIANÇA ERA INSTANTANEAMENTE RECONHECÍVEL como a da cópia imperfeita que Reacher vira na mesa do quarto no Dakota. Tinha aproximadamente um ano mais do que na foto, porém o mesmo cabelo comprido escuro, levemente ondulado e fino como seda, os mesmos olhos verdes e a mesma pele de porcelana. A foto era extraordinária, mas a realidade era muito melhor. Jade Lane era uma criança linda.

— Meu nome é Lauren — apresentou-se Pauling. — Esse moço é o Reacher.

Jade cumprimentou com um gesto de cabeça grave e sério. Permaneceu calada. Não se aproximou. Estava com um vestido de anarruga listrado e sem mangas. Talvez da Bloomingdale's na Lexington. Talvez uma de suas roupas prediletas. Talvez parte daquilo que, apressada e impulsivamente, tinha colocado na mala. Estava de meias brancas e sandálias. Empoeiradas.

Pauling disse:

— Viemos aqui para falar com os adultos. Sabe onde eles estão?

A dez metros, Jade respondeu que sim com outro gesto de cabeça. Permaneceu calada.

— Onde eles estão? — perguntou Pauling.

Uma voz a dez metros na direção contrária respondeu:

— Um deles está bem aqui, senhora — e Kate Lane saiu de trás da parede no outro canto. Também era praticamente igual à foto. Cabelo escuro, olhos verdes, maçãs do rosto altas, a boca era um botão de flor. De uma beleza extrema, impossível. Talvez um pouco mais cansada do que estivera no estúdio do fotógrafo. Talvez um pouco mais estressada. Porém, definitivamente a mesma mulher. Fora do que o retrato mostrava, ela devia ter aproximadamente um metro e setenta e cinco, não muito mais do que cinquenta e poucos quilos, era magra e graciosa. Exatamente a aparência que uma ex-modelo devia ter, concluiu Reacher. Usava uma camisa masculina grande de flanela, nitidamente emprestada. Estava linda com ela. No entanto, ficaria linda até vestindo um saco de lixo com rasgos para os braços, pernas e cabeça.

— Susan Jackson — apresentou-se.

Reacher sacudiu a cabeça e disse:

— Não é, não, mas é uma grande satisfação conhecê-la. E a Jade também. Nunca vai entender quanto estou satisfeito.

— Sou Susan Jackson — insistiu. — E esta é a Melody.

— Não temos tempo para isso, Kate. E o seu sotaque não é muito convincente.

— Quem é você?

— Meu nome é Reacher.

— O que você quer?

— Cadê o Taylor?

— Quem?

Reacher deu uma olhada para Jade, depois avançou um pouco na direção de Kate:

— Podemos conversar? Quem sabe um pouco mais ali na frente?

— Por quê?

— Por privacidade.

— O que aconteceu?

— Não quero chatear a sua filha.

— Ela sabe o que está acontecendo.

— Ok — disse Reacher. — Estamos aqui para te alertar.

— Sobre o quê?

— Edward Lane está uma hora atrás de nós. Talvez menos.

— Edward está aqui? — perguntou Kate. Pela primeira vez, com medo genuíno no rosto. — Aqui na Inglaterra?

Reacher confirmou com a cabeça e completou:

— Vindo para cá.

— Quem é você?

— Ele me pagou para encontrar Taylor.

— Então por que avisar a gente?

— Por que acabei de descobrir que não foi real.

Kate ficou calada.

— Cadê o Taylor? — repetiu Reacher.

— Ele saiu — respondeu Kate. — Com o Tony.

— Anthony Jackson? O cunhado?

Kate assentiu e disse:

— Esta fazenda é dele.

— Aonde eles foram?

— A Norwich. Para ver o negócio de uma retroescavadeira. Ele falou que precisamos cavar umas valas.

— Quando eles saíram?

— Há umas duas horas.

Reacher fez que sim novamente. Norwich. A cidade grande. Cinquenta quilômetros para ir, cinquenta para voltar. Uma viagem de umas duas horas. Ele olhou para o sul da estrada. Nada se movia nela.

— Vamos entrar — disse ele.

— Nem sei quem você é.

— Sabe, sim — discordou Reacher. — Neste momento, sou seu melhor amigo.

Kate encarou Pauling um momento e deu a impressão de sentir-se segura pela presença de outra mulher. Ela piscou uma vez e abriu a porta. Deixou todos entrarem. O interior do casarão estava escuro e frio. Tinha teto baixo de vigas e chão de pedra irregular. Paredes grossas com papel de parede florido e pequenas janelas gradeadas. A cozinha era o coração da casa. Isso era nítido. Um cômodo retangular grande, com panelas de cobre brilhante penduradas em ganchos, sofás,

350

poltronas e uma lareira grande o bastante para se morar nela, além de um fogão grande e antigo. Havia uma mesa de carvalho gigantesca com doze cadeiras ao redor dela e também uma mesa de pinho com um telefone e pilhas de papel, envelopes, jarros de canetas e lápis, selos e elásticos. Toda a mobília era velha, desgastada, confortável e tinha cheiro de cachorro, ainda que não houvesse cão algum na casa. Tinha pertencido aos donos anteriores, talvez. Talvez a mobília tivesse sido incluída na venda. Talvez houvesse problemas de falência.

— Acho que você deveria ir embora, Kate. Você e Jade. Até vermos o que acontece — disse Reacher

— Como? — perguntou Kate. — O carro não está aqui.

— Use o nosso carro.

— Nunca dirigi aqui. Nunca sequer vim aqui.

— Eu levo vocês — disse Pauling.

— Para onde?

— Para qualquer lugar que quiser ir. Até vermos o que acontece.

— Ele já está aqui mesmo?

Pauling confirmou com a cabeça.

— Saiu de Londres há pelo menos uma hora.

— Ele sabe?

— Que foi tudo simulado? Ainda não.

— Ok — aceitou Kate. — Leve a gente para algum lugar. Qualquer lugar. Agora. Por favor.

Ela se levantou e pegou a mão de Jade. Foi sem bolsa, sem casaco. Estava pronta para ir, imediatamente. Sem dúvida, sem hesitação. Só pânico. Reacher arremessou a chave do Mini para Pauling e seguiu todas elas até o lado de fora. Jade entrou atrás no minúsculo carro e Kate sentou-se ao lado de Pauling, que ajustou o banco e o retrovisor, prendeu o cinto e ligou o carro.

— Espere — disse Reacher.

Na estrada, menos de dois quilômetros a oeste, ele viu algo verde-escuro movendo-se depressa atrás de um grupo de árvores. Pintura verde. Cintilando ao sol minguado. Limpo, encerado e brilhante, não imundo como um carro de fazenda.

Menos de dois quilômetros. Noventa segundos. Sem tempo.

— Todo mundo de volta para a casa — disse ele. — Agora mesmo.

67

KATE, JADE E PAULING CORRERAM PARA O ANDAR DE cima e Reacher foi para o canto sudeste da casa. Apoiou o corpo todo na parede e se arrastou até um local de onde podia dar uma olhada na ponte sobre a vala. Chegou bem a tempo de ver o carro virar. Era um Land Rover Defender antigo, anguloso e quadrado, mais um utensílio do que um carro. Pneu para barro e neve, capota traseira de lona marrom. Dois caras nela, balançando e sacudindo atrás do cintilante para-brisa. Um deles tinha o vago formato que Reacher vira mais cedo naquela manhã. Tony Jackson. O fazendeiro. O outro era Taylor. O Land Rover da Grange Farm, recentemente lavado e encerado. Irreconhecível em relação à noite anterior. Obviamente, o itinerário até Norwich tinha incluído uma parada em um lava-jato, além da ida à revendedora de retroescavadeira.

Reacher abaixou a cabeça para voltar à cozinha e gritou da escada para o segundo andar que estava tudo bem. Depois, saiu e aguardou. O Land Rover virou para a esquerda e para a direita nas curvas da entrada e parou um segundo quando Jackson e Taylor analisaram longa e concentradamente o Mini a cinco metros. Depois, acelerou novamente e parou derrapando no lugar em que costumava ficar estacionado entre os fundos da casa e os celeiros. As portas foram abertas e Jackson e Taylor desceram. Reacher permaneceu onde estava, Jackson caminhou bem na direção dele e falou:

— Isto é invasão de propriedade. Dave Kemp me contou o que querem. Você conversou com ele hoje de manhã. Na loja. E a resposta é não. Não vou vender.

— Não quero comprar — disse Reacher.

— Então por que está aqui?

Jackson era um cara magro e baixo, não muito diferente de Taylor. Altura parecida, peso parecido. Características genéricas inglesas parecidas. Sotaque similar. Dentes melhores e cabelo um pouco mais claro e comprido. Mas, no geral, podiam se passar por irmãos, não apenas cunhados.

— Estou aqui para ver o Taylor — informou Reacher.

Taylor se aproximou e perguntou:

— Para quê?

— Para pedir desculpa — disse Reacher. — E para te avisar.

Taylor refletiu um breve momento. Piscou uma vez. Em seguida seus olhos chicotearam para a esquerda, chicotearam para a direita, cheios de inteligência e avaliação.

— Lane? — perguntou ele.

— Ele está a menos de uma hora daqui.

— Ok — disse Taylor, calmo, sereno. Não aparentava surpresa. Mas Reacher não esperava que ele ficasse surpreso. Ficar surpreso era para amadores. E Taylor era profissional. Um veterano das Forças Especiais, e dos mais inteligentes e competentes. Segundos gastos ficando surpreso eram segundos preciosos desperdiçados, e Taylor estava gastando os segundos preciosos exatamente da maneira como fora treinado: pensando, planejando, revisando táticas, revendo opções.

— Culpa minha — disse Reacher. — Me desculpe.

— Eu te vi na Sexta Avenida — revelou Taylor. — Quando estava entrando no Jaguar. Não dei muita importância, mas te vi de novo ontem à noite. No *pub*. Aí descobri. Achei que você ia subir para o quarto e ligar para o Lane. Mas parece que ele se mobilizou mais rápido do que imaginei.

— Ele já estava a caminho.

— Bom você ter dado uma passada aqui para me avisar.

— Era o mínimo que eu podia fazer. Nestas circunstâncias.

— Ele tem a localização precisa deste lugar?

— Mais ou menos. Falei Grange Farm. Parei antes de revelar Bishops Pargeter. Troquei por Fenchurch St. Mary.

— Ele vai nos encontrar na lista telefônica. Não existe Grange Farm em Fenchurch. Somos a mais perto.

— Desculpa — repetiu Reacher.

— Quando você desvendou o negócio?

— Só quando já era um pouco tarde demais.

— O que fez você desconfiar de tudo?

— Brinquedos. Jade trouxe os brinquedos preferidos.

— Você já se encontrou com ela?

— Cinco minutos atrás.

Taylor sorriu. Dentes terríveis, mas muita ternura.

— Ela é uma menina maravilhosa, não é?

— Parece que sim.

— O que você faz, é detetive particular?

— Eu era PE do Exército dos Estados Unidos.

— Qual é o seu nome?

— Reacher.

— Quanto o Lane te pagou?

— Um milhão.

Taylor sorriu novamente.

— Estou lisonjeado. E você é bom. Mas sempre foi uma questão de tempo. Quanto mais tempo se passasse sem que encontrassem o meu corpo, mais iam ficar desconfiados. Mas isto aqui é um pouco mais rápido do que eu imaginei. Achei que teria algumas semanas.

— Você tem uns sessenta minutos.

Eles se reuniram na cozinha do casarão para um conselho de guerra, todos os seis, Taylor, Kate e Jade, Jackson, Pauling e Reacher. Jade não foi nem incluída nem excluída. Ela simplesmente ficou sentada à mesa desenhando, com giz de cera e papel pardo, os mesmos ousados e coloridos traços que Reacher vira no quarto dela no Dakota, ouvindo os adultos conversarem. A primeira coisa que Taylor disse foi:

354

— Vamos acender a lareira, está frio aqui dentro. E vamos tomar um chá.

— Temos tempo para isso? — perguntou Pauling.

— Exército britânico — respondeu Reacher. — Eles sempre têm tempo para uma xícara de chá.

Havia uma cesta de vime cheia de gravetos perto da lareira. Taylor os empilhou sobre uma pirâmide de jornal amassado e acendeu um fósforo. Depois que a chama pegou, acrescentou toras maiores. Enquanto isso, Jackson estava ao fogão, esquentando uma chaleira com água e enfiando pacotinhos de chá em um bule. Também não parecia muito preocupado. Calmo, competente e sem pressa.

— O que você era antigamente? — perguntou Reacher.

— Eu era do Primeiro Regimento de Paraquedistas — respondeu Jackson.

O equivalente britânico dos Rangers do Exército dos Estados Unidos, em linhas gerais. Caras da pesada, especialistas em ataques aéreos, não chegavam a ser como o pessoal do Serviço Aéreo Especial britânico, mas eram quase isso. A maioria dos novatos do Serviço Aéreo Especial eram formados no Primeiro Regimento de Paraquedistas.

— Lane trouxe seis caras — disse Reacher.

— O esquadrão classe A? — perguntou Taylor. — Costumavam ser sete caras. Antes de eu resignar.

— Costumavam ser nove caras — disse Reacher.

— Hobart e Knight — concordou Taylor. — Kate soube dessa história. Pela irmã do Hobart.

— Esse foi o estopim?

— Em parte. E em parte outra coisa.

— Que outra coisa?

— Hobart não é o único. Não chega nem perto de ser. Ele é o pior, talvez, de acordo com o que a irmã dele contou. Lane deixou muita gente ferida e morta ao longo dos anos.

— Vi o fichário dele — comentou Reacher.

— Ele não faz nada por essas pessoas, nem pelas famílias delas.

— É por isso que você quer o dinheiro?

— O dinheiro é a pensão alimentícia da Kate. Ela tem direito a ele. E é ela que decide como gasta. Mas tenho certeza de que vai fazer a coisa certa.

Tony Jackson serviu o chá do bule, quente e forte, em cinco canecas lascadas e diferentes umas das outras. Jade estava se virando com um copo de suco de maçã.

— Temos tempo para isto? — repetiu Pauling.

— Reacher? — disse Taylor. — Temos tempo para isto?

— Depende — respondeu Reacher — de qual exatamente é o seu objetivo.

— O meu objetivo é: e viveram felizes para sempre.

— Ok — disse Reacher. — Estamos na Inglaterra. Se estivéssemos no Kansas, eu ficaria preocupado. Se estivéssemos no Kansas, a lojinha do Dave Kemp e mais outras cem parecidas estariam vendendo fuzis e munição. Mas não estamos no Kansas. E não existe a menor chance de o Lane ter trazido alguma coisa no avião. Ou seja, se ele aparecer agora, estará desarmado. Ele não tem como fazer nada além de catar pedras na estradinha da entrada da fazenda para jogar na gente. Com paredes dessa grossura e janelas tão pequenas, isso não vai nos machucar muito.

— Ele pode nos forçar a sair com fogo — opinou Pauling. — Garrafas cheias de gasolina com trapos em chamas, ou coisa assim.

Reacher ficou calado. Apenas olhou para Taylor, que disse:

— Ele me quer vivo, srta. Pauling. Tenho certeza disso. Fogo deve estar nos planos dele para mim, mas no final, ele quer fazer isso lenta e controladamente. Algo rápido e fácil simplesmente não serve pra ele.

— Então vamos simplesmente ficar sentados aqui?

— Como o Reacher disse, se ele aparecer agora, será inofensivo.

— Podemos estar na Inglaterra, mas deve haver armas disponíveis em algum lugar.

Taylor concordou com a cabeça e completou:

— Em tudo quanto é lugar, para falar a verdade. Armeiros particulares dos bandos de mercenários britânicos, intendentes do Exército corruptos, gangues de bad boys. Mas nenhum deles está nas páginas amarelas. Leva tempo para encontrá-los.

— Quanto tempo?

— Eu diria que doze horas no mínimo, dependendo das conexões da pessoa. Ou seja, como o seu amigo disse, se Lane aparecer agora, será inofensivo, e se ele quiser se armar primeiro, não vai aparecer antes de, pelo menos, amanhã. E tem mais, ele gosta de ataques no final da madrugada. Sempre gostou. Na madruga, foi isso que a Força Delta ensinou a ele. Ataque com os primeiros raios de sol.

— Vocês têm armas aqui? — perguntou Reacher.

— Isto aqui é uma fazenda — respondeu Jackson. — Fazendeiros estão sempre preparados para o controle de pragas.

Algo na voz dele. Uma espécie de determinação fatal. Reacher olhou entre ele e Taylor. *Altura parecida, peso parecido. Características genéricas inglesas parecidas. No geral, podiam ser irmãos, não apenas cunhados. Às vezes uma pequena semelhança é o suficiente.*

Ele levantou da cadeira, deu uma andada e observou o telefone na mesa de pinho. Era um aparelho preto antigo. Tinha cabo e painel de disco para discar. Sem memória. Sem botões para discagem rápida.

Ele virou-se novamente para Taylor.

— Você queria isto.

— Queria?

— Você usou o nome Leroy Clarkson. Para apontar o caminho até o seu apartamento.

Taylor ficou calado.

— Você podia ter impedido a Jade de trazer os brinquedos. Podia ter dito à Kate para deixar a foto para trás. Sua irmã Susan podia ter trazido o passaporte do Tony para você. Ela podia tê-lo colocado na bolsa. Assim haveria três Jackson na lista de passageiros, não dois Jackson e um Taylor. Sem o seu nome verdadeiro, não seria possível segui-lo até a Inglaterra.

Taylor ficou calado.

— O telefone no seu apartamento era novo — continuou Reacher. — Não o tinha antes, tinha? Você o comprou para que pudesse deixar o número da Susan nele.

— Por que eu faria isso? — perguntou Taylor.

— Por que queria que o Lane te achasse aqui.

Taylor ficou calado.

— Você falou com Dave Kemp na loja do vilarejo — prosseguiu Reacher. — Deu a ele todo tipo de informação desnecessária. E ele é o maior fofoqueiro da cidade. Depois, ficou de bobeira em um *pub* cheio de fazendeiros enxeridos. Tenho certeza de que você preferia ter ficado em casa, dadas as circunstâncias. Com a sua nova família. Mas não podia fazer isso. Porque queria deixar um rastro claro. Porque sabia que Lane contrataria alguém como eu. E você queria ajudar alguém como eu a encontrar você. Porque queria trazer Lane aqui para um confronto.

O cômodo permaneceu em silêncio.

Reacher continuou:

— Você queria jogar em casa. E concluiu que este lugar seria fácil de defender.

Mais silêncio. Reacher olhou para Kate.

— Você ficou nervosa — disse ele. — Não porque Lane estava vindo, mas porque ele estava vindo *agora*. Já. Cedo demais.

Kate ficou calada. Mas Taylor confirmou com um gesto de cabeça.

— Como eu disse antes, ele foi um pouco mais rápido do que eu imaginava. Mas sim, queríamos que ele viesse.

— Por quê?

— Você acabou de falar. Queremos um confronto. Encerramento. Finalização.

— Por que agora?

— Eu já disse.

— Recompensar os feridos não é urgente. Não tanto assim.

Na cadeira em que estava ao lado da lareira, Kate Lane suspendeu o rosto.

— Eu estou grávida — revelou.

68

À SUAVE LUZ DAS CHAMAS DA LAREIRA, A BELEZA simples e vulnerável de Kate era enfatizada a ponto de partir o coração. Ela disse:

— Quando Edward e eu começamos a brigar, ele me acusou de estar sendo infiel. O que não era verdade na época. Mas ele estava furioso. Disse que se algum dia me pegasse dormindo com outro, me mostraria o quanto aquilo o machucava fazendo alguma coisa com a Jade, que me machucaria ainda mais. Ele entrou em detalhes que não consigo repetir agora. Não na frente dela. Mas foi muito aterrorizante. Tão aterrorizante que eu me persuadi a não levar aquilo a sério. Mas depois de ouvir a história sobre Anne, Knight e Hobart, soube que tinha que levar aquilo a sério. E nessa época eu tinha, sim, algo a esconder. Então fugimos. E aqui estamos.

— Com o Lane bem atrás de você.

— Ele merece tudo o que acontecer, sr. Reacher. Ele é um verdadeiro monstro.

Reacher virou-se para Jackson.

— Você não está consertando a retroescavadeira para cavar valas, né? Não está chovendo e as valas estão ótimas. E você não perderia tempo fazendo uma coisa desse tipo. Não agora. Não nestas circunstâncias. Está consertando a retroescavadeira para cavar covas, não está?

— Pelo menos uma cova — respondeu Taylor. Talvez umas duas ou três, até o restante do bando ir embora e nos deixar em paz. Você tem algum problema com isso?

Vamos encontrar o Taylor, dissera Reacher no avião. *Lane vai cuidar dele, depois eu vou cuidar do Lane.* Pauling lhe perguntara, *E os outros?* Reacher respondera: *Se eu achar que o bando vai se desintegrar sem o Lane, vou deixar o resto em paz e largar pra lá. Mas se um deles quiser ascender a oficial e assumir o comando, acabo com a raça dele também. E assim por diante, até o bando realmente se desintegrar.*

Pauling comentara: *Brutal.*

Reacher perguntara: *Comparado a quê?*

Ele virou o rosto e encarou Taylor.

— Não — respondeu. — Acho que não tenho problema com isso. Não muito. Nenhum problema, para falar a verdade. Só não estou acostumado a encontrar pessoas na mesma frequência que a minha.

— Você vai ficar com o seu milhão?

Reacher negou com um gesto de cabeça e explicou:

— Eu ia doá-lo para o Hobart.

— Isso é bom — disse Kate. — Libera um pouco do nosso dinheiro para os outros.

— Srta. Pauling? E você? Tem algum problema? — perguntou Taylor.

Pauling respondeu:

— Deveria ter. Deveria ter um problema enorme. No passado eu jurei defender a lei.

— Mas...

— Não consigo chegar ao Lane de nenhuma outra maneira. Então não, não tenho problema.

— Então estamos em operação — disse Taylor. — Bem-vindos à festa.

Depois que terminaram o chá, Jackson os levou para uma salinha atrás da cozinha e abriu um armário de duas portas acima da máquina de

360

lavar. Nele estavam organizados quatro fuzis automáticos Heckler & Koch G36. O G36 era um modelo bem moderno que começou a ser usado pelas Forças Armadas logo antes da carreira militar de Reacher chegar ao fim. Por isso, ele não era muito familiarizado com a arma. Ela possuía um cano de dezenove polegadas e uma coronha dobrável, era basicamente bem convencional, com exceção da enorme superestrutura que sustentava uma mira óptica integrada a uma exagerada alça para carregá-la. Sua câmara era projetada para munição 5.56mm NATO padrão e, como a maioria das armas alemãs, parecia custar caro e tinha sido muito bem projetada.

— Onde você conseguiu essas armas? — perguntou Reacher.

— Comprei — respondeu Jackson. — De um intendente corrupto na Holanda. Susan foi até lá e as pegou.

— Para esse esquema com o Lane?

Jackson confirmou com a cabeça:

— As últimas semanas têm sido bem pesadas. Muito planejamento.

— Elas são rastreáveis?

— Segundo a documentação do cara da Holanda, elas foram destruídas num acidente durante um treinamento.

— Tem munição?

Jack atravessou o cômodo e abriu outro armário, mais baixo. Atrás de uma fileira de botas Wellington, Reacher viu o lampejo do metal negro. Muitos.

— Setenta pentes — falou Jackson. — Duas mil e cem balas.

— Deve dar conta do recado.

— Não podemos usá-las. Não mais do que três ou quatro balas. Barulho demais.

— A polícia está a que distância daqui?

— Não muito perto. Em Norwich, creio eu, a não ser que por acaso uma patrulha esteja fazendo ronda. Mas as pessoas daqui têm telefone. Algumas até sabem como usá-los.

— Você pode desligar o mecanismo para espantar pássaros por um dia.

— É óbvio. Mas eu também não devia estar usando aquilo. Um fazendeiro com produção orgânica não precisa daquele negócio. A falta de pesticida gera muitos insetos para os pássaros comerem. Eles não vão atrás da semente. Mais cedo ou mais tarde, as pessoas vão se dar conta disso.

— Então o mecanismo para espantar pássaros também é novo?

Jackson assentiu e explicou:

— Parte do planejamento. Começa a atirar na alvorada. Achamos que Lane vai chegar nesse horário.

— Se eu tivesse uma irmã e um cunhado, ia querer que fossem iguais a você e à Susan.

— Conheço o Taylor das antigas. Servimos juntos em Serra Leoa. Faria qualquer coisa por ele.

— Nunca fui à África.

— Sorte a sua. Estávamos combatendo um bando de rebeldes chamados West Side Boys. Vi o que eles faziam com as pessoas. Por isso, sei pelo que Hobart passou. Burkina Faso não era longe.

— Está de acordo com tudo isto? Você tem raízes aqui, literalmente.

— Qual é a alternativa?

— Tirem umas férias. Todos vocês. Eu fico.

Jackson negou com um movimento de cabeça e falou:

— Vai ficar tudo bem. Uma bala deve resolver o esquema. O G36 é uma peça muito precisa.

Jackson ficou na salinha, fechou e trancou os dois armários. Reacher voltou para a cozinha e sentou-se ao lado de Taylor.

— Fale sobre o Gregory — pediu ele.

— O que tem ele?

— Vai ficar do lado do Lane? Ou do seu?

— Do Lane, eu acho.

— Mesmo que tenham servido juntos?

— Lane o comprou. Quando estava nas Forças Armadas, Gregory sempre quis a patente de oficial, mas nunca conseguiu. Isso o deixou puto. Então Lane fez dele uma espécie de tenente não oficial. *Status*, pelo menos. Uma bobagem insignificante, é claro, mas é a ideia que conta. Por isso acho que o Gregory vai colar com ele. Além do mais, ele vai se sentir ofendido por eu ter guardado segredo. Ele acha que dois britânicos no exterior devem compartilhar tudo.

— Ele conhece esta área?

— Não, é londrino, como eu.

— E os outros? Algum deles vai mudar de lado?

— O Kowalski não — respondeu Taylor. — O Perez não. Mudar de lado requer alguma atividade cerebral, e a inteligência daqueles dois não é lá essas coisas. O Addison provavelmente não também. Mas o Groom e o Burke não são burros. Se virem que o barco está afundando, vão cair fora na hora.

— Não é a mesma coisa que mudar de lado.

— Nenhum deles vai passar para o nosso lado. Pode esquecer isso. O máximo que podemos esperar é neutralidade por parte de Groom e Burke. E eu não apostaria a fazenda nisso.

— Eles são bons? Todos eles, como um todo?

— São tão bons quanto eu. O que significa dizer que estão num terreno íngreme e escorregadio. Costumavam ser extraordinários, agora estão muito próximos de medianos. Muita experiência e habilidade, só que não treinam mais. E treinar é importante. Antigamente, treinar era 99 por cento do que fazíamos.

— Por que se juntou a eles?

— Dinheiro — respondeu Taylor. — Por isso me juntei a eles. Depois, fiquei com eles por causa da Kate. Eu a amei desde o primeiro momento em que a vi.

— Ela te amou também?

— No final — respondeu Taylor.

— Não foi no final — discordou Kate, da cadeira diante do fogo. — Na verdade, foi bem rápido. Um dia perguntei por que nunca tinha arrumado os dentes e ele falou que nunca tinha pensado nisso. Gosto desse tipo de respeito próprio e autoconfiança.

— Você vê alguma coisa errada com os meus dentes? — perguntou Taylor.

— Muitas — respondeu Reacher. — Me impressiona você conseguir comer. Talvez por isso seja tão pequeno.

— Sou o que sou — afirmou Taylor.

Exatamente uma hora depois de entrarem e acenderem a lareira, eles tiraram na sorte quais seriam os primeiros a assumir os postos de vigília. Jackson e Pauling puxaram os palitos curtos. Jackson ficou na Land

363

Rover nos fundos da casa e Pauling, no Mini na frente dela. Dessa maneira, cada um deles podia cobrir mais de 180 graus. Conseguiam enxergar um quilômetro e meio ou mais ao longe no terreno plano. Uma vantagem de noventa segundos ou mais se Lane se aproximasse pela estrada; um pouco maior, caso atravessasse o campo, uma abordagem mais lenta.

Segurança razoável.

Enquanto durasse a luz do dia.

69

A LUZ DO DIA DUROU ATÉ POUCO DEPOIS DAS OITO. Nessa hora, Reacher estava no Land Rover e Kate Lane, no Mini. O céu escureceu no leste e avermelhou no oeste. O crepúsculo acercou-se depressa e com ele veio uma neblina noturna de aparência pitoresca, mas que reduzia a visibilidade para menos de cem metros. O mecanismo para espantar pássaros silenciou-se. Durante toda a tarde e parte da noite, ele tinha disparado em intervalos aleatórios imprevisíveis entre um mínimo de quinze e um máximo de quarenta minutos. E o repentino silêncio que se seguia era mais notável do que seu barulho.

Taylor e Jackson, em um dos celeiros, trabalhavam na retroescavadeira. Pauling, na cozinha, abria latas para o jantar. Jade, ainda à mesa, continuava desenhando.

Às oito e meia, a visibilidade era tão mínima que Reacher saiu do Land Rover e foi para a cozinha. Encontrou Jackson no caminho. Ele voltava do celeiro. Suas mãos estavam cobertas de graxa e óleo.

— Como está indo lá? — perguntou Reacher.

— Vai ficar pronto — respondeu Jackson.

Taylor saiu da escuridão.

— Temos dez horas — falou ele. — Estamos seguros até a alvorada.

— Tem certeza? — questionou Reacher.

— Não muita.

— Nem eu.

— Então, o que o manual de campo do Exército dos Estados Unidos diz sobre perímetro de segurança noturno?

Reacher sorriu.

— Diz para colocar uma porrada de minas a uma distância de cem metros. Se ouvir uma explosão, matou um invasor.

— E se não tiver nenhuma mina?

— Aí você se esconde.

— No Serviço Aéreo Especial britânico é a mesma coisa. Mas não podemos esconder a casa.

— Podemos levar Kate e Jade para outro lugar.

Taylor sacudiu a cabeça e disse:

— Melhor ficarem. Não quero que minha concentração fique dividida.

— O que elas acham disso?

— Pergunte a elas.

E foi o que Reacher fez. Pegou um atalho pela casa, saiu e foi até o Mini. Disse a Kate para fazer uma pausa para o jantar. Depois, se ofereceu para levar Jade e ela para qualquer lugar a que quisessem ir, um hotel, um resort, um spa, Norwich, Birmingham, Londres, qualquer lugar. Ela recusou. Disse que enquanto Lane estivesse vivo queria Taylor com uma arma por perto. Falou que um casarão de fazenda com paredes de um metro de espessura era o melhor lugar em que podia imaginar estar. Reacher não discutiu com ela. Pessoalmente, concordava com Taylor. Concentração dividida era um negócio ruim. E era possível que os capangas de Lane já tivessem montado um esquema de vigilância secreto. Na verdade, era bem provável. Nesse caso, estariam cobrindo as estradas, vigiando os carros passando. Procurando Taylor, sobretudo. Mas, se tivessem a oportunidade de ver que Susan e Melody Jackson eram na verdade Kate e Jade Lane, o jogo todo mudaria.

O jantar era uma mistura de coisas enlatadas que Pauling tinha encontrado nos armários. Cozinhar não era o forte dela. Estava acostumada a ligar para a Barrow Street e pedir qualquer coisa que quisesse. Mas ninguém se importava. Ninguém estava no clima para uma refeição *gourmet*. Planejaram enquanto comiam. Concordaram que fariam dois turnos de duas pessoas, sequenciais, de cinco horas cada. Dessa maneira chegariam ao amanhecer. Uma pessoa patrulharia a parede com o frontão liso virada para o sul, e a outra faria o mesmo para o norte. Ambas estariam armadas com um G36 carregado. O primeiro turno seria de Taylor e Jackson, e a uma e meia da manhã, Reacher e Pauling assumiriam. Kate não participaria. A possibilidade de uma patrulha de reconhecimento noturna hostil a identificar era um risco grande demais.

Reacher tirou a mesa e lavou a louça, Taylor e Jackson saíram com os G36 engatilhados e travados. Kate levou Jade para dormir no andar de cima. Pauling pôs lenha na lareira. Ficou observando Reacher à pia.

— Você está bem? — perguntou a ele.

— Já lavei louça antes.

— Não é disso que estou falando.

— Temos um cara do Serviço Aéreo Especial britânico em uma ponta da casa e um cara do Regimento de Paraquedistas na outra. Os dois têm armas automáticas. E os dois estão pessoalmente motivados. Eles não vão dormir — falou ele.

— Também não é disso que estou falando. Estou falando desta coisa toda.

— Eu te avisei que não mandaríamos ninguém a julgamento.

Pauling concordou.

— Ela é uma graça — comentou Pauling. — Não é?

— Quem?

— Kate. Me sinto uma anciã perto dela.

— Mulheres mais velhas — disse Reacher — são boas num negócio.

— Obrigada.

— Estou falando sério. Se fosse para escolher, eu iria embora com você, não com ela.

— Por quê?

— Porque sou esquisito demais.

— Minha obrigação é mandar as pessoas para julgamento.

— A minha também era, antigamente. Mas não vou fazer isso desta vez. E não vejo problema nisso.

— Nem eu. E isso está me incomodando.

— Você vai superar. A escavadeira e uma passagem de avião vão ajudar.

— Distância? A sete palmos do chão e sete mil quilômetros de avião?

— Sempre funciona.

— Sério mesmo?

— Espatifamos mais de mil insetos no para-brisa do carro ontem. Mais mil hoje. Um a mais não vai fazer diferença nenhuma.

— Lane não é um inseto.

— Não, ele é pior.

— E os outros?

— Eles têm opção. A escolha mais pura que existe. Podem ficar ou podem ir embora. A escolha é deles.

— Onde você acha que estão agora?

— Em algum lugar lá fora — respondeu Reacher.

Meia hora depois, Kate desceu novamente. A barra da camisa emprestada estava amarrada na cintura e as mangas, dobradas na altura do cotovelo.

— Jade dormiu — disse, ficando de lado para passar por uma cadeira fora do lugar e Reacher viu que já dava para notar a gravidez. Ainda no início. Agora que tinham lhe contado.

Ele perguntou:

— Ela está bem?

— Melhor do que eu podia imaginar — respondeu Kate. — Ela não está dormindo bem. O jetlag acabou com ela. E está um pouco nervosa, eu acho. Não entende por que não tem animais aqui. Ela não entende fazendas dedicadas a agricultura. Acha que estamos escondendo um monte de criaturinhas fofas dela.

— Ela sabe do irmão, ou irmã, sei lá?

Kate fez que sim.

— Esperamos até estarmos no avião. Tentamos transformar tudo em parte da aventura.

— Como foi no aeroporto?

— Sem problema. Os passaportes foram ótimos. Olharam mais os nomes do que as fotos. Para confirmarem se estavam iguais aos das passagens.

— Tanto investimento no Departamento de Segurança Nacional pra nada — disse Pauling.

Kate concordou gesticulando a cabeça novamente e prosseguiu:

— Tiramos a ideia de uma coisa que lemos no jornal. Um cara teve que fazer uma viagem a trabalho de última hora, pegou o passaporte na gaveta e passou por seis países antes de se dar conta de que tinha pegado o passaporte da esposa.

— Me conta como foi que o esquema todo aconteceu — pediu Reacher.

— Foi bem fácil, pra falar a verdade. Fizemos algumas coisas com antecedência. Compramos o aparelho para a voz, alugamos o quarto, arranjamos a cadeira, pegamos a chave do carro.

— Taylor fez quase tudo isso, certo?

— Ele falou que as pessoas se lembrariam mais de mim do que dele.

— Ele provavelmente tinha razão.

— Mas eu tive que comprar o aparelho para a voz. Seria esquisito demais um cara que não fala querer um equipamento daquele.

— É mesmo.

— E eu fiz a cópia da fotografia na Staples. Isso foi barra. Tive que deixar o Groom me levar de carro. Teria sido muito suspeito insistir para que o Graham dirigisse para mim sempre. Mas depois disso foi fácil. Saímos para ir à Bloomingdale's naquela manhã, mas fomos direto para o apartamento do Graham. Ficamos entocados lá esperando. Bem quietos para o caso de alguém perguntar alguma coisa aos vizinhos. Deixamos as luzes apagadas e cobrimos a janela para o caso de alguém passar na rua. Depois, começamos a fazer as ligações. Lá do apartamento mesmo. Fiquei muito nervosa no início.

— Vocês esqueceram de falar para não envolverem a polícia.

— Eu sei. Na mesma hora achei que tinha estragado tudo. Mas parece que Edward não percebeu. Depois, ficou bem mais fácil. Com a prática.

— Eu estava no carro com o Burke. Você estava ótima àquela altura.

— Achei que tinha mais alguém no carro. Tinha alguma coisa na voz dele. E ele ficava narrando por onde passava. Estava te contando, imagino. Você devia estar escondido.

— Você perguntou o nome dele para o caso de se esquecer e me entregar, não foi?

Kate fez que sim.

— É óbvio que eu sabia quem era. E achei que podia dar um ar dominador.

— Você conhece o Green Village muito bem.

— Morava lá antes de me casar com o Edward.

— Por que dividiram o resgate em três partes?

— Porque pedir tudo de uma vez seria dar pista demais. Achamos que seria melhor deixar o estresse acumular um pouco. Então, talvez o Edward não fizesse a conexão.

— Não acho que ele deixou de fazê-la. Mas acho que interpretou errado. Ele começou a pensar em Hobart e na conexão com a África.

— O Hobart está muito mal?

— Pior não dá pra ficar.

— Isso é imperdoável.

— Concordo plenamente.

— Você acha que tenho sangue frio?

— Se eu achasse, não seria uma crítica.

— Edward queria que eu fosse uma posse dele. Tipo um bem móvel. E ele disse que, se alguma vez eu fosse infiel, ele romperia o hímen da Jade com um descascador de batata. Falou que ia me amarrar e me obrigar a assistir. Disse isso quando ela tinha cinco anos.

Reacher ficou calado.

Kate virou-se para Pauling e perguntou:

— Você tem filhos?

Pauling sacudiu a cabeça.

— A gente apaga esse tipo de coisa da cabeça. Acha que não passou do resultado doentio de uma raiva temporária. Como se ele estivesse fora de si. Mas, então, eu soube da história da Anne e tive certeza de que ele era capaz de fazer aquilo. Por isso agora eu quero Edward morto — disse Kate.

— E isso vai acontecer. Muito em breve — disse Reacher.

— Dizem que nunca se deve ficar entre a leoa e sua cria. Nunca tinha entendido isso direito. Agora entendo. Não existe limite.

O silêncio que se apoderou do cômodo era daqueles que só o campo poderia proporcionar. As chamas na lareira bruxuleavam e dançavam. Sombras estranhas moviam-se nas paredes.

Reacher perguntou:

— Vocês estão planejando ficar aqui para sempre?

— Espero que sim — respondeu Kate. — Esse negócio de produtos orgânicos vai crescer muito. Melhor para as pessoas, melhor para a terra. Nós podemos comprar mais alguns acres do pessoal daqui. Expandir um pouco, quem sabe.

— Nós?

— Eu me sinto parte disto.

— O que estão plantando?

— Atualmente, só capim. Vamos ficar no ramo do feno durante os próximos cinco anos mais ou menos. Temos que desintoxicar o solo. E isso leva tempo.

— Difícil te imaginar como fazendeira.

— Acho que vou gostar.

— Mesmo quando Lane estiver permanentemente fora do cenário?

— Neste caso, acho que vamos acabar voltando para Nova York de vez em quando. Mas só à cidade. Não mais para o Dakota.

— A irmã da Anne mora exatamente em frente, no Majestic. Ela vigia o Lane há quatro anos.

— Eu gostaria de conhecê-la. E gostaria de me encontrar com a irmã do Hobart de novo — disse Kate.

— Uma espécie de clube dos sobreviventes — disse Pauling.

Reacher saiu da cadeira e caminhou até a janela. Não viu nada além do breu da noite. Não ouviu nada além do silêncio.

— Primeiro temos que sobreviver — comentou ele.

Eles mantinham o fogo aceso e cochilavam tranquilamente nas poltronas. Quando o relógio na cabeça de Reacher marcou uma e meia da manhã, ele deu um tapinha no joelho de Pauling, levantou-se e se espreguiçou. Depois, saíram juntos e foram envolvidos pela escuridão e pelo frio da madrugada. Chamaram em voz baixa e juntaram-se a Taylor e Jackson diante da porta da frente. Reacher pegou a arma de Taylor e partiu para a ponta sul da casa. As mãos do ex-paraquedista a tinham deixado quente. A trava ficava acima e atrás do gatilho. Ela tinha marcas de trítio, o que a deixava levemente luminosa. Reacher selecionou disparo único, suspendeu o fuzil e o apoiou no ombro. Encaixou muito bem. Tinha uma estabilidade bem razoável. A alça para carregá-lo parecia uma versão exagerada da M16, com uma pequena abertura oval na inclinação frontal, que dava uma linha de visão para a mira embutida, um monóculo 3x simples que, de acordo com as leis da ótica, deixava o alvo três vezes mais próximo do que a olho nu, que, entretanto, o escurecia na mesma proporção, tornando-o inútil à noite. Três vezes mais escuro do que breu não era algo útil para ninguém. Mas, no geral, era uma arma linda. Seria ótima ao amanhecer.

Ele apoiou as costas na parede com o frontão liso, ajeitou-se e ficou esperando. Sentiu o cheiro de fumaça da chaminé da cozinha. Depois de um minuto, seus olhos tinham se ajustado e ele enxergou um leve luar por trás de uma nuvem densa, talvez um tom mais claro do que a escuridão total. Ainda assim, consolador. Ninguém o veria de longe. Estava de calça e casaco cinza, escorado em uma parede cinza, segurando uma arma preta. Ele, por sua vez, veria faróis a quilômetros de distância e enxergaria homens a pé a uns três metros. Pouco espaço de manobra. De qualquer maneira, na calada da noite, não era a visão que contava. No escuro, a audição era o primordial. O som era o melhor sistema de pré-aviso. Reacher podia ficar totalmente em silêncio, pois não estava se mexendo. O que não era possível para nenhum invasor. Invasores tinham que se movimentar.

Ele deu dois passos à frente e ficou imóvel. Virou a cabeça lentamente para a esquerda e para a direita, traçando um arco de duzentos graus ao seu redor, como uma enorme bolha arqueada, espaço em que tinha que identificar qualquer som. Partindo do pressuposto de que Pauling estava fazendo a mesma coisa no norte da casa, os dois tinham todo o ângulo de abordagem coberto. A princípio, não ouviu nada. Apenas uma absoluta ausência de som. Como um vácuo. Como se fosse surdo. Em seguida, após relaxar e se concentrar, começou a capturar minúsculos sons imperceptíveis que vagavam através do terreno plano. A vibração da brisa fraca em árvores distantes. O zumbido de fios de energia a um quilômetro e meio de distância. A infiltração da água transformando a terra em lama nas valas. Grãos de terra secando e caindo nos sulcos.

372

Ratos-do-mato em suas tocas. Coisas crescendo. Ele virava a cabeça para a esquerda e para a direita como um radar e sabia que qualquer aproximação humana seria praticamente acompanhada por uma banda marcial. Ele escutaria a pessoa nitidamente a cem metros de distância, por mais silenciosa que tentasse ser.

Reacher, sozinho no escuro. Armado e perigoso. Invencível.

Permaneceu no mesmo lugar durante cinco horas seguidas. Estava frio, porém tolerável. Ninguém se aproximou. Às seis e meia da manhã, o sol estava nascendo ao longe à esquerda dele. Havia uma faixa horizontal rosa no céu. Uma grossa manta de neblina no chão. Uma visibilidade cinza espalhava-se lentamente na direção oeste, como a maré subindo.

A alvorada de um novo dia.

O horário de perigo máximo.

Taylor e Jackson saíram da casa carregando um terceiro e um quarto fuzil. Reacher não falou. Apenas assumiu uma nova posição apoiado na fachada dos fundos da casa, com o ombro na parede do canto, de frente para o sul. Taylor espelhou a posição na parede da frente. Reacher sabia sem olhar que, a vinte metros atrás deles, Jackson e Pauling faziam a mesma coisa. Quatro armas, quatro pares de olhos, todos apontados para a frente.

Segurança razoável.

Durante todo o tempo em que aguentassem manter a posição.

70

MANTIVERAM-SE EM POSIÇÃO O DIA INTEIRO. Durante toda a manhã, tarde e um bom tempo depois de escurecer. Quatorze horas direto.

Lane não apareceu.

Um de cada vez, eles fizeram curtos intervalos para comer e intervalos ainda mais curtos para ir ao banheiro. Giraram as posições no sentido horário ao redor da casa para variarem. Os fuzis de três quilos e meio começaram a pesar oito toneladas em suas mãos. Jackson deu uma escapulida rápida e ligou o mecanismo para espantar pássaros novamente. Desde então, o sossego era periodicamente estilhaçado por altos e aleatórios disparos de escopeta. Ainda que tivessem certeza de que aquilo aconteceria, todos se alertavam sempre que ouviam o barulho.

Lane não apareceu.

Kate e Jade permaneciam na casa, fora de vista. Faziam comida, serviam bebidas e carregavam tudo em bandejas até as janelas e portas: chá para Taylor e Jackson, café para Reacher, suco de laranja para Pauling. O sol brilhou através da neblina, o dia esquentou e depois esfriou de novo no fim de tarde.

Lane não apareceu.

Jade fazia desenhos. A cada vinte minutos mais ou menos, levava um novo a diferentes janelas e pedia opinião sobre o mérito dele. Quando chegava sua vez de julgar, Reacher abaixava a cabeça e dava uma olhada no papel. Em seguida, virava-se novamente para a frente e fazia seu comentário pelo canto da boca. *Muito bom*, dizia. E geralmente os desenhos mereciam o elogio. A menininha não era uma artista ruim. Tinha trocado de prognósticos futuros por reportagens objetivas. Ela desenhou o Mini Cooper, desenhou Pauling com sua arma, desenhou Taylor com a boca parecida com a grade destruída de um Buick. Desenhou Reacher, enorme, mais alto do que a casa. Depois, em um período mais tarde do dia, trocou a reportagem pela fantasia e passou a desenhar animais de fazenda nos celeiros, ainda que lhe tivessem dito que os Jackson não tinham, nem mesmo um cachorro.

Lane não apareceu.

Kate preparou sanduíches para o lanche, e Jade começou a ir às janelas dos cantos para perguntar a todo mundo, um de cada vez, se ela podia sair para explorar. Todos, um de cada vez, disseram que não, que ela devia ficar escondida. Na terceira vez, Reacher a escutou modificar o pedido e perguntar a Taylor se podia sair depois que escurecesse, e ouviu Taylor responder que talvez, como fazem os pais cansados em qualquer lugar.

Lane não apareceu.

Às oito e meia da noite a visibilidade tinha morrido e se transformado novamente em nada. Reacher já estava de pé havia dezenove horas. Pauling também. Taylor e Jackson tinham completado 24, com um descanso de cinco horas apenas. Todos se reuniram desanimados na escuridão à porta da frente, trêmulos de fadiga, frustrados, sentindo-se ansiosos pela infrutífera vigilância.

— Ele está esperando a gente sair — disse Taylor.

— Então ele vai vencer — disse Jackson. — Não vamos aguentar muito mais tempo assim.

— Ele teve 27 horas — comentou Pauling. — Temos que aceitar que ele está armado a esta altura.

— Ele vem na alvorada de amanhã — opinou Taylor.

— Tem certeza? — perguntou Reacher.

— Certeza, não.

— Nem eu. Três ou quatro da manhã funcionaria muito bem.

— Muito escuro.

— Se compraram armas, podem ter comprado visão noturna também.

— Como você agiria?

— Três caras dariam a volta e se aproximariam pelo norte. Os outros quatro viriam pela entrada da fazenda, talvez dois de carro, com as luzes apagadas, em alta velocidade, com os outros dois o flanqueando a pé. Duas direções, sete caras que tinham sete janelas a escolher. Não conseguiríamos impedir que pelo menos três deles entrassem. Pegariam você ou um refém antes que pudéssemos reagir.

— Você é o otimismo em pessoa — comentou Taylor.

— Só estou tentando pensar como eles.

— Nós os pegaríamos antes que entrassem na casa.

— Só se nós quatro conseguirmos ficar acordados e alertas durante as próximas oito horas. Ou as próximas 32, se ele postergar mais um dia. Ou as próximas 56, se ele prorrogar mais dois. O que ele deve fazer. Não está com a menor pressa. E não é burro. Se tiver decidido nos deixar esgotados, por que não fazer isso direito?

— Não vamos nos mover. Este lugar é uma fortaleza — disse Taylor.

— Tridimensionalmente está ótimo — disse Reacher. — Mas as batalhas são combatidas em quatro dimensões, não três. Extensão, largura e altura, mais tempo. E o tempo está ao lado do Lane, não do nosso. Neste momento, isto aqui é um cerco. Nossa comida vai acabar, e mais cedo ou mais tarde nós quatro estaremos com sono ao mesmo tempo.

— Então vamos dividir a guarda pela metade. Um homem no norte, um homem no sul, os outros dois descansando, mas de prontidão.

Reacher discordou com a cabeça e opinou:

— É hora de sermos agressivos.

— Como?

— Vou encontrar esses caras. Eles têm que estar entocados em algum lugar aqui perto. Está na hora de fazer uma visitinha a eles. Eles não estão esperando por isso.

— Sozinho? — questionou Pauling. — Isso é insanidade.

— Tenho que fazer isso de qualquer jeito — argumentou Reacher. — Ainda não recebi o dinheiro do Hobart. São oitocentos mil dólares. Não posso desperdiçar essa grana.

Taylor e Pauling ficaram de guarda e Reacher buscou o grande mapa do Instituto Britânico de Cartografia, que estava no porta-luvas do Mini. Tirou os últimos desenhos de Jade da mesa da cozinha, empilhou-os em uma cadeira e abriu o mapa no lugar deles. Começou a analisá-lo com Jackson, que conhecia a região havia um ano, o que era menos do que Reacher gostaria, mas melhor do que nada. O mapa esclarecia a maior parte das questões envolvendo o terreno em si, com suas linhas fracas de contornos alaranjados, muito espaçadas e que faziam curvas apenas leves. Terreno plano, provavelmente o mais plano das ilhas britânicas. Como uma mesa de sinuca. Grange Farm e Bishops Pargeter ficavam praticamente no centro de um grande triângulo vazio delimitado no leste pela estrada que seguia de Norwich para Ipswich, em Suffolk, na direção sul, e no oeste pela estrada de Thetford que Reacher e Pauling já tinham percorrido três vezes. Em outros lugares do triângulo serpenteavam traços menores e havia fazendas. Em um lugar ou outro, o acaso e a história haviam aninhado pequenas comunidades nos ângulos das encruzilhadas. Algumas eram representadas no mapa por minúsculos quadrados e retângulos cinza. Alguns deles representavam pequenas fileiras de casas. Construções maiores apareciam individualmente. A única dentro de uma distância razoável de Bishops Pargeter era o Bishop's Arms, estabelecimento cuja legenda era *P/B*.

Este é o único pub em quilômetros, rapaz, o fazendeiro no bar dissera. *Por que acha que está tão lotado?*

— Eles estão lá? O que acham? — perguntou Reacher.

— Se pararam em Fenchurch St. Mary primeiro e procuraram Bishops Pargeter depois, então esse é o único lugar pelo qual podem ter passado. Mas podem ter ido para o norte. Mais perto de Norwich tem um monte de lugares — respondeu Jackson.

— Não dá pra comprar armas em Norwich — argumentou Reacher. — Você mesmo teve que ligar para a Holanda.

— Conseguem escopetas lá — informou Jackson. — Nada mais pesado do que isso.

— Então provavelmente não foram para lá — concluiu Reacher.

Lembrou-se do guia. Nele, a cidade de Norwich era uma mancha densa no canto superior direito do bojo que era a Ânglia Oriental. O fim da linha. Não era caminho para nenhum outro lugar.

377

— Acho que eles ficaram perto — disse ele.

— Então pode ser no Bishop's Arms — opinou Jackson.

Oito quilômetros, pensou Reacher. *A pé, demoro umas três horas para ir e voltar. Estou de volta à meia-noite.*

— Vou lá dar uma conferida — avisou ele.

Ele deu uma passada na salinha em que estava o armamento e pegou mais dois pentes para o G36. Encontrou a bolsa de Pauling na cozinha e pegou emprestada a lanterninha Maglite. Dobrou o mapa e o pôs no bolso. Então, juntou-se aos outros na escuridão do lado de fora diante da porta da frente e combinou uma senha. Não queria levar um tiro quando estivesse voltando. Jackson sugeriu *Canários*, que era o apelido do time de futebol de Norwich, por causa do uniforme amarelo.

— O time é bom? — perguntou Reacher.

— Costumava ser — respondeu Jackson. — Vinte e tantos anos atrás era ótimo.

Ele e eu, pensou Reacher.

— Cuidado — alertou Pauling e lhe deu um beijo na bochecha.

— Eu vou voltar — afirmou.

Ele começou andando para o norte atrás da casa. Depois, virou para o oeste, posicionou-se paralelamente à estrada, porém bem distante dela. Havia uma sobra de luminosidade no céu. Apenas um vestígio. Nuvens rasgadas e esfarrapadas com estrelas pálidas além delas. O ar estava frio e um pouco úmido. Havia uma manta de neblina rarefeita na altura do joelho. A terra debaixo de seus pés era macia e pesada. Ele carregava o G36 pela alça, com a mão esquerda, pronto para suspendê-lo e usá-lo quando precisasse.

Reacher, sozinho no escuro.

A fronteira da Grange Farm era uma trincheira de três metros de largura, quase dois de profundidade e fundo lamacento. Drenagem para a terra plana. Não exatamente canais, como na Holanda, mas também não era algo que se transpunha com facilidade. Não era algo que simplesmente se atravessava. Reacher teve que descer pela margem próxima a ele, pelejar sobre a lama e subir novamente na margem contrária. Depois

378

de um quilômetro e meio caminhando, sua calça já estava um lixo. E ele teria que dedicar muito tempo para lustrar o sapato na viagem de volta para os Estados Unidos. Ou então subtrair o preço de um novo par da indenização do Hobart. Talvez pudesse ir direto à fonte. O guia de estradas informava que Northampton ficava quarenta quilômetros a oeste de Cambridge. Talvez conseguisse convencer Pauling a passar umas duas horinhas fazendo compras. Tinha ido à Macy's a mando dela, afinal de contas.

Depois de três quilômetros caminhando, ele estava muito cansado. E lento. Atrasado. Mudou a direção e virou levemente para o sudoeste. Aproximou-se da estrada. Encontrou um caminho de trator que atravessava os campos do fazendeiro seguinte. Pneus enormes haviam batido a terra e deixado sulcos duros em ambos os lados de uma lombada central. Ele limpou os pés na grama e acelerou um pouco. Descobriu que a vala seguinte tinha uma ponte improvisada com toras de estrada de ferro. Forte o bastante para um trator, forte o bastante para ele. Seguiu o caminho do trator até ele fazer uma curva abrupta para o norte. Então, voltou a atravessar os campos por conta própria.

Depois de seis quilômetros, o relógio em sua cabeça informou que eram dez e meia da noite. O crepúsculo havia desaparecido completamente, mas os farrapos de nuvens tinham dissipado um pouco e a lua estava clara. As estrelas, visíveis. Longe à esquerda, ele via um ou outro carro passar pela estrada. Três foram para o oeste e dois, para o leste. Faróis brilhantes, baixa velocidade. Teoricamente, os dois no sentido leste podiam ser os capangas de Lane, mas ele duvidava disso. Entre dez e onze da noite não era horário em que se fazia ataques. Ele imaginou que estradas rurais ficavam um pouco mais cheias justamente nesse período. *Pubs* despachando os fregueses, amigos indo para casa. Muitas testemunhas. Se ele sabia disso, Lane também sabia. E, com certeza, Gregory sabia.

Ele continuou em frente. Os pentes sobressalentes em seu bolso machucavam-lhe a cintura. Cinco minutos antes das onze horas, visualizou o brilho da placa do *pub*. Um mísero brilho elétrico no ar enevoado, pois a placa propriamente dita estava escondida pela propriedade. Ele sentia o cheiro de fumaça de uma chaminé. Virou-se na direção da luz e do cheiro, permanecendo bem ao norte da estrada, para o caso de

Lane ter posicionado vigilantes do lado de fora. Manteve-se nos campos até estar de frente para a parte dos fundos do estabelecimento. Viu pequenos quadrados de luz branca fluorescente. Janelas. Sem cortinas e sem glamour. Portanto, cozinhas e banheiros, concluiu. Portanto, vidro fosco e rugoso ou granulado. Nenhuma visibilidade do lado de fora.

Ele disparou para o sul, bem na direção dos quadrados de luz.

71

XATAMENTE ATRÁS DO *PUB*, HAVIA UM ESTACIONAMENTO fechado que fora transformado em uma área de serviço. Estava cheio de engradados de garrafas, pilhas de barris metálicos de cerveja e lixeiras de tamanho industrial. Havia um carro velho e quebrado, com tijolos enfiados debaixo dos tambores de freio. Sem rodas. Outro carro velho, um montículo debaixo de uma lona. Atrás dele, o estabelecimento tinha uma porta discreta em meio ao caos, muito provavelmente destrancada durante o horário de funcionamento para facilitar o acesso da cozinha à pilha de lixo.

Reacher ignorou a porta. Ele circulou o lugar no escuro, no sentido horário, dez metros afastado das paredes, bem longe das luzes que jorravam das janelas.

Era óbvio que os pequenos cômodos iluminados nos fundos eram banheiros. As janelas flamejavam com o tipo de luz esverdeada que reflete em banheiras baratas e azulejos branco. Depois de chegar ao final da parede e fazer a curva no canto para o leste, viu que ali não havia nenhuma janela, apenas uma contínua extensão de tijolos. Além do canto seguinte, na parede da frente a leste da entrada, havia três janelas que davam para o *Public Bar*. Afastado, Reacher espiou e viu lá dentro os mesmos quatro fazendeiros de duas noites atrás. Nos mesmos bancos. E o mesmo bartender, ocupado como antes, com as chopeiras e sua toalha. A luz era fraca e não havia mais ninguém ali. Nenhuma das mesas estava ocupada.

Reacher prosseguiu.

A porta da frente estava fechada. O estacionamento tinha quatro carros parados desorganizadamente um ao lado do outro. Nenhum era novo. Nenhum era o tipo de veículo que a locadora de veículos teria arranjado às pressas para Lane. Eram todos velhos, empoeirados e surrados. Pneus carecas. Para-lamas amassados. Marcas de sujeira e esterco. Carros de fazendeiros.

Reacher prosseguiu.

A oeste da entrada, havia mais três janelas, que davam no *Saloon Bar*.

Duas noites antes, o *Saloon Bar* estava vazio.

Não mais.

Uma única mesa encontrava-se ocupada.

Por três homens: Groom, Burke e Kowalski.

Reacher conseguia enxergá-los claramente. Na mesa diante deles, viu os restos mortais de uma refeição, meia dúzia de copos vazios. E três copos pela metade. Canecas de cerveja. Era uma mesa retangular. Kowalski e Burke estavam ombro a ombro em um lado, Groom em frente a eles, sozinho. Kowalski falava e Burke o escutava. Groom inclinava a cadeira para trás com o olhar perdido. Além dele, lenha queimava em uma lareira manchada de fuligem. O lugar estava iluminado, quente e convidativo.

Reacher prosseguiu.

Depois do canto seguinte, havia uma única janela na parede para o oeste, e, através dela, Reacher teve uma perspectiva diferente da mesma imagem. Groom, Burke e Kowalski à mesa. Bebendo. Falando. Passando o tempo. Sozinhos no lugar. A porta para o corredor estava fechada. Uma festa particular.

Reacher retrocedeu quatro passos, e então seguiu para a frente do estabelecimento, um canto angular de exatamente 45 graus. Invisível de qualquer janela. Encostou-se na parede e se jogou de joelhos. Manteve a palma direita no tijolo, moveu-se na direção norte, estendeu o braço esquerdo o máximo que conseguiu e muito cuidadosamente pôs o fuzil no chão bem debaixo da janela que ficava de frente para o oeste.

Ele o pôs contra a base da parede, onde a sombra era densa. Depois, moveu-se para o sul, levantou novamente, voltou, posicionou-se no mesmo ângulo e deu uma nova conferida. Não dava para ver o fuzil. Ninguém o encontraria, a não ser que tropeçasse na arma.

Ele recuou até ficar fora do alcance da luz e dar a volta pelo estacionamento. Seguiu até a porta da frente. Abriu-a e entrou no corredor. As vigas baixas, o carpete estampado, os dez mil enfeites de cobre. O balcão brilhante da recepção.

A pasta de registro de hóspedes.

Aproximou-se do balcão. À direita, ouvia o silêncio sociável do *Public Bar*. Os fazendeiros, bebendo, sem falar muito. O bartender, trabalhando silenciosamente. À esquerda, ouvia a voz de Kowalski, abafada pela porta fechada. Não conseguia decifrar o que ele estava dizendo. Não ouvia as palavras individualmente. Apenas um zumbido baixo. Ocasionais entonações mais altas. Curtos ganidos de desdém. Conversa-fiada de soldado velho, provavelmente.

Reacher virou a pasta de registro de hóspedes 18 graus. Ela se movimentou com facilidade, couro em verniz lustrado. Abriu-a. Folheou as páginas até encontrar seu próprio registro. Duas noites antes, *J. & L. Bayswater, Rua 16 Leste, Bronx, Nova York, Estados Unidos, Rolls Royce, R34CHR*. Depois, analisou o restante. Na noite seguinte, três hóspedes haviam sido registrados: C. Groom, A. Burke, L. Kowalski. Foram menos acanhados do que Reacher em relação ao fornecimento de informações pessoais. Deram o endereço do trabalho precisamente: Rua 72, 1, Nova York, Nova York, Estados Unidos, que era o endereço do Edifício Dakota. A marca do veículo informada era Toyota Land Cruiser. Havia a identificação de uma placa, uma mistura britânica de sete caracteres, letras e números, que não significavam nada para Reacher além do fato de que o carro só podia ter sido alugado em Londres.

Não havia nenhum Toyota Land Cruiser no estacionamento.

E onde estavam Lane, Gregory, Perez, e Addison?

Folheou para trás o livro de registro e viu que em qualquer noite o Bishop's Arms tinha no máximo três quartos para alugar. Partindo do pressuposto de que Groom, Burke e Kowalski ficaram em um quarto cada, não havia mais lugar na pousada para os outros. Eles tinham voltado ao Toyota alugado e ido para outro lugar.

Mas para onde?

Reacher deu uma olhada no *Saloon Bar*, mas seguiu para o sentido contrário. Entrou no *Public Bar*. O bartender olhou para ele, os quatro fazendeiros se viraram lentamente em seus bancos, e começaram a fazer a expressão de boteco que significava "quem é você?", mas logo o reconheceram. Cumprimentaram com cautelosos gestos de cabeça e retornaram a suas cervejas. O bartender permaneceu aprumado e educado, pronto para servi-lo com rapidez. *Aceitação instantânea, por menos de trinta pratas.*

— Para onde você mandou os outros quatro? — perguntou Reacher.

— Quem? — questionou o bartender.

— Sete caras apareceram aqui ontem. Três estão aqui. Para onde mandou os outros quatro?

— Só temos três quartos — disse o homem.

— Eu sei. O que você recomenda para quem fica sem lugar?

— Mando para Maston Manor.

— Onde fica isso?

— Do outro lado de Bishops Pargeter. Uns nove quilômetros para lá.

— Não vi nenhuma outra pousada no mapa.

— É uma casa de campo. Ela hospeda as pessoas.

Um dos fazendeiros ficou um pouco de lado e falou:

— É um *bed and breakfast*. Muito bacana. Tem mais classe do que este lugar. Acho que eles tiraram na sorte e os perdedores ficaram aqui.

Os amigos deles riram, baixo e lentamente. Humor de boteco, igual em todo o mundo.

— Lá eles cobram mais caro — argumentou o bartender, defendendo-se.

— Por que será? — disse o fazendeiro.

— É nesta estrada? — perguntou Reacher.

O bartender assentiu e explicou:

— Atravesse Bishops Pargeter direto, passe pela igreja, pela loja do Kemp, siga em frente uns nove quilômetros. Não tem erro. Tem placa. Maston Manor.

— Obrigado — disse Reacher. Voltou ao corredor. Fechou a porta depois de sair. Atravessou pelo carpete estampado e parou à porta do *Saloon Bar*. Kowalski continuava falando. Reacher conseguia escutá-lo. Pôs a mão na maçaneta. Ficou um breve momento parado, depois a girou e abriu a porta.

72

CARTER GROOM estava de frente para a porta do outro lado. Ele o olhou como o bartender, mas Kowalski e Burke moveram-se bem mais rápido do que os fazendeiros. Giraram e o encararam. Reacher terminou de entrar e fechou a porta com suavidade. Ficou completamente imóvel.

— Nos encontramos de novo — comentou, só para quebrar o silêncio.

— Você é bem corajoso — afirmou Groom.

A decoração do lugar seguia o mesmo estilo do corredor. Vigas baixas no teto, madeira escura envernizada, luminárias de parede ornadas, milhares de enfeites de cobre, um tapete estampado com uma profusão de trançados vermelhos e dourados. Reacher moveu-se na direção da lareira. Bateu a ponta dos sapatos na beirada para tirar um pouco de lama. Pegou o pesado atiçador de ferro em um gancho e usou a ponta dele para raspar terra dos saltos. Pôs o atiçador de volta e bateu as mãos nas barras das pernas da calça. No total, passou mais de um minuto se limpando, com as costas viradas, porém via no nítido reflexo convexo da mesa em um brilhante balde de bronze contendo gravetos que ninguém estava se movendo. Os três homens permaneceram sentados, aguardando. Inteligentes o bastante para não começarem nada em um local público.

— A situação mudou — disse Reacher. E moveu-se em direção à janela que dava para o oeste. Ela tinha cortinas abertas, um painel térmico de correr no interior e uma armação de madeira convencional do lado de fora que abria como uma porta. Puxou uma cadeira da mesa mais perto e sentou-se a dois metros dos três caras, a pouco mais de um metro e dois centímetros dos painéis de vidro de seu fuzil.

— Mudou como? — perguntou Burke.

— Não houve sequestro — disse Reacher. — Foi falso. Kate e Taylor são um casal. Eles se apaixonaram, fugiram para viver esse amor. Queriam ficar juntos. Foi o que aconteceu. E levaram a Jade junto, obviamente. Mas tiveram que inventar o esquema todo, porque Lane é um psicopata no que diz respeito aos casamentos dele. Entre outras coisas.

— Kate está viva? — interrogou Groom.

Reacher confirmou com a cabeça e completou:

— E Jade também.

— Onde?

— Em algum lugar nos Estados Unidos, eu acho.

— Então por que Taylor está aqui?

— Ele quer um confronto com Lane, mas o quer em casa.

— Isso ele vai ter.

Reacher sacudiu a cabeça.

— Estou aqui para dizer a vocês que é uma má ideia. Ele está em uma fazenda, e ela é cercada por valas muito fundas para se cruzar de carro. Por isso teriam que ir a pé. E ele tem muita ajuda lá. Está com oito companheiros antigos do Serviço Aéreo Especial do Reino Unido, e o cunhado dele, uma espécie de Boina Verde dos britânicos, também está lá e convocou seis caras iguais a ele. Eles puseram minas em um perímetro de cem metros e têm metralhadoras em todas as janelas, equipamentos de visão noturna e lançadores de granadas.

— Impossível usarem isso. Estamos na Inglaterra, não no Líbano.

— Ele está preparado para usar. Pode acreditar. Mas, na verdade, não vai fazer isso. Porque quatro dos caras do Serviço Aéreo Especial são atiradores de elite. Têm PSG1s. Fuzis de precisão da Heckler & Koch, do mercado negro belga. Vão derrubar todos vocês a 250 metros de distância. De olhos fechados. Sete balas, fim de jogo. Estão a quilômetros de qualquer lugar. Ninguém vai ouvir. E, se ouvirem, ninguém vai dar a mínima. Estão no cu do mundo. Área de fazendas. Tem sempre alguém atirando em alguma coisa. Raposas, placas na estrada, ladrões, uns nos outros.

O cômodo ficou silencioso. Kowalski pegou a bebida e deu um gole. Burke fez o mesmo. Em seguida, Groom. Kowalski era canhoto. Burke e Groom, destros. Reacher continuou:

— Ou seja, a melhor jogada pra vocês agora é esquecer esse negócio e ir embora. Lane vai morrer. Não há dúvida quanto a isso. Mas não tem porque vocês morrerem com ele. Esta briga não é de vocês. Ela só diz respeito ao ego dele. É entre ele, Kate e Taylor. Não morram por esse tipo de bobagem.

— A gente não pode simplesmente ir embora — disse Burke.

— Vocês foram embora na África — argumentou Reacher. — Deixaram Hobart e Knight para trás, para salvar a unidade. Agora deviam deixar Lane para trás, para salvarem a si mesmos. Não têm como vencer. Taylor é bom. Sabem disso. E os amigos dele são igualmente bons. Vocês estão em menor número, são mais do que dois contra um. O que deixa vocês em total desvantagem. Sabem disso também. Nesse tipo de situação, vocês têm que estar em número superior que os defensores. Eles vão arregaçar vocês.

Todos se mantiveram calados.

— É melhor irem embora — repetiu Reacher. — Arrumar outro esquema. Talvez começar alguma coisa juntos.

— Você está com o Taylor? — perguntou Groom.

Reacher confirmou com a cabeça.

— E sou bom com o fuzil. Já ganhei o concurso de atiradores de elite dos fuzileiros navais. Apareci lá com meu uniforme verde do Exército e derrotei todos os coitados dos "fuleiros" navais que nem vocês. Então, talvez eu pegue um dos PSGs. Talvez eu derrube todos vocês a quinhentos metros de distância, só por diversão. Ou a oitocentos, ou novecentos.

Silêncio na sala. Nenhum som. Com exceção do movimento e do crepitar da madeira no fogo. Reacher encarou Kowalski.

— Cinco, sete, um, três — mentiu ele. — Essa é a combinação da porta do closet do Lane. Ainda tem mais de nove milhões atrás dela. Em dinheiro. Vocês deveriam ir até lá e pegar tudo agora mesmo.

Nenhuma resposta.

— Vão embora. Vivam para lutarem outro dia.

— Eles roubaram aquele dinheiro todo — comentou Burke.

— Pensão alimentícia. Teria sido mais difícil pedir pelas vias convencionais. Foi o que matou Anne Lane. Kate descobriu isso.

— Aquilo *foi* um sequestro.

Reacher sacudiu a cabeça antes de revelar:

— Knight a apagou. Para o Lane, porque Anne queria ir embora. Foi por isso que vocês todos o abandonaram na África. Lane estava tirando o dele da reta. E sacrificou Hobart também porque ele estava no mesmo posto de observação.

— Isso é mentira.

— Eu encontrei o Hobart. Knight contou tudo pra ele. Enquanto arrancavam as mãos e os pés deles.

Silêncio.

Reacher prosseguiu:

— Não morram por causa dessa merda.

Burke olhou para Groom. Groom olhou para Burke. Ambos olharam para Kowalski. Houve um longo silêncio. Então Burke ergueu o rosto.

— Ok — disse ele. — Acho que podemos dar o fora dessa parada.

Groom concordou com um gesto de cabeça. Kowalski deu de ombros. Reacher levantou.

— Decisão inteligente — elogiou ele, antes de mover-se em direção à porta. Parou à lareira e bateu os sapatos na beirada da pedra novamente. Perguntou:

— Onde estão Lane e os outros?

Um breve silêncio. Então Groom respondeu:

— Foram para Norwich. Para a cidade. Estão em algum lugar por lá. O cara daqui recomendou.

— E quando ele vai partir para a ação?

Outro silêncio.

— Na alvorada de depois de amanhã.

— O que eles compraram?

— Submetralhadoras. MP5Ks, uma para cada, mais duas sobressalentes. Munição, equipamentos de visão noturna, lanternas, um monte de coisa.

— Vocês vão ligar para ele? Assim que eu for embora?

— Não — respondeu Burke. — Ele não é o tipo de pessoa para quem se liga com esse tipo de notícia.

— Ok — disse Reacher. Em seguida, deu um passo rápido para a esquerda e tirou o atiçador do gancho. Inverteu-o nas mãos, girou o corpo com um movimento fluido e acertou a parte de cima do braço direito de Carter Groom, com força, firmeza, em cheio, exatamente entre o cotovelo e o ombro. O atiçador era uma barra de ferro pesada, Reacher, um homem forte e furioso, e o úmero de Groom estilhaçou como um peça de porcelana que cai no chão. Groom arreganhou a boca devido à dor e ao choque repentinos, e, antes do grito sair, Reacher tinha dado dois passos laterais para a esquerda e quebrado o braço esquerdo de Kowalski com um golpe violentíssimo. *Kowalski era canhoto. Burke e Groom, destros.* Reacher tirou Kowalski de seu caminho com um empurrão de quadril, ergueu o atiçador, como em uma filmagem antiga de Mickey Mantel preparando-se para dar uma de suas tacadas que jogavam a bola para fora do estádio, e esmagou o pulso direito de Burke com um golpe que pulverizou todos os ossos. Então soltou o ar, virou-se, aproximou-se da lareira e pôs o atiçador de volta no gancho.

— Só por precaução — disse ele. — Vocês não me convenceram inteiramente com suas respostas. Principalmente com a do hotel do Lane.

Saiu do *Saloon Bar* e fechou a porta tranquilamente. Eram exatamente 23h31, de acordo com o relógio em sua cabeça.

Exatamente às 23h32 no Rolex de platina em seu pulso esquerdo, Edward Lane fechou o porta-malas do Toyota, que continha nove submetralhadoras MP5K, sessenta pentes de trinta 9mm Parabellum, sete óculos de visão noturna, dez lanternas, seis rolos de silver tape e dois de corda. Em seguida, Gregory ligou o carro. No banco de trás estavam Perez e Addison, quietos e pensativos. Lane sentou-se no banco do passageiro, Gregory virou o carro e partiu no sentido norte. Doutrina padrão das Forças Especiais requerida para investidas no alvorecer, porém requerida também para a inserção de uma pequena tropa que vai ficar um extenso período na encolha fazendo vigilância.

Exatamente às 23h33 no relógio em sua mesinha de cabeceira, Jade acordou, com calor, febril e desconcertada pelo fuso horário. Sentou-se um tempinho na cama, atordoada e em silêncio. Em seguida, pôs os pés no chão. Atravessou o quarto devagar e abriu a cortina. Estava escuro do lado de fora. E ela podia sair no escuro. Taylor lhe dissera isso. Podia ir aos celeiros e achar os animais que ela sabia que estavam lá.

Reacher pegou ao G36 debaixo da janela do *Saloon Bar* precisamente às 23h34 e saiu em direção a estrada, o que ele calculou que tornaria a volta mais rápida. Oito quilômetros, terreno plano, nenhuma subida, passo decente. Calculou uns 75 minutos no total. Estava cansado, porém contente. Bem satisfeito. Três gatilhos fora de ação, a força oposta degradada de aproximadamente 57 por cento de sua capacidade original, as chances emparelharam-se em um atrativo quatro contra quatro; uma melhora proveitosa. A lealdade arraigada de Groom o levara a mentir sobre o hotel de Lane e provavelmente também sobre o horário para o qual estava planejado o ataque. Na alvorada de *depois de amanhã* era muito provavelmente uma tosca e precipitada camuflagem da verdade, portanto, na realidade, deveria ser simplesmente na alvorada de amanhã. Mas a lista de compras devia estar certa. Equipamento de visão noturna era uma decisão óbvia para se fazer vigilância noturna e a MP5K era basicamente aquilo que um cara como Lane iria querer para um ataque rápido e em movimento. Leve, precisa, confiável, familiar, acessível.

Um homem precavido vale por dois, pensou Reacher. — *Nada mal para uma noite de trabalho*. Seguiu caminhando, a passos largos e enérgicos e um sorriso macabro no rosto.

Sozinho no escuro. Invencível.

Essa sensação durou exatamente uma hora e quinze. Terminou assim que percorreu a estrada na entrada da Grange Farm e viu o escuro e silencioso casarão agigantando-se à sua frente. Tinha falado a senha pelo menos meia dúzia de vezes. Primeiro baixo, depois mais alto.

Canários, canários, canários.
Canários, canários, canários.
Nenhuma resposta sequer.

73

NCONSCIENTEMENTE, REACHER SUSPENDEU O FUZIL E SE preparou. Coronha aninhada no ombro, arma destravada, dedo indicador direito dentro do guarda-mato, cano um grau ou dois abaixo da linha horizontal. Longos anos de treinamento, absorvidos até o nível celular, permanentemente inscritos em seu DNA. *Não faz o menor sentido ter uma arma sem que esteja pronta para uso imediato,* seus instrutores haviam berrado.

Ficou absolutamente imóvel. Concentrou-se na audição. Não escutou nada. Moveu a cabeça para a esquerda. Nada. Moveu a cabeça para a direita. Nada.

Tentou a senha de novo, a voz comedida e baixa: *Canários.*

Não ouviu resposta.

Lane, pensou.

Não estava surpreso. Surpresa era para amadores, e Reacher era profissional. Também não estava abalado. Aprendera havia muito tempo que a única maneira de manter o medo e o pânico acossados era concentrando-se implacavelmente no serviço em mãos. Portanto, ele não gastou tempo algum pensando em Lauren Pauling nem em Kate

Lane. Nem em Jackson e Taylor. Nem em Jade. Nem um único segundo. Apenas andou para trás e para a esquerda. Pré-programado, como uma máquina. Silenciosamente. Afastando-se da casa. Transformando-se em um alvo menor e melhorando seu ângulo de visão. Conferiu as janelas. Todas escuras. Apenas um fraco brilho vermelho na cozinha. As últimas brasas que sobraram da lareira. A porta da frente estava fechada. Perto dela, a silhueta indistinta do Mini Cooper, fria e cinza no escuro. Era bizarro. Acachapado na frente da casa, como se ajoelhado.

Andou na direção dele através da escuridão, lenta e furtivamente. Ajoelhou-se no lado do motorista perto do para-choque e tentou tatear o pneu. Não estava ali. Havia tiras rasgadas de borracha e um perigoso pedaço de arame enrolado. E fragmentos de plástico do forro do para-lama. Era o que havia ali. Deu a volta com passos cuidadosos ao redor do minúsculo carro até ao outro lado. A mesma situação. A roda de liga leve estava no chão.

Um veículo de tração dianteira, compreensivelmente inutilizado. Ambas as rodas. Uma não tinha sido o suficiente. Um pneu pode ser trocado. Duas rajadas de submetralhadoras haviam sido necessárias. O dobro de possibilidade de detecção. Embora, de acordo com a experiência de Reacher, uma rajada de três tiros de MP5 soasse mais inocente do que um único disparo feito com fuzil. O tiro único era inconfundível. Era uma singularidade. Um barulho isolado preciso. Um MP5 disparava 900 balas por minuto. Quinze a cada segundo. O que significava que uma rajada de três tiros durava um quinto de segundo. Não exatamente uma singularidade. Um som totalmente diferente. Um ronronar turvo. Era como ouvir uma motocicleta esperando diante de um semáforo.

Lane, pensou novamente.

Mas quando?

Setenta e sete minutos antes ele estava a oito quilômetros dali. A audibilidade declina de acordo com a lei do inverso do quadrado. Duas vezes a distância, quatro vezes mais baixo o som. Quatro vezes a distância, dezesseis vezes mais baixo o som. Ele não escutara nada. Tinha certeza disso. Em um terreno tão plano e uniforme e com o ar da noite tão denso e úmido quanto o de Norfolk, teria escutado rajadas de MP5 a alguns quilômetros. Sendo assim, Lane fora embora havia pelo menos trinta minutos. Talvez mais.

Ficou imóvel e concentrou-se na audição. Não ouviu nada. **Foi** até a porta da frente. Ela estava fechada, porém destrancada. Tirou a mão esquerda do fuzil e girou a maçaneta. Empurrou a porta. Suspendeu o fuzil. A casa estava escura. Parecia vazia. Conferiu a cozinha. Quente. Turvas brasas vermelhas na lareira. Os desenhos de Jade continuavam na cadeira da cozinha onde os deixara. A bolsa de Pauling permanecia onde ele a largara depois de pegar a lanterna. Havia canecas vazias de chá por todo lado. Pratos na pia. O lugar estava exatamente como ele o deixara, com a exceção de que não havia pessoa alguma.

Acendeu a lanterna e a fixou na palma esquerda, debaixo do cano do fuzil. Usou-a para conferir todos os outros cômodos do térreo. Uma sala de jantar formal, vazia, fria, escura, abandonada. Ninguém ali. Uma saleta formal, mobiliada como o *Saloon Bar* do Bishop's Arms, silenciosa e sossegada. Não havia ninguém ali. Um lavabo, um armário para casacos, a salinha onde estavam guardadas as armas. Tudo vazio.

Subiu cuidadosamente a escada. Obviamente o primeiro quarto a que chegou era o de Jade. Viu o vestido de anarruga verde dobrado em uma cadeira. Desenhos no chão. Os brinquedos velhos e surrados que haviam sido levados do Dakota estavam todos arranjados em fila ao longo da cama, apoiados na parede. Um urso de um olho só com o pelo desgastado até o forro, sentado. Uma boneca, com um olho aberto e o outro fechado, o batom em sua boca fora pintado de maneira inexperiente com canetinha azul. Alguém dormira na cama. O travesseiro estava amassado e as cobertas, de lado.

Nem sinal dela.

O quarto seguinte pertencia aos Jackson. Isso era óbvio. Uma penteadeira estava abarrotada com cosméticos de marcas britânicas, escovas de cabelo de casco de tartaruga e espelhos de mão que combinavam com elas. Havia fotografias emolduradas de uma menina que não era Jade. *Melody*, supôs Reacher. Na parede dos fundos, uma cama com uma cabeceira alta e guarda-roupas individuais de compensado escuro que combinavam com ela, cheios de roupas, masculinas e femininas. Um catálogo de retroescavadeiras em uma das mesinhas de cabeceira. Leitura para a hora de dormir.

Nenhum sinal de Jackson.

O quarto seguinte era de Kate e Taylor. Uma cama queen size velha, um criado-mudo de carvalho. Austero, sem decoração, como um quarto de hóspedes. A fotografia estava apoiada em um toucador. Kate e Jade, juntas. A impressão original. Sem moldura. Os dois rostos brilhando à luz da lanterna. Amor capturado em filme. Havia uma sacola de compras vazia. A bagagem de Kate. Nenhum sinal do dinheiro. Apenas três bolsas de viagem de couro vazias empilhadas em um canto. O próprio Reacher carregara uma delas. Descera o elevador do Dakota e a colocara no BMW preto, com Burke inquieto ao seu lado.

Seguiu em frente, em busca de quartos de despejo ou banheiros. Depois parou, na metade do corredor.

Porque havia sangue no chão.

Era uma mancha pequena e rala, de uns trinta centímetros, curvada, como tinta espirrada. Não uma poça. Não era bem definida. Mas dinâmica, sugestiva de um movimento rápido. Reacher voltou de costas até a escada. Farejou o ar. Sentiu um leve cheiro de pólvora. Apontou o feixe da lanterna para o final do corredor e viu a porta de um banheiro aberta. Um azulejo estourado na parede dos fundos, na altura de seu peito. Um buraco bem definido, encerrado por um único quadrado de cerâmica. Um alvo móvel, uma arma levantada, um gatilho apertado, três tiros, uma ferida de ponta a ponta na carne, provavelmente na parte de cima do braço. Um atirador pequeno, caso contrário o ângulo seria mais pronunciado para baixo e o azulejo estourado seria inferior. Perez, provavelmente. Perez, disparando talvez a primeira das pelo menos sete rajadas naquela noite. Essa, dentro da casa. Depois, os dois nos pneus do Mini Cooper. Depois, mais quatro nos pneus do Land Rover, com certeza. Um homem cauteloso só ficaria satisfeito se destruísse os quatro pneus do veículo com tração quatro por quatro. Um motorista desesperado podia chegar a algum lugar com apenas dois.

Sete disparos de submetralhadoras na calada da noite. Talvez mais. Há mais de quarenta minutos. *As pessoas daqui têm telefone*, dissera Jackson. *Algumas delas até sabem usá-los.* Mas não usaram. Com certeza. Os policiais de Norwich teriam chegado em menos de quarenta minutos. Cinquenta quilômetros, estradas vazias, luzes e sirenes, conseguiriam percorrer o caminho em 25 minutos ou menos. Ou seja, ninguém tinha ligado. Por causa da sobrenatural cadência de disparos da MP5. As metralhadoras na TV e nos filmes geralmente eram antigas e bem mais lentas para serem convincentes. Então, há quarenta minutos ou mais, as pessoas não identificaram o que estavam ouvindo. Apenas uma série aleatória de ronronares indistintos, como máquinas de costura. Como travar a língua no céu da boca e soprar. Se é que ouviram alguma coisa.

Ou seja, pensou Reacher, *pelo menos um ferido e a cavalaria não estava a caminho.*

Ele desceu as escadas cautelosamente, saiu de novo e foi envolvido pela noite.

Circulou a casa, no sentido horário. Os celeiros estavam distantes, escuros e quietos. O velho Land Rover, desmoronado sobre as rodas, como ele tinha certeza que estaria. Quatro pneus estourados. Passou direto por ele e parou encostado no frontão sul. Desligou a lanterna e olhou para a escuridão na estrada de acesso à fazenda.

Como aquilo tinha acontecido?

Ele confiava em Pauling porque a conhecia, e confiava em Jackson e Taylor mesmo sem os conhecer. Três profissionais. Experiência, habilidade, três cabeças pensando juntas. Cansadas, porém funcionando. Uma abordagem longa e arriscada do ponto de vista dos invasores. Sem discussão. Ele devia estar olhando para quatro corpos despedaçados e um carro alugado destruído. Nesse exato momento, Jackson devia estar ligando a retroescavadeira. Pauling devia estar abrindo latas de cerveja e Kate devia estar fazendo torrada e esquentando feijão.

E por que não estavam fazendo isso?

Distração, imaginou ele. Como sempre, a resposta estava nos desenhos de Jade. Os animais no celeiro. *Ela não está dormindo bem,* dissera Kate. O jetlag *acabou com ela.* Reacher imaginou a criança acordando, perto da meia-noite, descendo da cama, saindo correndo da casa e entrando na imaginária segurança da escuridão, quatro adultos pelejando para pegá-la, confusão, pânico, uma busca, os bandidos de olho aproveitando a situação para levantar na pradaria sem serem vistos e avançar. Lane subindo com tudo pela estrada de acesso da fazenda no SUV Toyota alugado. Taylor, Jackson e Pauling decidindo não atirar para evitar acertar uns aos outros, ou Kate, ou Jade.

Lane, faróis ligados, parando com uma derrapagem.

Lane, faróis ligados, reconhecendo a enteada.

A esposa.

Reacher estremeceu uma vez, um espasmo violento e incontrolável. Fechou os olhos e os abriu novamente. Ligou a lanterna para iluminar o caminho e saiu andando para a entrada da fazenda. Na direção da estrada. Na direção de não sabia onde.

Perez suspendeu os óculos de visão noturna, deixou-os virados para cima na testa e falou:

— Ok, Reacher foi embora. Não está aqui.

Edward Lane gesticulou com a cabeça. Refletiu um segundo e socou a lanterna no rosto de Jackson, uma, duas, três vezes, golpes fortíssimos, até ele cair. Gregory o suspendeu novamente e Addison arrancou a fita da boca dele.

— Me conte como é a sua dieta — disse Lane.

Jackson cuspiu sangue:

— Minha o quê?

— Sua dieta. O que você come. Com o que a sua esposa ausente te alimenta.

— Por quê?

— Quero saber se você come batata.

— Todo mundo come batata.

— Então vou achar um descascador na cozinha?

74

REACHER MANTEVE O FEIXE DE LUZ APONTADO PARA BAIXO três metros à frente, um estreito brilho oval que dançava um pouco para a esquerda e a direita, sacolejando enquanto ele andava. A luz mostrava-lhe os sulcos, as saliências e os buracos na terra batida. Ela tornava mais fácil acelerar o passo. Reacher passou pela primeira curva do caminho que dava acesso à fazenda. Então, fixou os olhos na escuridão à frente e começou a correr em direção à estrada.

Lane virou-se para Perez e ordenou:

— Encontre a cozinha. Traga o que preciso. E ache um telefone. Ligue para o Bishop's Arms. Diga aos outros para virem para cá agora.

— Estamos com o carro — lembrou Perez.

— Diga para virem andando — ordenou Lane.

— Reacher vai voltar, você sabe disso — alertou Jackson. Ele era o único que podia falar. Era o único que estava sem fita na boca.

Lane falou:

— Sei que ele vai voltar. Estou contando com isso. Por que acha que não o perseguimos? Na pior das hipóteses, para nós, ele anda nove quilômetros para o leste, não encontra nada e volta andando de novo. Vai levar quatro horas. Você já estará morto até lá. Ele pode assumir o seu lugar. Vai assistir à morte da criança e da sra. Pauling, depois vou matá-lo. Lentamente.

— Você é louco. Precisa de ajuda.

— Acho que não — discordou Lane.

— Ele vai pegar uma carona.

— A esta hora da madrugada? Carregando um fuzil de assalto? Acho que não.

— Você está doido — disse Jackson. — Perdeu completamente a noção.

— Estou furioso — afirmou Lane. — E acho que tenho esse direito.

Perez saiu para procurar a cozinha.

Reacher correu pela segunda curva na estrada de acesso da fazenda. Então reduziu um pouco.

E parou abruptamente.

Apagou a lanterna e fechou os olhos. Ficou parado na escuridão, respirou fundo e concentrou-se na imagem residual do que acabara de ver.

Aquela estrada fazia duas curvas por nenhuma razão aparente. Nem prática, nem estética. Ela virava para a esquerda e para a direita por algum outro motivo. Para evitar solo macio e invisível, ele imaginara antes. Para evitar partes mal drenadas de sumidouros. E viu que estava correto. Nas duas curvas, o solo estava fofo e úmido. Enlameado, ainda que não chovesse havia dias.

E a lama continha marcas de pneus.

Três conjuntos.

Primeiro, do velho Land Rover de Jackson. O carro da fazenda. Banda de rodagem com as marcas do pneu para terra e neve. Volumosos, gastos, entrando e saindo centenas de vezes. As marcas do Land Rover estavam por todo o lugar. Antigas, apagadas, desgastadas, novas, nítidas, recentes. Em todo lugar. Como ruído de fundo.

Segundo, dos pneus do Mini Cooper. Uma aparência completamente diferente. Estreitas, nítidas, novas, banda de rodagem agressiva desenvolvida para gerar uma boa aderência e permitir curvas rápidas no asfalto. Um conjunto apenas. Reacher tinha entrado no dia anterior, devagar, fazendo uma curva aberta e prudente, em segunda marcha. Um carro pequeno, em velocidade moderada, nada ameaçador. Ele tinha passado pelas curvas e estacionado em frente à casa. E o deixara lá. Continuava lá. Não haviam mexido nele. Ninguém o tirara dali. E provavelmente isso jamais aconteceria. Sairia em um reboque.

Sendo assim, tratava-se de um único conjunto de marcas de pneu.

O terceiro conjunto também era único. Uma passagem, uma direção. Pneus mais largos. Um veículo grande e pesado, bandas de rodagem largas, novas e nítidas. Pneus off-road semissérios dignos de um SUV convencional.

O tipo de pneu que um Toyota Land Cruiser alugado teria.

Um conjunto de marcas apenas.

Uma direção.

O Toyota era um off-road muito competente. Reacher sabia disso. Um dos melhores do mundo. Mas era inconcebível que ele tivesse chegado por outro lugar a não ser pela ponte. Nem em um milhão de anos. A fazenda era delimitada por valas de três metros de largura e dois de profundidade. Laterais íngremes. Impossível transpô-las. Um Humvee não faria isso. Um Bradley não faria isso. Um Abrams não faria isso. As valas da Grange Farm eram melhores do que bloqueios antitanques. Então, o Toyota não tinha chegado ali de outra maneira a não ser atravessando a pontezinha plana e percorrendo a estradinha de acesso à fazenda. Não havia outro caminho.

E não tinha saído de lá.

Um conjunto de marcas de pneu.

Uma direção.

Lane ainda estava na propriedade.

Lane bateu na cabeça de Jackson com a lanterna mais uma vez, com força. O vidro quebrou e Jackson desmoronou novamente.

— Preciso de uma lanterna nova — disse Lane. — Parece que esta estragou.

Addison sorriu e tirou outra da caixa. Da porta, Lauren Pauling observava com atenção. Sua boca estava coberta com fita adesiva e as mãos, amarradas às costas. A porta ainda encontrava-se fechada. Mas seria aberta a qualquer minuto. Através dela entraria Perez ou Reacher. Notícia boa ou ruim.

Que seja o Reacher, pensou ela. *Por favor. Insetos no para-brisa, sem escrúpulo. Por favor, que seja o Reacher.*

Lane pegou a lanterna nova com Addison e se aproximou de Kate. Cara a cara. Quinze centímetros de distância. Olho no olho. Tinha mais ou menos a mesma altura. Acendeu a lanterna e a segurou bem debaixo do queixo dela, iluminado para cima e transformando seu rosto primoroso em uma lúgubre máscara de Halloween.

— Até que a morte nos separe — disse ele. — É uma frase que levo a sério.

Kate virou a cabeça para o lado. Engasgou por trás da fita adesiva. Lane agarrou o queixo dela com a mão livre e inclinou a cabeça para trás.

— Todo mundo a renuncia — disse ele. — Mas eu a levo a sério. Pena que você não faz o mesmo.

Kate fechou os olhos.

Reacher continuou andando para o sul. Para o fim da estrada de acesso, passou pela ponte, virou para o leste na estrada, afastando-se da fazenda, com a lanterna acesa o tempo todo. Podia estar sendo vigiado. Decidiu que deveriam vê-lo ir embora. Porque a mente humana adora continuidade. Ver uma pequena e espectral silhueta andando apressada para o sul, e mais para o sul, depois para o leste, e para o leste, desencadeia uma irresistível vontade de acreditar que aquilo continuará para sempre. *Foi embora*, pensa a pessoa. *Desapareceu*. E então se esquece completamente daquilo, porque sabe para onde ela está indo e não a vê retornando porque não a está vigiando mais.

Ele caminhou duzentos metros para o leste e desligou a lanterna. Depois caminhou outros duzentos metros no escuro. Então parou. Virou noventa graus, atravessou o acostamento no sentido norte e desceu pela lateral da vala que servia de fronteira. Atravessou patinando a densa lama no fundo e subiu do outro lado segurando o fuzil no ar com uma mão. E correu rápido direto para o norte, estendendo os passos para pisar no topo de todos os sulcos no terreno arado.

Dois minutos depois, já tinha avançado quatrocentos metros, paralelamente aos fundos dos celeiros, trezentos metros a oeste deles, e, sem fôlego, parou diante de um grupo de árvores para se recuperar. Com o polegar, pôs a arma para disparar um tiro por vez.

400

Então apoiou a coronha em seu ombro e seguiu em frente. Oeste. Em direção aos celeiros.

Reacher, sozinho no escuro. Armado e perigoso. Retornando.

Edward Lane ainda estava cara a cara com Kate.

— Acredito que vinha dormindo com ele há anos — disse ele.

Kate ficou calada.

Lane continuou:

— Espero que estivessem usando camisinha. Você podia pegar uma doença de um cara como ele.

Ele sorriu. Um pensamento novo. Uma piada, para ele.

— Ou engravidar.

Algo nos olhos aterrorizados dela.

Lane ficou um momento em silêncio antes de perguntar:

— O quê? O que está me dizendo?

Ela sacudiu a cabeça.

— Você está grávida — afirmou ele. — Você está grávida, não está? Está, sim. *Eu sei*. Está diferente. Dá pra perceber.

Pôs a mão estendida na barriga de Kate. Ela se afastou, para trás, pressionando-se com força na pilastra em que estava amarrada. Lane deu um meio passo arrastado para a frente.

— Gente, isso é inacreditável. Você vai morrer com o filho de outro homem na barriga.

Depois, deu as costas para ela. Parou e virou novamente. Meneou a cabeça.

— Não posso permitir isso — disse ele. — Não está certo. Vamos ter que abortar primeiro. Devia ter pedido ao Perez para achar um cabide. Mas não fiz isso. Então, vamos achar outra coisa. Tem que ter alguma coisa aqui. Afinal de contas, estamos numa fazenda.

Kate fechou os olhos.

— De qualquer maneira, você vai morrer — disse Lane, como se fosse o sujeito mais sensato do mundo.

Reacher sabia que estavam em um celeiro. Tinham que estar. Isso era óbvio. Onde mais podiam esconder o carro? Sabia que eram cinco celeiros no total. Ele os vira de dia, vagamente, de longe. Três ficavam ao redor de um pátio de terra batida e dois, isolados. Todos tinham sulcos de veículos na direção de suas portas grandes. Depósitos, supôs, para a retroescavadeira, tratores, carretinhas, enfardadeiras e todo tipo de maquinário de fazenda. Agora, no escuro, sentia a terra sob os pés, seca e poeirenta, dura e pedregosa. Não haveria marcas de pneu. Não podia arriscar acender a lanterna.

Qual celeiro?

Começou pelo mais próximo, na esperança de dar sorte. Mas não deu sorte. O celeiro mais próximo era um dos isolados. Uma estrutura grande de madeira feita com tábuas desgastadas pelo tempo. A coisa toda tinha ficado meio fora do prumo devido aos duzentos anos de ventos implacáveis. Ele inclinava-se para o oeste, abatido. Reacher pôs a orelha em uma fenda entre duas tábuas e concentrou-se na audição. Não escutou nada lá dentro. Pôs o olho na fenda e não viu nada. Apenas escuridão. Havia um cheiro de ar frio, terra úmida e restos apodrecidos.

Ele movimentou-se cinquenta metros até o segundo celeiro, na esperança de dar sorte. Mas não deu sorte. O segundo celeiro estava tão escuro e quieto quanto o primeiro. Mofado e frio, nada se movimentava lá dentro. Um forte cheiro de nitrogênio. Fertilizante velho. Prosseguiu através do breu, lenta e furtivamente na direção dos três celeiros agrupados ao redor do pátio. Estavam a cem metros de distância. Percorreu um quarto do caminho.

E parou abruptamente.

Porque, no canto do olho, viu luz à esquerda atrás de si. Luz e movimento, na casa. Na janela da cozinha. A luz de uma lanterna, lá dentro. Sombras rápidas pulando e saltitando de um lado para o outro atrás do vidro.

Lane virou para Gregory e disse:

— Encontre o arame que usam para fazer os fardos.

— Antes de cuidarmos da menina? — perguntou Gregory.

— Por que não? Vai ser como uma prévia pra ela. Vai sofrer a mesma coisa assim que o Perez voltar com o descascador de batata. Falei pra mãe dela anos atrás o que ia acontecer com a menina se ela me traísse. E sempre mantenho a minha palavra.

— É o que um homem deve fazer — concordou Gregory.

— Precisamos de uma mesa de operação — disse Lane. — Ache alguma coisa plana. E acenda o farol do carro. Preciso ver o que vou fazer.

— Você é doente — xingou Jackson. — Precisa de ajuda.

— Ajuda? — questionou Lane. — Não, tenho certeza de que não. Sempre foi um procedimento executado por uma única pessoa, pelo que sei. Mulheres velhas, geralmente, em becos, creio eu.

Reacher moveu-se depressa e silenciosamente até a porta dos fundos da casa. Encostou com força na parede do outro lado. Aguardou. Sentia as pedras ásperas nas costas. Ouvia a voz pela porta. Muito baixa. Um lado da conversa entre duas pessoas. Um leve sotaque hispânico. Perez, ao telefone. Reacher reverteu o fuzil nas mãos. Segurou-o pela parte entre o cano e a alça e simulou um golpe para sentir como seria.

Então aguardou. Sozinho no escuro.

Gregory encontrou uma porta antiga, rústica, feita de tábuas seguras por três madeiras pregadas em forma de Z. Tirou-a da pilha de madeira descartada e a pôs de pé.

— É perfeita — Lane aprovou de longe.

Perez saiu, foi envolvido pela noite e virou-se para fechar a porta. Reacher golpeou, com os braços estendidos, girando os quadris, dando impulso para a frente, apoiado no pé de trás, com os pulsos estalando. Não foi um golpe bom. Atrasado. Se fosse uma tacada de beisebol, a bola com certeza seria isolada, ela passaria pelo campo, pela arquibancada superior, atravessaria a fachada e provavelmente cairia na rua. Mas a cabeça de Perez não era uma bola de beisebol. E a G36 não era um taco. E sim um metro de aço de três quilos e meio. O suporte da mira pegou na têmpora de Perez, acertou um pedaço de osso lateralmente através da órbita esquerda e seguiu pela ponte do nariz até a metade da órbita direita. Ele parou quando a borda superior da coronha esmagou a orelha dele contra a lateral do crânio. Ou seja, não foi um golpe perfeito. Um milésimo de segundo antes e cinco centímetros um pouco mais atrás e um golpe como aquele teria arrancado o topo da cabeça do cara como se abrisse a parte de cima de um ovo cozido. Atrasado como foi, ela apenas cavou uma profunda e bagunçada trincheira entre as bochechas e a testa.

Uma bagunça, porém eficaz. Perez estava morto bem antes de atingir o chão. Era pequeno demais para tombar como uma árvore. Apenas misturou-se à terra batida como se fizesse parte dela.

Lane virou-se para Addison e ordenou:

— Vá ver que merda o Perez está arrumando. Já era para ele ter voltado. Estou ficando entediado. Ainda não tem ninguém sangrando.

— Eu estou sangrando — discordou Jackson.

— Você não conta.

— Taylor está sangrando. Perez atirou nele.

— Errado — disse Lane. — Taylor parou de sangrar. Por enquanto.

— Reacher está lá fora — afirmou Jackson.

— Acho que não.

— Está, sim — insistiu Jackson. — É por isso que o Perez ainda não voltou. Reacher o pegou.

Lane sorriu.

— Então o que devo fazer? Ir lá fora procurar? Com meus dois homens? E deixar vocês sozinhos aqui para organizarem uma tentativa de fuga patética pelas minhas costas? É isso que você está querendo conseguir? Não vai acontecer. Porque neste momento o Reacher está passando a pé em frente à igreja de Bishops Pargeter. Ou você só está tentando dar aos seus camaradas um pouco de esperança nesta hora difícil? Isso é determinação britânica? A famosa fleuma britânica?

Jackson reafirmou:

— Ele está lá fora. Eu sei.

Ele estava agachado à porta da cozinha, vasculhando todas as coisas que Perez tinha deixado cair. Uma MP5K com um pente de trinta balas e uma pequena mochila de nylon com uma alça apenas. Uma lanterna, agora quebrada. Duas facas de cozinha de cabo preto, uma comprida, uma curta, uma de serra, uma lisa. Um saca-rolhas dado como brinde por uma operadora de balsas transportadoras de veículos.

E um descascador de batata.

O cabo de madeira lisa. Já havia sido vermelho, agora era desbotado. Firmemente preso a ele havia uma lâmina simples de metal prensado.

Ligeiramente pontiaguda, tinha uma aba suspensa e uma fenda. Um objeto com *design* antigo. Simples, funcional, bem usado.

Reacher olhou atenciosamente para ele por um momento. Depois, o enfiou no bolso. Enterrou a faca mais comprida até o cabo no peito de Perez. Escondeu a mais curta no próprio sapato. Chutou o saca-rolhas e a lanterna quebrada para as sombras. Usou o polegar para limpar o sangue e o lóbulo frontal de Perez da lente monocular do G36. Pegou a submetralhadora MP5 e a dependurou no ombro esquerdo.

Seguiu para o nordeste na direção dos celeiros.

Reacher, sozinho no escuro. Fazendo as coisas do jeito difícil.

75

REACHER ENTROU NO PÁTIO DE TERRA BATIDA. Tinha pouco mais de trinta metros quadrados, e os celeiros eram praticamente invisíveis na escuridão dos lados norte, leste e sul. Todos os três pareciam idênticos. Da mesma época, mesma construção, mesmos materiais. Tinham grandes portas de correr, telhados de telhas e paredes de tábua, de um cinza opaco à luz das estrelas. Eram mais novos do que os celeiros isolados e bem mais robustos. Eretos, firmes e estáveis. O que era bom para Jackson, o fazendeiro, supôs Reacher. No entanto, mau para ele. Nenhuma tábua retorcida, nenhuma fresta, nenhuma rachadura, nenhum buraco de nó de madeira.

Nenhuma maneira imediata de descobrir qual deles estava ocupado naquele momento.

Ficou parado. Norte ou leste, supôs. Mais fácil para o carro. Entrava em linha reta ou fazia uma simples curva de noventa graus para a esquerda. Sul não, pensou ele. Demandaria uma meia-volta de 180 graus para chegar à porta e, além disso, ficava de costas para a casa e a estrada de acesso da fazenda. Uma sensação nada boa. Psicologicamente, a possibilidade de uma linha de visão direta pela porta era importante. Mesmo no breu.

Ele atravessou o pátio, lenta e silenciosamente. Os sapatos arruinados ajudavam. A grossa camada de lama nas solas impediam-nos de fazer barulho. Como tênis. Como andar num carpete. Chegou ao canto esquerdo mais próximo, no celeiro norte, e desapareceu na escuridão ao longo da lateral. Circulou-o, no sentido horário. Sentia as paredes. Dava tapinhas nela, suavemente. Tábuas robustas, talvez carvalho, uns três centímetros de espessura. Pregadas a uma armação montada com vigas de trinta centímetros de grossura, como um antigo veleiro. Talvez houvesse um revestimento interno de tábuas de três centímetros de espessura. Ele tinha morado em lugares piores.

Deu a volta inteira até o canto direito na parte da frente e parou. Não havia como entrar, a não ser pelas portas frontais. Eram feitas com tábuas de dez centímetros presas com tiras de aço galvanizado e penduradas por roldanas. Havia canaletas em formato de U presas à estrutura do celeiro e rodas do tamanho das do Mini Cooper, às portas. Mais canaletas em formato de U fixadas no concreto na parte de baixo, sustentando rodas menores. Praticamente industrial. As portas movimentavam-se uma para cada lado, como cortinas de teatro. Deviam abrir um metro e duzentos. O suficiente para entrar e sair com ceifeiras, supôs ele.

Ele avançou cuidadosamente ao longo da frente do celeiro e pôs o rosto no espaço entre a porta e a parede. Não escutou nada. Não viu nenhum feixe de luz.

Não é este, pensou.

Virou-se e olhou para o leste. *Tem que ser*, pensou. Partiu na direção dele. Diagonalmente através do quadrado. Estava a seis metros de distância quando a porta deslizou. Ela era barulhenta. As rodas estrondeavam nas canaletas. Uma barra brilhante de luz azul com um metro escorreu para fora. Faróis de xenônio. O Toyota SUV, estacionada lá dentro, o farol aceso. Addison saiu atravessando a barra de luz. Com a MP5 dependurada no ombro. Ele lançava uma monstruosa sombra movediça na direção oeste. Virou-se para fechar a porta novamente. Duas mãos, costas curvadas, muito esforço. Ele parou de fechá-la quando ainda faltavam uns quinze centímetros e a largou assim. Uma fresta de abertura. A barra de luz azul estreitou e se transformou em uma lâmina fina. Addison acendeu uma lanterna e, ao virar-se para a frente, o feixe dela passou preguiçoso pelo rosto de Reacher. Porém, a vista de Addison devia estar um segundo descompassada. Porque ele não reagiu. Apenas virou-se um pouco para a esquerda e partiu na direção da casa.

Reacher pensou: *Decisão?*

Óbvio. Elimine um de cada vez, e obrigado pela oportunidade.

Ele respirou fundo, atravessou a lâmina de luz e começou a seguir Addison, seis metros atrás dele, depressa, em silêncio. Reduziu a distância para quatro metros. Depois três Addison alheio a ele. Estava seguindo em frente, desatento, e o feixe de luz da lanterna balançava de leve diante dele.

Um metro e meio atrás.

Um metro atrás.

Então as duas figuras fundiram-se no escuro. Diminuíram o passo e pararam. A lanterna caiu na terra. Rolou lentamente, parou e o feixe amarelo lançava compridas sombras grotescas, transformando em pedregulhos irregulares pequenas rochas douradas. Addison bambeou e desmoronou, primeiro de joelhos, depois de cara, com a garganta talhada pela faca que Reacher tinha tirado do sapato.

Reacher retomou seu caminho antes mesmo de Addison parar de estrebuchar. Com um fuzil, duas submetralhadoras e uma faca. Mas não voltava na direção dos celeiros. Andava em direção à casa. Fez seu primeiro porto de escala no quarto principal do segundo andar. Em seguida, parou na cozinha, à lareira, e à mesa. Saiu novamente, passou por cima do cadáver de Perez e pouco depois, sobre o de Addison. *Não são combatentes necessariamente melhores do que as pessoas que estão alistadas agora*, dissera Patti Joseph, dias atrás. *Em geral, são piores.* E Taylor comentara: *Eles costumavam ser extraordinários, agora estão muito próximos de medianos.* Vocês estavam certos, pensou Reacher.

Seguiu em frente, para o nordeste, em direção aos celeiros.

Parou ao lado do celeiro leste e avaliou seu material bélico. Rejeitou o G36. Disparava tiros únicos ou triplos, e os triplos eram muito lentos. Bem parecidos com o som de uma metralhadora comum que aparece na TV ou em filmes. Reconhecível demais, na calada da noite. E era possível que o cano estivesse torto. Nada que ele fosse capaz de ver a olho nu, mas tinha batido em Perez com força suficiente para ter causado algum dano microscópico. Então colocou o G36 no chão à base da parede lateral do celeiro e desencaixou o estojo da MP5 de Perez. Ainda possuía nove balas. Gastara 21. Sete disparos triplos. Perez tinha sido designado o atirador. O que significava que o pente da arma de Addison devia estar cheio. E estava mesmo. Trinta balas. O grosso cobre cintilou debilmente à luz das estrelas. Reacher pôs o pente de Addison na arma de Perez. Um pente que ele sabia que estava cheio em uma arma que ele sabia que funcionava. Um passo sensato para um homem que planejava sobreviver aos próximos cinco minutos.

Ele empilhou a arma de Addison e o pente de Perez sobre o G36 descartado. Girou os ombros e estendeu o pescoço. Inspirou, expirou.

Hora do show.

Sentou-se no chão com as costas apoiadas na porta parcialmente aberta. Reuniu os objetos que tinha pegado na casa. Um pedaço de madeira na cesta à lareira. Três elásticos em um jarro na mesa. Um espelho de mão de casco de tartaruga na penteadeira de Susan Jackson.

A madeira era de freixo, reta, tinha 43 centímetros de comprimento, tão grossa quanto o pulso de uma criança, cortada de modo que coubesse na lareira de cozinha. Os elásticos eram resistentes, porém curtos. Do tipo que os carteiros põem ao redor de um maço de cartas. O espelho de mão provavelmente era uma relíquia. Redondo e com um cabo, parecia uma raquete de pingue-pongue.

Ele prendeu o cabo de casco de tartaruga à madeira de freixo com os elásticos. Depois deitou de bruços e começou a arredar a madeira lentamente para a frente. Na direção da greta de quinze centímetros no local em que a porta estava aberta. Com a mão esquerda, ele inclinou a madeira, virou-a e manejou até conseguir enxergar um reflexo perfeito do interior.

Reacher, com um espelho em uma vareta.

76

O ESPELHO MOSTROU QUE O CELEIRO ERA ROBUSTO e quadrado porque tinha pilastras verticais internas que sustentavam a cumeeira do telhado e reforçavam as vigas nele. As pilastras de madeira tinham trinta centímetros quadrados e eram fixas no concreto. Doze no total. Havia pessoas amarradas em cinco delas. Da esquerda para a direita no espelho, Reacher enxergou Taylor, depois Jackson, depois Pauling, depois Kate, depois Jade. Estavam com os braços para trás, os tornozelos amarrados e silver tape na boca. Todos menos Jackson. Ele estava sem fita. Mas sua boca estava toda ensanguentada. Tinha cortes profundos acima das duas sobrancelhas. Não estava em pé. Semiconsciente, havia desmoronado na base da pilastra.

Taylor era quem encontrava-se ferido. A camisa estava rasgada e ensopada de sangue, na parte de cima do braço direito. Pauling parecia bem. Tinha os olhos um pouco agitados acima do retalho de fita adesiva, toda descabelada, porém ainda desperta. Kate estava branca como papel e de olhos fechados. Jade deslizara pela pilastra e sentara nos calcanhares, com a cabeça abaixada, imóvel. Talvez inconsciente.

O Toyota havia sido colocado lá dentro de ré e virado de modo que ficasse colado na parede dos fundos à esquerda. Os faróis estavam no máximo e iluminavam a longa extensão do celeiro, lançando doze sombras hostis dos postes.

Gregory, com a MP5 pendurada nas costas, pelejava com uma espécie de painel plano. Uma porta velha, talvez. Ou o tampo de uma mesa. Ele o carregava pelo celeiro. Passou pelo fundo no canto esquerdo, depois pelo fundo do canto direito, segurando-a com as duas mãos.

Lane estava em pé, completamente imóvel no meio do lugar, com a mão direita ao redor do punho de sua MP5 e a esquerda, ao redor do apoio frontal, mais à frente. Estava com o indicador no gatilho, e todos os dez nós de seus dedos transpareciam o branco dos ossos. Olhava para a porta, com o Toyota ao seu lado. Os faróis de xenônio iluminavam o bizarro alívio em seu rosto. As órbitas de seus olhos eram como buracos negros. *Beira a insanidade mental*, pessoas haviam dito. *Atravessou esse limite há muito tempo*, pensou Reacher.

Gregory levou o grande painel plano para a parte central da frente do celeiro e Reacher o ouviu perguntar:

— Onde quer isto?

— Precisamos de cavaletes — respondeu Lane.

Reacher moveu o espelho e seguiu o reflexo de Lane até onde Jackson estava agachado. Lane deu um chute nas costelas do homem e perguntou:

— Tem cavalete aqui?

E Jackson respondeu:

— No outro celeiro.

— Vou mandar o Perez e o Addison buscarem quando voltarem — falou Lane.

Eles não vão voltar, pensou Reacher.

— Eles não vão voltar — afirmou Jackson. — Reacher está lá fora e já pegou os dois.

— Você está me irritando — reclamou Lane.

Mas Reacher viu que ele deu uma olhada para a porta. E viu o que Jackson estava tentando fazer. Tentava canalizar a atenção de Lane para fora do celeiro. Para longe dos prisioneiros. Tentava ganhar tempo.

Cara esperto, pensou Reacher.

Então viu o reflexo de Lane crescer no espelho. Puxou o pedaço de madeira de volta, lenta e cuidadosamente. Apontou a MP5 para um ponto três centímetros além da porta, um metro e sessenta acima do chão. *Ponha a cabeça para fora*, pensou ele. *Dê uma olhada. Por favor. Vou meter três balas que entrarão por uma orelha e sairão pela outra.*

Mas não deu essa sorte. Reacher ouviu Lane parar logo depois da porta e gritar:

— Reacher? Você está aí fora?

Reacher aguardou.

— Perez? Addison? — chamou Lane.

Reacher aguardou.

— Reacher? Está aí? Escuta só. Daqui a dez segundos, vou atirar no Jackson. Na coxa. Ele vai morrer sangrando pela artéria femoral. Depois, vou fazer Lauren Pauling lamber tudo como uma cadela — gritou Lane.

Reacher aguardou.

— Dez — gritou Lane. — Nove. Oito — a voz diminuía à medida que retornava para o centro do celeiro. Reacher voltou com o espelho para o lugar. Viu Lane parar perto de Jackson e o ouviu dizer:

— Ele não está lá fora. Se está, não dá a mínima para você.

Lane virou-se e berrou:

— Sete. Seis. Cinco — parado, Gregory segurava o painel na vertical diante de si. Sem fazer nada.

— Quatro — gritou Lane.

Muita coisa pode acontecer em um único segundo. No caso de Reacher, ele repassava ideias pela cabeça como um jogador de pôquer analisando uma mão. Considerou assumir o risco de sacrificar Jackson. Talvez Lane não estivesse falando sério. Se estivesse, com certeza era louco o suficiente para colocar a arma no automático e esvaziá-la. Gregory se tornaria um deficiente. Reacher podia deixar Jackson levar trinta balas nas pernas e aguardar a arma de Lane começar a emitir os estalos depois de vazia, em seguida enfiar três tiros através da tábua plana no centro de massa de Gregory e mais três na cabeça de Lane. Uma baixa em uma ação envolvendo cinco reféns não era excessivo. Vinte por cento. Certa vez Reacher recebera uma medalha por um resultado pior.

— Três — gritou Lane.

Mas Reacher gostava de Jackson, e tinha que levar em consideração Susan e Melody. Susan, a irmã leal. Melody, a criança inocente. E tinha que pensar no sonho de Kate, a nova e grande família cultivando junta na fazenda, plantando capim, lixiviando os agrotóxicos antigos do solo de Norfolk, produzindo verduras e legumes saudáveis dali a cinco anos.

— Dois — gritou Lane.

Reacher soltou o espelho, estendeu o braço direito como um nadador e enganchou os dedos na beirada da porta. Moveu-se abaixado para trás, depressa, puxando a porta consigo. Abrindo-a, permanecendo fora de vista. Arrastou-a por todos os seis metros que percorreu.

E aguardou.

Silêncio dentro do celeiro. Ele sabia que os olhos de Lane estavam no vácuo negro do lado de fora. Sabia que os ouvidos dele esforçavam-se para escutar algo no silêncio. O mais antigo dos medos atávicos humanos, enterrado no fundo do cérebro reptiliano primitivo, ainda vivo cem mil anos depois de morar nas cavernas: *Tem alguma coisa lá fora.*

Reacher escutou o leve baque surdo do painel quando Gregory o soltou. Então, teve que dar início a uma corrida. Da perspectiva de Lane, a porta tinha sido aberta da direita para a esquerda, conduzida por alguma entidade invisível. Portanto, essa entidade estava lá fora e à esquerda, ao final do longo percurso da porta. Reacher levantou e começou a andar de ré. Depois, se virou e correu, no sentido anti-horário, ao redor do celeiro. Deu a volta no primeiro canto e percorreu quinze metros ao longo do lado sul. Depois, virou no canto seguinte e correu trinta metros ao longo da parede de trás. E então, os quinze metros ao longo da parede norte. Não fez isso com velocidade máxima. Noventa metros, novecentos centímetros, quatro curvas, em aproximadamente trinta segundos. Um atleta olímpico teria feito em dez. Mas um atleta olímpico não precisava estar bem disposto na linha de chegada para disparar uma submetralhadora com precisão.

Ele virou no último canto. Voltou ao longo da parede da frente até a porta, boca fechada, respirando com força pelo nariz, controlando o movimento do peito.

Estava do lado de fora à direita.

Silêncio dentro do celeiro. Nenhum movimento. Reacher firmou o pé e apoiou o ombro esquerdo na parede, com o cotovelo dobrado, o pulso virado, a mão no apoio frontal da MP5, de leve e com suavidade. A mão direita estava no punho e o polegar direito já havia movido os primeiros trinta milímetros de folga no gatilho. Com o olho esquerdo fechado, o direito tinha alinhado as duas partes da mira de ferro. Aguardou. Escutou uma leve pisada no chão de concreto do celeiro, aproximadamente um metro à frente e um metro à esquerda. Viu uma sombra na luz. Aguardou. Viu a parte de trás da cabeça de Lane, apenas um aro estreito como uma lua crescente, avançando para fora, espiando a escuridão à direita. Viu o ombro direito. Viu a alça de nylon da MP5 afundando com força a lona enrugada da jaqueta. Reacher não moveu a arma. Queria atirar paralelamente ao celeiro, não para dentro dele. Movimentar a arma colocaria os reféns na linha de tiro. Taylor principalmente, de acordo com o que se recordava de ter observado com o espelho de casco de tartaruga. Talvez Jackson também. Tinha de ser paciente. Tinha que deixar Lane ir até ele.

Lane foi. Ele saía centímetro a centímetro, de costas, esticando-se para a esquerda, inclinando o tronco, olhando adiante. Moveu o pé da frente. Saiu mais alguns centímetros. Reacher o ignorou. Concentrou-se exclusivamente na mira da MP5. Era pontilhada com trício e proporcionava uma geometria tão real para Reacher quanto um raio laser espetando a noite. Lane entrava nela centímetro a centímetro. Primeiro, a beirada direita do crânio. Depois uma parcela maior. Depois mais. Depois mais. Depois a mira chegou à junção dos ossos atrás da cabeça dele. Centralizada. Lane estava tão perto que Reacher conseguiria contar os fios de cabelo em seu corte militar.

Durante meio segundo, pensou em chamar o nome de Lane. Fazê-lo se virar, com as mãos para o alto. Contar-lhe por que estava prestes a morrer. Listar as muitas transgressões que cometera. O equivalente de um processo penal.

Depois pensou em uma briga. Mano a mano. Com facas, ou punhos. Encerramento. Algo cerimonial. Algo mais justo.

Então pensou em Hobart e puxou o gatilho.

Um estranho ronronar abafado, como uma máquina de costura ou uma motocicleta distante parada ao semáforo. Um quinto de segundo, três balas de 9mm, três cápsulas cuspidas para fora do ejetor, fazendo um arco através da luz que jorrava para fora e tilintando nas pedras seis metros à direita de Reacher. A explosão da cabeça de Lane deixou uma nuvem obscurecida que adquiriu uma tonalidade azul à luz. Ela deu uma guinada para trás e desabou com o resto do corpo. O baque surdo de carne e osso no concreto, abafado apenas pelo algodão e pela lona da roupa, foi bem audível.

Espero que Jade não tenha visto isso, pensou Reacher.

Entrou pela porta. Gregory estava na metade de uma fatal fração de segundo de hesitação. Tinha recuado e estava olhando para a esquerda, porém os tiros que mataram Lane tinham vindo da direita. Não fazia sentido. O cérebro dele tinha travado.

— Atire nele — disse Jackson.

Reacher não se moveu.

— Atire nele — repetiu Jackson. — Não me faça dizer para que era aquela mesa.

Reacher arriscou uma olhada para Taylor, que concordou com um gesto de cabeça. Deu uma olhada para Pauling. Ela fez o mesmo. Então ele meteu três balas no centro do peito de Gregory.

77

A LIMPEZA TOMOU O RESTO DA NOITE E BOA PARTE do dia seguinte. Embora estivessem todos esgotados, por consenso, não tentaram dormir. Com exceção de Jade. Kate a pôs na cama e sentou-se com ela enquanto pegava no sono. A garota desmaiara cedo, perdera a maior parte do acontecido e parecia não entender o restante. Com exceção do fato de que seu ex-padrasto tinha sido categorizado como um homem mau. Mas tinham dito isso a ela antes, portanto o ocorrido não passou da confirmação de uma visão com a qual ela já estava confortável. Então ela dormiu. Sem efeitos colaterais aparentes. Reacher chegou à conclusão de que, se surgisse algum nos dias por vir, a menina lidaria com eles usando lápis de cor e papel pardo.

A aparência de Kate era de quem tinha ido ao inferno e voltado. E como muitas outras pessoas, ela estava renovada por causa disso. Ter ido tão longe tinha sido muito ruim; portanto, voltar à superfície era desproporcionalmente melhor do que muito bom. Havia ficado um longo momento encarando o corpo de Lane. Visto que lhe faltava metade da cabeça. Obtido a certeza de que não haveria nenhum momento estilo

Hollywood no qual ele se reergueria e voltaria à vida. Estava morto, total, completa e definitivamente. E ela já tinha visto aquilo acontecer. Esse tipo de certeza ajuda as pessoas. Afastou-se do cadáver com passos animados.

O tríceps direito de Taylor estava todo dilacerado. Reacher cortou a camisa com a faca de cozinha que carregava no sapato e improvisou um curativo na ferida da melhor maneira possível com um kit de primeiros socorros que havia no banheiro do segundo andar. Contudo, Taylor precisaria de cuidados. Era óbvio. Ele voluntariou-se para postergar isso alguns dias. O ferimento não era necessariamente reconhecível como tiro e era improvável que alguém na vizinhança tivesse escutado alguma coisa, mas parecia prudente distanciar uma ida à emergência do hospital da confusão naquela noite.

Jackson estava bem. Apesar das sobrancelhas cortadas, alguns hematomas no rosto, uma fissura na língua e alguns dentes perdidos. Nada pior do que ele já tinha vivido uma dezena de vezes, disse ele, depois de brigas de bar em todos os lugares para os quais um combatente do Primeiro Regimento de Paraquedistas tinha sido enviado, e onde a rapaziada local sempre tinha algo a provar.

Pauling estava ótima. Reacher cortara as amarras, e ela mesma arrancara a fita da boca e o beijara com força. Tinha confiança total de que ele apareceria e bolaria alguma coisa. Reacher não tinha certeza se ela estava falando a verdade ou o bajulando. De um jeito ou de outro, não mencionou o quanto tinha chegado perto de dar início a uma caçada fantasma caminhando pela estrada. Não mencionou a sorte que teve quando uma olhadinha periférica na superfície da estrada de acesso da fazenda disparou algumas sinapses arbitrárias em seu cérebro.

Ele revistou o Toyota e achou a bolsa de Lane. A que vira antes, no Park Lane Hilton. Os oitocentos mil dólares. Estava tudo ali. Intocado. Entregou-a para Pauling e pediu que a guardasse em segurança. Depois, sentou-se no chão, recostou-se na pilastra em que Kate ficara amarrada, a dois metros do cadáver de Gregory. Estava calmo. Apenas mais uma noite de trabalho como de costume em sua vida longa e espetacularmente violenta. Estava acostumado com aquilo, literalmente. E o gene do remorso não fazia mais parte de seu DNA. Nada. Simplesmente não existia. Enquanto alguns homens podiam agonizar justificativas retrospectivamente, ele gastava sua energia pensando em onde era melhor esconder os cadáveres.

Esconderam-nos em um campo de dez acres perto do canto noroeste da fazenda. Terra sem plantação, ocultada por árvores e que já não era arada havia um ano. Jackson terminou de consertar a retroescavadeira, ligou e arrancou com os faróis acesos. Começou a trabalhar imediatamente em um buraco gigantesco que precisava ter dez metros de comprimento, três de largura e três de profundidade. Uma escavação de oitenta metros, porque tinham decidido enterrar os carros também.

— Você marcou a opção "com seguro extra"? — perguntou Reacher a Pauling.

Ela assentiu.

— Liga para eles amanhã. Fala que foi roubado — disse ele.

Por estar ferido, Taylor foi poupado do trabalho pesado. Em vez disso, vasculhou toda a área em busca de qualquer sinal de prova concreta que conseguisse achar. Retornou com tudo aquilo que alguém pudesse pensar, inclusive todos os 27 estojos da munição da MP5 de Perez. Pauling esfregou o chão do corredor do segundo andar para limpar o sangue e substituiu o azulejo despedaçado do banheiro. Reacher empilhou os corpos dentro do Toyota.

O Sol já tinha nascido havia horas quando o buraco ficou pronto. Em uma ponta, Jackson fizera um declive com degraus perfeitos, Reacher desceu com o Toyota e a bateu com força na parede de terra da outra ponta. Jackson voltou com a retroescavadeira até a casa e usou o carregador da frente para levantar o Mini Cooper e empurrá-lo de ré. Manobrou-o até o buraco, rolou-o pelo declive e o apertou com força contra o para-choque traseiro do Toyota. Taylor apareceu com todos os outros itens e os jogou no buraco. Então Jackson começou a enchê-lo. Reacher sentou-se e ficou observando. O céu estava azul-claro e o sol, minguando. Havia finas nuvens altas e uma leve brisa quente. Ele sabia que em toda aquela terra plana ao seu redor as pessoas da Idade da Pedra haviam sido enterradas em compridos montículos chamados *barrows*, assim como as pessoas da Idade do Bronze, da Idade do Ferro, os celtas, os romanos, os saxões, os anglos, os invasores vikings com seus veleiros compridos, os normandos e depois os próprios ingleses durante mil anos. Concluiu que a terra podia receber mais quatro mortos. Observou Jackson trabalhar até a terra cobrir o teto dos carros, depois foi embora, caminhando devagar, de volta para a casa.

Exatamente doze meses depois, o campo de dez acres estava muito bem arado, com uma penugem verde-clara e uma novíssima safra de inverno. Tony e Susan Jackson, e Graham e Kate Taylor estavam trabalhando no campo ao lado dele. O sol brilhava. Na casa, as primas de nove anos e melhores amigas Melody Jackson e Jade Taylor tomavam conta do irmãozinho de Jade, um saudável bebê de cinco meses chamado Jack.

Cinco mil quilômetros a oeste de Grange Farm, eram cinco horas mais cedo e Lauren Pauling estava sozinha no apartamento da Barrow Street, tomando café e lendo o *New York Times*. Ela não vira um artigo no caderno principal que reportava a morte de três militares de uma empresa privada que haviam chegado recentemente do Iraque. Os nomes deles eram Burke, Groom e Kowalski, e tinham morrido dois dias antes quando uma mina explodira debaixo do veículo deles nos arredores de Bagdá. No entanto, vira um artigo reportando que a empresa responsável pela administração do Edifício Dakota havia entrado na justiça contra Lane depois de doze meses consecutivos de inadimplência da taxa de condomínio. Ao entrarem no apartamento, encontraram mais de nove milhões de dólares em um closet trancado.

A dez mil quilômetros de Grange Farm, eram seis horas mais cedo e Patti Joseph dormia profundamente em um condomínio à beira-mar em Seattle, Washington. Tinha um emprego novo havia dez meses como copidesque em uma revista. Sua perseverança e olhar implacável para detalhes transformavam-na numa boa profissional nesse campo. Saía de vez em quando com um jornalista de lá. Estava feliz.

Longe de Seattle, longe da cidade de Nova York, longe de Bishops Pargeter, em Birmigham, Alabama, Dee Marie Graziano tinha acordado cedo e estava na academia de um hospital, observando o irmão segurar suas novas bengalas de metal e caminhar pelo local.

Ninguém sabia onde Jack Reacher estava. Fora embora de Grange Farm duas horas depois que a retroescavadeira tinha parado de funcionar, e não se teve notícia alguma dele desde então.

Impresso no Brasil pelo
Sistema Cameron da Divisão Gráfica da
DISTRIBUIDORA RECORD DE SERVIÇOS DE IMPRENSA S.A.
Rua Argentina, 171 – Rio de Janeiro, RJ – 20921-380 – Tel.: (21)2585-2000